JN225639

Literary Wonderlands

A Journey Through the Greatest Fictional Worlds Ever Created

凡例

- 作品の日本語タイトルについては、既訳があるものは原則として既訳タイトルを使用し、
  既訳が複数あるものは適宜、人口に膾炙しているものを使用した。
- 引用に出典が記されているもの以外は、本書翻訳者による翻訳である。
- スペースの関係で、本書には日本語訳の書誌情報を掲載していない。
  三省堂ウェブサイトで、入手しやすい書籍を中心に、
  翻訳書誌情報（タイトル、訳者名、出版社名）一覧を掲載しているので、参照されたい。

世界物語大事典

大事典 ローラ・ミラー〖〖総合編集〗〗

巽 孝之【日本語版監修】

越前敏弥【訳】

三省堂

目次

古代の神話と伝説

UP TO 1700　1

4ページ〜5ページ
『テンペスト』第3幕第3場「何者だ、あれは?」
『挿絵入りシェイクスピア全集』（1890年）から。64ページ。

2 科学とロマン主義

1701-1900

3 ファンタジーの黄金時代

1901-1945

4 新しい世界の秩序

1946-1980

5 コンピューター時代

1981–PRESENT

はじめに

　物語がもたらすあらゆる強烈な魔力——心奪われる構想，実在感のある登場人物，生き生きとした文章——のなかで目立ちにくいもののひとつが，読者を別の時代や場所へ行った気にさせる力である。読書好きの人の多くには，本を読み終えたあと，実際には行ったことのない，あるいは存在すらしないかもしれない世界の景色やにおいや音を振り払う必要を感じた経験があるものだ。わたしたちはおそらくヴィクトリア朝時代のロンドンに足を踏み入れたことがないし，当然中つ国を歩きまわったこともないが，アーサー・コナン・ドイルや J・R・R・トールキンの作品は，何百万，何千万人もの読者に対して，実際に訪ねたことのある都市以上の現実味をそれらの場所に与えてきた。

　本書で紹介されている作品はどれも，想像のなかにしか存在しない土地を描き出す。中にはデイヴィッド・フォスター・ウォレスの『尽きせぬ道化』（1996年，268 ページ）におけるアメリカや，村上春樹の『1Q84』（2009 年〜 10 年，298 ページ）における日本のように，わたしたちの住む世界によく似た場所もある。またマイケル・シェイボンの『ユダヤ警官同盟』（2007 年，294 ページ）におけるアラスカや，マーガレット・アトウッドの『侍女の物語』（1985 年，248ページ）におけるニューイングランドは，ほんのわずかに歴史の流れを変えただけで世界がどれほど異なったものになりえたのか，なりうるのかを示している。アン・レッキーの『叛逆航路』（2013 年，304 ページ）のように，遠い未来の生命がどんなものになるのかを想像するものもあれば，ロバート・E・ハワード原作の〈英雄コナン〉シリーズ（1932 年〜 36 年，154 ページ）のように，取り返しようがないほどに失われてしまったスリリングな過去を想定するものもある。スタニスワフ・レムの『ソラリス』（1961 年，194 ページ）は，信じがたいほどわたしたちからかけ離れた知的生命体の姿を読者に想像させる。ジョナサン・スウィフトやグギ・ワ・ジオンゴのような風刺作家は，馬がしゃべったり死体が子供を産んだりする奇妙な物語を作り出して，わたしたちの言動をあからさまに反映したものを突きつける。そして，イタロ・カルヴィーノからニール・ゲイマンに至る自由で幻想的な作風の作家たちがいる。彼らのすばらしい才能は，想像力を解放すればどこでも好きな場所を放浪できるという幻想を見せてくれる。

こういったあらゆる作品の原点は、人類最古の物語——神話、寓話、民間伝承——のなかにある。これらは、世界がいかにして成立したのか、なぜ現在の姿であるのかを説明するために作りあげられたものだ。文芸評論では、新しいものや革新的なものを評価しがちであるが、ファンタジー文学の作品は伝承、つまり世界が変化しても生き残るものとのつながりを追い求める。第1章「古代の神話と伝説」に登場する作品は、それ自体がしばしば、衰退しつつある物語文化の保護を狙いとしたものである。『ベオウルフ』（700年〜1100年ごろ、28ページ）や『散文のエッダ』（1220年ごろ、36ページ）は、異教徒としての過去の一部を保護しようとしたキリスト教徒による作品である。こういった作品が生き残っているのは、それらが何世紀もの時を超えて、新しい時代や世界に住む人々に語りかける力を持っていたという事情が大きい。オウィディウスの描く神や女神たちのふしだらな恋愛。マロリーの描くアーサー王の騎士たちの勇猛な探求。呉承恩の描く玄奘の揺るがぬ信仰。これらすべてが、わたしたちのなかにひそむ最良の自己と最悪の自己を思い起こさせる。だが、こうした物語は、わかりやすい人物ばかりでなく、個性豊かな存在、奇跡の存在、驚異の存在、畏怖すべき存在によってわたしたちを魅了する。人間がはじめて語り合った物語、つまり有史以前の物語は、日々の生活ではなく超常的な事物を伝えるものだった。たとえば、しゃべる動物、邪悪な魔法使い、恐ろしい怪物、黄金や宝石でできた都市などだ。
　ファンタジー文学は、つねに現実世界との複雑な対話をおこなってきた。わたしたちの多くは、現実世界から逃避するためにファンタジーの作品を読むが、たいていの場合、作品が狙いとしているのは、新しい視点から人生をとらえることだ。『妖精の女王』（1590年〜1609年、54ページ）のような寓意物語や『神曲』（1308年〜21年ごろ、40ページ）のような叙事詩は、読者に道徳的な教訓を与える。たとえそうした読者の一部が、教訓を覆い隠すほどの壮大なスペクタクルにしか興味がなかったとしてもだ。『ドン・キホーテ』（1605年・1615年、62ページ）において、ミゲル・デ・セルバンテスは騎士道物語の構造をいたずらっぽく用いて、驚異を扱う文学ジャンルである「物語」自体の約束事を風刺した。トマス・モアの『ユートピア』（1516年、52ページ）によって、最もあからさまに教訓を説くような文学世界が評価を得るようになり、その刊行から500年にわたって、ユートピア文学は批評すべき虚構の世界や国家を描き、世界を変えるよう読者に説いてきた。ファンタジー文学におけるユートピアの系譜は、神話にではなく大航海時代に端を発する。それはヨーロッパ人が、地球上にあっていまだ知られず地図にも載っていなかった場所の発見（と、悲しいかな、搾取）に乗り出した時代である。14世紀にはいると、マルコ・ポーロによるアジアの旅の見聞録（1300年ごろ）などの旅行記が大きな人気を博した。旅行者たちの異文化体験記を読むことで、さまよえる西洋人たちは、外国人が自国の人々と比べてどうすぐれているのか、どう劣っているのかを当然ながら深く考えた。

ユートピア文学は、啓蒙思想そのものにも起源を持つ。理性や科学が、自然界を理解して支配するためのすぐれた手段であることが証明されたのなら、それらを社会の設計にも応用しない手はない。ユートピア文学は 20 世紀になるまで、絶え間なく生み出された。特に女性作家は、男女平等、あるいは女性優位の状況下で文化はどのような姿になりうるのかを描こうとした。また、ある意味で、マルクス主義はユートピアの理想である。一方、19 世紀になると、サミュエル・バトラーのような作家たちがユートピア的理想主義をパロディー化しはじめた。ユートピア文学は退屈な読み物になったと言って差し支えなく、代わりにディストピア文学が——2008 年に大ヒットした若者向けの『ハンガー・ゲーム』(296 ページ) に至るまで——つぎつぎと読者の心をつかんでいる。ディストピア文学には、エヴゲーニイ・ザミャーチンの『われら』(1924 年、138 ページ) やオルダス・ハクスリーの『すばらしい新世界』(1932 年、148 ページ) のように、社会や政治に対する批判を本質とする作品もある。こうした批判の矛先は、支配的なイデオロギーや現代世界にはびこる強迫観念に向けられたが、不安に苛まれた個人が自分の生まれた社会と対立する、という古くからあるジレンマを単に描いた作品のほうが多い。

工業化やマスメディアの出現は、幾度となく人々に同じような不満をもたらしたが、こうした力に向き合う手段は、ディストピア小説を書くことだけではなかった。ファンタジーの「黄金時代」(20 世紀最初の約 60 年間) は、主として、人類が自然界との密接な関係のなかで築いてきた根強い生活様式がすっかり崩れ去ったことに対する反動だった。その一方で、長きにわたる民族的伝統が失われることも人々の不安の種だった (グリム兄弟は、1800 年代初頭におとぎ話を収集しはじめたが、これは児童書を作るためではなく、民族誌学的な保護活動のためだった)。この時代のファンタジーというジャンルを決定づけた『指輪物語』(1954 年〜 55 年、188 ページ) や〈ナルニア国物語〉(1950 年〜 56 年、178 ページ) といった名作は、基本的にノスタルジックな作風で、機械や市場経済がわたしたちの生活を規定する以前に存在した、消えゆく理想世界をたたえたものだ。この時代は児童文学も豊作で、J・M・バリーやトーベ・ヤンソンといった大家の多くが、より素朴な牧歌的物語への憧れを作品に採り入れたり、失われた幼少期の純粋さを思って憂愁を帯びた悲しみで作品を満たしたりした。一方で、フランツ・カフカやホルヘ・ルイス・ボルヘスといったモダニズム作家は、宗教衰退後の文化ならではの形而上学的な逆説を描く理想的な手段として、超現実的、不可解、不条理な要素を作中にちりばめた。

20 世紀後半はもっぱら問いかけの時代だった。そしてファンタジーほど問いかけを醸成するのに適した文学形式はないに等しい。アーシュラ・K・ル゠グウィン、カート・ヴォネガット、ウラジーミル・ナボコフ、サミュエル・R・ディレイニー、オクテイヴィア・E・バトラーらの生み出した驚くべき世界は、ヨーロッパ文化の優位性、現代の戦争、小説、性、人種といった問題それぞれに関

する長年の常識に疑問を投げかけた。アンジェラ・カーターは、おそらく最も伝統ある文学形式であるおとぎ話を用いて、それを解体し、女性が内に秘めた声なき願望や力を明らかにした。SF（空想科学小説）は、高度なテクノロジーと冒険を描くための単なる表現手段を超え、急速に発展しつつあるポスト工業化社会に疑問を投げかけて、社会がどこへ向かうのかをわたしたちに警告しはじめた。先見の明を持つ少数の作家たち、とりわけウィリアム・ギブスンとニール・スティーヴンスンは、コンピューターのネットワークが21世紀に果たすであろう中心的な役割を予想することにおおむね成功した。その最も顕著な例が、ギブスンによる「電脳空間（サイバースペース）」という用語の発明である。わたしたちの周囲で絶え間なく声を発しつづける広大で非物質的な通信網は、空間のイメージによって最もよく理解できる、とギブスンは認識していた。わたしたちはみな、インターネットを「場」と見なし、その大部分はことばで成り立つ。そこはまさに究極の文学世界なのかもしれない。

だが、本がビットとピクセルから成る媒体として手にはいる時代が訪れても、わたしたちはまだそれに対する情熱を失っていない。今日生み出されている、あるいは近い将来に生み出されるのを待つ創作の世界には、グラフィック・ノベル作家、映像作家、テレビゲームデザイナーたちの作品も含まれ、こんどは逆に、彼らの作品が派手な脚光とは無縁な散文にこだわってきた多くの作家に影響を与えるだろう。サルマン・ラシュディ、村上春樹、ンネディ・オコラフォーといった作家は、SFやファンタジーの道具立てを使って自国の新しい物語を生み出してきた。子供たちの世代は、J・K・ローリングの描く想像力豊かな自由やスーザン・コリンズの描く痛烈な社会批判に大きく影響を受けて成長している。その世代ほど、新たなフィクションの船を造るのにふさわしい者はいないだろう。だれもがみな、その船に乗って未知の世界へと漕ぎ出し、これまでに見たどんな途方もない夢にも出てこなかった、はるかな地平と新たな発見を追い求めるのだ。

ローラ・ミラー
ニューヨーク市

『妖精の女王』より、ブライトン・リヴィエールの
[ウナとライオン]。54 ページ。

1

1700年まで

古代の神話と伝説

王や遍歴騎士や大冒険にまつわる伝説は、
現代のジャンル小説の歴史的，詩的な先駆けだった。

作者不明
Anonymous

ギルガメシュ叙事詩
[紀元前 1750 年ごろ]
The Epic of Gilgamesh

世界最古の偉大な文学作品のひとつとして知られるこのバビロニアの叙事詩は、
紀元前 1750 年ごろに生まれ、紀元前 700 年ごろに定まった形となった。
ギルガメシュ王の勇敢な偉業と不死をむなしく求めるさまを記している。

『ギルガメシュ叙事詩』は 150 年前まで歴史から失われていた。原文はいまだ不完全で、復元中である。

新たな断片の発見がつづいており、この叙事詩がいつかふたたび完全な姿を見せるとの期待が高まっている（上図の粘土板は 2011 年、イラクのスレイマニヤ博物館におさめられた）。

バビロニア語版のほかに、5 種類のシュメール語版『ギルガメシュ叙事詩』があり、これらはさらに古い可能性がある。

バビロニア人にとって、伝説のギルガメシュは最も強い英雄で、最も偉大な古代の王だった。この叙事詩は、彼の物語を語るにあたって、人間という存在にかかわる多くの問題にふれていく。永遠の世界において、死すべき運命にあるとはどういうことなのか。人間の性質は動物や神とどう異なるのか。そして、政治権力や軍隊の倫理はどうあるべきか。こうした問いかけやその他の普遍的なテーマがこの詩を不朽の名作にしている。この叙事詩は古代バビロニアの都市ウルクからはじまる。そこではギルガメシュが王として君臨しているが、物語はわたしたちが知る世界の周縁にある想像上の風景を見せてくれる。

ギルガメシュは、野人エンキドゥと友となり、名声と栄光を求めて、ともに冒険に旅立つ。ふたりは神々の領域であるレバノン杉の森へ向かって何日間も走り、森の番人である強壮な巨人フンババを殺して杉の木を奪う。バビロニアに森はなく、その風景はまったくの架空であるが、深く恐ろしい密林は英雄たちの力と意志に圧倒的な力を及ぼす。2012 年に復元されたばかりのこの作品の断片には、森の天蓋を満たすすさまじい音が生命力豊かに描かれている。鳥の鳴き声、虫の羽音、猿の叫び声がいわば不協和音のシンフォニーを奏でて、森の番人を楽しませるのだ。

フンババは変わった宮廷に住む王である。彼は古代の木々そのものが持つ永遠の生命力の象徴であるとともに、象に似た風貌も具えている。その甲高い声は遠くからでも聞こえ、下生えに残る足跡は巨大で、顔は皺だらけで醜く、牙が生えている。フンババとレバノン杉のエピソードでは、圧倒的な自然の力を前に人間がよく示す反応──恐怖や驚き、強欲や後悔──が明らかにされる。森は現代の道徳的ジレンマを表す「闇の奥」である。侵入者は文明化の名のもとに統治者を殺し、資源を奪ってもよいのだろうか。このエピソードでは、森林破壊に対する英雄たちの心理的葛藤が描かれている。「友よ」エンキドゥはギルガメシュに問いかける。「わたしたちは森を荒れ地に変えてしまった。故郷で神にどう答えたらよいのか」。神はフンババの虐殺を罪と見なし、

イラク北部、コルサバードのサルゴン2世の宮殿にある雪花石膏像（紀元前8世紀）。おそらくウルクの王ギルガメシュの姿である。

これが理由のひとつとなって、結局エンキドゥは死ぬことになる。

　エンキドゥの死はギルガメシュを耐えがたい深い悲しみへと突き落としただけでなく、激しい恐怖に陥らせた。自分もまた友と同じように死ぬ運命なのか? ギルガメシュは、神が人々に制裁を与えた大洪水を唯一逃れたことで知られる男を探しに、地の果てへと旅に出る。旅の場面は実に奇妙で、体の一部が人間、一部がサソリである奇怪な生物が山頂の洞窟の入口を守り、魔法の庭の木々や果実は宝石から成り、木立には死の海を渡す「石の者」の舟が着けてある。

　こういった想像上の風景は、故郷では可能に思えたものの、言うはやすくおこなうは難い現実を英雄に突きつける。作品の終わりに、読者は慣れ親しんだウルクの街へと引きもどされる。城壁に囲まれたその地では、人間のさまざまな活動が見てとれ、個人が死んでも一族は永遠につづいていく。この単純な事実を理解するために、ギルガメシュはまず想像上の異境で英知を授かる必要があったのだ。

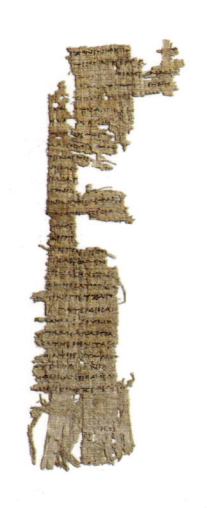

ホメロス
Homer

オデュッセイア
［紀元前 725 年ごろ〜 675 年ごろ］
The Odyssey

歴史上有数の知名度と影響力を持つ物語であるこの叙事詩は、
オデュッセウスの故郷への長い航海を描く。
オデュッセウスは生涯を通しての壮大な旅で、
空想上の生物や神話上の敵に何度も行く手を阻まれる。

『オデュッセイア』の断片を含む古代ギリシャのパピルスは、紀元前 3 世紀からいまなお残存している。

『オデュッセイア』は現存する 2 番目に古い西洋の文学作品で、最も古いものはホメロスの『イリアス』である。

『オデュッセイア』はもともと 24 巻で書かれ、12,000 行を超えていた。『テレゴネイア』と呼ばれる『オデュッセイア』の続編がスパルタのキナイトンによって記されたが、原文はこれまで一度も復元されていない。

ヨーロッパの文学作品として知られる最も古いものは、ギリシャ叙事詩の『イリアス』と『オデュッセイア』である。作者についてたしかなことはわかっていないが、古くからホメロスという人物とされている。小アジア沿岸からわずか数マイルのキオス島も含めて、多くの土地がホメロスの生地としての栄誉を主張してきたが、現在のトルコが位置する地域の出身だった可能性もある。ふたつの詩は紀元前 6 世紀にアテネではじめて書かれたが、口承の形で成立したのはおそらくその 2 世紀前だ。描かれた出来事——ギリシャ軍のトロイアへの遠征と英雄オデュッセウスの帰還——はさらに古く、クレタとミケーネの偉大な文明の崩壊より前の時代とされる。

詩の主題は、トロイア崩壊後、ギリシャの英雄オデュッセウスが故郷へ帰るまでの旅路である。彼はあまりに長く国を離れていたため（トロイア戦争自体が 10 年つづき、旅にさらに 10 年かけている）、死んだと見なされるが、妻のペネロペイアは貞淑でありつづけ、おおぜいの求婚者たちをはねつける。

オデュッセウスは 11 の異なった冒険と、妖精のカリュプソが住む島での長きにわたる囚われの暮らしについて語る。冒険の途中、彼が 3 番目に出くわしたのが、キュクロプス（単眼の巨人）一族のポリュペモスである。羊飼いのポリュペモスは、洞穴の羊たちを罠に用いてオデュッセウスとその一行を捕らえ、洞穴を毎晩巨岩によってふさぐ。ポリュペモスは夜ごとにひとり以上を食べていくが、オデュッセウスたちは、朝には岩を脇へ転がしてもらう必要があるため、巨人を殺すわけにはいかない。そこでオデュッセウスはオリーブの枝をとって、鋭くとがらせ、あらかじめ強いワインを与えて眠らせた巨人の目に突き刺す。朝になり、目が見えない巨人は、岩を脇へ転がして羊を外に出そうとする。巨人が羊たちの背中に手を這わせるので、オデュッセウスの一行は羊の腹にしがみついて脱出する。

ホメロスより確実に古い別のバージョンでは、巨人は獲物たちを鉄串の上で

Ancient Myth & Legend

あぶり、オデュッセウスはその鉄串で巨人の視力を奪う。この別バージョンの
ほうが展開がいくらか自然に見える。そのような改変があったらしいことから考
えると、ホメロスは一から話を築こうとしたのではなく、物語を反芻しながらさ
まざまなバージョンの細部をひとつにまとめようとしたのだとわかる。

　ホメロスは語り継がれてきた神話を利用しただけでなく、ギリシャ初期の旅
人たちが持ち帰った異国の話の掘りさげもおこなった。ホメロスの時代、ギリ
シャ人はすでにトルコからエジプトに至る近東の海岸線を熟知し、東は黒海ま
で、西は地中海を経てイタリア、さらにはスペインに至るまでを徹底的に調査
していた。オデュッセウスの長い物語には、位置関係などが都合よく誇張や
粉飾されているものの、こうした足跡のすべてが見受けられ、学者たちは何
世紀にもわたってその正確な場所を突き止めようとしてきた。

　わかりやすい例のひとつが、オデュッセウスの語る「ロトパゴイ（ロトスの実を
食う者）」の物語である。彼らはまったく害のない種族だが、ロトスの実を食べ
た者はほかのあらゆることへの興味を失い、もはや帰る気をなくしてしまう。
伝統的なおとぎ話によく見られる、見知らぬ土地で飲み物や食べ物を口にし
てはならないという戒めである。ロトスの2種類の実は、インドとエジプトの両
方で食されており、ホメロスはおそらく後者について聞いたことがあったのだ
ろう。女神キルケは、オデュッセウスに針路を教える際に「打ち合い岩」に注

「ポリュペモスの洞穴にいるオデュッ
セウス」ヤーコプ・ヨルダーンス、
1635 年

➡ 20 ページ

「杯を差し出すキルケ」ジョン・ウィリアム・ウォーターハウス、1891 年

意するよう警告し、そこを越えたことがあるのはイアソンの操る「アルゴー船」だけだと強調する。ホメロスは当時、金の羊毛を求めるアルゴー船の冒険の話を知っていた。この冒険は、当時未知の水域であった黒海への旅のひとつとしてしばしば語られており、そこに住む者たちは羊皮を使って金を選別していたという。

ホメロスの空想世界では、『イリアス』『オデュッセイア』のいずれにおいても、ギリシャ神話の神々が際立った積極的な役割を果たしている。海神ポセイドンは息子ポリュペモスの視力を奪ったとしてオデュッセウスを罰し、太陽神ヘリオスもまた、オデュッセウスの同行者が神聖な雄牛を食べたとして一行を苦しめる。だが、オデュッセウスは女神アテナによって守られている。アテナはオデュッセウスと最高神ゼウスとのあいだを取り持ち、さらに使者ヘルメスを彼とその息子テレマコスのもとへ送って、案内と助言をさせる。人間、妖精、神、女神が、同等とは言わないまでも、後年の神話よりは近い関係で交流する。神々は英雄の人生に確固とした存在として現れるのだ。

ホメロスの叙事詩の研究は、近世ヨーロッパの時代から今日に至るまで、古典教育の基礎を築いてきた。およそ 3,000 年間並ぶものがなかったとも言える作品の力は、西洋の芸術や文学に計り知れないほどの影響を絶えず与えてきた。その物語は数えきれないほど多くの著名な文学作品に浸透してきた。たとえば、ダンテは『神曲』(1308 年〜 21 年ごろ、40 ページ) でホメロスの物語を再現している。しかし、20 世紀における最も偉大な再現は、ジェイムズ・ジョイスによるモダニズムの傑作『ユリシーズ』かもしれない。それは各章を『オデュッセイア』の冒険それぞれに割りあてている。

オウィディウス
Ovid

変身物語
［後8年ごろ］
Metamorphoses

オウィディウスによるこの詩は15巻から成り、変身や変化をテーマとして、
ギリシャ・ローマ神話の千変万化の彩り豊かな物語を紡いでいる。
変身を通して、人間と神の運命はともに、
生命そのものの絶え間ない移ろいやすさを反映する。

『変身物語』は15巻構成で、250以上の神話を扱っている。

後8年、オウィディウスはローマを追われ、現在のルーマニアにあたる土地へ追放されたが、その理由はいまだ不明である。

『変身物語』は1480年、ウィリアム・キャクストンによってはじめて英語で出版された。

☞ 23 ページ
「ナルキッソス」ミケランジェロ・ダ・カラヴァッジョ、1599 年

☞ 24 ページ〜 25 ページ
「ペルセウスとアンドロメダ」ティツィアーノ、1554 年〜 56 年ごろ

　ププリウス・オウィディウス・ナーソー（紀元前 43 年〜後 17 年または 18 年）の『変身物語』は、12,000 行近くから成る長大なラテン詩である。この詩が書かれたのは紀元初期のころで、後 8 年ごろに完成した。各巻で語られる物語——合計で 100 を超え、それぞれがゆるやかにつながっていて、はっきりとした時系列はない——は、わたしたちをギリシャ・ローマ神話の世界へいざなう現存最良の手引書だと言える。

　だが、話の選び方には偏りがある。オウィディウスは意図的に変身や変化で結末を迎える物語を選んだと明言している。こうした物語の多くはいまでもよく知られていて、いくつかの言いまわしが現代語に痕跡をとどめさえしている。第 3 巻のエコーとナルキッソスの物語では、妖精のエコーが女神ユノから罰を受けるさまが描かれる。ユノは夫ユピテルが他の妖精たちといるところを捕まえようとするものの、エコーのおしゃべりで何度も足止めされる。そこでユノは、エコーが以後何を語りかけられても最後の数語を繰り返すことしかできなくしてしまった。エコーは美少年ナルキッソスに恋をするが、蔑まれたため、やせ衰え、最後にはその声だけ——今日のわたしたちがよく知る「エコー（こだま）」だけ——が残った。つぎにナルキッソスが、自分自身にだけ恋をするよう呪いをかけられ、水たまりに映る自分の姿を見つめつづけて、ついにはやつれ果て花になった——わたしたちがいまも「ナルシス（水仙）」と呼ぶ花である。

　こういった物語は、『変身物語』の世界について、いくつかのことを教えてくれる。物語の舞台は地中海だが、わたしたちが知るものよりはるかに肥沃で、緑が多く、人が少ない。出来事はたいがい、森のなか、川岸や水辺などで起こり、そこでは神や人間が鹿やイノシシを狩っている。その世界で人間と神は、物語の住人である妖精たち、山羊の下半身を持つ牧神たちとも自由に交わる。また、ほとんどの話は恋物語であり、最も強大な存在は、どうやら神と人間の父ユピテルではなく、アモルである。アモルは性愛が擬人化された神で、ほかの者すべてを支配して、絶えず挫折、災厄、恥辱に陥れる。

☞ 27 ページ
レンブラント・ファン・レインの「エウロパの誘拐」(1632 年) ——この画家にしては珍しい神話モチーフの作品——は，雄牛の姿をしたゼウスが美しいエウロパを連れ去るところを描いている。

オウィディウスの描く英雄の多くは，今日でも映画や文学作品の題材であり，おなじみの名前として残っている。もちろん，打ち倒されるべき怪物の名前もだ。蛇の髪を持つゴルゴンのメドゥーサは，見た相手を石に変えることができるが，ペルセウスはメドゥーサと戦って倒し，その勢いで乙女アンドロメダをゴジラのような海獣ケトゥスから救い出す。テセウスは牛の頭を持つミノタウロスを打ち倒し，参加した結婚式の宴がラピテス族とケンタウロス族（半身が馬で半身が人間）による血みどろの戦いと化す。そして，ヘラクレスの成しとげた多くの功業のなかには，地獄の門を守る三つ頭の番犬，ケルベロスの捕獲もある。

オウィディウスの作品の冒瀆的性格は，同時代の敬虔な多神教徒たち（後年には敬虔なキリスト教徒たち）のあいだに怒りと疑念を湧き起こした。やがてオウィディウスはアウグストゥス帝によって黒海の沿岸へ追放されることになる。だが『変身物語』に対して，道徳を教える寓意物語として作品全体を評価する反応もあり，やがて中世フランスで『オヴィド・モラリゼ（教訓版オウィディウス）』という形に結実し，中世からルネサンスにかけてはその形が最もよく知られた。

『変身物語』の全般的な影響は計り知れない。この作品はさまざまな形で内容検討や寓話化がおこなわれながら，何世紀にもわたって学校のカリキュラムに組みこまれた。チョーサーの詩『名声の館』はオウィディウスのファーマの家（噂の源）をもとにしており，「賄い方の話」はポエブスとカラスの物語から引いている。シェイクスピアの詩「ヴィーナスとアドーニス」は『変身物語』のいくつかの話を参考にしている。喜劇『夏の夜の夢』では，テセウスとその花嫁となるアマゾン国のヒッポリュテの前で，職人たちが「ピュラモスとティスベ」を演じようとする。

オウィディウスは劇的で刺激的な場面を描くことから，カラバッジョ，ティエポロ，ベラスケスといった画家たちにも好まれている。16 世紀にはティツィアーノが「ディアナとアクタイオン」「ディアナとカリスト」を描き，17 世紀にはレンブラントが「ガニュメデスの誘拐」「エウロパの誘拐」を作品に選んでいる。イギリスでは 19 世紀と 20 世紀初頭に，ジョン・ウォーターハウスが「キルケ」や「ティスベ」をより端正な姿で描いている。

さらに時代が進むと，オウィディウスを下敷きにした物語は，二次的，三次的な影響を受けた作品も合わせれば，列挙しきれないほどの数になる。たとえば，C・S・ルイスの『ライオンと魔女』(1950 年，178 ページ) は，ファウヌス，ドリュアス，ケンタウロス，バッカス神，女神ポーモーナに言及している。ジョージ・バーナード・ショーの戯曲「ピグマリオン」(1912 年) は，オウィディウスによる彫像に恋した王の物語の影響を受けており，のちに 1964 年のミュージカル映画「マイ・フェア・レディ」となる。そして 21 世紀になると，J・K・ローリングは〈ハリー・ポッター〉シリーズ (1997 年〜 2007 年，272 ページ) で，オウィディウスの神話から多くを引用している。例を 3 つあげると，ダドリー・ダーズリーは豚の尻尾を生やし，ケンタウロスは禁じられた森を徘徊し，三つ頭の犬（「フラッフィー」）は賢者の石を守る，といった具合だ。

Ancient Myth & Legend

わたしが意図するのは、新しい姿への変身の物語だ。
いざ、神々よ──そのような変化をひきおこしたのも
あなたがたなのだから──
わたしのこの企てに好意を寄せられて、
世界の始まりから現代にいたるまで、とだえることなく
この物語をつづけさせてくださいますように！

(中村善也訳『変身物語（上）』より)

1　古代の神話と伝説

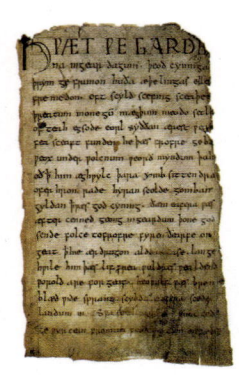

作者不明
Anonymous

ベオウルフ
［700 年〜 1100 年ごろ］
Beowulf

現存する最古の古英語叙事詩であり、スカンジナビアの英雄ベオウルフが
恐ろしい巨人やドラゴンと繰りひろげる 3 つの戦いを軸として、
善が悪に勝つことの両義性をみごとに描いている。

3,000 行を超える完全な詩文は、ロンドンの大英図書館に唯一の写本として残っている。正確な記述年代についての説はさまざまだが、約 1,000 年前のものであることはまちがいない。

この作品には非常に多くの翻訳があるが、最近の例で有名なのは、ノーベル文学賞受賞者シェイマス・ヒーニーによるもので、1999 年にウィットブレッド賞を獲得している。

　　3,000 行の叙事詩『ベオウルフ』（8 世紀から 11 世紀までに古英語で書かれた）は深い意味に満ちていて、多様な解釈を生み出している。古い時代のキリスト教的価値観の反映という見方もあれば、魅力的な異教徒の英雄譚という見方もある。イギリス文学における『ベオウルフ』の地位はけっして低くないが、その一因は、1936 年に小説家で学者の J・R・R・トールキンがこの詩の芸術作品としての価値の高さを英国学士院に訴えたことにある。

　　『ベオウルフ』は、400 年から 600 年ごろの南スカンジナビアを舞台にしている。暗黒時代のはじまりであり、北部の英雄時代のただなかである。その意味では『ベオウルフ』は時代物であり、現代の読者は、キリスト教を信仰するアングロ・サクソン人の民衆に語られた知的な物語に耳を澄ます。そこでは、異教の英雄的な先祖たちが、戦士の一団や（ときには）怪物に脅かされるさまが語られる。『ベオウルフ』の世界において、巨人のグレンデル、復讐に燃えるその母親、ドラゴンといったキャラクターには、ベオウルフに劣らぬ真実味がある。暗黒時代よりあとの聴衆にとって、こうした怪物は「空想上の現実味」を保ちながら、象徴としての存在にもなっている。グレンデルとその母親は、聖書での最初の殺人者カインの末裔であると語られている。教養あるキリスト教徒の聴衆にとって、恐ろしいドラゴンは、ヨハネの黙示録 20 章 2 節にある「悪魔でありサタンである」者を暗示するだろう。

　　この叙事詩は、聴衆がよく知っていたであろう歴史や伝説にも言及しており、武勇の重んじられた時代、すなわち、真の勇者たる職業的な兵士が領主に仕えてその身を守り、領主のほうは見返りに兵士を守って、流血のすえに勝ちとった戦利品を公平に分け与えた時代を振り返っている。『ベオウルフ』は、アルフレッド大王（849 年〜 899 年）やクヌート王（990 年〜 1035 年）の時代でも親しみやすく、それでいて地域色が強く単純な（そして怪物が多く現れる）世界を描いている。

　　最初の大きな戦いでは、イェーアト族（現在のスウェーデンの一部を支配し

ていた北ゲルマン民族）の王子ベオウルフが、フロースガール王の治める近隣の土地を脅かす恐ろしい巨人グレンデルを討伐する。その後、フロースガール王の大宮殿ヘオロットで祝宴が開かれるが、グレンデルの母親（名が与えられたことは一度もない）が息子の仇を討つため、宮殿に容赦ない攻撃を加える。ベオウルフは、作中では2度目となる戦いでその母親を探し出して殺し、勇敢な所業に対してフロースガールの臣民から贈り物と称賛が与えられる。しかし、ベオウルフの崇高な英雄行為とは裏腹に、人々の裏切りや戦争行為が原因となって、ヘオロットやフロースガール王朝はやがて崩壊することになる。

　最後のエピソードはその50年後で、ベオウルフはいまやイェーアト族の王であり、1頭のドラゴンが王国を襲う。ベオウルフは周囲の助言を聞き入れず、ドラゴンとひとりで戦うことを選ぶ。彼がひるむと、従士のなかでただひとり、ウィーイラーフだけが

ベオウルフによるドラゴン討伐の20世紀的解釈の例。

助けにはいる。山場となるその瞬間、聴衆はウィーイラーフの剣のいわれを知ることになり、やがてベオウルフはドラゴンを殺すものの、そのとき受けた傷が致命傷になる。

　ウィーイラーフはベオウルフの跡を継ぐが、この詩の結末では、スウェーデン人のイェーアト族に対する積年の憎しみがウィーイラーフ個人に向けられ、また、かつてベオウルフの先祖による襲撃を受けた強大なフランク王国からも恨みを買うことになる。ベオウルフと同じく、ウィーイラーフの英雄的資質や度量の大きさも実を結ぶことはない。ヘオロットやフロースガールの血筋と同様に、イェーアト族も消え去る運命にあるのだった。

　詩はそのはじまりと同じく、異教徒の——今回はベオウルフの——葬儀で終わる。名声を求めた古代の英雄的戦士の死を人々は穏やかに深く悼む。しかし、ベオウルフの生涯をかけた英雄的所業は果たされず、彼は異教徒として非難を受けるかもしれない。「栄光を求むる心」を持つ者はすべて、まさしくその心ゆえに（厳格なキリスト教徒にとっては）高慢で罪深いのだから。

　詩と詩人の世界においては、絶望的な戦いに挑んだベオウルフこそが最も純粋な英雄かもしれない。英雄でありながら敗れることはありうるのかが論じられ、現代の大衆文化では欠陥のある（超人的）英雄が珍しくないことに鑑みるなら、現代人にとっても、『ベオウルフ』はいまなお意義深い作品である。

作者不明
Anonymous

千夜一夜物語
［700 年ごろ～ 947 年］
The Thousand and One Nights

この広い影響力を持つ民話集は 1,000 年以上前に編纂されたもので、
シャーリアル王についての話と、妻シェヘラザードの語る
数多くの物語で構成されている。

シカゴ大学のオリエンタル・インスティテュート博物館に、物語の最も古い写本の一部がおさめられている。

これは現存する最古のアラビア文学写本のひとつであり、片面に上書きされた法的記録から、おおよそ879年のものと推定できる。

シャーリアル王やシェヘラザードの英語表記上の綴りはさまざまで、どれがより正確であるのか、学者たちのあいだではいまだに議論されている。

『千夜一夜物語』もしくは『アラビアンナイト』（最初の英訳は 1706 年）は、多くの地域——ペルシャ、インド、中国、エジプト——の話を集めた物語集で、1,000 年以上前にアラビア語で編まれた。この作品がヨーロッパではじめて知られるようになったのは、1704 年から 1717 年、アントワーヌ・ガランが 12 巻のフランス語訳を発行したことによる。探検家サー・リチャード・バートンによる最もよく知られた英訳版は、1885 年から 1888 年に 16 巻で発行された。『千夜一夜物語』で最も有名な 2 編、「アラジンと魔法のランプ」と「アリババと 40 人の盗賊」はガランによって追加されたもので、ガランはそれらをシリアのハンナ・ディヤープという語り手から聞かされたという。その 2 編はたしかに中東の民話で、ガランの主張はおそらく真実であるため、現在では決まって翻訳に加えられている。

　この民話集は、ヨーロッパではじめて知られるようになると、多くの面でまったく新しいものとして読者の心を打った。物語の枠組みとなる構想はつぎのようなものだ。妻の不貞を恐れるシャーリアル王は、女の裏切りから名誉を守る唯一の方法とは、毎晩処女と結婚して翌朝に処刑してしまうことだと考える。王はこの習慣をつづけるが、王の宰相の娘である知恵者のシェヘラザードがある計画を思いつく。シェヘラザードは毎晩ひとつの物語を語りはじめるが、その晩は結末を言わずにおいて、翌日に語り終えるまで生き長らえ、それからまた別の物語を語りはじめる。物語はしばしば、ほかの物語の挿話という形をとるので、結末はしじゅう遠ざかり、1,001 夜のあと（このあいだに子供 3 人が生まれる）、シャーリアルはシェヘラザードに説得され、彼女を信用して生かしつづけることになる。

　読者は物語の最初から、横暴な権力と残虐性が見られつつも、莫大な富と豊かさに満ちた世界に置かれる。王やカリフは、山ほどの金貨やラクダに載せた財宝を、それにふさわしい若者に与えるが、ときにその額はあまりに大きく、「神のみぞ数えうる」ほどだ。

14世紀のアラビア語による『千夜一夜物語』の写本。

富は控えめなものでさえ、驚くほど大きいが、これは物語が中世イスラムの巨大文明を舞台にしているからだ。この巨大文明では、アフリカ、インド、中国、中央アジアや、自国の大都市であるカイロ、ダマスカス、アレッポ、バスラ、そして何よりカリフの本拠地であるバグダードとも交易がおこなわれる。バグダードの町市場には、ガランの時代のヨーロッパ人がほとんど聞いたこともない品々——マルメロの実、桃、シリア産ジャスミン、ティハーマのレーズン、ザクロの花、ピスタチオ——がところせましと並ぶ。

また、西洋人にとってまったく新しく、ひょっとしたら『千夜一夜物語』の模倣者にはそれ以上に大きな影響をもたらした可能性があるのが、つぎつぎに現れる超常生物の存在である。シェヘラザードはまず、恐ろしい「イフリート」の物語を語りはじめる。イフリートは抜き身の剣を持って現れ、何気なくナツメヤシの種を投げ捨てた商人を殺そうとする。ほかの危険な生物としては、人を食らい墓をうろつく「グール」がいる。グールはみな、美女たちやイスラム教の天国に住む乙女である「フーリー」に非常にうまく変装できる。だが物語中で最も有名なのは「ジン」（またはジーニー）である。ジンはしばしばランプや瓶や指輪のなかにとらわれていて、解放されると新たな主人の望みを何でもかなえることになっている。彼らを束縛する力は偉大な魔術師スレイマンによることがあるが、このスレイマンは、キリスト教徒にとっては旧約聖書のダヴィデの息子ソロモン王に見えるかもしれない。

18、19世紀の読者にとって、心奪われるほど新鮮だったのが、性と愛の表現である。王、カリフ、アミール、宰相はみな、優雅で美しい妻や妾たちのハーレムを持ち、宦官の護衛を従えている。しかし女たちは厳重に隔離されてはいないらしく、賛美する男たちに劣らず火遊びに熱をあげ、当然ながら

1　古代の神話と伝説

☞ 33 ページ
19 世紀のフランスの画家ポール・エミール・デトゥーシュは、シェヘラザードがシャーリアル王と妹のドゥンヤザードを冒険物語で夢中にさせている場面を油絵で描いている。

それがシャーリアル王の残忍な習慣の原因となる。男も女もたやすく恋に落ち（中世ヨーロッパの物語における恋より格段に多い）、罪悪感なしに恋を成就させる。預言者やコーランへの敬意は作中のいたるところに見られ、ジンや海の生物でさえそれを示すが、登場人物たちの信仰心には、キリスト教の信仰には付き物の禁欲主義が見られない。女たちはたいがい管理された隷属状態にあるが、知恵でまさるのでしばしば優位に立つ。

『千夜一夜物語』は「ジャックと豆の木」や「シンデレラ」と同じく、検閲や選択を経た形ですぐさま西洋の子供たちに親しまれるようになった。名だたる作家の多く（スタンダールからトルストイに至るまで）がこの作品に言及している。ディケンズは明らかに『千夜一夜物語』を何度も参照しており、ディケンズの描くロンドンで、仮装した人々が通りを歩いて不思議な物語を明かすさまは、まるでバグダードが形を変えたかのようだ。ロバート・ルイス・スティーヴンスンの『新アラビア夜話』（1882 年）に描かれるロンドンについても、同じことが言える。ブロンテ一家は『千夜一夜物語』のいくつかを抜粋した道徳版を特に好んだが、それは 1764 年にジェームズ・リドリーによる『ジンの物語』として刊行されたものだ。

『千夜一夜物語』の児童文学への影響は、おそらく古典への影響をはるかに上まわってきた。「アラジン」はいまや子供の劇には欠かせないし、「開けゴマ」や船乗りシンドバッドはだれもが知っている。イーディス・ネズビットの 3 部作『砂の妖精』（1902 年）、『火の鳥と魔法のじゅうたん』（1904 年）、『魔よけ物語　続・砂の妖精』（1906 年）では、妖精サミアドは作者の創作だが、『千夜一夜物語』に登場する小道具がいくつも用いられている。C・S・ルイスの『馬と少年』（1954 年）は、『千夜一夜物語』にある 1 編と同じように、アルシーシュという貧しい漁師の話からはじまるが、ナルニアの南にある灼熱の国カロールメンには、独裁的な領主、追従する宰相、偽りの美辞麗句がはびこり、『千夜一夜物語』におけるアラビアのパロディーとなっている。『千夜一夜物語』の世界はいまや非常に親しまれ、三次的、あるいはさらに間接的な影響までもが見られる。その世界は西洋の大衆文化において、中つ国やシャーウッドの森に匹敵するほど大きな位置を占めている。

『千夜一夜物語』はその人気の結果として、多くの翻案映画を生み出してきた。3 つのバージョンがある「バグダッドの盗賊」（1924 年、1940 年、1978 年）、活気に満ちた「シンドバッド七回目の航海」（1958 年）、そして最も成功をおさめた 1992 年のディズニーの「アラジン」などだ。「アラジン」はアカデミー賞の 2 部門で受賞している。近年では、サルマン・ラシュディが『千夜一夜物語』という宝の山に取り組みつづけ、アーシュラ・K・ル＝グウィンは『二年八か月二十八夜』（2015 年、308 ページ）について「ラシュディはわたしたちにとってのシェヘラザードだ」と評している。

夜明けの1時間前にドゥンヤザードは目を覚まし、
約束どおりに声をあげた。「お姉さま、起きていらっしゃるなら、
どうか日がのぼる前にすてきな物語をひとつお話しください。
お姉さまのお話を聞く楽しみもこれで最後ですから」
シェヘラザードは妹には答えず、王のほうを向いた。
「殿下、妹の頼みを聞くことをお許しくださいますか」
シェヘラザードは言った。
「話すがよいぞ」王は答えた。
そこで、シェヘラザードは語りはじめた……

作者不明
Anonymous

マビノギオン

［12 世紀〜 14 世紀］

The Mabinogion

ケルト神話やアーサー王伝説が趣ある 11 の物語のなかで混ざり合い、
ウェールズの森や谷、そして幻の「空想世界」で展開していく。
そこではドラゴンや巨人が跋扈し、高潔な英雄が栄光を求めて冒険に出る。

『マビノギオン』の物語は『レゼルッフの白本』（14 世紀中ごろに成立し、現在はウェールズ国立図書館に所蔵されている）と『ヘルゲストの赤本』（1382 年から1410 年ごろに成立し、現在はオックスフォードのジーザス・カレッジ所蔵の写本集に保存されている）におさめられた。

シャーロット・ゲスト（1812 年〜 95 年、下図）による『マビノギオン』の翻訳は、その後 100 年近くにわたっての標準となった。第 1 巻は 1838 年に発行され、1845 年までに全 7 巻で出版された。

『マビノギオン』は中世ウェールズの 11 の説話をおさめた物語集に付された名称で、これらの物語はわたしたちを古代ウェールズの神話世界へ導いてくれる最良のガイドである。写本は 14 世紀のものだが、物語自体はそのかなり前に成立している。「マビノギオン」がどんな意味なのかは不明で、昔の写字者によるミスであった可能性もある。おそらくはラテン語の「インファンティア」に相当するウェールズ語で、子供時代の物語を表したのだろう。「マビノギ」という語は神聖なる子マポノスの物語を意味していたのではないかと推測する者もいる。マポノスはいくつかの物語に登場する英雄プレデリのモデルと考えられる。

『マビノギオン』の世界では、神話や伝説が歴史や現実と共存していて、それらを分離するのはむずかしい。物語の舞台は中世のウェールズと考えられ、グウィネズ、ポウィス、ダヴェドなどの王国に分かれている。この想像上のウェールズには、さらに巨人、怪物、奇妙な動物たちが生息していて、超自然的な次元とつながっている。

　一方で物語の世界は、中世ウェールズの貴族社会——まだイングランド人やノルマン人からは征服されずに独立を保ち、吟遊詩人によって歌い伝えられた各地の伝承を誇っていた社会——でもあり、当時の人々が持つ歴史感覚は、驚くほど遠い過去にまで及ぶ。「マクセン・ウレディクの夢」のマクセンは、ローマの将軍マキシマスであると考えられる。マキシマスは 383 年にブリトン族の部隊を率いてガリアに侵攻し、皇帝の座をめざして戦い、このウェールズの物語では、美しいウェールズの姫の夢に導かれてまずブリタニアを訪れる。

　アーサー王伝説にまつわる物語もふたつある。「キルッフとオルウェン」では、アルスルがいとこのキルッフのために巨人の長イスバザデンの娘をめとる手助けをし、悲しみの谷の黒き魔女の血など、数多くの魔法の品々を手に入れる様子が語られる。「キルッフ」にも「ロナブイの夢」にも、アーサー王宮廷の面々がたくさん登場する。中にはカイ（ケイ卿）など有名になった人物もいて、のちの物語と同じく意地悪く描かれている。

だが、最も重要なのはまちがいなく「マビノギ四枝」と呼ばれる4つの物語であり、これらは英雄プレデリの存在によってゆるやかにつながっている。これらの物語に見られるユーモアや想像力は、世界じゅうで知られる不思議な物語とは一線を画している。登場人物はみな自己矛盾をかかえていて、熱情的でありながら礼儀正しく、多弁でありながら寡黙、優雅でありながら粗野でもある。女性は重んじられ、敬意をもって扱われるが、リアンノン夫人は息子殺しを試みたという濡れ衣を着せられると（息子はのちの英雄プレデリであり、実際は怪物の巨大な鉤爪に連れ去られた）、乗馬台のそばに坐して訪問者を背負い、宮殿へ運ぶという罰を受ける。やがて夫人は解放されるが、こういった悪趣味な要素はその後の宮廷ロマンスの物語においては忘れ去られていったようだ。

多彩な登場人物、そしてドラマや哲学やロマンスの豊かな要素を具えたケルト物語が、はじめはフランスのロマンス作家に、その後は800年にわたってさらに多くの物語作家たちに圧倒的な刺激を与えてきたことは驚くにあたらない。これらの物語は、ウェールズでは国民文化の礎として高く評価されている。近年では幾度か小説の形で再生し、ロイド・アリグザンダーの全5巻『プリデイン物語』（1964年〜68年）や、エヴァンジェリン・ウォルトンの『アンヌウヴンの貴公子』（1970年）からはじまる全4巻の続き物があって、後者は『マビノギオン物語』として2002年に復刊されている。アラン・ガーナーの『ふくろう模様の皿』（1967年）では、スェウ、グロヌウ、ブロダイウェズの悲劇のラブストーリーがより幸福な結末で語られる。

ジョセフ・ガスキンによる『王の息子，キルッフ』（1901年）の一部。キルッフは、いとこアルスルの助力を得て、巨人の長イスバザデンの娘である美しいオルウェンと結婚の約束を交わそうとする。

スノッリ・ストゥルルソン
Snorri Sturluson

散文のエッダ
［1220 年ごろ］
The Prose Edda

古代スカンジナビアの神話を集めた傑作で、
神、英雄、戦士の王や女王、巨人、ドワーフ、エルフらの冒険を描いている。
あらゆるスカンジナビア文学のなかで、最もよく知られて影響力のある作品である。

『散文のエッダ』の写本は 7 冊現存している。うち 6 冊は中世のもので、1 冊は 1666 年のもの（上図）である。

完全な写本は存在しないため、『散文のエッダ』は何年もの歳月をかけて継ぎ合わされてきた。

グスタフ・ヴィーゲランによるスノッリ・ストゥルルソンの彫像（下図）が、1947 年にノルウェー政府からアイスランドの国民へ寄贈され、レイクホルトに保管されている。

☞ 37 ページ
2 羽のカラス、フギン（思考）とムニン（記憶）を従えるオーディンを描いた 17 世紀の挿絵。

スノッリ・ストゥルルソン（1179 年〜 1241 年）の時代には、アイスランドがキリスト教国になってから 2 世紀が経ち、古い多神教の伝統が失われつつあった。スノッリが『散文のエッダ』を書いたのは、おもに未来の詩人たちに詩の技法や隠喩の手引きを与えるためだった。スノッリは古い時代の詩を、英雄的なものも神話的なものも含めてよく下敷きにしたり引用したりし、その多くは『詩のエッダ』と呼ばれる一群として現存している。

スノッリは、互いに関連し合うさまざまな世界を描いている。神（アース神族）の住まうアースガルド、巨人のいるヨトゥンヘイム、ドワーフの故郷であるスヴァルトアールヴヘイム、「光のエルフ」が住むアールヴヘイム、原始の混沌とした暗黒世界ニヴルヘイムなどだ。人間の世界は海に囲まれた円盤状の平らな土地で、神が巨人を締め出すために築いた壁が周囲を覆っている。この人間世界は古ノルド語で「ミズガルズ」と呼ばれる。宇宙の中心にはトネリコの巨木、ユグドラシルがあり、その 3 本の根はそれぞれアースガルド、ニヴルヘイム、霜の巨人の土地へと伸びている。ミズガルズを囲む海に生息するのは、恐るべきミッドガルド蛇、別名ヨルムンガルドである。

この北欧の大いなる世界で最も際立っているのは、底知れぬ気味の悪さかもしれない。ドラゴンのニーズヘッグは、ユグドラシルの根を絶え間なくかじる。リスのラタトスクは、ユグドラシルの根元にいるニーズヘッグと梢にいる鷲とのあいだで、憎悪や軽蔑のメッセージを運んで走りまわる。太陽と月が空を横切るのを、スコルとハティという 2 匹の巨大狼がつねに追いかける。いつかは月に追いつくと考えられているのだろう。神と人間はつねに怪物世界の脅威にさらされるが、こうした世界もついには「神々の運命」ラグナロクで終焉を迎える。そこで神々と英雄たちは巨人や怪物たちとの最後の戦いに臨む。巨人や怪物たちは、だれもが知るとおり敗北するが、せめて華々しく玉砕したいと願って戦う。

また、『散文のエッダ』の宇宙は、道徳というものに対して中立的、あるい

i huerfu oł ér. en ér heta biđia m̄ oskylt ær h̄ neā kuet̄ ſet
an here h̄ran ſtyrnir heið þyrnir leþr hriot̄ við blaín.
onín ſt̄ keria h̄mn̄n. kalla h̄ ynıſ hauſ z erpıð z byʒt
đlıʒr hralm arſ̄ra veſtra norþra ſuþra. h̄ ſolar z v̄ngıſ
z h̄mtugla varva. e̋ veſþra hialm· h̄ lopʒ z varþar.

Þeſſi ero norn ſtundana. aulld œfum
allde. þyr longu. oīſteri. ueđ ſumar hauſt var. manođ· vika
agr nor. mergin arvtñ. q̄ld arla. ſneㅿma ſıþla. Iſın þyrn dag
nore ıger· ſavmel· ér eo heiti n̄rriñar i oluıſ malum·
þe h̄đ m̄ m̄ñ. niola helia. kollwđ er grıma m̄ɡ guþū. olðeg
kalla iormar· þar ſuekngantan đlvar đavm
vngf naeıʒ mulın mylın ný hþ arvlı·
þengaer blaʒ ſkyndır ſkialgr ſkramır.

Tolſoma rauþull eygloa anſkıp ſyın þaʒ huel lıno ſtan
ﬂvılınſleıkr alþraubull. hunıg ſt̄ keria ſol kalla h̄ buer
mundılﬂera. ſ mana. konu oleſ ellde h̄m̄z z lozʒ

は無関心でさえある。人間は神の側に立って怪物たちと向き合うが、最高神オーディンのことはだれも信用できない。オーディンは戦場の英雄たちをだましてヴァルハラへ連れていき、自身の軍勢に加えるのである。雷神トールや豊穣の神フレイはオーディンよりも友好的に見えるかもしれないが、アース神族の隠れた存在であるロキ神は絶えず問題を引き起こす。

← 38 ページ
14 世紀の『散文のエッダ』の挿絵入り写本の 1 ページ。

古代スカンジナビア神話のもうひとつの側面は、驚くべきことに、（ときに残酷な）ユーモア感覚である。かならず手元に返る強力な槌ミョルニルを持つトールは英雄であるが、いくつかの物語においては、からかいの的でもある。スノッリは、トールとロキが巨人ウートガルザ・ロキのもとへ赴く長大な物語を描いている。巨人はトールに簡単な力試しをさせ、トールは角の杯を飲み干すよう求められるが、たった 3 口でこれに失敗する。猫を床から持ちあげるように言われても、脚を 1 本あげることしかできない。さらに、エリという名の老女と相撲をとらされ、これに敗れる。トールは屈辱を受けるが、力試しにはからくりがあった。角の杯は大海とつながっており、トールは引き潮を生じさせたにすぎなかったのである。猫は実はミッドガルド蛇で、老女の名前であるエリは「老齢」を意味し、エッダ詩『ハヴァマール』には「寄る年波は容赦してくれない」とある。

スノッリは『散文のエッダ』で、このような物語をおよそ 20 編描いている。リヒャルト・ワーグナーがそうした物語のひとつを全 4 部作のオペラ〈ニーベルングの指環〉（1876 年、96 ページ）で再現したのはよく知られている。また J・R・R・トールキンは、原型となる詩がほかのすべての詩の大本にちがいないと考えて、その再現を試み、それは死後に『トールキンのシグルズとグズルーンの伝説』（2009 年）として出版された。

19、20 世紀のいずれにおいても、北欧の伝説が中世というテーマの最も偉大な再現者たちの想像力をとらえたという事実が、この作品のとめどない力を証明している。それどころか、『散文のエッダ』の神話全体が、以後のファンタジー作家たちがずっと好んできた題材となっている。トールキンの中つ国は、ミズガルズをていねいに取捨選択して再現したものだ。そこには、エルフ、ドワーフ、その他の生物たちが登場するが、多神教の神々は存在しない。北欧（やその他）の神々は、ニール・ゲイマンの『アメリカン・ゴッズ』（2003 年）で当時のアメリカ世界に持ちこまれ、ジョアン・ハリスは『ロキの福音』（2014 年）でいたずら好きの神の物語を再生させている。

だが、現代版への改作において最も人気が高まっている分野はコミックである。マーベル・コミックは 1962 年以来、「マイティー・ソー」を 600 号以上にわたって掲載している。これは、ある現代のアメリカ人が、自身がソー（トール）の生まれ変わりであることに気づくというもので、ソーは現世とアースガルドの世界を行き来できる。2011 年にはコミック版のソーとロキの冒険が、ケネス・ブラナー監督によって大スクリーンで描き出された。かつてほとんど忘れ去られていた北欧神話は、いまや西洋において、多くの古典や聖書の物語以上によく知られているのかもしれない。

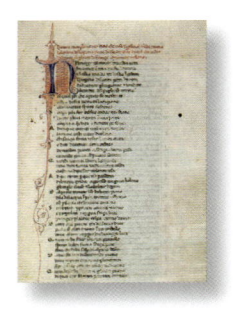

ダンテ・アリギエーリ
Dante Alighieri

神曲
［1308 年〜 21 年ごろ］
The Divine Comedy

ダンテの叙事詩は、
中世ヨーロッパで最も偉大で影響力のある作品のひとつとして名高い。この魂の旅
は、わたしたちを地獄の闇から煉獄の山へ、そして天国へと導く。
旅のなかで、理性と信仰が道徳や社会の混沌に秩序をもたらす。

イタリアのフィレンツェにあるメディ
チ・リッカルディ宮殿内のリッカル
ディアーナ図書館には、ジョバンニ・
ボッカッチョ（1313 年〜 75 年）直筆
による、「地獄編」「煉獄編」「天国編」
の全文を含む『神曲』の貴重な写本
がおさめられている。

ダンテはフィレンツェの政府に対する
激しい批判精神をもって著作にあた
り、1308 年ごろに永久追放された。

『神曲』は、1307 年ごろからダンテの死去した 1321 年のあいだに書かれた。
これはそれぞれ 140 行ほどに及ぶ 100 のカントー（歌）から成り、作中でダン
テは、地獄（インフェルノ）、煉獄（プルガトーリオ）、天国（パラディーソ）をつ
ぎつぎとめぐっていく。『神曲』は中世カトリックにおける死後の世界観を描いて
いるが、それはダンテ以前の偉大な神学者、トマス・アクィナスやボナヴェン
トゥラらによって体系化された前世紀からの宗教観に基づいている。だが、ダ
ンテ（1265 年ごろ〜 1321 年）独自の視点は古典の学識によって培われている。
たとえば、地獄全体と煉獄の大部分を案内するのは、ローマの詩人ウェルギリ
ウスだ。ウェルギリウスは叙事詩『アエネーイス』の 6 巻で「地獄くだり」を描い
ている。また『神曲』では、いたるところに、同時代の混沌として血塗られた
イタリア政界の人物たちが描かれている。こうした政治の世界に、ダンテは危
険なほど深々とかかわっていた。

　とりわけ、ダンテによる地獄の描写は、読む者の心に取りついて離れない。
「この門をくぐる者はいっさいの望みを捨てよ」で結ばれる銘文の刻まれた門
を通り、地獄へとはいる場面はよく知られる。地獄は 9 つの圏（たに）に分かれ、そ
れぞれ罪人の受けるべき罰と罪が対応している。第 2 の圏では、愛欲に溺れ
た者たちが暴風に吹きまわされる。第 7 圏では、暴力を振るった者たちが煮
え立つ血の池で永遠に身を焦がす。第 8 圏では、不遜にも未来を占った者た
ちが首を後ろにねじられ、どこへ進んでいるのか見えないまま、いつまでもの
ろのろと歩き、追従者たちは糞尿に漬けられている。第 9 圏は裏切り者たち
のために用意された場所で、最深部のジュデッカは、キリストを裏切った使徒、
イスカリオテのユダから名をとったものだ。

　地獄で目にすることができるのは、罪人だけではない。ダンテはおのおの
役割を持った不思議な生物も数多く描いている。ギリシャ・ローマ神話と同じ
く、カロンは冥界の川で魂を対岸に渡す渡し守である。ミノスはそれぞれの

罪人に審判をくだして尾を巻きつけるが、尾の数は魂が割りあてられる圏の場所に対応し、ミノスはそこへ罪人をほうり投げる。醜い怪物ゲリュオンは、第7圏から下へ旅人を運ぶ。人間の顔、ライオンの脚、サソリの毒針を具えた尻尾を持つゲリュオンは欺瞞の権化である。

　煉獄は、地獄と同じように、償う罪に応じていくつかの段階に分かれている。高慢者は石の重みで首を垂れ、嫉妬者は瞼を縫い合わされ、暴食者は渇きと飢えに苦しみ、愛欲者は短い挨拶のみで満足させられる。だがここには、地獄の悪魔や怪物の代わりに、天使の案内人や守護天使がいる。煉獄の頂上が近づくと、ダンテは地上楽園にはいる。ウェルギリウスはここへはいれず、徳ある異端者の第1圏（辺獄）へもどらなくてはならない。ダンテを天球へ案内するのは、理想の美女という形をとった神学上の象徴、ベアトリーチェである。天球層でダンテはついに徳を示す者たちに出会う。太陽天には賢者や神学者が、火星天には勇敢な戦士たちが、木星天には正義ある統治者がいる。ダンテはさらに、第8天の凱旋の教会へとのぼり、第9天で天使の位階へと、そして第10天で至福直観へと至る。

　鮮やかな描写と詩的技巧があるからこそ、『神曲』はいまなお人々の集合的無意識のなかに息づいている。西洋の美術や文化を含めて、『神曲』の影響は計り知れず、チョーサーやミルトンから、バルザック、T・S・エリオット、サミュエル・ベケットに至るまで、数えきれないほど多くの作家に刺激を与えつづけた。

「ゲリュオンの背に乗るダンテとウェルギリウス」ヨーゼフ・アントン・コッホ、1821年ごろ

☞ 42 〜 43 ページ
「地獄の見取り図」サンドロ・ボッティチェリ、1485年ごろ

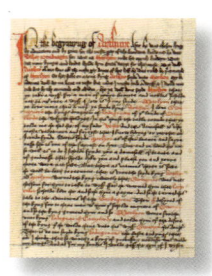

トマス・マロリー
Thomas Malory

アーサー王の死
［1485 年］
Le Morte d'Arthur

マロリーによる想像力を掻き立てる魅力的な文章は、
アーサー王が玉座で振るう権勢や円卓の騎士たちの冒険を綴ったもので、
のちに書かれる数々のアーサー王伝説の基盤となった。

イングランドにはじめて印刷機を導入した人物ウィリアム・キャクストンが、1485 年に『アーサー王の死』を最初に出版した。

1934 年に「ウィンチェスター写本」（1471 年〜 81 年ごろ、現在は大英図書館に所蔵）が発見されたことで、それまでは「騎士囚人」とだけ呼ばれていた『アーサー王の死』の著者がマロリーであると特定できるようになった。

マロリーの肖像画として知られるものは存在せず、ウィンチェスター写本が現存する唯一の本人の手書きによるテキストである。

　アーサー王が実在したとすると、ローマ人がブリタニアから撤退した 410 年ごろから何世紀かのうちに生きていたことになるが、その時代の資料はほとんど残されていない。ネンニウスとして知られるウェールズの著者は、アーサー王は 830 年ごろの人物だろうとラテン語で説明している。1130 年代に書かれたジェフリー・オブ・モンマスの『ブリタニア列王史』には、架空かもしれないが、アーサー王の印象的な生涯が記されている。しかし、今日よく知られている冒険、城、馬上試合といった不朽の伝説がまとめて形になったのは、15 世紀のトマス・マロリー卿による『アーサー王の死』（1469 年ごろに書かれ、1485 年に出版された）がはじめてだった。

　マロリーがおもに典拠としたのは、「流布本物語群」として知られる散文フランス語で書かれた一連の長大な中世騎士物語であり、それ自体がアーサー王にまつわる話の集大成だった。マロリーはこれらの禁欲的な作品群に、個人的な見解を強く反映させた。マロリーは修道士ではなく騎士であり、波乱万丈の生涯のなかで数々の暴力沙汰を引き起こし、獄中で『アーサー王の死』を書いたとされる。マロリーに対する告発は政治的な動機によるものであった可能性があり、罪がどの程度のものだったかはわかっていない。当時は薔薇戦争が激しさを増していて、日々新たな怨恨が生まれ、古くからの信頼関係が試されることもしばしばだった。『アーサー王の死』は 1485 年に出版され、以来変わらずに読まれつづけている数少ない中世の英語作品のひとつである。

　『アーサー王の死』では、アーサーの罪深い受胎、近親相姦による息子モードレッドの誕生、石に刺さった剣エクスカリバー、魔術師の助言者マーリンなど、アーサー王伝説のすべてが余すところなく描かれ、またランスロット卿、ガウェイン卿、パーシヴァル卿、ボールス卿、ガラハッド卿、トリスタン卿といった数多くの円卓の騎士たちが登場する。薔薇戦争による血なまぐさい抗争、派閥主義、日和見主義がはびこっていたにもかかわらず、あるいははびこっていたからこそ、当時の人々は騎士道の伝説や歴史に大いに関心を寄せ

たのである。アーサー王の騎士たちは美徳——忠実さ、勇敢さ、誉れ高さ、気高さなど——の象徴であり、人々はそれらが薔薇戦争の政治的紛争によって損なわれつつあると考えていた。

しかし、マロリーの文章が持つ色褪せない魅力には、時代との関連性よりはるかに重要なものがある。この物語は数々の予言、宿命、性、危険、魔法に満ち、高揚感を生んでいる。また、小川、湖、草原、城といった牧歌的なイングランドの風景は、親しみと新奇さを同時に感じさせる。数多くの物語のなかで、騎士たちは異様な風習や規範を持つ未知の城にたどり着き、みずからの美徳を試されて、複雑な人物像が明らかになる。

物語の中心となるのは、アーサー、その妻グィネヴィア、気高い騎士ランスロットの悲劇的な三角関係であり、これに聖杯という神秘の存在が加わってさらに緊張感を増す。伝説によると、聖杯は最後の晩餐でキリストによって用い

「武装し出発する円卓の騎士たち」は『アーサー王の死』を題材にしたタペストリーで、エドワード・バーン＝ジョーンズによってデザインされ、1895年〜96年ごろにモリス商会によって織られた。

¶Here foloweth the syrth
boke of the noble and wor=
thy prynce kyng Arthur.

¶How syr Launcelot and syr Lyonell
departed fro the courte for to seke auen=
tures / ¶ how syr Lyonell lefte syr Laū=
celot slepynge ¶ was taken. Caplm.j.

[A] None after that the
noble ¶ worthy kyng
Arthur was comen
fro Rome in to Eng=
lande / all the knygh=
tes of the roūde table
resorted vnto ȳ kyng
and made many iustes and turneymen
tes / ¶ some there were that were good

knyghtes / whiche encreased so in ar=
mes and worshyp that they passed al
theyr felowes in prowesse ¶ noble dedes
¶ that was well proued on many. But
in especyall it was proued on syr Laun
celot du lake. For in all turneymentes
and iustes and dedes of armes / bothe
for lyfe and deth he passed all knyghtes
¶ at no tyme he was neuer ouercome
but yf it were by treason or enchaunte=
ment. Syr Launcelot encreased so mer
uaylously in worshyp ¶ honour / wher=
fore he is the first knyght ȳ the frensshe
booke maketh mencyon of / after that
kynge Arthur came from Rome / wher=
fore quene Gueneuer had hym in grete
fauour aboue all other knyghtes / and
certaynly he loued the quene agayne a=
boue all other ladyes and damoyselles
all the dayes of his lyfe / and for her

られ、十字架に架けられたキリストの血がそのなかに集められた。聖杯は不思議なことにアーサーの宮殿であるキャメロット城に現れて、宴のための食物をもたらし、失われた聖杯を見つけようとする騎士たちをめくるめく冒険へと駆り立てる。ランスロットは聖杯に近づこうとするが、炎の息吹と見えない手によって阻まれる。グィネヴィアへの罪深い愛のために、聖杯を得る資格を失ったのである。

　そして、ふたりの関係は、あたかもランスロットが失敗の責任をグィネヴィアに負わせたかのごとく、ぎくしゃくしたものになるが、グィネヴィアは不信と罪悪感を募らせながらもランスロットを愛人として求めつづける。メリアガーント卿がグィネヴィアの不義をとがめたことで、ランスロットは卿と決闘をおこない、力量にまさるランスロットは相手をたやすく殺してしまう。その後もふたりは窮地に陥り、ランスロットはグィネヴィアの部屋に追いつめられて奮然と戦うが、グィネヴィアは死刑を宣告される。ランスロットはグィネヴィアを救うために、友人であるガウェイン卿の弟たち、ガレスとガヘレスを手にかける。ガウェインは永遠の復讐を誓い、円卓の騎士は解散する。アーサーの息子であり甥でもあるモードレッドは、混乱に乗じて王位の簒奪をもくろみ、最後の戦いが起こると、アーサーはひどい傷を負ってアヴァロンへと退き、ランスロットとグィネヴィアは失意のうちの最期を迎える。作者マロリーはランスロットを、グィネヴィアへの愛と、アーサーに対する忠義と、聖杯にふさわしい者であろうとする志とのはざまで苦闘する（そして、結局どれも成しとげられない）男として描いている。『アーサー王の死』はその心理的な洞察の鋭さにおいて傑出し、それが強い緊張感に満ちた独創的な場面に表れている。

　アーサー王、マーリン、エクスカリバー、湖の貴婦人、勇敢で雄々しい騎士たちの伝説は、小説家や映画作家たちによって、形を変えて語り継がれている。おびただしい数の作品群のなかには、タイムトラベルと伝説を組み合わせたマーク・トウェインによる『アーサー王宮廷のコネチカット・ヤンキー』（1889年、108ページ）や、戦後の読者に物語の新たな解釈を示すT・H・ホワイトによる『永遠の王』（1958年）、超現実的なユーモア映画「モンティ・パイソン・アンド・ホーリー・グレイル」（1975年）などがある。

46ページ
ウィンキン・ド・ウォードによる1529年版の『アーサー王の死』の木版画には、ランスロット卿が宮廷で馬上試合をおこなう場面が描かれている（図はあとから着色したもの）。

1　古代の神話と伝説

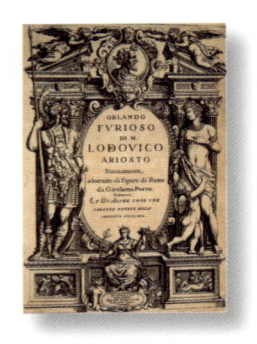

ルドヴィコ・アリオスト
Ludovico Ariosto

狂えるオルランド
［1516 年ごろ・1532 年］
Orlando Furioso

遊び心に満ちたこのルネサンス期の幻想文学は、
シャルルマーニュ十二勇士の古い物語に情熱的な愛というテーマを盛りこみ、
数々の魔法使い、魔法の指輪、槍、ヒッポグリフ、海の怪物なども採り入れて、
想像力に富んだ純粋な娯楽を与えてくれる。

ルドヴィコ・アリオストはレッジョ・エミリアで生まれたが、14 歳のときに一家はフェラーラへと居を移した。1518 年から、ルドヴィコは偉大な芸術のパトロンでもあったアルフォンソ 1 世に仕えるようになる。

アリオストが没する 1533 年までに、『狂えるオルランド』は 3 度の大きな改訂がおこなわれた（1516 年、1521 年、1532 年）。

1532 年にフェラーラで刊行された最終版は、セルバンテス、スペンサー、シェイクスピアに影響を与えた。

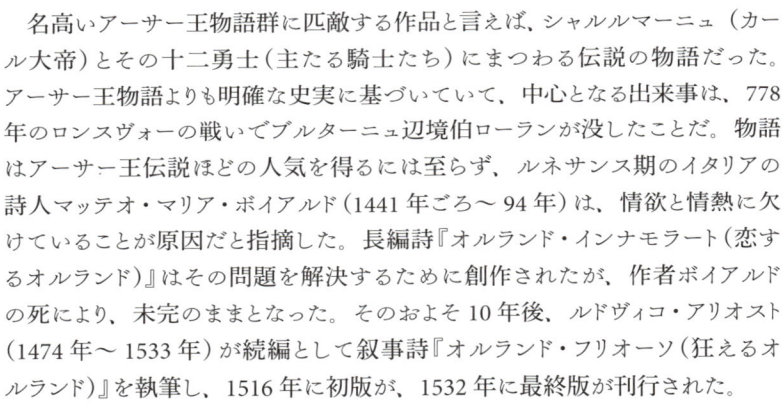

　名高いアーサー王物語群に匹敵する作品と言えば、シャルルマーニュ（カール大帝）とその十二勇士（主たる騎士たち）にまつわる伝説の物語だった。アーサー王物語よりも明確な史実に基づいていて、中心となる出来事は、778 年のロンスヴォーの戦いでブルターニュ辺境伯ローランが没したことだ。物語はアーサー王伝説ほどの人気を得るには至らず、ルネサンス期のイタリアの詩人マッテオ・マリア・ボイアルド（1441 年ごろ～ 94 年）は、情欲と情熱に欠けていることが原因だと指摘した。長編詩『オルランド・インナモラート（恋するオルランド）』はその問題を解決するために創作されたが、作者ボイアルドの死により、未完のままとなった。そのおよそ 10 年後、ルドヴィコ・アリオスト（1474 年～ 1533 年）が続編として叙事詩『オルランド・フリオーソ（狂えるオルランド）』を執筆し、1516 年に初版が、1532 年に最終版が刊行された。
　この詩の背景となるのはキリスト教徒軍とイスラム教徒軍の戦いで、スペインやバルカン半島では両著者の時代までつづいていた。しかし、この作品には事実をもとにした筋書きに何世紀にもわたる壮大な愛と魔法の物語が織りこまれている。物語はすさまじい速さで展開し、つぎつぎと新しいエピソードが登場しては、しばしば宙吊りのまま中断されるため、話の筋を追うのはむずかしい。戦いそのものは、崇高な任務や魔法の小道具を前に色褪せて見える。小道具としては、美女アンジェリカを魔法から守る指輪、見た者を気絶させる魔法使いアトランテの光り輝く盾、聞いた者を恐怖に陥れるイングランドの騎士アストルフォの魔法の角笛、女主人公ブラダマンテの無敵の槍などが例としてあげられる。囚われの姫を題材にした数あるエピソードのひとつで、海の怪物オルクに生け贄として捧げられたアンジェリカを異教徒の戦士ルッジェーロが救出する際に乗りこなす、アトランテの有翼の馬ヒッポグリフもそうだ。
　登場人物たちのおもな動機は愛や情欲や傾倒だが、それらの要素から逸脱した部分のほうがおそらく重要である。この叙事詩は、感嘆や驚愕の瞬間が

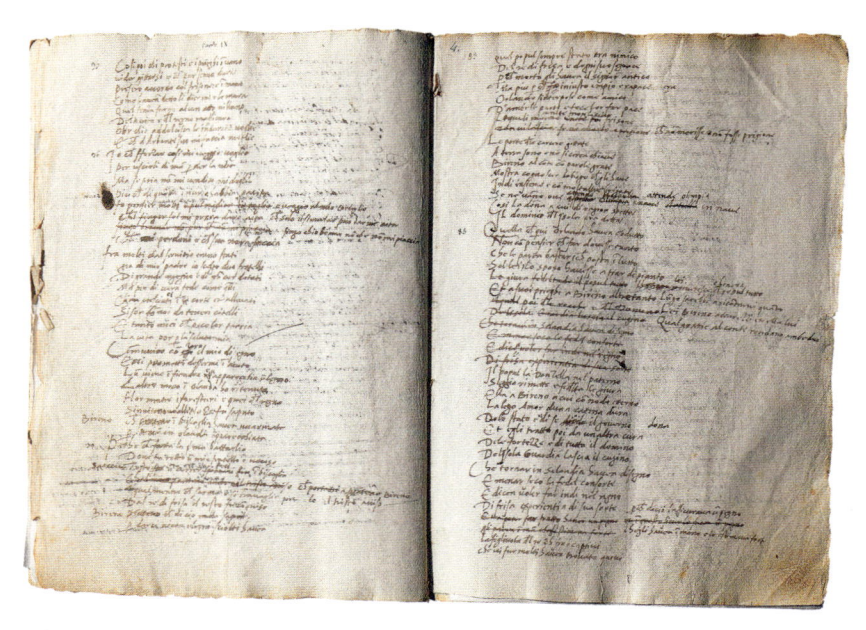

絶え間なく訪れる純然たる娯楽として創作されている。描かれているのは何が起こってもおかしくない世界であり、刺激的で恐ろしく、性描写もあからさまで、慄然とする場面もあるが、何より大きいのは意外性である。人々はカタイ（中国）、トラプロバーネ（スリランカ）、月、地獄、地上の楽園など、どこへでも旅に出る。ボイアルドの「残虐な城」にも登場する、屍姦によって誕生したおぞましい生き物など、悪鬼や怪物たちに脅かされ、数々のよい魔法使いと悪い魔法使いに守られたり襲われたりする。

　『狂えるオルランド』の成功は、性的なほのめかしが繰り返され、そこから自由奔放な雰囲気が生まれていることによるところが大きい。1591年、ジョン・ハリントン卿は第28歌の下品なくだりを翻訳してエリザベス女王の侍女たちを笑わせようとしていたところを女王に見つかり、宮廷から追放された。この叙事詩はエドマンド・スペンサーの『妖精の女王』（1590年〜1609年、54ページ）に非常に強い影響を与え、その数年後にはシェイクスピアもこれに着想を得て、『から騒ぎ』（1612年）を創作したという。また、セルバンテスも『ドン・キホーテ』（1605年・1615年、62ページ）に魔力を与えてくれた騎士物語として『狂えるオルランド』を引き合いに出している。

　20世紀にはいると、これに刺激を受けたL・スプレイグ・ディ・キャンプとフレッチャー・プラットが、ふたりのアメリカ人学者が想像上の世界へ行く能力を得て魔法使いになるというファンタジー、〈ハロルド・シェイ〉シリーズ（1940年）を執筆した。最近では、小説家のイタロ・カルヴィーノ、ホルヘ・ルイス・ボルヘス、サルマン・ラシュディらがアリオストの作品を執筆の参考にし、さらに言えば、チェルシー・クィン・ヤーブロの『アリオスト──狂えるアリオスト、別世界のルネサンス』（1980年）は、詩のなかの世界、ルネサンス期の架空のイタリア、想像上のアメリカなどの世界のあいだを移動するというアイディアを実現している。

『狂えるオルランド』の手書き原稿は、フェラーラの市立アリオスト図書館に所蔵されている。

☞ 50ページ〜 51ページ

「アンジェリカを救うルッジェーロ」ジャン゠オーギュスト゠ドミニク・アングル、1819年。

トマス・モア
Thomas More

ユートピア
[1516 年]
Utopia

遠くの島にある完全な社会で人々が調和して暮らす、というトマス・モアの想像は、
「ユートピア小説」というひとつのジャンルを生み出した。
しかし、ユートピアとは「どこにもない場所」という意味であり、
モアはみずから目にした社会の欠点や堕落への批判を作中であらわにしている。

『ユートピア』の初版は 1516 年にベルギーのルーヴェンで刊行された。

モアはその学識と知恵をイギリス国王ヘンリー 8 世に注目され、1529 年には大法官に任命された。

その後モアは国王と対立し、大法官を辞任する。1534 年には、ヘンリー 8 世をイギリス国教会の長であると認めることを拒否し、ロンドン塔に幽閉された。

1535 年 7 月 6 日、モアは斬首された。死に際に「王の忠実なる下僕であるが、何よりもまず神の下僕である」と群衆に告げた。

イギリスの人文主義者トマス・モア（1478 年〜 1535 年）によって 1516 年に書かれた『ユートピア』は、以後その名がそのまま文学ジャンルのひとつになるほどの影響力を持ち、改革によって整備された完全な文明社会というモデルは、多くの作家や芸術家を魅了してきた。

『ユートピア』は 2 巻に分かれている。第 1 巻は、アントワープに出張中のモアがラファエル・ヒュトロダエウス（ヒスロデイ）という人物に紹介されるところからはじまる。ヒュトロダエウスはモアとその友人に旅の様子を語るが、話題は統治のあり方や、貧困、死刑、耕作地の囲いこみの法律といった問題へと移る。最後にヒュトロダエウスは、満足できる唯一の解決方法は私有財産を完全に廃止することであると出し抜けに告げる。つづいて第 2 巻で、すでに実践しているユートピア市民を例として、それがどのようにおこなわれるかが説明される。

ユートピアはイングランドと同じくらいの大きさの島で、54 の都市がすべて同じ計画のもとに建設されている。市民はまったく同じ家に住み、10 年ごとに再配置される。農場では国全体を維持するのにじゅうぶんな食料を生産する。だれもが働くが、1 日に 6 時間だけだ。食料は市街の中心の倉庫で手にはいり、ほかのものと同じく、支払いの必要はない。だれもが実用的な同じ服を着ている。金銀は軽蔑され、赤ん坊だけが宝石で遊ぶ。

ここで描かれたユートピアの制度についての昨今の評価は否定的である。退屈だ、画一的だ、厳格すぎる、管理がきびしい、といった意見だ。ユートピア市民は国内外の犯罪者を奴隷として手もとに置いている。婚前交渉をした者は生涯独身の刑に処される。結婚は終身のものであり、姦通者は奴隷の刑で罰せられる。離婚は可能だが、きびしい条件においてのみである。遊ぶことは許されているが、描かれているゲームは退屈なほど教育的だ。国内を旅行する際は許可証が必要で、不携行を重ねると罰として奴隷の身分に格さげされる。

これらの修道院まがいの決まりは、多くの人々が餓死したり、食べ物の窃盗

で絞首刑にされたりし、貧しい人々への食料供給がほとんどなかった時代には、耐えうるものだったかもしれない。だが21世紀のレンズを通して見ると、この島は驚くほど全体主義的、権威主義的である。モアは自分の考えた理想の社会が存在しえないことに気づいている。というのも、島の名前はギリシャ語の ou（「ない」という意味）と topos（「場所」という意味）の組み合わせだからだ。『ユートピア』はところどころ風刺的であり、安楽死や既婚の聖職者といった慣行は、モア自身のカトリックの信仰に著しく矛盾する。モアはユートピアと欠陥のある現実世界との比較を促す。その目的は、単にこう問いかけたいからだろう——わたしたちは現状を改善できないのだろうか、と。

　H・G・ウェルズは『近代のユートピア』（1905年）と『世界はこうなる』（1933年）のなかで、モアの考えを発展させようとしたが、それはすぐあとの戦争とスターリン主義によって台なしになった。ジョージ・オーウェルの『一九八四年』（1949年、174ページ）はひどく悪化した一種の共産主義的ユートピアを提示し、オルダス・ハクスリーの『すばらしい新世界』（1932年、148ページ）は科学技術の発達した消費主義的ユートピアを風刺している。この問題を最も深く考察した物語は、アーシュラ・K・ル＝グウィンの『所有せざる人々』（1974年）だろう。そこでは、貨幣や私有財産の廃止を含めて、モアのユートピアで使われている多くのルールに従った共同体が描かれ、誕生のきっかけも、モアの考えと同じく貧困と不公平である。しかし、その社会は人間の本性を完全に抑えることができず、もろくも崩れていく。

アンブロシウス・ホルバイン（ヘンリー8世の宮廷画家ハンス・ホルバインの兄）が作った『ユートピア』の木版画が、1518年にバーゼルで発表された。くわしく見ると、この島の首都アマウロートゥム（霧の街）がアーニュドラス川（水のない川）に囲まれているのがわかる。その川の「水源（泉）」や「河口」について書かれた札もある。

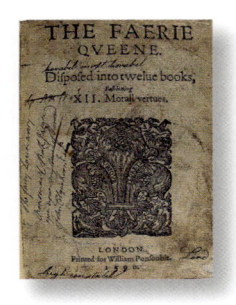

エドマンド・スペンサー
Edmund Spenser

妖精の女王
[1590 年〜 1609 年]
The Faerie Queene

**エリザベス朝イギリス屈指のすぐれた作家によるこの寓意叙事詩の大作は、
アーサー王の騎士たちが登場する荘厳な風景を壮大なスケールで描き、
そこには古典神話やイギリスの伝説に登場する神々や怪物たちが暮らしている。**

スペンサーはこの長い未完の詩をエリザベス1世のために書いたが、女王から年金を受けとったものの、存命中に有名になることはなかった。

スペンサーは人生の多くを征服者の一員としてアイルランドで過ごしたが、1598年のアイルランドの反乱によって追放され、イングランドにもどった。

1599年に没すると、遺体はウェストミンスター寺院の「詩人のコーナー」に埋葬された。

　1590年、エドマンド・スペンサー（1552年〜99年）は友人であるウォルター・ローリーへの手紙に、24巻におよぶ『妖精の女王』についての構想を書いているが、目標は達成されなかった。1590年に3巻、1596年に3巻、そしてスペンサーの死後10年を経た1609年に第7巻の一部がそれぞれロンドンで出版された。物語の舞台は、すべてスペンサーが「喜ばしい妖精の国」と呼ぶ場所であり、森や城に満たされたマロリーの『アーサー王の死』（1485年、44ページ）の世界と、魔法が渦巻くアリオストの『狂えるオルランド』（1516年ごろ・1532年、48ページ）の世界とを合わせたものである。

　スペンサーの叙事詩が『狂えるオルランド』を多くの点で真似ているのはたしかだ。乙女騎士ブリトマートはアリオストのヒロインであるブラダマンテに酷似し、ブリトマートが正義の騎士アーティガルを救い出すところは、ブラダマンテが英雄ルッジェーロを救出する場面と対応している。アリオストの美女アンジェリカはつねに略奪者とおぼしき者たちから逃げまわっていて、それもスペンサーのフロリメルに反映されている。そして、どちらの物語にも、脇役として魔法使い、巨人、怪物、若く高貴な女性が現れ、馬上槍試合が描かれる。

　また、イギリスの民話とアーサー王伝説の影響も色濃く見られる。完結しているすべての巻にアーサー王子（まだ王ではない）が登場し、最後には「口喧しい怪獣」が現れるが、それはマロリーの「吠える怪獣」をモデルにしている。スペンサーはローリーへの手紙で、ホメロスとウェルギリウスの流儀にならおうと語っているが、聖書からの影響はそれよりさらに大きい。たとえば、第1巻の主人公である赤十字の騎士はまちがいなくイングランドの守護聖人ジョージを象徴しており、スペンサーはローリーへの手紙で、騎士が身につけている甲冑は「神の武具」（エフェソの信徒への手紙　第6章10節〜18節）だとはっきり述べている。

　『妖精の女王』がアリオストの作品と異なるのは、物語の焦点が明確で、構成が緊密であるところであり、はるかに教訓色が強くなっている。それぞれの

決然たる勇気に溢れる
この若武者は
何と言われても聞き入れず、
暗い穴へと歩み寄り、
中を覗いた。
身にまとう輝く鎧が影とも
言えるほどの
ほのかな光を放ち、
それによって怪獣の姿が
はっきり見えた。

（和田勇一・福田昇八訳『妖精の女王』より）

「アクレイジア」ジョン・メリッシュ・ストラドウィック、1888 年。第 2 巻の至福の園に登場する、男を誘惑する魔女アクレイジアと魔法にかけられた騎士が描かれている。

巻について、ひとつの徳が述べられ、それが主人公（第 4 巻のキャンベルとトリアモンドのようにふたりの場合もある）において具体化し、主人公たちの冒険のなかで、待ちかまえているかもしれない罠とともに徳が描かれている。第 2 巻では節制の象徴であるガイアンが、怒りに燃える男フューラー（怒り）に叩きのめされている若者を助けようとする。ガイアンはフューラーと懸命に戦うが、助言者である巡回修道士パーマーから、まずフューラーといっしょにいる老婆オケイジョン（機会）を排除するように説かれる。ここには、怒りの感情が育つ機会を与えずに打ち勝つという教訓がある。

この叙事詩は古典神話からも多くを引用している。変幻自在の海神プロティウスによって海中の牢に入れられた美女フロリメルは、ギリシャ神話の黄泉の国のペルセポネやエウリュディケと類似している。同時代の哲学者フランシス・ベーコンはプロティウスを評して、木に実をつける果物のように、熟し、腐り、土に帰る物質を象徴しているとした。

『妖精の女王』では、裸の乙女たちと獣にされる騎士たちとから成る至福の園の描写が特にすばらしい。そのアドニスの園は、道徳観念から解放された快楽者たちのための場所である。未完の第 7 巻においては、田園風景の中で優雅な踊りが繰りひろげられ、チェンジ（変化）とネイチャー（自然）の歌声が響きわたる。スペンサーは、このように色彩豊かで五感に訴える場面を舞台とし、『狂えるオルランド』によるファンタジーの魅力だけでなく、視覚以上に強烈な感覚や、新たな心理的、感情的な深みも加えている。

「赤十字の騎士」習作，ジョン・シングルトン・コプリー，1793 年ごろ。騎士はふたつの徳の化身に出会う。信仰（左）は蛇の入った聖杯を持ち，希望（右）は小さな錨を持っている。

呉承恩
Wu Cheng'en

西遊記
［1592 年ごろ］

Journey to the West (Xiyouji)

16 世紀後半にまとめられた古代中国の伝説は、
竜や盗賊や悪霊や魔女が登場するもので、
英知に喜劇性と思想的な深みが加わったすばらしい重層性を具えている。

『西遊記』はもともと作者不詳のまま広まっていて、原作者がだれかという問題はいまだに議論されている。

何世紀も経って、物語は1978年に日本でテレビドラマ化され、堺正章が主役を演じた。これは傑作とされ、いまだに広く人気を博している。

呉 承 恩（1500 年～ 82 年）作とされる 16 世紀中国の小説『西遊記』（英語圏の読者はおそらくアーサー・ウェイリーによる 1942 年の要約本を知っている）は、文学の素養のある読者に向けて口語体で書かれた複雑な寓話で、中国で人気のあった口述伝承の長い物語に基づいている。この物語は 7 世紀の偉大な学者で僧侶でもあった玄奘（三蔵法師、サンスクリット語で Tripitaka）の苦難の旅についてのもので、玄奘が仏教の発祥地インドへ真の経典を求めて向かい、失われた王国や未踏の荒野を通って、巡礼の旅を貫いていく。そういった冒険物語の概略を聞くと、美しい風景描写を期待するのが常だが、ここで描かれる旅は見知らぬ土地の異国情緒を搔き立てると言うより、仏教の求道者が悟りを求めていくものである。

この人類史上有数の長い旅の寓話に、中華思想を持つ国特有の文学的想像力を減衰させるある種の文化的偏狭さが反映されていると結論づけるのは、まったく正しくない。はるか昔から、中国の読者は『山海経』に出てくるような風変わりな土地や生き物に魅了されていた。その後の時代になっても、辺境への冒険旅行を題材にした物語では、見知らぬ土地や民族が読者を楽しませてきた。詩的想像力に富んだ中国文学の変わらぬ主題のひとつは、人々がすっかり満ち足りて、名誉や富を求める穢れた生活からは遠く離れて暮らす秘境の谷に折よく出くわすというものだった。名高いものとしては、陶淵明の『桃花源記』が最もよい例だろう。

とはいえ、『西遊記』が文学的に重要なのは、焦点があてられるのが巡礼者たちが通過する空想の世界ではなく、そういった土地に住む人々であるからだ。田舎の木こりたちや賢愚両方の王たちも、実直な僧をだまそうとする温和な支配者の仮面をつけた悪党たちも、みな人間味豊かな住人である。主人公たちが旅をする失われた都市や未知の土地は、明の時代を代表する絵画などで描かれる象徴的な世界とほぼ一致しているが、それらの世界はほとんどが、山々や、美しいが人を寄せつけない要塞や洞窟といった場所であり、

そこにはあらゆる種類の悪人たちがひそんでいる。例外として、上下関係がまったく逆になった西梁女人国（そこでは男性のほぼすべての役割を女性が果たしている）があるが、個性に富んだ悪以外の存在が支配する国など想像もできず、ごくわずかの例外を除いて、腹黒い支配者の悪の企みや奇妙な武器の数々が実にていねいに描かれている。

　しかし、それとは異なるものとして、（少なくとも最初は）完璧な失われた世界のこの上なく豊かな描写があり、それが作品の冒頭で姿を現す。唐時代の僧侶による叙事詩めいた旅の語りは、1匹の猿が「美猴王」となる前の一連の逸話ではじまる。その猿は、花果山に住む猿たちにとっての秘密の楽園を発見した呑気者として登場する。花果山は、束縛されない自由と尽きない品々が豊富にある、その名もまさしく「傲来国」にある。だがまもなく、おのれの傲慢さゆえに不老不死を願った美猴王は、天界の力に逆らおうとするものの、やがて屈服し、孫悟空という修行僧の名前を持つ猿のような姿で、おのれの限界に縛られることなく探求の旅へと発っていく。

20世紀初期に描かれた挿絵には、狡猾な黒水河の悪魔が船頭に化けて、孫悟空（美猴王）が助けに来る前に玄奘を連れ去ろうとしている場面が描かれている。

トンマーゾ・カンパネッラ
Tommaso Campanella

太陽の都
［1602 年］
The City of the Sun

神政のユートピアでは、あらゆるものが共有される。
太陽市民はだれでも無償で普遍的な教育が受けられ、
1 日 6 時間だけ働き、最低でも 100 歳まで生きる。

『太陽の都』は 1602 年に執筆されたが、初版が刊行されたのは 1623 年のフランクフルトだった。

カンパネッラは 1634 年 10 月から死去するまでフランスに住み、未来の太陽王ルイ 14 世のために進んでホロスコープを作成した。王子は 1638 年 9 月 5 日、カンパネッラの 70 歳の誕生日に生まれた。

　博識で知られたドミニコ修道会の修道士トンマーゾ・カンパネッラ（1568 年〜 1639 年）は、（ナポリでスペイン政府への反逆を率いたとして）獄中にあった 1602 年に、1100 ページにも及ぶ「実践哲学」というユートピア宣言の最後の仕上げをした。そこに含まれていたのが、補遺である『太陽の都』であり、これがカンパネッラの最も有名な著作となった。物語はある旅行者の話という形をとり、おそらくトマス・モアの『ユートピア』（1516 年、52 ページ）から着想を得たのだろうが、作中に明白な言及はまったくなく、むしろ古代ギリシャの哲学者プラトンから影響を受けたことやその考えを強調している。

　物語では、渡航から帰ったばかりの船長が、聖ヨハネ騎士団の総長から問われて、はるか遠くにある「太陽の都」へ出かけたときのことを語る。船長の説明によると、その都はタプロバーナ島（古代ギリシャ人にはよく知られていて、現在のスリランカかスマトラと考えられる）にあり、住民たちはインドから逃げて来た人々だという。船長はその土地や人々、つまり太陽市民の様子についてかなり細かく語るが、このことからわかるのは、作者が自作のユートピアを同ジャンルの他作品より現実味を帯びたものにしようとしたということだ。それはどこかにありそうな場所であり、プラトンの「国家」のように単に思索的なものでも、モアのユートピアのように批判に満ちたものでもない。

　船長が語る詳細には、いささか単調なものもあるが、とりわけ大事な要素は施政、教育、宗教、個人の自由で、カンパネッラ自身の視点と、占星術や数秘術への傾倒が反映されている（たとえば、その都市は厳重な要塞のような 7 つの同心円状の壁で囲まれ、それぞれの環は惑星を示している）。当然ながら、教育は最重要とされ、完璧な市民を創造するためには欠かせない。そのため、それぞれの壁の外側と内側にはあらゆる知識の絵が描かれていて、そこですべての子供たちが 3 歳から 10 歳まで義務教育を受ける。

　都市はひとりの指導者によって治められている。「太陽」と呼ばれる聖職者だ。「太陽」は終身職で、形而上学と神学をだれよりも深く知りつくしていなくては

60

Ancient Myth & Legend

「獄中のトンマーゾ・カンパネッラ」ピオ・サンクイーリコ、1880年。ドミニコ会修道士カンパネッラはナポリを征服したスペイン政府に対する反逆の首謀者として投獄され、獄中で『太陽の都』を書きあげた。

ならない。そして、3つの分野の第一人者である3人組が「太陽」の任務を補佐し、それぞれが多くの執政官に補佐されている。第一に、「力（ポン）」が戦闘と平和を担当し、第二に「知恵（ジン）」が教養科目や機械技術やすべての科学を担当する。そして、「愛（モン）」が「種族についての任務」を担当し、すべての市民の長命を確実にするとともに、「男女がしっかり結びついていて、優秀な子孫を誕生させるよう注意している」。

　太陽の都のすぐ下には、暗黒郷に変わる要因がひそんでいる——優生学や全体主義の萌芽が見られる——が、カンパネッラの作品は後期ルネッサンス期に生まれた平等という重要なテーマを反映し、知的自由を推し進めようと懸命に試みている。1623年にこの作品が出版されると、国家に支配された生殖理論や、姦淫は罪ではないという考えが大きな論争を巻き起こし、異端の書と見なされた。

ミゲル・デ・セルバンテス
Miguel de Cervantes

ドン・キホーテ
［1605 年・1615 年］
Don Quixote

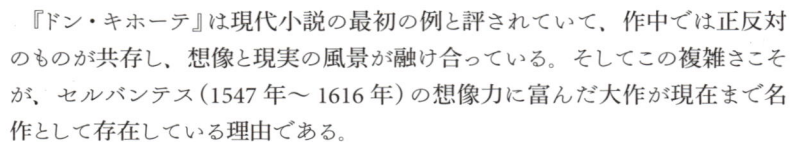

**セルバンテスはこの大作でスペイン帝国の現状を荒唐無稽に描く。
騎士道伝説や空想物語に惑わされたひとりの騎士の愉快な冒険の物語であり、
現実が想像になり、やがてその想像が現実の社会を象徴していく。**

セルバンテスは 1547 年 10 月 9 日に洗礼を受けているが、正確な誕生日はわかっていない。ファーストネームがミゲルであることから、ミカエル祭のある 9 月 29 日に生まれたのではないかと言われている。

この作品が世に出たあと、英語の quixotic（キホーテのような）という形容詞が、あと先を考えずに夢を求めて非現実的な行動をとる、という意味を持つ単語になった。

『ドン・キホーテ』の第 1 巻は、1605 年にマドリードでフランシスコ・デ・ロブレスによって出版された。

『ドン・キホーテ』は現代小説の最初の例と評されていて、作中では正反対のものが共存し、想像と現実の風景が融け合っている。そしてこの複雑さこそが、セルバンテス（1547 年〜 1616 年）の想像力に富んだ大作が現在まで名作として存在している理由である。

この作品には、作者自身の放浪と冒険の人生が大いに生かされている。セルバンテスはそれまでに、イタリアの枢機卿の従者、スペイン帝国の兵士、アルジェでの虜囚、劇作家、詩人、徴税吏など、実にさまざまな経験をしていた。また、債務不履行などによってスペインで数回の牢獄生活を送り、そして『ドン・キホーテ』が絶大な人気を博したあとも富からはほど遠かった。

主役の名、「ラ・マンチャのドン・キホーテ」は、舞台であるマドリードの南に実在するスペイン地方の名にちなんでいる。ラ・マンチャはカスティーリャ地方の町で、そこは作品が書かれた当時、キリスト教国であるスペインが支配する地域であり、またアンダルシア地方との境界に位置し、イスラム教とユダヤ教の伝統の影響も強い地域だった。この作品を読むと、ラ・マンチャの風景そのものが種々の民族が存在するスペインを象徴するものに見えてくる。ドン・キホーテにとってのラ・マンチャは滞在する土地ではなく、冒険または「出撃」のさなかにさまようための場である。その描写は現実離れし、象徴的で文学の香りがする。たとえば、ドン・キホーテがみずからに苦行を課す洞窟や山岳は騎士伝説に見られるもので、牛飼いたちが歌ったり話したりするときにもたれるブナの木はラ・マンチャには自生するものではなく、セルバンテスが田園詩の風刺として書きこんだものである。

セルバンテスは現実の世界に象徴を見いだす一方で、想像の世界でも同じことをする。ドン・キホーテは妄想に苦しみ、騎士道物語を読みすぎて異常な思考をする人物であり、伝説を模倣するために、武勇と冒険を求める遍歴の騎士として出発する。その苦境が高尚さや過度な理想が非現実的であることを風刺するだけではなく、ドン・キホーテの数々の錯覚（最もよく知られてい

るのは、風車を巨人とまちがえて突撃すること）は、カスティーリャ地方が支配者ハプスブルク家によって工業化を強いられつつある深刻な現状への抵抗と解釈できる。当時、風車は伝統的なカスティーリャの風景のなかにはなく、それはハプスブルク家が世界的な経済戦争を戦うため、風の強いマンチェガンの丘に設置した新しい強大な機械だった。また、風車の威圧感とそれが象徴するものは、「破壊する」「砕く」という語が何度も使われることによって、強く巧妙に表現される。このことばは、ドン・キホーテとサンチョ・パンサが打ちのめされる哀れな場面のたびに使われる——あまりにも頻繁に。

　真実を公然と語ることができなかった検閲と抑圧の時代に、セルバンテスは現実と想像の境をわからなくする手法によって、自分の考えを力強く表現した。そして、空想を現実へ、現実を空想へと変えるセルバンテスの驚くべき才能が、文学的表現の限界を押しひろげることになり、たぐいまれな想像力が世界に示された。こういった理由によって、数ある文学作品のなかでも『ドン・キホーテ』は傑作中の傑作と認められ、世界じゅうの作家と読者に刺激を与えつづけている。

「ドン・キホーテとサンチョ・パンサ」オノレ゠ヴィクトラン・ドーミエ、1855年。ドーミエはセルバンテスの作品をもとに数枚の作品を残している。この絵では、遠くでドン・キホーテが突入しているのに、サンチョ・パンサはロバの上で瓶から酒を飲んでいる。

ウィリアム・シェイクスピア
William Shakespeare

テンペスト

［1611 年］

The Tempest

シェイクスピアによる最後の戯曲の舞台は、
魔法使いのプロスペロー、その娘ミランダ、召使いて妖精のエアリエル、
怪獣のような男キャリバンの住む神秘的な島が中心となっている。
物語は大嵐からはじまり、難破船の一行が孤島の静寂を破る。

刊行物としては、1623 年、エドワード・ブラントとアイザック・ジャガードによって、最初のシェイクスピア全集「ファースト・フォリオ」の一部として出版されたのが最初だった。

ロンドンにある BBC 放送の社屋前にあるエアリエルとプロスペローの彫像は、ラジオ放送の持つ魔法の力を象徴している。

1956 年の映画「禁断の惑星」は『テンペスト』を SF として解釈したもので、エドワード・モービアス博士と娘のアルティラがはるか遠くの第 4 惑星アルテアに着陸する。

『テンペスト』は荒れる海と格闘する船の場面からはじまり、乗っている人々は命の危険に怯えている。その嵐は、近くの無人島に娘と置き去りにされた強力な魔法使いプロスペローが仕掛けたものだった。プロスペローとミランダのほかに、島にはあとふたり住んでいる。悪魔と魔女の息子であるキャリバンと、プロスペローが召使いにした妖精のエアリエルだ。

プロスペローの目的は復讐することであり、その相手は、自分を失脚させて追放し、いまはミラノ公になっている弟のアントーニオと、その裏切りに手を貸したナポリ王アロンゾーだ。プロスペローはアロンゾーの息子ファーディナンドを浜に漂着させ、アロンゾーの一行から切り離す。

シェイクスピア（1564 年ごろ～ 1616 年）が舞台とした島は地中海のどこか、おそらくミラノとナポリからそう遠くないところだろうが、人けのない島を選んだことは 1492 年のコロンブスによる新世界との遭遇に起因している。また、難破船の描写は、1609 年にイギリスからヴァージニアへ向かっていた船がバーミューダで行方不明になったとされた事件から着想を得ている。現実の事件では、すべての乗船者が無人島で数か月無事に過ごし、やがてヴァージニアにたどり着いた。

16 世紀から 17 世紀のヨーロッパ人たちにとって、カリブ海は矛盾に満ちた地域だった。それまでだれも目にしたことがないという意味で危険だが、自分たちの知るどこよりも肥沃で、異国風の珍しさに満ちていた。また、新しく恐ろしい危険もいくつかあった。ハリケーンが最初に英語で報じられたのは 1555 年で、サメもこのころにはじめて知られるようになった（アロンゾーは息子ファーディナンドが死んだものと思い、「おまえを、どんな得体の知れない魚が餌食にしたのか?」と悩む）。それと同じく、昔の旅行者たちは島の先住民についてどう考えたらよいのかわからず、獰猛で何をしでかすか予想もつかない者たち、悪魔かその崇拝者たちと見なしていたため、新世界を何よりも恐れ

「ミランダ、プロスペロー、エアリエル」
イングランド派、1780 年ごろ。

ていた。そのうえ、人を食べる種族がいるという衝撃的な報告もなされていた（「人食い人種」cannibal ということばが最初に英語で使われた記録は 1553年のもので、これは「カリブ」Carib と同じ語源であり、シェイクスピアが登場させた「キャリバン」Caliban もそこから派生したと考えられる）。

だがシェイクスピアはこの戯曲全体を通し、「先住」について問いかける。プロスペローが最初に島に着いたとき、キャリバンは湧き出る泉を見せ、その後に漂着した船員たちには、木の実がある場所や魚の獲り方を教える。それに対して、プロスペローとミランダはキャリバンを邪悪な素性の者とは決めつけず、話し方を教えるが、それはある種の「文明化の使命」を意識してのことではないだろうか。

ほかの多くの作品と同じく、シェイクスピアは『テンペスト』においても、同時代の世相を描くだけではなく、古い物語や歴史やファンタジーを融合させた。古来の神であるジュノー、アイリス、セレスが登場し、プロスペローの名高い台詞はオウィディウスの『変身物語』（8 年ごろ、22 ページ）を思い起こさせる。プロスペローが魔法のすさまじい威力を見せると、難破船の人々はすぐにユニコーンやフェニックスを信じる。エアリエルはイギリスの民話に登場す

怖がらなくていい。

この島はいろんな音やいい音色や歌で

いっぱいなんだ、楽しいだけで害はない。

ときには、何千もの楽器の糸を弾くような調べが耳元に響く。

ときには歌声も聞こえてきて、ぐっすり眠ったあとでもまた眠くなったりする。

そのまま夢を見ると、雲の切れ間から宝物がのぞいて

俺のうえに降ってきそうになる、

そこで目が覚めたときは夢の続きが見たくて泣いたもんだ。——第 3 幕第 2 場

(松岡和子訳『テンペスト』より)

る悪戯好きの妖精（エルフやボガートやホブゴブリンなど）のような役目をする。それらはキャリバンを困らせ、船員たちを湿地や沼沢へ連れていき、幻影になり、輪になってダンスをする。シェイクスピア劇をはじめて観る者にとって、そのすべてがカリブ海の物語や中世の伝説よりもなじみ深かった。

　無人島を舞台にした文学作品は『テンペスト』がはじめてではないかもしれないが、この作品は無人島という場所を、現実に縛られず、心象や想像を自在に混ぜ合わせうる真っ白なキャンバスとしてみごとに生かしている。この考えが多くの作家を刺激し、ダニエル・デフォーの『ロビンソン・クルーソー』（1719 年）、ジョナサン・スウィフトの『ガリヴァー旅行記』（1726 年、74 ページ）、R・L・スティーヴンスンの『宝島』（1883 年、100 ページ）、H・G・ウェルズの『モロー博士の島』（1896 年）、ウィリアム・ゴールディングの『蠅の王』（1954 年）などの作品が生まれた。特に、J・M・バリーの『ピーター・パンとウェンディ』（1911 年）は、迷子の少年たち、海賊、インディアン、妖精、人魚などが「ネバーランド」に集まるなど、『テンペスト』に負うところが大きい。

　現代の多くの劇場作品と同様、『テンペスト』は舞台だけではなく、あらゆる形に翻案されている。各場面がホガース、フューズリ、ミレイなどの画家によって描かれ、エアリエルの歌が新たな曲として再生し、40 以上のオペラがこの戯曲をもとに作られ、着想を得て生まれた詩にはブラウニングの「キャリバンのセテボス観」（1864 年）、W・H・オーデンのフロイト的な「海と鏡」（1944 年）などがある。また、テレビや映画の作品になったものは数知れない。

　影響を受けた作品がこれほどまで多いことは、『テンペスト』が不朽の名作であるひとつの証である。シェイクスピアは「異」である世界、既知でありながら未知でもある世界を創造することによって、探検と発見の時代に国家が立ち向かういくつもの重要な問題を深く掘りさげている。そして今日の世界は、まるで彼の予言が的中したかのように、いまなお人種、性差、「異」である国の植民地化、「異」なる体験の問題に直面している。

66 ページ

「キャリバンとエアリエル」アーサー・ラッカムによるペン画、1899 年〜1906 年。

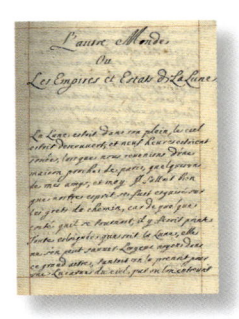

シラノ・ド・ベルジュラック
Cyrano De Bergerac

月世界旅行記
[1657年]
A Voyage to the Moon

シラノ・ド・ベルジュラックが描いた月は、
先住民たち、5人の地球人、「知識の木」が共存する楽園であり、
当時の天文学とキリスト教の常識に挑むものだった。

正確な書名は『別世界または月世界諸帝国』で、1657年にシャルル・ド・セルシーによって作者の死後に出版された。

シラノの人生を物語にしたのが、エドモン・ロスタンによる1897年の演劇『シラノ・ド・ベルジュラック』であり、これは驚異的な人気を博した。

シラノ・ド・ベルジュラック（1619年〜55年）が『月世界旅行記』とその続編『太陽の諸国諸帝国』を書いたのは、太陽が宇宙の中心であるという考えをローマ・カトリック教会が異教と見なしてまもなくのころで、目的のひとつはコペルニクス、ケプラー、ガリレオの主張を支持することだった。月と太陽は地球と同じような世界であり、シラノがそれを知っているのは、行ったことがあるからだった。

この一人称形式のSF小説で、シラノは飛行手段として古いものと新しいものを組み合わせている。最初に考えたのが、露を入れた何本ものガラス瓶を自分の体に縛りつけて、露に太陽を引きつけさせることだ。この試みはシラノをカナダのフランス語圏まで運んだだけだったが、ついにはロケットを使って離陸し、以前の試みで墜落したときに体じゅうの傷に塗りつけた牛の骨髄のおかげで、月の引力に呼び寄せられて、月までたどり着く。

シラノの斬新さは、なんと言ってもその喜劇的な風刺にある。月ではすべてが地球とはまったく異なる——人々は畏敬の念を示すために帽子をかぶってすわり、課されるいちばん重い罰は老齢での自然死であり、紳士の印は刀ではなくて、帯からぶらさがった勃起した金属の男根だ。さらに奇抜なのが月の人々で、身長は5メートル以上あるが、四本足で歩く。会話の手段が階級によって分かれていて、上流の者は音楽で、下流の者は身ぶりで意思を伝える。人々の鼻はシラノと同じように高く、日時計の役割を果たし、通貨は詩であって、ひとつの詩が1週間ぶんの夕食代となる。自由恋愛は認められているどころか、義務である。

シラノの主たる試みは喜劇かもしれないが、予言者としての評価も高く、オーディオブックや胚種説の概要をすでに予知し、光の性質を説明しようと試みてもいた。しかし、作中で無神論者と出会ったときに、強く反論し、無神論者とシラノはともに悪魔に連れ去られて、地獄へと運ばれていく。シラノが運

1708 年にアムステルダムで刊行された
たシラノ・ド・ベルジュラック全集の
第 2 巻にある挿絵。シラノは露入り
のガラス瓶を用いて宇宙へ向かって
いく。

よく「イエス様マリア様!」と叫んだため、悪魔はシラノを地球へ落とす。のちの
『太陽の諸国諸帝国』もこの作品と同じく、成功と失敗が混在している。
　この夢のような宇宙旅行の物語は、月への想像上の旅に関する数ある話の
一例として、そして SF 小説の歴史的作品として、しばしば引き合いに出され
るようになった。シラノ・ド・ベルジュラックの作品は多くの作家に刺激を与え
たが、中でも特に影響を及ぼしたのはおそらくスウィフトの『ガリヴァー旅行記』
(1726 年、74 ページ) であり、ガリヴァーは見知らぬ土地に漂着して、シラ
ノと同じように、観察したものについて驚きと笑いを交えて語っている。

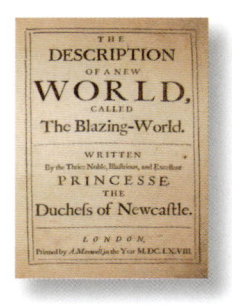

マーガレット・キャヴェンディッシュ、ニューカースル公爵夫人
Margaret Cavendish, Duchess of Newcastle

新世界誌　光り輝く世界
[1666 年]
The Description of a New World, Called The Blazing-World

すばらしい空想物語であるこの初期の SF 小説は、
並行して存在する複数の精緻な世界を結びつけながら、
17 世紀の科学理論を批判している。

1666 年、『実験的哲学への所見』とともにアン・マクスウェルによって出版された。第 2 版は 1668 年（上図）。

キャヴェンディッシュは『光り輝く世界』を発表する前から詩人としてよく知られ（『詩と虚構』1653 年）、劇作家（『劇集』『諸題目の演説』、1662 年）であり、またエッセイストや哲学者（『ごたまぜの世界』、1655 年、『哲学書簡集』、1664 年）でもあった。

『詩と虚構』（1653 年）には、多重世界理論や原子理論に関する詩が含まれている。

　サミュエル・ピープスは有名な日記のなかで、1667 年 5 月 30 日にマーガレット・キャヴェンディッシュ（1623 年〜 74 年）が英国学士院を訪れたことを記しているが、その異例の招待は、キャヴェンディッシュが富と地位の両方を具え、科学にとても関心があったことの証である。むろん、キャヴェンディッシュがそのとき自身の研究を発表したり、会員との議論に加わったりしたことはありえない（それどころか、女性がはじめて会員に選ばれたのは 1945 年である）。1667 年当時、女性が科学的な考察を深めていくということは、創作の世界でしか真剣に受け入れられなかった。

　『光り輝く世界』の前作にあたる『実験的哲学への所見』は、最新の科学技術の発展を痛烈に批判したもので、科学によってすべての自然現象を理解できるという主張に異議を唱え、新たな科学研究のための技術に対してもきびしい。

　『光り輝く世界』は、若く名もない女が商人に誘拐され、船に乗せられるところからはじまる。嵐で船が難破するが、女とわずかな乗組員だけが救命ボートに乗って助かる。乗組員たちは寒さで死に、女はたったひとりで残される。女は知性があって熊に似ている熊人間、さらには狐人間、鳥人間、半人半獣のサテュロスに出会い、やがて草色の肌をした男の人魚によって皇帝のもとへ連れていかれる。皇帝は女を神からの授かり物と信じ、妃とする。女はこのときから「女帝」とされ、新たな地で学びうることをすべて身につけて、学問のための協会をいくつも設立する。物語の大部分はこれらの学会とのやりとりから成り、女帝は光り輝く世界における自然の法則について解明しようとする。

　その世界は島々から構成され、川や海でつながっている。多くの街があり、それぞれが異なる素材でできていて、人間の世界には似たものがない物質を含む材料でできている街もあるものの、すべてが古代ローマの様式で造られている。楽園という名の首都にある宮廷もまさしく古代ローマに似て、黄金と宝石で造られている。住民は人間と知性を持った動物との両方で、動物たち

はそれぞれ専門知識を持っている。しかし、あらゆる協会のあらゆる科学者たちは、光り輝く世界がわたしたちの世界の物理的法則とは大きく異なる法則によって動いているとし、キャヴェンディッシュの時代でさえ理解されていた自然現象についてばかげた説明をする無能な者たちだ。

すべての学問について広く研究したのち、女帝は1冊の「カバラ」——難解な知識全体をまとめたもの——を作る。女帝は筆記者を採用するが、それがキャヴェンディッシュ本人——「公爵夫人」——であり、霊魂の姿をした女帝に会うことができる。

作品の後半になると、女帝は自分の生まれ育った国（架空のエスフィ王国）が攻撃を受けることを知る。公爵夫人は、光り輝く世界の軍隊を召集して援軍を送るよう進言する。女帝は建築家と技術者——どちらも巨人——を呼んで、公爵夫人の指揮のもとで潜水艦を造らせ、光り輝く世界とわたしたちの世界の隙間を進めるようにする。やがて女帝は自分の国を勝利に導く。

『光り輝く世界』は最も初期のSF小説のひとつであり、女性の手によるものは17世紀にはほかに例がない。異なる世界同士がつながっているという考えがSF小説の発展に影響を与えたことはたしかだが、知識の蓄積を通してたやすく絶対的な力を得る女性像がフェミニズム文学の専門家に認められるようになったのはかなりあとのことである。ヴァージニア・ウルフが『自分だけの部屋』(1929年)のなかでキャヴェンディッシュに言及し、近年ではシリ・ハストヴェットがキャヴェンディッシュの文章（と題名）を下敷きにして、ひとりの女がニューヨークの芸術界で女性差別の問題に直面する作品を書いている。

1655年のアブラハム・ヴァン・ディーペンベークの版画には、キャヴェンディッシュが知恵と学びの道具である羽根ペンとインク壺の前にすわっているところが描かれ、頭上では智天使が月桂樹のリースを夫人に載せようとしている。

『アーサー王宮廷のコネチカット・ヤンキー』の
口絵。108 ページ。

1701年から1900年まで

科学とロマン主義

産業革命の時期にはゴシック空想小説も多く書かれ、
科学の奇跡や未知のものへの恐れが描かれた。

ジョナサン・スウィフト
Jonathan Swift

ガリヴァー旅行記
［1726年］
Gulliver's Travels

この風刺小説の古典は、レミュエル・ガリヴァーが小さなリリパット人、
賢明なフウイヌム族、野蛮なヤフー族たちの国などで過ごすさまを描き、
人類の姿を滑稽ながら鋭く浮かびあがらせている。

1726 年、ロンドンでベンジャミン・モットから初版が刊行された。

この作品によって、「ヤフー」は無礼で洗練されていない粗野な者を侮蔑することばになった。インターネットの先駆者ジェリー・ヤングとデビッド・フィロは、1994 年に検索エンジンの名称としてこれをあえて採用した。

☞ 75 ページ

1860 年にネルソン・アンド・サンズから出版された『ガリヴァー旅行記』の挿絵。ガリヴァーがリリパット人によって地面に縛りつけられている。

イングランド系アイルランド人の著述家ジョナサン・スウィフト（1667 年～1745 年）は、今日では英語圏屈指の風刺作家と見なされている。その辛辣な作風はよく知られ、Swiftian（風刺に満ちた）という形容詞が生まれたほどだ。名著『ガリヴァー旅行記』の影響と重要性はあまりにも大きく、刊行以来ずっと版を重ねている。

レミュエル・ガリヴァーの最初の 2 つの旅は、鏡のように対を成している。第 1 話のリリパット島の住民たちはとても小さく、身長は 15 センチほどしかない。一方、ブロブディンナグ島の住民はとても大きく、20 メートル以上もある。最初は巨人だったガリヴァーが、つぎは人形並みになる。3 度目の航海でガリヴァーが訪れるのは、空飛ぶ島ラピュータ、その下にある地上の国バルニバービ、魔法使いの島グラブダブドリブ、そして不死ながら耄碌した人々ストラルドブラグが住むラグナグ王国だ。4 度目の航海でガリヴァーは、知性を持つ馬フウイヌムたちの国に置き去りにされる。そこにいっしょに住むヤフーたちは、汚くて危険で言うことを聞かない生き物で、人類を模したものだ。

スウィフトは驚きと強烈な風刺を混ぜ合わせているが、しだいに風刺ばかりになっていく。そのため、1 度目の航海が最も知られるものとなり、翻案作品なども最も多く作られてきた。リリパット人の描写の多くは、体の大きさにまつわるものだ。ガリヴァーにどのように食べ物を与えるか、どう従わせようとするか、そしてガリヴァーが皇帝や廷臣たちのためにどんな手柄を立てたかが描かれている。だが、人の大きさ以外ではリリパット国はスウィフトの時代のイギリスとほぼ変わらない。牛、羊、馬、草木などのすべてがリリパット人と同じように小さいが、社会の仕組みは当時のイギリスとそっくりで、戯画化されている。

ブロブディンナグも、逆ではあるが同様の効果をあげていて、ガリヴァーがマスティフ犬のようなネズミ、鳥のようなハエ、ライオンのような飼い猫、象のような犬と出くわして危機にさらされる。そのうえここでは、大きさこそ美徳と見なされているらしい。リリパット国の宮廷はあまりにもばかげていて、その派閥抗争はイ

Science & Romanticism

「ガリヴァーとフウイヌム人」ステファン・
バゴッド・ドゥ・ラ・ベーレ，1904 年。

理性的動物は強制されることがなく、
助言や勧告をされるだけだ。
理性にそむくのは、
理性を持った動物であることを
放棄することにほかならないからだ。

ギリスの宮廷社会をそのまま風刺していたが、ブロブディンナグでは、ガリヴァー
が王にイギリスの国力と技術を説明して感心させようとするさまに風刺が見られ
る。ガリヴァーが火薬について話しても、王はその使い方を蔑むばかりだ。

多くの読者が、3度目の航海でスウィフトの風刺の矛先がかなりそれたと感
じてきた。巨大な天然磁石の力で空高く浮かぶ島のラピュータ人たちは、数
学と音楽ばかりをありがたがって、なんの役にも立たない。その下にある島の
人々はさらにひどく、ラピュータ人の真似をはじめて、ありとあらゆるばかげた
科学実験のために「研究所」を設立し、キュウリから日光を抽出する、排泄物
をもとの食物にもどす、ことばを使わず物だけで会話できる世界共通の言語
を作るなどのことを試みている。これは1660年に設立された英国学士院を皮
肉ったものだ。

4度目の航海では、スウィフト自身の人間ぎらいがついにガリヴァーにも乗り
移ったらしい。フウイヌム（馬のいななきを模している）たちが礼儀正しく、知
的で、高潔であるのに対し、ヤフーたちは形容しがたいほど卑しい。物語の
最後で、ガリヴァーはもう一度帰国するが、妻も含めた自分と同じ種族とともに
過ごすことが耐えられず、毎日何時間も馬に語りかけることになる。ここでの
人類に対する批判をどれほど真剣に受け止めるべきか、研究者の意見は分か
れている。

『ガリヴァー旅行記』からはいくつもの映画やテレビドラマが生まれ（日本の名
匠・宮崎駿監督のアニメーション映画「天空の城ラピュタ」もその一例である）、
リリパット人たちはいくつもの漫画や小説に現れる。そして、スウィフト流の構
想は多くのSF作品で再現されている。アメリカでは、特撮のシリーズ〈巨人の
惑星〉が1968年から70年までテレビで放映された。ラピュータはジェイムズ・
ブリッシュの〈宇宙都市〉4部作（1955年〜62年）にも似た形で登場し、そこ
ではラピュータ人たちが目論んでいたのと同様に、海賊都市が「空を落とす」。
フウイヌムはジョン・M・マイヤーズの小説『シルバーロック』（1949年）に登
場し、不死人ストラルドブラグはフレデリック・ポールの『22世紀の酔っぱらい』
（1960年）の終盤に、人々を操る秘密組織の人間として登場する。

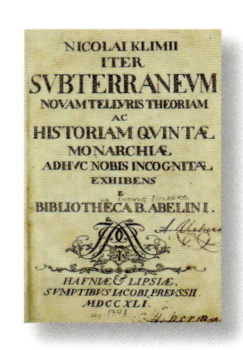

ルズヴィ・ホルベア
Ludvig Holberg

ニルス・クリムの地下世界への旅
［1741 年］
The Journey of Niels Klim to the World Underground

最初の SF 小説と評されることもあるこの地下世界への冒険物語は、
空洞地球という考えをはじめて突き進めたものだった。

ホルベアの風刺劇は人気を博し、「北欧のモリエール」と呼ばれるようになった。

『ニルス・クリムの地下世界への旅』は、ドイツにおいてラテン語で刊行された（1741 年）。英語の正式題名は『ニルス・クリムの地下旅行記——地球についての新理論と知られざる第五王朝の歴史』である。

ルズヴィ・ホルベア（1684 年〜 1754 年）はしばしばデンマーク文学、ノルウェー文学の父と言われていて、その執筆範囲は幅広い分野に及んでいる。だが、最もよく知られているのは、風刺的な数々の演劇と、『ニルス・クリムの地下世界への旅』で「空洞地球」を作りあげたことである。

題名からわかるとおり、この作品はニルス・クリムの冒険についてのもので、洞窟を探検していたクリムは、ロープが切れたせいで地球の中心まで落ちてしまう。そこでは、ひとつの惑星が地下にある太陽の周囲をまわっていた。最初の冒険の舞台はポチュで、そこは知性を持った動く木々が住むユートピアだ。クリムは木よりも速く動けるので、惑星ナザールを一周する旅に出て王に報告するよう言い渡される。クリムがナザールのさまざまな場所を訪れるにつれ、物語はユートピア小説から風刺小説へと変わっていく。それらの国々の描写——ちがう種類の木々がポチュの木と同じことばを話す——は、異世界についてのきわめて簡潔で的確な風刺だ。クアムソでは、だれもが幸福で健康だが、退屈している。ララクでは働く必要がないが、みなが不幸で鬱々としている。キマルではみなが金持ちで、罪人に遭うのを心配しながら時を過ごしている。そして、「自由の国」は戦争中だ。

つぎにクリムは、ポチュの内部の惑星から地殻の裏側へと、大きな鳥に乗って旅をする。冒険はマルティニア王国ではじまる——そこは知的ではあるが気まぐれな、流行にばかりとらわれた類人猿が住む国だ。クリムはマルティニアの人々にかつらを紹介して財産を築く。物語は社会批判から、大海のかなたで奇妙な生き物たちが住むメゼンドロス諸島へ貿易の旅をする空想小説へと変わっていく。

船が難破して、クリムははるか遠い国に着くが、そこには賢い動物や木々ではなく、地下世界のあらゆる生物のなかで唯一野蛮で文明化されていない原始的な人々が住んでいる。クリムはその状況を改善しようと決心し、人々に対して、「自然が人類に与えた、他のすべての動物よりも勝っている支配力」を

デンマークの画家ニコライ・アブラハム・アビルゴールによって描かれた、ニルス・クリムが水中から引きあげられている場面。

取りもどさせようとする。そして自分の知識を使って、弾薬を作り、天空のすべての国々をひとつひとつ征服していく。そのたびにクリムは自分のことを「地下世界のアレクサンダー大王」だと思うようになり、暴君と化す。だが臣下の者たちが反逆し、追放を強いられる。避難場所を探しているとき、以前に落ちたものと同じ穴にまた落ちて、ノルウェーにもどる。

　ホルベアの物語は空洞地球をはじめて描いたものであるが、その考えがどこから来たのかを示す証拠はない。クリムは穴へ落ちていくとき、空洞のなかの世界について語っているが、説明はくわしくない──「わたしは地下の世界に落ち、地球が空洞だと信じている人たちがまちがっていなかったのを知った」。だが、信じている人たちとはだれなのか。なぜ地球が空洞だと信じているのか。天文学者のエドマンド・ハレーの地球内部の「同心球」説（1692年）のことではないかという説もあるが、ホルベアの地下世界はいくつもの球があるのではなく、ひとつの惑星が地下にあるひとつの太陽の周囲をまわっていて、人が住む地殻があるというものだ。これは、その後につづくいくつかの地下世界の物語にも見られる大きな特徴であり、ハレーの考えとは異なっている。ほかの多くの初期ユートピア小説や風刺小説と同じく、この作品も空想世界の外見上の詳細には無関心である。この小説が書かれた時期（1741年）は、16世紀、17世紀に流行した旅行記がすでに18世紀の空想の旅に進化していて、作家たちは思考を妨げられることなく、あたかも真実を語るかのように、政治や社会の新たな形を視覚化できるようになっていた。

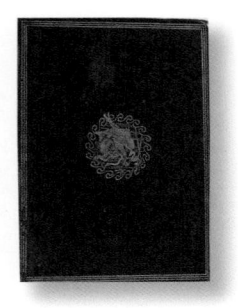

チャールズ・キングズリー
Charles Kingsley

水の子
[1863 年]
The Water-Babies: A Fairy Tale for a Land Baby

子供のためのこの不思議で力強い物語では、
想像力に満ちた描写、心を打つ贖罪のテーマ、進化論についての当時の考え方、
児童労働の問題などが一体となっている。

初版は 1863 年にマクミラン社によって刊行された。『水の子』はほかの多くのおとぎ話と同じように、「むかしむかし」ではじまる。

この作品は 1864 年の煙突清掃人保護法の成立を促したとされる。

キングズリーは cuddly（抱きしめたくなるほどかわいい）ということばを作り出し、『水の子』のなかではじめて使った。

　チャールズ・キングズリー（1819 年～ 75 年）による『水の子』は一見するとおとぎ話だが、このヴィクトリア朝時代の創造力豊かな物語は、当時の子供たちだけでなく大人の知識層にも向けられたものである。

　主人公トムは、ヴィクトリア朝時代の文学には欠かせない人物——煙突掃除の少年だ。トムはハーソヴァ屋敷で煙突からうっかり落ち、その家の娘エリーの寝室にはいってしまう。急に恥ずかしくなったトムは、そこではじめて自分が汚いことに気づいて逃げだし、なんとかきれいにならなくてはと考えて、近くの川に身投げするかのように飛びこむ。溺れはしなかったものの、海まで流され、汚れも洗い落とされたトムは、心身ともに生まれ変わり、いくつもの驚くべき冒険を経て、なぐってばかりいるグライムズ親方や謎に満ちたケアリーおばさんらと知り合う。トムは人生の教訓をサレタイコトシテアゲル妖精などから学び、ナンデモカンデモアルコールニツケロ教授からはあまり学ばない。海まで流されて大変身をとげたトムは、エリーと再会し、水の力で偉大な科学者になっていく。

　チャールズ・キングズリーは牧師で、いわゆる「筋肉的キリスト教」運動の指導者だった。牧師の使命は社会問題に立ち向かうことだと自覚し、中でも取りつかれたように挑んだのが公衆衛生の問題である。もしキングズリーが悪魔の絵を描いたとしたら、角や尻尾やひづめを持つ生き物ではなく、汚物のたぐいだっただろう。キングズリーにとっては、よく言われるような「清潔は敬神に次ぐ美徳」ではなく、清潔こそ敬神であった。その執念が子供のためだけではないおとぎ話を書かせた。

　この物語が生まれた背景にはロンドンの歴史がある。1854 年、ロンドンはコレラの流行で大打撃を受けていた。この流行は数年おきに起こり、ロンドン市民にとっては冬（やはり数多くが命を落とした）の訪れに劣らぬ日常茶飯事だった。そのころ、この病気は「毒気」である、不潔な空気によって広まるなどと言われていたが、1854 年にある若い医師が感染源を見つけ出し、汚れ

た空気ではなく、汚水が原因であることを突き止めた。当時、ロンドンの街は馬の糞や生ごみであふれ、技術者のジョゼフ・バザルゲットが古代ローマ以来はじめての効果的な下水道の構築に取り組んでいた。バザルゲットの任務は、有名な 1858 年夏の「大悪臭」によってますます急を要するものとなった。それは生命を脅かすほど危険なもので、議会も閉鎖されるほどだったが、バザルゲットによる下水道網の整備によって、根絶されるに至った。

ドイツのある辛辣な歴史家は、「イギリス人は文明とは石鹼のことだと考えている」と書いている。ディケンズもそう考えていたにちがいなく、1850 年に首都衛生協会でこう演説した──「わたしはほんとうに声を大にして言いたい。この目のおかげで──そして鼻のおかげで〔笑い〕……強く確信した。衛生状態の改善事業こそが、どんな問題よりも先に進められるべきだ〔拍手〕──わずかな光と空気を通して、天をのぞかせたまえ──どうか水を与え、わが身を清め給たまえ」と。ヴィクトリア朝時代に子供に対しておこなわれた種々の迫害のなかで、煙突掃除が最も悲惨だった。ディケンズの作品の主人公オリヴァー・ツイストはすんでのところで逃れている。もしあの非道なガムフィールド親方（オリヴァーを雇えば 5 ポンド手にはいるはずだった）のもとにいたら、ほかの多くの子供のように、その仕事に付き物の陰嚢がんや肺病にかかるところだった。煙突掃除をしていると、ほとんどが中年まで生きられず、成人した者すらわずかだった。

清潔な水には、ほかにも重要な価値があった。水はキリスト教では罪からの救済を象徴し、洗礼の儀式は 19 世紀のキリスト教信者においては一大行事だった。赤ん坊は、上衣やおやつ、清められたカップや銀のスプーンなど、結婚式の花嫁に負けないほど多くの贈り物をもらったものだ。

『水の子』では、そのふたつの要素──清潔な水の供給と洗礼──がうまく融け合っている。牧師であるキングズリーは、社会の発展と宗教の教義は矛盾しないと強く信じていた。神は生きとし生けるものがエデンの園並みに澄んだ水を手に入れることを望んでいたはずだ。そして、チャールズ・キングズリーは、そのために戦った人々を主導していたと言える。

「どうかかまないで」トムは叫んだ。「ただ、あんたを見たいだけなんだ。とってもきれいだから」
ジェシー・ウィルコックス・スミスが 1916 年版に描いた挿絵。

ルイス・キャロル（チャールズ・ラトウィッジ・ドジソン）
Lewis Carroll (Charles Lutwidge Dodgson)

不思議の国のアリス
［1865 年］
Alice's Adventures in Wonderland

このナンセンス・ファンタジーの古典には、
懐中時計を持ったウサギ、奇妙な帽子屋（マッドハッター）、チェシャ猫、
残酷なハートの女王など、たくさんの奇妙なものが詰まっていて
老若男女の読者を 150 年以上も楽しませてきた。

初版は 1865 年にマクミラン社から刊行された。

完璧さにこだわる挿画家ジョン・テニエルは、初版の 2,000 冊を廃棄するように求めた。工夫を凝らした自分の絵がじゅうぶんに再現されていなかったからだ。

☞ 83 ページ

「でも、おかしな人たちのところへは行きたくないの」アリスは言う。

「ああ、でも、しかたがないさ」猫は言う。「ここではみんながおかしいんだよ。わたしもおかしい。あんたもな」

「どうしてあなたは、わたしがおかしいってわかるの?」アリスは言う。

「ぜったいにおかしい」猫は言う。「じゃなきゃ、こんなとこには来なかったろ」

アリスがにやにや笑うチェシャ猫に会う場面。テニエルにならって描かれた。

オックスフォード大学クライスト・チャーチ・カレッジの数学教師（教区牧師でもあった）チャールズ・ラトウィッジ・ドジソン（1832 年〜 98 年）は、『不思議の国のアリス』の作者として知られている。この物語は知り合いの幼い 3 姉妹のために作られたものだった。3 姉妹とはリデル家のイーナ、アリス、イーディスで、ドジソンはよく夏にいっしょに川へ出かけ、物語を聞かせて楽しませていた。少女たちにとってなんとも幸運なことに、彼は史上最高の（最高に奇妙かもしれないが）語り部だった。

ドジソンの友人であった小説家ヘンリー・キングズリー（『水の子』1863 年、80 ページの著者チャールズ・キングズリーの弟）がその物語を読み、これは世界じゅうで広く読まれるべきだと言って、出版を強く勧めた。世間慣れしていないドジソンは、まずオックスフォード大学の出版部に持ちこんだが、大学からはこの原稿は学術書に加えるのは適していないとことわられ、そのうえ、こんな作品をドジソンの名前で出すのは研究者としてよくないと忠言された。

結局、ドジソンは作品をキングズリーの出版社であるマクミラン社に持ちこみ、ジョン・テニエルの挿絵がつくことになった。ドジソンは自身とその機知に富んだ物語にふさわしい「ルイス・キャロル」というペンネームを考え出した。当然ながらこれはことば遊びであり、クライスト・チャーチ・カレッジの夕食の席で同僚たちが謎解きに興じたのはまちがいない（ルイスの語源はラテン語で「ラトウィッジ」につながり、キャロルは同様に「チャールズ」である）。

アリスのふたつの物語（『不思議の国のアリス』の続編『鏡の国のアリス』にも同じ少女が登場する）は、子供向けの物語のなかでは珍しく大人の読者をも惹きつけた。キャロルの作品の底流にある知性の豊かさを理解できる賢明な大人はみな、その虜になった。

物語はアリスが真夏に木の下でくつろぎ、本を開きながらもその世界にはいっていけずにいるところからはじまる。そして、白いウサギが走っているの

アリスはマッドハッター、三月ウサギ、ネムリネズミのいるお茶会に出席する。テニエルの絵をもとに色彩を施したもの。

がアリスの目に飛びこむ。

　それはたいして変なことではありませんし、ウサギが「うわっ！　うわっ！　遅刻だ」とひとりごとを言っているのが聞こえたときも、たいしたことだとは思いませんでした（あとになって考えると、びっくりしてもおかしくなかったのですが、そのときはまったくふつうのことに思えたのです）。でも、ウサギがほんとうに胴着のポケットから懐中時計を取り出して、それを見てから、また急いで走っていったとき、アリスは驚いて立ちあがりました。ウサギが胴着を身につけて、しかもそのポケットから時計を取り出すなんて、見たことがないと気づいたからです。ものすごく気になったアリスは、ウサギを追って野原を走りはじめ、運がいいことに、ちょうどウサギが生け垣の大きな巣穴に飛びこむところを目にすることができました。

　フロイトの助けを借りて、この小さな少女が、生まれて8年後に「母親の子宮に帰って」異常な世界にいるなどと分析する必要はない。アリスは鍵つきの扉に行く手をふさがれ、食べたり飲んだりのせいで体が大きく小さく変わり、神話に出てくるグリフォンや、絶滅したはずのドードー鳥や、歯を見せてにやにや笑うチェシャ猫に出会う。アリスは招待されてもいないのに、帽子屋のお茶会に飛び入りし、怒りっぽいハートの女王（地獄の母親めいた存在）から斬首刑の宣告を受ける。

　女王の家来であるトランプのカードたちが、アリスの首をはねようと襲いかかった瞬間、落ち葉が顔に落ちてアリスは目を覚ます。季節は夏から秋に変わっていた。そして少女は大人になっていく。

「ああ、とんでもない、遅刻だよ！」白いウサギが懐中時計を確認している。

☜ 86 ページ
アリス・プレザンス・リデル（1852 年～ 1934 年）の写真。ルイス・キャロルが「物乞いのメイド」として撮影。

　　アリスは土手の上でお姉さんの横にすわり、
　　することがなくて退屈しはじめていました。
　　一、二度、お姉さんが読んでいる本をのぞいてみたけれど、
　　絵も会話もありません。
　　「絵もなくて、しゃべってることばもないなんて、なんになるの？」
　　アリスは思いました。

ジュール・ヴェルヌ
Jules Verne

海底二万里
［1870 年］
Twenty Thousand Leagues Under the Sea

「科学小説の父」によるこの冒険物語の古典は、
失われた都市アトランティスから南極まで、想像の世界を旅していく。

もとは 1869 年から 70 年まで雑誌に連載されたもので、70 年にピエール = ジュール・エッツェルから書籍として出版された。つづく1971年に、エドゥアール・リウと画家のアルフォンス・ド・ヌヴィルによる挿絵がはいったものが刊行された。

『海底二万里』は、『地底旅行』(1864年)をはじめ、ヴェルヌの他作品の多くよりも科学的な傾向が強い。幻想的に思えるノーチラス号は当時の潜水艦の設計に基づいている。

☞ 89 ページ
ノーチラス号の船内サロンの窓からの眺め。アルフォンス・ド・ヌヴィルの絵を版画にしたもの（のちに彩色）。

『海底二万里』は、ジュール・ヴェルヌ（1828 年〜 1905 年）のほかの主要作品と同じく、作者の傑出した想像力が自由に飛翔するきっかけが果てしなく並んだものだ。どこでもいいから作品のなかへ飛びこむと、ページをめくるたびに鮮明な絵が目に浮かぶ——たとえば、海底の「サンゴ礁の森」の豊かな描写、アトランティス大陸の遺構、ヴィゴ湾のなかで腐っていく沈没船ガリオンなどなどだ。また、ヴェルヌは他の作品からの借用をよくすることで知られている。この作品のクライマックスでは、巨大なイカによる襲撃を詳細に描いているが、（謝辞によると）これはヴィクトル・ユーゴーの『海の労働者』（1866 年）からのものだ。ネモ船長の自己破壊行為と大きな北の「大渦巻」に揉まれる船は、エドガー・アラン・ポーの短編「大渦巻への落下」（1841 年）から借りてきている。だが、ヴェルヌの物語には際立って独創的な部分が多く、こういった拝借については許してかまわないだろう。

名高いフランスの海洋生物学者ピエール・アロナックスが、この作品の語り手だ。1866 年 3 月、アロナックスは北アメリカでの調査からもどる途中、巨大でなおも成長しつづけている謎の生物を捕獲する仕事で米国政府に雇われる。アロナックスは、つねに有能で礼儀正しい召使いのコンセイユとカナダ人の「銛打ち王」ネッド・ランドとともに、アメリカのフリゲート艦エイブラハム・リンカーン号に乗りこむ。ネッド・ランドはハーマン・メルヴィルの『白鯨』のページから歩き出て来たような人物だ（これもヴェルヌの略奪品のひとつだろう）。

エイブラハム・リンカーン号は謎の燐光を発する「クジラ」を発見し、追いかけて発砲する。その怪物は大砲にもびくともせず、向きを変えて体あたりしてくる。アロナックスはコンセイユ、ネッド・ランドとともに海に落ちる。そして這いあがったのは、クジラではなく鋼鉄でできた巨大な潜水艦の上だった。3 人は潜水艦ノーチラス号に引き入れられるが、それは現代技術の奇跡だった——電気で動き、空調設備があり、宮殿のように居心地がよい。だが、捕らわれた 3 人は潜水艦から出ることはできないと知らされる。特にネッド・ランドはそのことに意気消沈し、物語の最後までこの「鋼鉄の牢」からの脱出を試み

90 ページ～91 ページ
ネモ船長の部下のひとりが巨大なイカに捕らえられる（左）。巨大なタコがノーチラス号を襲う（右）。アルフォンス・ド・ヌヴィルの絵を版画にしたもの（のちに彩色）。

つづける。一方、アロナックスは喜ぶ。アロナックスにとって、そこは牢ではなく、世界最高の実験室だった。この物語の読みどころは、海底2万マイルでの9か月に及ぶ水上、海底両方の航海の詳細な描写である。最後に主人公たちは大渦に突き飛ばされながら脱出するが、ノーチラス号と乗組員は飲みこまれて破滅する。

　物語を進めるのはアロナックスだが、ノーチラス号の船長ネモが読者の心をしっかりつかむ。ヴェルヌの当初の思いは、船長をポーランド人貴族にして、1863年の反乱を残酷に制圧したロシアへの復讐をとげさせることだったが、出版社からその考えを捨てるように説得され、代わりに謎めいた船長を登場させて、ラテン語で「だれでもない」という意味のネモという名にした。船長がどんな考えに動かされているかも、どこから来たのかも、読者にはわからない。ネモは5か国語を流暢に話すが、どれも母国語ではないようだ。性格は根っから陰気で寡黙だが、口を開くときは深い知識を披露する。年齢も定かではない。ネモは謎だらけの存在だ。ノーチラス号が渦に巻きこまれるとき、アロナックスが見たのは、船室の壁に張ったひとりの女性とふたりの子供の写真を見てネモがすすり泣く姿だった。妻なのか、母なのか？　アロナックスも読者も、永遠に知ることはない。

　『海底二万里』がフランス人読者の前に現れたのは、1869年3月から1870年6月まで「教育と娯楽雑誌」に連載されたときだった。冒頭の文は「1866年という年はある奇怪な事件で記憶されている」である。この物語は1867年の中ごろまでつづく。きわめて同時代性を具えた設定の小説だ。さらに物語はいくつかの重要な事件に言及している。アロナックスが乗りこむ船はエイブラハム・リンカーン号で、これは2年前の1865年に暗殺されたアメリカ第16代大統領の名前から採っている。1869年には、潜水艦は新しいものではなかったが、最初に戦時に効果的に使われたのは南北戦争時の南部連合軍によってだった。南軍の全長12メートルの潜水艦ハンリー（乗組員は8人で、手まわしのプロペラで動いた）が1864年にチャールストン沖で北軍の軍艦フーサトニックを沈め、戦時に強い威力を持つ可能性を示したのである。世界はすぐさま、海での戦いに変革をもたらすこの新兵器に注目した。

　これら無数の時宜にかなった話題が作中で響き渡っているが、この特徴は、イギリスやアメリカ以上に、特にフランスにおける出版の即時性と結びついたからだと言える。イギリスでは、最新小説のおもな発表形態は月刊誌掲載かハードカバーの書籍だったのに対し、フランスでは、人気のある小説は「フィユトン」と呼ばれる日刊、週刊、隔週刊の新聞や雑誌の連載作品として発表される傾向があり、『海底二万里』もそうだった。このフランスの早さの起源はフランス革命時にあり、秘密裏に手刷りして刻々と量産するパンフレットや新聞（「マントの下」の出版と当時呼ばれていた）を原点とする。ヴェルヌの作品にも最新情報が満載されていた。

　ヴェルヌは尽きることのない想像力と徹底した緻密さで当時の発見について

海はすべてです……。それは広大な砂漠ですが、
人間はけっしてひとりぼっちになりません。
すぐそばで生き物が
さざめいているのを感じられるのですから。
海は超自然的な存在が
はっきりと形を成す場所です……。
海自体が愛と感情以外の何者でもありません。
詩人が言っているとおり、生ける無限です。
そこでは、自然は3つの世界で姿を現します。
鉱物界、植物界、動物界。
海は自然の巨大な貯蔵庫なのです。

描いて、それを新たな未知のものにまでひろげ、技術的、地理的、空間的な
要素を充実させて、それまでだれも見たことも想像したこともない世界を作り
あげた。この徹底した魅惑的な風景描写を通して、人間の自然とのかかわり、
他者とのかかわり、現代社会における自由とのかかわりを深く考察している。
　ヴェルヌは偉大な名文家ではないかもしれないが——ヴェルヌの熱心な崇
拝者でさえそう言うだろう——この作家の構想の大胆さと魅力は稀有のものだ。
これ以上の想像力を駆使して文章を書いた作家は、その後現れていない。

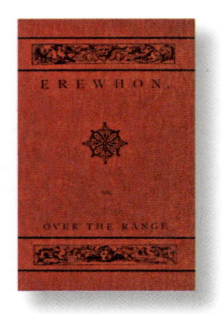

サミュエル・バトラー
Samuel Butler

エレホン
[1872 年]
Erewhon

ヴィクトリア朝時代の社会の慣習を挑発的に風刺した作品であり、
また、機械の隆盛に対して先駆的な考えを際立たせている。

サミュエル・バトラー (1835 年〜 1902 年) がヴィクトリア朝時代の社会を風刺した、このすぐれたディストピア的作品は、後続の作家たちが想像の世界を描いたものよりもやや強烈なだけかもしれない。だが、『エレホン』はいま読んでも、冷水を浴びせるような辛辣さに満ちていて、大英帝国——あるいは、あらゆる現代社会——を真のユートピアと見ることの愚かさを示している。

バトラーは当時でもとりわけ強硬な懐疑論者で、キリストの復活を否定したことや、『オデュッセイア』は女性によって書かれたという説を唱えたことなどで知られている。『エレホン』は当初、匿名で出版されたが、人気を博すとバトラーが自作だと公言した。この作品は、今日のわたしたちが人工知能や機械革命と呼ぶものについて、ダーウィンに触発された考察をおこなったことでよく知られている。

『エレホン』とその想像上の世界には、バトラー自身が大学卒業後にニュージーランドで牧羊を経験したことが生かされている。語り手 (バトラーがのちに発表した 1901 年の作品『エレホン再訪』で、ヒグスという名前だと明らかにされる) は若い羊飼いで、自分の農場のまわりにそびえる山々より高いものはないのかと考える。そこで旅に出て、危険な崖や急流の川を乗り越えたすえ、エレホンという未知の国に着く (モアのユートピアとほとんど同じで、「どこにもない場所」という意味であり、Erewhon は nowhere のわかりやすいアナグラムである)。

最初に着くのは粗末で野蛮な群像のある場所で、ヒグスは彫像から発せられる風の音の恐ろしさに気を失う。やがて、山羊の世話をしている数人の少女たちに起こされ、年長者たちのもとへ連れていかれる。よそ者のヒグスは牢へ移され、腕時計を奪われて健康状態を調べられたのち、軟禁される。ヒグスは、エレホン人の習慣や信念があまりにも異様で、自国のものと正反対だと知る。最も興味深いのが、病に冒される「罪」への対応と、より自発的であるはずの犯罪への対応のちがいである。

だれかが70歳より前に健康を害したり、何かの病気になったり、どういう形であれ体調を崩したりしたら、陪審員たちの前で裁判にかけられ、有罪であれば大衆から非難される……。しかし、だれかが小切手を偽造したり、火事を起こしたり、暴力で人から何かを奪ったり、われわれの国では犯罪とされていることをしたら、病院に入れられて国費で至れり尽くせりの看護を受ける。また、もしよい状況にあったら、自分はひどい不道徳の発作に苦しんでいると仲間たちすべてに知らせる……。

エレホン人の若者は「不合理大学」にかよい、役に立つことは何も教わらない。機械については、開発を許されれば社会を乗っとるであろうという理由から排斥される。

ある未亡人とその子供の全財産を横領した病から「回復」の段階にあるエレホン人ノスニボルは、ヒグスが解放されると自分の家に連れていく。ヒグスはその家の娘アロウヘナと恋に落ちる。やがてヒグスはアロウヘナとともに逃げ出して、熱気球で外の世界へもどる。バトラーによる1901年の続編『エレホン再訪』では、妻を亡くしたヒグスがエレホンをふたたび訪れ、かつて空に神秘的に消え去った自分が、「太陽の子」崇拝の対象となっているのを知る。人はなんでも信じる、と懐疑家バトラーは主張しているのだろう。

ペンギン・クラシックス版の『エレホン』では、ジョヴァンニ・ベッリーニの「田舎で読書する聖ジェローム」の細部が、バトラーの想像の国の風景として用いられた。

リヒャルト・ワーグナー
Richard Wagner

ニーベルングの指環
［1876 年］
The Ring of the Nibelung

**神々や英雄や人間たちが登場するこの壮大な叙事詩は、
オペラ史上最高傑作と呼ぶべきものである。**

ワーグナーは歌詞と音楽を完成させるのに 1848 年から 1874 年まで 30 年近くを費やした。

バイエルン王ルードヴィヒ 2 世は、「ラインの黄金」（1869 年）と「ワルキューレの騎行」（1870 年）について、4 部作の残りふたつが完成する前に仮上演するよう求めた。『ニーベルングの指環』全編がはじめて上演されたのは、バイロイト祝祭劇場（ワーグナーの設計によって建てられた）において、1876 年 8 月 13 日から 17 日までだった。

☞ 97 ページ

「ジークフリートと神々の黄昏」アーサー・ラッカム、1924 年。ワルキューレのブリュンヒルデが忠実な軍馬グレインに乗って、恋人ジークフリートの火葬の炎に飛びこむ場面。

リヒャルト・ワーグナー（1813 年〜 83 年）ほど賛否の分かれる芸術家はほとんどいまい。その人種至上主義と、のちにナチスに曲を利用されたこと（アドルフ・ヒトラーはワーグナーを好きな作曲家のひとりにあげた）が、ワーグナーの作品に暗い影を落としている。音楽と本人を切り離して考えることができるのか、さらには受け入れることさえできるのか、専門家たちはいまも迷っている。ともあれ、ワーグナーが音楽史上有数のすばらしい曲を生み出したのはまちがいなく、「ワルキューレの騎行」はオペラの主題曲として最も有名なもののひとつである。

ワーグナーはオペラの曲とリブレット（歌詞）の両方を作った。舞台での上演をドラマ、音楽、装置、視覚効果から成る総合芸術としてとらえるその考えは、芸術の形に革命をもたらした。ワーグナーの創造的な考えが、4 つの叙事詩から成るオペラとして最高の形で実現されたのが『ニーベルングの指環』であり、完成までに 30 年近くを要したという。

この作品は北欧神話の世界が舞台で、ワーグナーが自分の考えに沿って翻案した。ほかの多くの作家、とりわけトールキンも同じ北欧神話にヒントを得ているが、ワーグナーの構想は際立って創意に富んでいる。舞台は一貫して、崇高な神話の世界である。おもな題材は北欧の叙事詩ヴォルスンガ・サガで、これは偉大な英雄たちの物語だが、その英雄たちは人間であり、実在したとされる人物も含まれている。一方、ワーグナーの世界に登場するのは神話のなかの人物である。神々、巨人たち、小人たち、ワルキューレたち（死んだ兵士たちを戦場から主神ヴォータンの住まいであるヴァルハラ城へ運ぶ役目を持つ）やノルンたち（人間の運命を支配する女性たち）などの登場人物は、ヴォルスンガ・サガのなかにいなかったとしても、古い北欧文学のどこかに見いだせる。さらにワーグナーはそれらの多くに肉づけをしたり役割を加えたりしていて、たとえば「ラインの娘たち」は、作品の名にもなった魔法の指環の原料であるライン川の黄金を守る役を与えられる。

総合芸術の一端として、ワーグナーの神話的な歌詞と複雑な人物像には、

多くの詳細なト書き（忠実に反映するのは19世紀の技術ではむずかしかったにちがいない）が付されている。たとえば、最初のオペラ「ラインの黄金」の第1場には、渦巻く急流、岩、霧、深い峡谷が配され、そこで小人のアルベリヒ（作品名にもなっている、ニーベルング族）がラインの娘たちから黄金を奪う。第2場はヴァルハラ城の堂々たる広間の外で、巨人族ファーゾルトとファーフナーが主神ヴォータンのための城をちょうど造り終えたところだ。さらに場面は、煙の立つニーベルハイム（そこでアルベルヒが魔法の指環を作る）から、雲がかかる山々や鳥が飛び交う森へと移っていく。壮大な世界を築くワーグナーの能力には際限がない。だが不思議なことに、ワーグナーはほかの芸術家たちとちがって、独自の複雑で緻密な世界を構築しながらも、それをすっかり破壊しようという意志も持っているらしい。

「ラインの黄金」の物語が進むにつれて、それが明らかになっていく。ヴァルハラ城を造るのと引き換えに、ヴォータンは巨人たちに女神フライア（自分の妻フリッカの妹）を報酬として与えると約束する。フライアは神々を不死にできる黄金のリンゴを持っているため、これは明らかに危険な賭けである。フライアはひどくとまどうが、ヴォータンの機知に富んだ補佐役ローゲが、アルベルヒのもとに強大な力を具えた指環があることを教える。巨人たちは、ヴォータンが夜までに指環を持ってくればフライアを帰すことに同意する。

ヴォータンとローゲはアルベルヒをだまして指環を取りあげるが、怒ったアルベルヒは指環に呪いをかける。ヴォータンは指環を奪われまいとするものの、やがて巨人たちに渡す。指環にかけられた破滅の呪いによって、ファーフナーは口論のすえにファーゾルトを殺してしまう。

第2のオペラ「ワルキューレ」でも壮大な物語はつづき、ヴォータンは神々への危害を恐れて、アルベルヒより先に指環を手に入れようと懸命になる。だが神の国の掟として、暴力で指環を奪うことはできない。その掟に左右されない人間の英雄たちに実行させようと考えたヴォータンは、人間の女とのあいだに息子ジークムントをもうける。ところがジークムントは自分の双子の妹ジークリンデと恋に落ちたので、ヴォータンの妻で礼節を重んじる女神であるフリッカは、ジークムントは死ぬべきであると言う。ヴォータンの娘であるワルキューレのブリュンヒルデは、ジークムントを守ろうとするが、ヴォータンは息子ジークムントの刀を破壊し、ジークムントはジークリンデの夫フンディングに殺される。ブリュンヒルデは妊娠中のジークリンデと壊れた刀をどうにか救い出すが、みずからは反逆者として罰せられ、魔法をかけられて眠りに落ちる。

第3のオペラ「ジークフリート」では、ジークムントとジークリンデのあいだにできた息子ジークフリートは、恐れを知らない青年に成長している。ジークフリートはアルベルヒの弟ミーメから教わって、父が殺された刀を再生し、その刀でファーフナーを殺して指環を手に入れる。そして、眠りに落ちたままのブリュンヒルデを目覚めさせ、すぐに恋に落ちる。

最後のオペラ「神々の黄昏」は3人のノルンが運命の綱を編んでいる場面で

はじまる。神々の時代がもうすぐ終わって、ヴォータンがヴァルハラ城を焼くことが、ノルンたちの歌によって明らかになる。

ヴォータンの策略は、ついに現れるアルベルヒの息子ハーゲンによって阻止される。ハーゲンは忘れ薬を用いて、ジークフリートにブリュンヒルデへの愛を忘れさせ、自分の異父兄グンテルに変身させてブリュンヒルデのもとへ送る。ジークフリートは指環を取り返して、ブリュンヒルデを本物のグンテルに引き渡すが、ブリュンヒルデは指環に気づき、グンテルに奪われたと思っていたものがジークフリートの指にあるのを見て、自分がだまされたと悟り、グンテルに化けて自分を無理矢理妻にしたと言ってジークフリートを責める。ハーゲンは指環を求めてジークフリートを殺し、自分の兄グンテルも殺す。

指環は最後にブリュンヒルデによって取りもどされ、ブリュンヒルデはそのまま火葬の薪の山に入る。終わりの場面では、ラインの娘たちが薪の山を水浸しにして指環を取り出し、ハーゲンを溺れさせる。その後方では、神々と人間の英雄たちがヴァルハラ城とともに炎のなかに消えていく。

ワーグナーの複雑な物語は多くの疑問を浮かびあがらせる。アルベルヒはどうなったのか。指環はラインの娘たちのもとへ無事に帰るのに、なぜ神々は最後にジークフリートとともに滅びるのか。これは愛と力についての寓話だが、主題は不可解なままだ。現代社会の産業化への批判であるとか、逆に英雄の力と個人の生命力の理想化であるなどと評されてきた。

ワーグナーの究極の意図がなんであるにせよ、その壮大な世界は、後年の音楽、文学、芸術、映画での終末論的主題の表現に影響を与えた。おそらく最も有名なのがフランシス・コッポラ監督の「地獄の黙示録」であり、アメリカ軍がヴェトナムの村を爆撃する場面では、「ワルキューレの騎行」がヘリコプターに搭載されたスピーカーから響き渡る。

1876年、大作全編が最初に上演されたときの、3人のラインの娘たち。リリ・レーマン（ヴォークリンデ）、マリー・リーマン（ヴェルグンデ）、ミンナ・ランメルト（フロースヒルデ）。

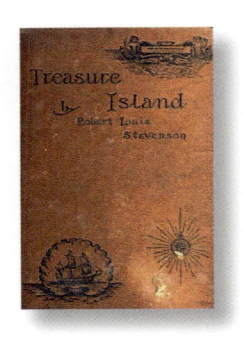

ロバート・ルイス・スティーヴンスン
Robert Louis Stevenson

宝島
［1883 年］
Treasure Island

世界じゅうで読まれているこの不朽の冒険物語は、
海賊や反乱や埋もれた財宝、そして「x 地点をめざせ」についての
魅力豊かな永遠の寓話である。

スティーヴンスンの物語は 1881 年に「ヤング・フォークス」という雑誌に連載され、「船長ジョージ・ノース」という副題がついた。単行本としては、1883 年にカッセル社からはじめて出版された（上図はロバート・ブラザーズ社によって 1884 年に出版された最初のアメリカ版）。

ほかの多くのスティーヴンスンの著作と同じく、もとの原稿は失われた。第 1 次世界大戦中に家族によって競売にかけられ、散逸したことがよく知られている。

☞ 101 ページ
スティーヴンスン本人によると、島の地図は「太ったドラゴンが立ちあがっている」ように見える。

　これまでに書かれた最も偉大な冒険物語はなんだろうかと投票を募れば、このすばらしい海賊物語はまちがいなくリストの上位にはいるだろう。ロバート・ルイス・スティーヴンスン（1850 年〜 94 年）──友人や家族たちは彼を「ルイス」と呼んだ──が後年「最初の作品」とみずから評したこの物語を書いたときには、もう若いとは言えない年齢になっていた。1880 年の夏、スティーヴンスンは結婚したばかりの妻ファニーとともに、カリフォルニアから生地エディンバラにもどった。ファニーは前の結婚で得た 12 歳の息子ロイドを連れていた。故郷に帰ったスティーヴンスンは、かつての友 W・E・ヘンリーと旧交をあたためる。ふたりは、スティーヴンスンが肺を痛め、ヘンリーが片脚の切断手術を受けたばかりのころ、病院で知り合った。現在では、ヘンリーは詩「インビクタス」を締めくくる感動的な一節「わが運命を決めるのは我なり わが魂を制するのは我なり」で知られるだけだが、ヘンリーをもとに作られた人物は多くの人の記憶に長くとどまっている。

　スティーヴンスンはヘンリーに対して、『宝島』出版後に語っている──「障害を乗り越えたきみの強さと堂々たる姿が、ロング・ジョン・シルヴァーを生んだんだよ……音だけで周囲を威圧して恐れさせる、あの脚の悪い悪役をね。すべて、きみがもとになっているんだ」。19 世紀において、木の義足は詩人とは無縁だが、船乗りにはよく見られた。海で戦いや事故によって脚にけがをした場合、ただちに切断するのが最も確実な治療だった。船には病院設備がなく、傷ついた四肢はすぐに切り落とし、傷口を沸騰するタールで焼灼するのが壊疽を防ぐ唯一の手立てだったからだ。しばしば船のコックがキッチンナイフで手術し、傷が治ると木切れが結びつけられた。手を失った場合は、調理室にある食肉を吊す鉤が手の代わりになった（J・M・バリーは 1911 年の『ピーター・パンとウェンディ』で、フック船長はロング・ジョン・シルヴァーから着想を得た人物だと謝辞を述べている）。

　医者たちは、煙霧で満たされたエディンバラがスティーヴンスンの健康によ

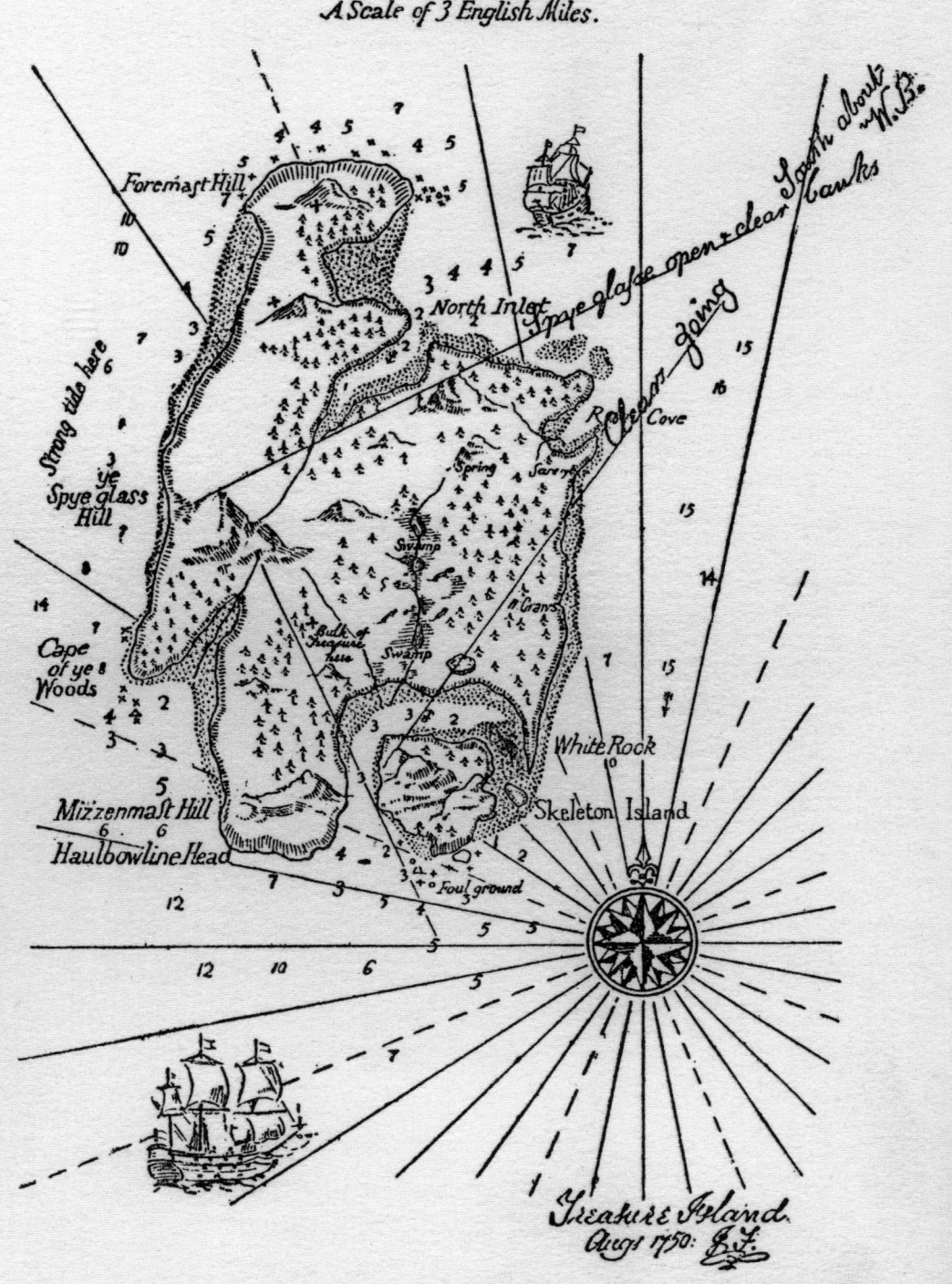

くないと警告した。夫妻は資金がないため遠くへは移れず、ハイランド地方のブレマーに家を借りた。気候は「あまりにもひどく、しつこいほど悪く」、一家は屋内に閉じこもるしかなかった。ある日、スティーヴンスンはロイドを楽しませようと、ある島の地図を描いた。

念入りに、そして（自分で思うに）美しく色をつけた。島の形は、ことばでは言い表せないわたしの想像の世界を表現してくれ、数ある港がソネットのようにわたしを楽しませてくれて……「宝島」の地図を前にすると、物語の登場人物が想像上の森の中にはっきりと姿を現した……。目の前に何枚かの紙があるのに気づいたわたしは、各章の題を書きはじめていた。

物語は毎朝1章ずつ、スティーヴンスンのペンから生まれていった。ほかの雑文の仕事はあとまわしにされた。この段階で、物語はまだ家族のためだけのつもりだった。文学界と作家スティーヴンスンにとって幸運だったのは、アレクザンダー・ヘイ・ジャップがスティーヴンスン家に招かれて、執筆中の物語について聞かされたことだ。スティーヴンスンがスコットランド訛りの声で、最初の章を魅力たっぷりに語るところを思い浮かべてもらいたい。

「もう一段上ってこい、ミスター・ハンズ」と言った。「頭をぶち抜いてやる。死人は噛みつかないからな」とつけ加えて、けらけら笑ってやった——ジムがマストのロープで海賊イズリアル・ハンズと戦っている。

その男のことは、昨日のことのように思いだす。船員用衣類箱をのせた手押し車をあとに従え、店先にどたどたとやってきた。長身で、がっしりと逞しく、栗のような褐色の肌をして、タールまみれの弁髪を薄汚れた青い上着の肩まで垂らしていた。無骨な手は傷だらけで、爪はひび割れ黒ずんでいた。頬の傷痕だけが、生っちろくて気持ち悪かった。（村上博基訳『宝島』より）

幸運だったのは、ジャップが当時人気のあった少年向けの週刊雑誌「ヤング・フォークス」の編集者と昵懇だったからだ。ロンドン在住の編集者で、経営者でもあったジェイムズ・ヘンダーソンは、やはりスコットランドの出身だった。ジャップはスティーヴンスンに、「ヤング・フォークス」に発表してみないかと勧めた。そのころ生活に窮していたスティーヴンスンにとっては、少しばかり潤う好機だっただろう。

スティーヴンスンはジム・ホーキンズを主人公とする物語を完結させた。連載は順調に進み、スティーヴンスンは著者として50ポンド足らずの額を手に

し、やがて書籍化されて版が重ねられるたびにささやかな財を築いていった。『宝島』の登場はイギリス文学史に残る大事件とされている。家庭内での楽しみを求めて、退屈な日常から逃れるための炉端の語りから生まれた話が、不朽の名作となった。いまでは『宝島』なしのイギリス文学など考えられない。

のちの人気から見ると驚くべきことだが、「ヤング・フォークス」で『宝島』は大成功をおさめたわけではない。雑誌の読者である青少年層にとって、心理描写が複雑すぎたと考えられる。そして、それ以上に大きな理由は、年少の読者には刺激が強すぎたことだろう。たとえば、トムと呼ばれた男が殺される場面はあまりに凄惨で、当時の子供たちは楽しめなかったのではないだろうか。それは身の毛もよだつような恐ろしい描写で、残酷な殺人を目撃したジムは気絶する。そして読者は、大人であれ子供であれ、殺したシルヴァーが残酷な罪に対して罰を与えられずに、金を奪って生き残り、また怒りにまかせてだれかの背骨を砕くのではないかと考えると、震えを抑えられない。児童文学によくある因果応報の考えは、ここではどうなってしまったのだろうか。

『宝島』は想像力にあふれる精緻な作品である。木の義足、荒れた天候、見知らぬ男の登場から、豊かな想像の世界が一気にひろがっていく。

盲目の海賊ピュウは、馬に乗った密輸監視官に踏みつけられ、夜をつんざく叫びをあげる。

シルヴァーの声だった。
ものの十数語もきかぬうちに、
ここはなにがあっても姿を見せてはいけないとわかり、
恐怖に身を縮めてふるえながら、
好奇心にもかられて耳をそばだてた。
その十数語から、本船の善良な男全員の命が、
ぼくひとりにかかっていると知ったのだ。

（村上博基訳『宝島』より）

エドウィン・A・アボット（「正方形」）
'A Square' (Edwin A. Abbott)

フラットランド たくさんの次元のものがたり
［1884 年］
Flatland: A Romance of Many Dimensions

SF の古典であるこの短編作品は、
主人公である「正方形」によるスペースランド（空間の世界）、
ラインランド（線の世界）、ポイントランド（点の世界）という
多様な次元世界への数学的な旅を描いている。

初版は 1884 年にシーリー社から刊行された。

アボットは存命中、教育者、神学者、言語学者としてよく知られていた。数多くの教科書や神学論文を執筆し、哲学者フランシス・ベーコンの伝記も著した。

この作品は 2007 年にアニメーション映画化され、マーティン・シーンとクリスティン・ベルが声優をつとめた。

数学者は興味深い小説を書く（たとえば、ルイス・キャロルの『不思議の国のアリス』、1865 年、82 ページ）。『フラットランド』の作者エドウィン・A・アボット（1838 年〜 1926 年）は学校教師、文献学者、神学者であり、好奇心旺盛な時代にふさわしい遊び心のある探求精神の持ち主だった。アボットは『フラットランド』で、寓意的な SF 物語の原型を作り出した。

この小説は——もし小説と呼べるのであればの話で、長い知的ジョークとして読まれることも多いが——2 次元の（つまり平らな）世界を描写している。語り手は、幾何学的にごくありふれた「正方形」という者である。この作品は平面世界での生き方や社会的道徳について深く考える形で進み、平面世界を囲む境界に疑問をいだいたり踏み越えたりする者の運命を語っていく。「空間」で生活する特権が与えられている読者に対して、正方形はこう告げる。

　一枚の紙を想像してもらいたい。その紙の表面で、直線、三角形、四角形、五角形、六角形といった図形がとどまることなく自由に動きまわっていて、しかも紙から浮きあがったり、紙のなかに沈んだりはしない。影とよく似ているけれど、もっと硬くて、ふちが光っている。そんなふうに言えば、わたしの国とその住人たちがどんな感じか、かなりはっきりとわかってもらえるだろう。

前半はおもにフラットランドの厳格で階層的な社会構造に焦点をあてていて、そのせいでこれはヴィクトリア朝時代の社会規範を風刺した作品と評されている。フラットランドの階級制度は、登場人物が持つ角の数によって決まり、多角形がある種の上流階級、二等辺三角形が労働階級を構成し、語り手の正方形は知識階級に属する。階級の移動は部分的で男性だけに認められ（男子は世代交代ごとに角をひとつ得る）、直線である女性は地位を向上させるこ

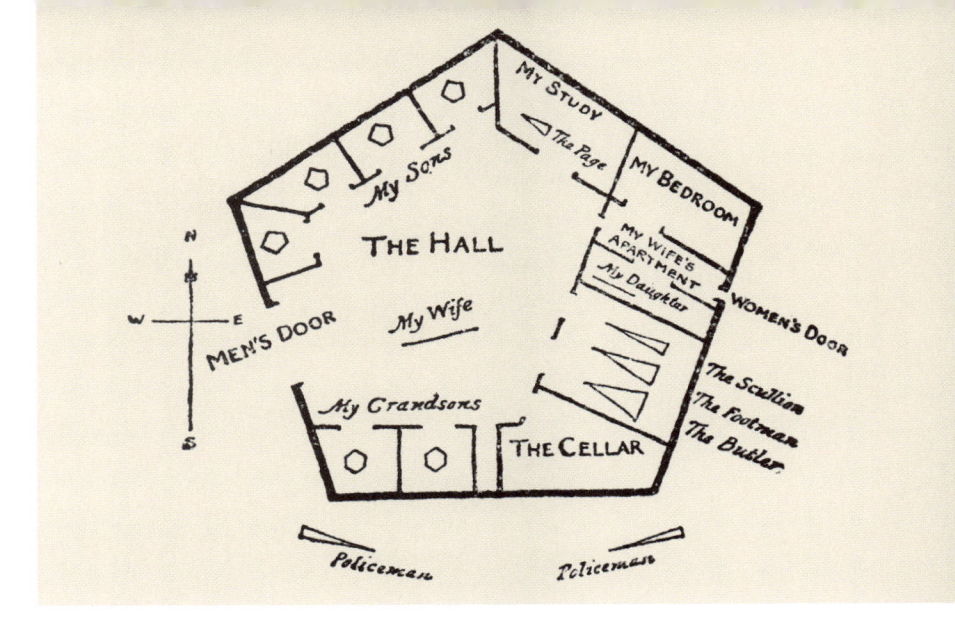

とができない。また、女性たちは正面から見ると「点」にまちがえられる可能性があるので、専用の入口を使用し、フラットランドを移動する際には声を出して、住民を誤って刺さないようにしなくてはならない。

アボットに「フェミニスト」の意識があったと考えるのは、時代を見誤った強引な見方かもしれないが、改訂版の序文では風刺的な意図をたしかに認めて、こう書いている。「(ごく最近まで)女性および大半の人間の運命は、言及するに値すると見なされることはほとんどなく、けっして重んじられることがなかった」

新たな千年紀を目前にした1999年、正方形はさらに次元の少ない世界、つまり存在すべてが線であるラインランドを夢に見る(線が四角形のように4つの辺を持つことがありうるだろうか。鉛筆で書くと4つの辺はあるが、幾何学的には存在しない。頭をひねって考えてもらいたい)。

H・G・ウェルズの小説『盲人の国』(1904年)の主人公と同じく、正方形はラインランドの王に対して、世界にほかの国があることを説くが、納得させることができない。もっとも、数学者は自分が話していることを他人が理解してくれないことに慣れている。正方形自身も、3次元のスペースランド(つまり、わたしたちにとっての現実の世界)から来た球体の訪問者に当惑する。幾何学の体系が異なる世界はあるのだろうか。点だけから成るポイントランドの存在についてはふれられているが、こんどは球体の訪問者のほうが、フラットランドやスペースランドより上の4次元、5次元、さらにはもっと高い次元がある可能性を認めようとしない(それらの存在は現代の物理学および数学では常識である)。フラットランドの人々に自身の発見を公表した正方形は、異端の罪で投獄される。いわば、「一線」を越えてしまったのである。アボットは、この物語は「想像力をひろげる」ためのものだと語っている。読者の多くは、アボットが想像した世界の難解さと格闘しつつも、それをしのぐおもしろさを感じるだろう。

初版には正方形の自宅の見取図が載っていた。多角形である男性用のドアは広く、線形である女性用の入口はせまい隙間である。

エドワード・ベラミー
Edward Bellamy

かえりみれば 2000年より1887年
[1888年]

Looking Backward:2000–1887

**19世紀で最も影響力のあった「ユートピア」作品。
その政治的見識によって「ベラミークラブ」が各地に誕生し、
やがて政党にまで影響を及ぼした。**

1888年にティックナー社から初版が刊行された。

1900年の調査で、『かえりみれば』はアメリカの歴代ベストセラーの3位となった。1位は『アンクル・トムの小屋』(1852年)、2位は『ベン・ハーキリストの物語』(1880年)だった。

眠っているあいだに時間旅行をするというベラミーの着想は、交流のあった社会主義者H・G・ウェルズが『睡眠者目覚める時』(1910年)でも用いた。ウェルズは、100年間眠っていた睡眠者が目覚めると、預金口座がふくれあがって世界一の金持ちになっていたという独創的な案を加えた。

エドワード・ベラミー(1850年〜98年)のこの作品で、ジュリアン・ウェストは恵まれた境遇にある育ちのよいボストン市民である。莫大な富と高い知性を持ち、イーディス・バートレットという美しい婚約者もいる。だがジュリアンには気になることがふたつあった。ひとつは、1887年時点での貧富の差があまりに大きく不公平であることに漠たる違和感をいだいていること。もうひとつは、マクベスよりもひどい不眠症にかかっていることである。たしかに幸福な男ではあるが、苦悩もあった。

ジュリアンは特に市街の騒音に悩まされていて、自宅の地下に防音処理を施した秘密の部屋を造り、部屋の存在は使用人だけに打ち明けた。その後、友人に催眠術をかけてもらったジュリアンは(1880年代には催眠術が大流行した)、深い眠りに就けることを期待する。だが、うまくいかなかった。催眠術が効きすぎて、ジュリアンは2000年9月10日——113年後の未来で目覚めてしまう。そして、自分が眠りに落ちた直後に家が焼け、主人の居場所を唯一知っていた使用人が死んだことを知る。ジュリアン・ウェストに何があったのかを知る人もいなくなり、いまでは気にする者もいない。

作者のベラミーは自分が描いた世界の「変化の速さ」にみずから興奮しつつ、この寓話に後記を添えている。しかし、ベラミーの未来像はむしろ進化すぎていた。『かえりみれば』のなかの「2000年」は、わたしたちが実際に知る世界とは大きく異なっている(これは多くのユートピアの宿命である——1984年の世界は、ほんとうにオーウェルの『一九八四年』とそっくりだっただろうか?)

ベラミーの描いた2000年は、文字どおり「千年王国」、つまり終末における完璧な世界である。ジュリアンは完璧な社会を発見し、そこでは自由放任の資本主義が廃止され、社会主義(ベラミーは読者が否定的な連想をすることを危惧して、このことばを使うのは注意深く避けた)を選んで産業化の問題を解決していた。富は公平に分配され、私有財産は撤廃されている。慈悲深い政府のおかげで、だれもが大学教育と終身介護を受けられる。労働は軽微

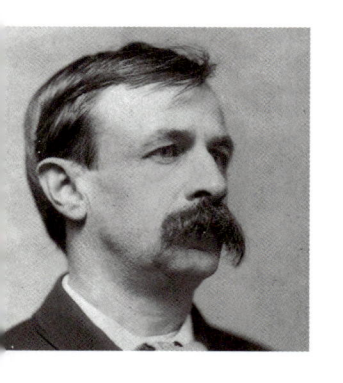

なものが多くてやりがいがあり、45 歳で退職する——平均寿命ははるかに長くなり、犯罪や汚職や貧困などの社会的病弊もなくなっている。

　自分にとっての「現在」へ帰れないジュリアンは、イーディス・リートと恋に落ちる。イーディスはジュリアンの初恋の人イーディス・バートレットの曾孫だった。ベラミーはこの物語に楽観的な後記を付している。

　　思慮深い人びとは誰でも、現在の社会の様相は大きな変化を予告するものである、と考えている。唯一の問題は、その変化がよりよい方向へのものなのか悪い方向へのものなのかという点である。人間の本質的な高潔さを信じる人びとは前者の見解に傾き、人間を本質的に卑劣なものと信じる人びとは後者をとる。わたし自身は前者の見解を固持するものである。『かえりみれば』は、黄金時代はわれわれのうしろにではなく、われわれのまえにあるのであって、しかも遠く離れてはいない、という信念から書かれた。（中里明彦訳『かえりみれば——2000 年より 1887 年』著者あとがきより）

　この作品はすぐに大反響を呼び、刊行された翌年には全国的なベストセラーとなった。その後も版を重ね、ウィリアム・モリスによるユートピア小説『ユートピアだより』（1890 年）をはじめとして、数多くの続編や文学的な「反応」（好意的なものばかりではなかった）が生み出された。出版されてまもなく、いくつもの「ナショナリスト」（または「ベラミー」）クラブがアメリカ全土に誕生し、この小説の設定やそれが実現する可能性が熱心に議論された。ベラミー自身は、徐々に政治色を増すこの運動に 1890 年代初頭に加わり、みずからも短命の週刊誌「ザ・ニュー・ネーション」（旧「ザ・ナショナリスト」）を発行して、考えを広めようとした。資金難や人民党（のちに民主党と合併）の人気の高まりによって、ナショナリスト運動は 1890 年代半ばに衰退したが、ベラミー自身が一時期「文学的幻想、おとぎ話」と表現したこの作品は、すでに人々の記憶に強く残っていた。

1889 年 12 月発行「ザ・ナショナリスト」の表紙。アメリカの社会主義雑誌で、ベラミーのユートピア思想の支持者が創刊した。

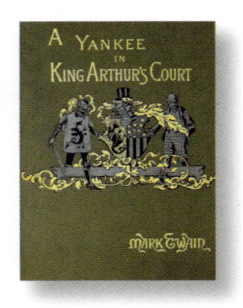

マーク・トウェイン（サミュエル・ラングホーン・クレメンズ）
Mark Twain (Samuel Langhorne Clemens)

アーサー王宮廷のコネチカット・ヤンキー
［1889 年］
A Connecticut Yankee in King Arthur's Court

この風刺物語は、19 世紀のアメリカ市民ハンク・ホーガンが頭を強打したあと、
中世イングランドへと来てしまった設定で、
従来とはまったく異なるアーサー王伝説を描いている。

当初の題名は『アーサー王宮廷のヤンキー』で、1889 年にチャールズ・L・ウェブスター社から初版が刊行された。

トウェインは、トマス・マロリーによる勇敢な騎士の物語『アーサー王の死』（1485 年、44 ページ）を入手し、それに着想を得て『アーサー王宮廷のコネチカット・ヤンキー』を書きあげた。

「わたしはアメリカ人のひとりではない。わたしこそ、まさしくアメリカ人だ」という表明は、著名な作家マーク・トウェイン（1835 年〜 1910 年）のことばだと勘ちがいされることが多い（正しくは、友人フランク・フラーのことばをトウェインが引用した）が、トウェインがアメリカ人作家のだれよりも国民の声を理解している理由は想像に難くない。だが、この最もアメリカ人らしい作家が考えた「アメリカ人であること」とはどんなものだったのだろうか。

この核心的な問題は、トウェインも理解していたとおり、新しい国（アメリカ）と古い国（イギリス）との関係に基づいていた。融合によって生まれたアメリカでは、衝突するものもあれば、受け継がれるものもあった。この矛盾に想像力を掻き立てられて、トウェインは名作『アーサー王宮廷のコネチカット・ヤンキー』（1889 年）を書き進めていった。

19 世紀の終わりごろ、多くの作家が作劇上の工夫として時間旅行という発想に魅了されたが、H・G・ウェルズなど、そのほとんどは過去よりも未来への旅を好んで選んでいた。そもそも、過去を変えたら、たったいま旅立った現在を保つことができるだろうか？ トウェインは起こりうる矛盾を大胆に無視した。『アーサー王宮廷のコネチカット・ヤンキー』は、トウェインが驚くべき話題の持ち主である流れ者ハンク・モーガンに出会うところからはじまる。ハンクはアーサー王の宮廷キャメロットから帰ってきたという。キャメロットはイギリスの貴族社会、紳士らしさ、騎士道の理想が形作られた場所で、まさにイギリス文明の出発点である。

ハンクは、バールで頭を強打してしまったあと、1879 年のコネチカット州ハートフォードから、528 年のイギリスのキャメロットにほど近い野原へとタイムスリップしたことに気づく。通りがかった人から自分が着いたのがどこなのかを教わったとき、最初はただただ絶望したという。そして、こうつぶやく。「じゃあ、もう仲間たちにも会えないってわけか――ぜったいに、二度とな。連中はあと 1300 年以上もたたなきゃ、生まれてこないんだからな」通りすがりの騎士

Science & Romanticism

から槍突きの練習相手に選ばれたとたん、ハンクの絶望が恐怖に変わる。

とはいえ、ハンクは正真正銘のアメリカ人である。自己紹介をしながら中世のイギリスを旅してまわり、目にするものをおもしろがったり不快に思ったりする。魔術師マーリンはいかさま師——三流のサーカス手品師以下——であることがわかり、イギリスは腐敗した階級制度によって混乱している。自由の身に生まれたコネチカット・ヤンキーにとっては、理解しがたく恐ろしい社会だ。6世紀の世界に必要なのは、古きよきアメリカ（すなわち「新しい」アメリカ）の技術だと感じ、ハンクは指導力を発揮する。科学技術、各種産業、工場、蒸気機関、電話、自転車、銃。たちまち車輪がひづめの代わりとなり、たちまちハンクは国で最も重要な人物、王よりも重要な人物となる。そして、「ボス卿」の称号を受ける。

読者はこの世界をどのように見るべきだろうか。トウェインと同時代のアメリカ人は、この物語をもっぱら愛国的な寓話と見なした。「古きイギリス」の腐敗、失墜、迷信を風刺することで、新しい国アメリカがますます輝いて見えた。トウェイン自身もそのような見方をある程度支持していたようだ。しかし、想像力に富んだほかの名作と同じで、『アーサー王宮廷のコネチカット・ヤンキー』の解釈はひとつとはかぎらない。トウェインがきわめて巧みに描いたこの物語は、アメリカ人教師がイギリス国民に慈悲深く伝授する道徳の授業ではない。ハンクは進歩を象徴しているが、それは血と鉄と大量殺人の進歩である。ガトリング砲が非武装の抵抗者に死を降らす一節では、トウェインはまちがいなくアメリカ南北戦争を想定している。驚くべきことに、すぐれた芸術家が持つ不思議な洞察力によって、トウェインには1914年に起こることになる殺戮の光景が見えたのかもしれない。凄惨であるが、おかしくもあり、まさしくトウェインそのものだ。

初版のダニエル・カーター・ビアードによる挿絵。ランスロット卿がペニー・ファージング型自転車に乗っている。

H・G・ウェルズ
H. G. Wells

タイムマシン
［1895 年］
The Time Machine

時間旅行をする手段としての機械装置の概念を世に広めた、
ウェルズによるファンタジーの不朽の名作は、弱々しく知性の低い人類と、
闇にひそむ邪悪な人食い種族とが住む遠い未来を描いている。

1895 年、「ニュー・レビュー」誌に連載された。連載時にあった第 11 章は小説から切り離され、同年にウィリアム・ハイネマン社から出版された。

ウェルズはほかにも、『モロー博士の島』（1896 年）、『透明人間』（1897 年）、『宇宙戦争』（1897 年）をはじめとして、重要な SF 作品をいくつか書いた。

☞ 111 ページ
ジョージ・パルが制作と監督をつとめた 1960 年 MGM 版の映画宣伝ポスター。

空想小説のシェイクスピアとはだれだろうか。多くの人にとって、H・G・ウェルズかジュール・ヴェルヌかで意見が分かれるだろう。だが、ヴェルヌとウェルズの物語はまったく別物だ。ヴェルヌは未踏の世界への壮大な旅を得意とし、主人公を海底二万里（88 ページ参照）や、地球の中心や周囲（80 日間という記録的な短さで）、さらには月へまで旅させた。ウェルズは自身が「科学物語」と呼んだ作風を好んだ。それは科学における当時最新の発見を信憑性の根拠とする空想作品である。ウェルズにとって空想と裏づけは不可分のものであり、科学の発展を小説に生かせるかどうかを見抜く目は驚くほど鋭かった。『透明人間』は、ヴィルヘルム・レントゲンによって体組織を透過する X 線の威力が実証されてまもなく出版され、『宇宙戦争』は、W・H・ピカリングが火星の表面に「運河」らしきものが活動しているのを観測したことを出発点としている。また、『空の戦争』はライト兄弟がキティーホークで初飛行に成功してから 5 年後に発表された。

最新の科学に基づいたこの想像力豊かな大衆向け作品は、どのようにしてできたのだろうか。H・G・ウェルズが生まれついた階級と世代は、1870 年の初等教育法を機に多くの因襲から解放された。父親はもとはプロのクリケット選手で、負傷して小さな店を営んだが、うまくいかなかった。ウェルズが 13 歳のときに両親が離婚し、母親は貴族の大邸宅で働くこととなる。ウェルズはその家で書庫の管理をまかされた。学校を卒業したあとは、服地の大商店で下働きをしたが、仕事を嫌悪していたという（このときの経験は喜劇『キップス』で語られている）。

聡明なウェルズは、18 歳のときに政府の奨学金を得て科学師範学校に入学し、そこで「ダーウィンの番犬」として知られる進化論支持者の T・H・ハクスリーに深く感化される。『種の起源』（ウェルズが生まれる 7 年前に出版された）は、若きウェルズにとってのバイブルとなり、その完璧さに対する信念は死ぬまで揺るがなかった。ハクスリーは「適者生存」説——同種または他種の

あいだで起こる絶え間ない闘争に基づいた考え――を採り入れていて、ウェルズにとってもそれが信条となった。

『タイムマシン』はウェルズがはじめて発表した科学物語であり、ヴェルヌですら考えつかないほどの豊かな想像に満ちた旅の物語である。ウェルズは買い手がつかないままにこれを執筆した。若き日の低迷期に完成したこの作品について、ウェルズは『自伝の試み』でつぎのように回想している。ある夏の夜遅く、ケント州にある粗末な下宿の窓をあけて、そのそばで『タイムマシン』の執筆に励んでいると、不愛想な下宿の女主人が暗がりから文句をつけてきた。ランプを使いすぎだというのである、と。

『タイムマシン』は強烈な段落からはじまる。最初に連載されたのは「ニュー・レビュー」誌で、漫然と拾い読みをする読者を惹きつけるのが狙いだった。

　　ここに登場する人物を、便宜上、時間旅行者――タイム・トラヴェラーと呼ぶとしよう。タイム・トラヴェラーは一同を前に難解な議論を切り出した。灰色の目は炯々として、日頃はくすんで生気に乏しい顔も、この時ばかりは熱を帯びて赤みが差していた。暖炉の火は盛んに燃え、百合の花をかたどった銀の燭台から穏やかな光があたりを照らしてグラスに立ちのぼる細かい泡を捉えた。(池央耿訳『タイムマシン』より)

短編「時の探検家たち」では、タイム・トラヴェラーにネボジプフェル(ドイツ語で「霧のかかった山頂」という意味)博士という名前がつけられていた。のちに書かれたこの『タイムマシン』で、木曜日恒例の会合に集まるタイム・トラヴェラーと聞き手たちの名前をあえて伏せたのは、みごとな工夫である。タイムマシンの秘密を守るためにも、タイム・トラヴェラーの身元は明かされない。

タイム・トラヴェラーは、友人(当然ながら全員男性)にふたつの事柄、第一に四次元の実態を、第二に四次元を旅するタイムマシンを発明したことを説明する。聞き手たちは最初の実験的な旅の出発に立ち会い、タイム・トラヴェラーは翌週の木曜日にもどると約束する。予定どおりに帰ってきたタイム・トラヴェラーは、3度に及ぶ未来への旅行について語りはじめた。

最初の旅は802701年の未来だ。タイム・トラヴェラーは進化が逆転していたことを知る。人類は対照的なふたつの種族になっていた。生気のないイーロイは、エデンの園のような楽園でただ遊んで暮らしている。一方、野蛮な人食い族のモーロックは、工場だらけの地下世界で働いていて、夜に現れては捕らえた者を食べる。

イーロイは荒廃した巨大なスフィンクスのまわりで、穏やかだが味気ない生活を送っている。このスフィンクスはP・B・シェリーのソネット「巨像オジマンディアス」や文明崩壊を想起させ、イーロイ自体は19世紀後半の退廃派、とりわけオスカー・ワイルドとその信奉者を髣髴させる。タイム・トラヴェラーはモーロックと戦いを繰りひろげたあと、さらに2回、その先の未来へと旅をする。

そこでは太陽が終焉を迎えて、熱を失った太陽系が死に瀕し、菌類とカニに似た不気味な生き物しかいない。彼はその後またタイムマインに乗り、こんどは永遠に帰らない。

時間旅行は、ウェルズの空想小説のはるか以前から物語の題材として人気があった。だが筋書きの弱点として、未来や過去へ実際にどうやってたどり着くかという問題があり、バニヤンの『天路歴程』の手法がよく使われた。

> この世の荒野を歩いている時、とある穴窟（あなむろ）のあるところにさしかかり、そこに身を横たえて眠った。眠っているうちに夢を見た。（竹友藻風訳『天路歴程』より）

タイムマシンに影響を及ぼしたふたつの空想小説、エドワード・ベラミーの『かえりみれば』（1888年、106ページ）とウィリアム・モリスの『ユートピアだより』（1890年）では、上述の工夫が用いられている。どちらの主人公も、眠りに落ちたあと、ワシントン・アーヴィングの物語の主人公リップ・ヴァン・ウィンクルのように、どういうわけか遠い未来で目を覚ます。しかし、そこは本物の未来なのか、それとも夢のなかの未来なのか。若いウェルズは社会主義的傾向のあったモリスとベラミーに共鳴したが、夢物語という構造はきわめて退屈に感じられた。当初は「タイム・トラヴェラー」という題名にしようとしたが、最終的に『タイムマシン』に落ち着いたのは、仕掛けこそが重要だからだった。

では、タイムマシンとは正確にはどのようなものなのか。ウェルズはくわしい説明をせず、サドルと三角フレーム、それにマシンを推進させる神秘的な水晶がついているとだけ書いた。自転車を改造したものであることは明らかだ。産業化が進んだイギリスにおいて、都市部に閉じこめられていたヴィクトリア朝時代末期の不遇な市民たちは、自転車というマシンにより解放された（ウェルズがつぎに書いた小説『偶然の車輪』〔1896年〕は、まさに自転車の話である）。四次元を疾走できる自転車は、現実にはありえない。だが、ウェルズが考案した水晶つきのロードスターは、時間の壁を突き破ることさえできれば、技術がそれを成しとげてくれることを示している。

『タイムマシン』の執筆にあたって直接刺激となったもののひとつに、1894年にサイモン・ニューカムが「ネイチャー」誌で発表した記事があり、タイム・トラヴェラーは友人たちに最初に説明するとき、それに言及している。アメリカを代表する数学者のひとりだったニューカムは、「じゅうぶんに論理的な思考の帰着として」四次元、すなわち時間のなかに物体が存在する可能性を認めるべきだと論じた。ウェルズはまさにそれを実践したのである。

ウェルズの作品の科学的な信憑性を裏づけるものとして、師であったT・H・ハクスリーが1894年におこなった講義がある。ハクスリーはきわめて悲観的な主張を展開し、「地球はこれまで融合状態にあり、太陽と同じく徐々に冷却している……進化はやがて恒常的な冬への適応を意味することとなり、やが

てあらゆる形態の生命が絶滅する……地球はあと何百万年か上昇をつづける かもしれないが、ある時点で頂上に達したあと、下降に転じるだろう」と述べ ている。数学的思索や宇宙の暗鬱はさておき、『タイムマシン』はおもしろい 冒険小説であり、いま読んでも1895年に劣らぬ新鮮さがある。

　もうひとつのテーマは階級の対立である。1890年代の社会は、一体化と言 うより両極化していたのではないだろうか。虐げられた「多数」とシェリーが呼 んだ労働階級——たとえばモーロック——は、将来のある時点で特権的な「少 数」に復讐するのだろうか。社会主義者はそれにどう対処すべきなのか。解 決策はあるのか（刊行の何年か前に独立労働党が結成されたのは解決策のひ とつで、ウェルズはこれを支持していた）。

　しかし、科学物語のはらむ問題のひとつは、土台となる科学が誤っている 可能性があることだ。ウェルズの小説仲間のイズレイル・ザングウィルは、時 間のなかを高速で突き進むタイム・トラヴェラーは自分の死亡日を通過すると 指摘した。そのうえ、何千年、何万年もの時間を経ると、タイムマシンの鉄枠 は錆びてしまう。802701年にたどり着くのは、骨と金属片と色褪せたいくつか の水晶だけだろう。

　1895年当時は説得力が感じられた科学も、現在はそうではない。人類は いま、氷河期と氷河期のあいだの間氷期を生きている。何万年かすると、地 球は楕円軌道を描いたすえに氷河期に突入する。ウェルズの考えた世界は 1895年から802701年まで、途中に氷河期をはさむことなく連続した気候線 をたどっている。また太陽は、ハクスリーの予測とはちがって、巨大な放熱器 のように徐々に冷却するわけではない。太陽の核燃料が尽きると、爆発して 非常に大きな火の玉となり、凍結どころか焼け焦げてしまう。

　ウェルズは最大の逆説を回避してもいる。タイムマシンにはバックギアがあ る。タイム・トラヴェラーが過去へ行き、自分自身——あるいは祖先——に出 くわして、自分だけでなく地球の未来史をも変えてしまったとしたら？　この作 品を執筆していた7年間に、ウェルズは過去へ旅することを漠然と考えたりも し、実際にタイム・トラヴェラーが更新世までさかのぼる章を書いてみたが、 結局物語を複雑にしないと決めた。単純でありながら驚くほど想像力に富ん だこの小説は、1895年の初版以来絶版になったことがなく、もしかしたら、 802701年になっても出版され、楽しまれているかもしれない。

ジョージ・パル監督による 1960 年の
映画で主演したロッド・テイラー。

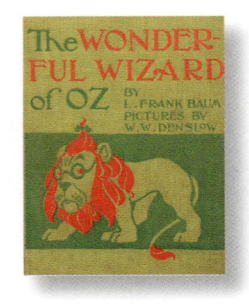

L・フランク・ボーム
L. Frank Baum

オズの魔法使い
［1900 年］
The Wonderful Wizard of Oz

アメリカ議会図書館が「最も偉大で、最も愛されているアメリカのおとぎ話」と
評したこの作品は、ドロシー、トト、かかし、ブリキの木こり、
臆病ライオンによる永遠の道徳物語であり、
老いも若きもあらゆる読者を魅了しつづけている。

1900 年にジョージ・M・ヒル社から初版が刊行された。

ボームがのちに語ったところによると、魔法の国の名前は、「O から Z」までの書類を保管していたファイル棚からとったという。

この作品を書きあげたとき、ボームは非常にすばらしいものができたことを直感で悟った。そこで、最後のページを書き終えると、執筆に使った鉛筆を額に入れて机に置き、「この鉛筆で「エメラルドの都」の原稿を書いた」と銘刻した。

☞ 117 ページ
ドロシーが臆病ライオンに出会う。W・W・デンスロウによる初版の挿絵。

　L・フランク・ボーム（1856 年〜 1919 年。L はライマンを表す）はニューヨーク州生まれで、石油事業で財を築いた商人の息子だった。ボームは新聞発行などの仕事を経て、1897 年にはじめて子供向けの本を発表した。それ以降、子供向けに本を書くことをおもな仕事とし、1900 年に、挿絵画家の W・W・デンスロウ（1856 年〜 1915 年）とともに『オズの魔法使い』（当初の題は「エメラルドの都」）を生み出した。「オズ」の続編シリーズを書きつづけていったボームは、自作が映画化されるアメリカ作家の最初の世代となり、一家でハリウッドへ転居した。

　いまでは、『オズの魔法使い』を本で読んだ人より映画で観た人のほうが多い。とりわけ、MGM 社が 1939 年に公開した名作（この物語を原作とする映画の 8 作目）は、ボームが書いてデンスロウが描いた内容をかなり忠実に再現している。原作は、アメリカの商業界でたびたび見られる不況の時期のひとつに書かれて刊行された。ボームは 1900 年版の序文で、この物語は居心地の悪い現在を舞台にしていると述べている。ファンタジーの中心にリアリズムを据えることで、この作品は革新的なおとぎ話に仕上がっている。

　物語は、「カンザスの大草原」の荒涼たる大地にあるわびしい農場からはじまる。孤児のドロシーは、ヘンリーおじさんとエムおばさんとともに暮らしている。ドロシーが住む家は質素でくすんだ色の建物で、のちにドロシーが出くわすきらびやかな世界とは好対照を成している。

　そして、竜巻がやってくる。竜巻は、いまにも壊れそうな古い家の中にいたドロシーと忠実な犬のトトを、オズの国にある小人のマンチキンの住む土地まで運んだ。ドロシーとトトはそこからエメラルドの都まで通じる黄色い煉瓦の道を進んでいく。エメラルドの都へ行けば、カンザスに帰るのを助けてくれる魔法使いが見つかると聞いていたからだ。ドロシーは道中で、あの名高い 3 人の仲間、かかしとブリキの木こりと臆病ライオンに出会う。

　4 人はさまざまな体験をしながら、壮麗な都にたどり着き、大魔法使いオ

" You ought to be ashamed of yourself !"

エメラルドの都へと近づくドロシー、
ブリキの木こり、かかし、臆病ライオ
ン。MGM 社による 1939 年公開の伝
説的な映画から。

「それでこそあんたは、なみはずれてるってもんさ」かかしがこたえました。
「おいらが思うに、この世で一目おくべき相手は、なみはずれたやつだけだ。
ありふれたやつだったら、ただの木の葉といっしょで、
人知れず生きて死んでいくだけだからな」
（宮坂宏美訳『完訳　オズのふしぎな国』より）

ズの部屋へ案内される。だがすぐに、オズがただのいかさま師で、自分の欺瞞にうんざりして、サーカスの腹話術師だった過去を懐かしんでいることがわかった。エメラルドの都にしても、訪れる者がかける緑色の眼鏡による錯覚でしかない。教訓はわかりやすい。みずからを助けること——アメリカの昔からの自己改善の手立てだ。やがてドロシーと仲間たちは南の魔女の助けを借りてそれぞれの目標を果たし、自力でカンザスに帰り着いたドロシーは、どんなに貧しくても素朴なわが家が大好きだということに気づく。

『オズの魔法使い』はこの半世紀にわたって、世界で最も有名なおとぎ話のひとつになっていて、学者はいまも研究をつづけている。この作品はあらゆる年代の子供に向けた読み物であるだけでなく、探究心のある社会科学者や歴史家の研究対象でもある。ボームはこれを深刻な経済不況の時期に執筆し、1894年には政治活動家のジェイコブ・コクシーにちなんだ「コクシー軍」がホワイトハウスへ飢餓行進をおこなったことに強い感銘を受けたと言われている。何百人、ときには何千人という失業者が、全土を横断して首都まで行進した。このデモは最終的にはワシントンで解散させられ、指導者らは「ホワイトハウスの芝生への不法侵入」の容疑で逮捕された。

そのようなことから、いかさま師である魔法使いオズの原型は口先だけで実行がともなわないアメリカ大統領ウィリアム・マッキンリーだと解釈する者もいる。さらに、黄色い煉瓦の道（コクシーや支持者たちが排除を求めた金本位制を暗示していると見なされる）を雄壮に進む農場の少女ドロシーは健全な労働者階級、かかしは農村部の貧困者、ブリキの木こりは工場で働く一般大衆を象徴しているという。ライオンを何かにあてはめるのはむずかしいが、臆病な指導者たちではないかという指摘もある。

それらの解釈はおもしろいが、結局のところ、あまり役に立たない。現実と非現実、夢と悪夢を描いて多くの人に愛されてきたこの物語から、さまざまなことが読みとれるのはたしかだが、どれも本質的なものではない。とはいえ、それによって、長きにわたって読者を魅了してきたこの想像力豊かな作品の魅力が増しているのもたしかだ。

120ページ
作中の国と登場人物がすべて描かれているボードゲーム「オズの魔法使い」。1921年にパーカー・ブラザーズ社によって作られた。

3

1901年から1945年まで

ファンタジーの黄金時代

20世紀前半には、大衆雑誌のスペースファンタジーから恐ろしいディストピアの未来図に至るまで、おびただしい数のジャンルが登場した。一方、2度の世界大戦で空前の暴力が駆使されたことで、小説は絶えず変化することとなる。

『ケンジントン公園のピーター・パン』(1910年)から、アーサー・ラッカムの挿絵「妖精と鳥のいさかい」

J・M・バリー
J. M. Barrie

ケンジントン公園のピーター・パン
［1906 年］
Peter Pan in Kensington Gardens

ロンドンにある公園は、夜になるとワンダーランドに変わり、
妖精、ことばを話す鳥、歩く木、大人になることがない少年の世界へと変わる。

1906 年にホッダー・アンド・ストートンから初版が刊行された。

ケンジントン公園はかつてケンジントン宮殿に属する庭園だったが、現在はロンドン王立公園のひとつとしてハイド・パークに統合されている。

J・M・バリーはピーター・パンを主人公にした作品を多く執筆した。『小さな白い鳥』（1902 年）、「ピーター・パン、あるいは大人になろうとしない少年」（1904 年の戯曲）、「ウェンディが大人になったら」（1908 年の寸劇）、そして『ピーターとウェンディ』（1911 年）はのちに『ピーター・パンとウェンディ』として再刊され、現在では通常『ピーター・パン』という題で出版されている。

　すぐれた物語のすべてが完全な形で生まれるわけではない——伝説と同じで、時の流れとともに出来事や深い味わいが加わっていく。ピーター・パンもその例に漏れず、大人になろうとしないその少年がはじめて登場する作品は、21 世紀の読者が想像するような物語ではない。ウェンディも、ネバーランドも、フック船長も、海賊も、ワニも、迷子の少年たちも、ティンカーベルも登場しない。妖精（フェアリー）は出てくるが、それはつまるところ、『ケンジントン公園のピーター・パン』はロンドンの一角が夜になるとワンダーランドに変わるというおとぎ話（フェアリー・テール）だからである。

　『ケンジントン公園のピーター・パン』は 1906 年に出版されたが、当時すでにピーター・パンという登場人物はよく知られていて、1904 年に興行的大成功をおさめた J・M・バリー（1860 〜 1937 年）の戯曲「ピーター・パン、あるいは大人になろうとしない少年」の主人公だった。ピーター・パンの物語は、この作品の上演を通して最もよく知られている形へ発展していき、そのなかでフック船長やウェンディらの登場人物が加えられていった。そのため、2 年後に『ケンジントン公園のピーター・パン』が出版されたとき、読者は舞台劇の小説化や続編を期待していたかもしれない。ところが、これは現在で言う「はじまりの物語」に似たものだった。しかも、新たに書かれたものですらなく、バリーが 1902 年に執筆した小説『小さな白い鳥』の 13 章から 18 章がもとになっていた。いわば本から抜き出された本である『ケンジントン公園のピーター・パン』は、小説というより、一連の物語や挿話を主題に沿ってつなげたものである。

　『小さな白い鳥』は大人向けに書かれた作品で、おもに 19 世紀末前後のロンドンのケンジントン公園周辺を舞台とし（アメリカでの初版には「あるいはケンジントン公園の冒険」という副題がついた）、中年の退役陸軍将校、キャプテン W が語り手である。『小さな白い鳥』では、キャプテン W と 6 歳の少年デイヴィッドとの友情、そしてキャプテンがデイヴィッドの両親をどのように引き合わせたかが描かれている。現代の用語で言えば、ポストモダンの先駆けとなる手法が用いられていて、キャプテン W は、本文を書いているのは自分自身

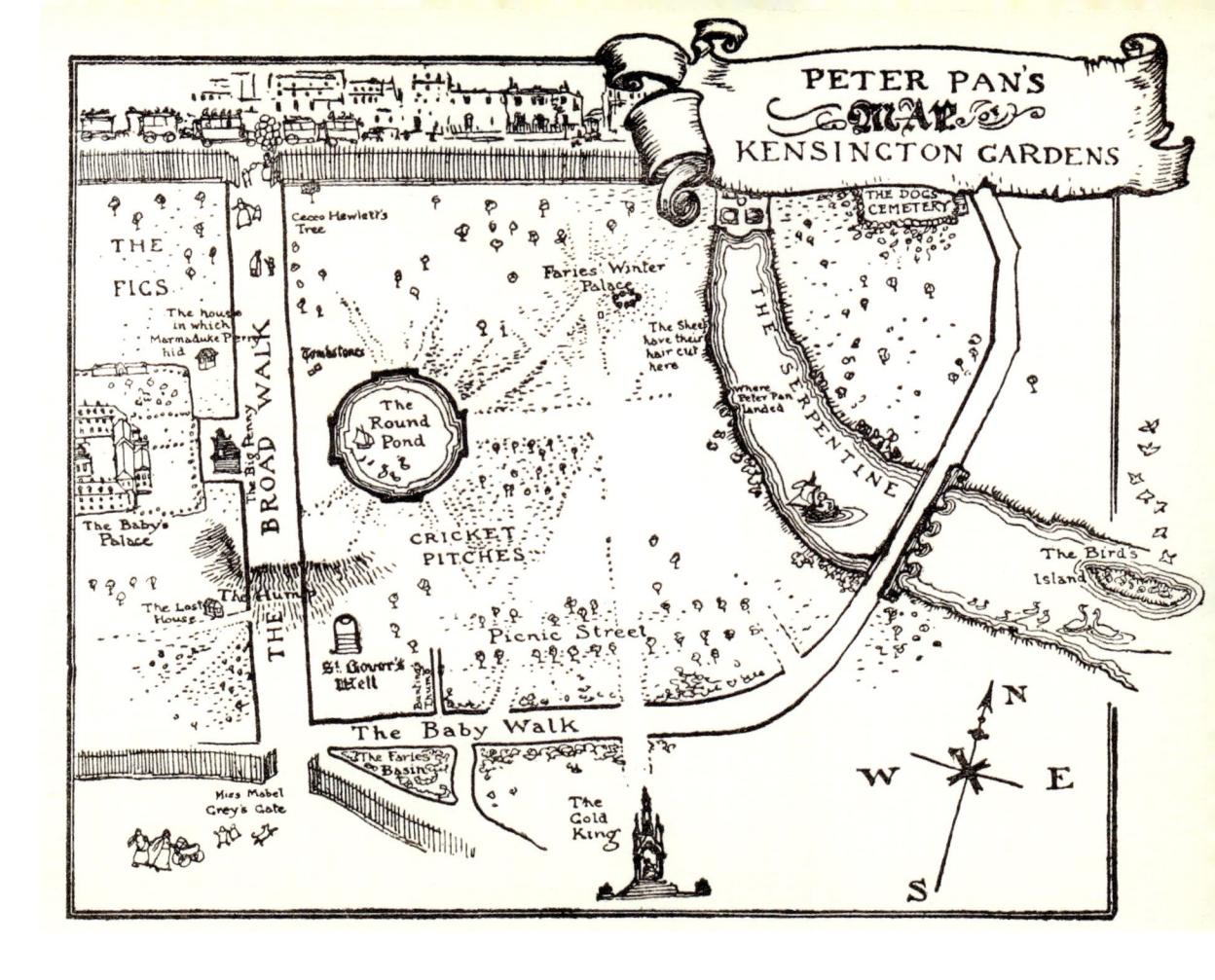

初版の挿絵画家アーサー・ラッカムが描いた『ケンジントン公園のピーター・パン』の地図。

であり、原稿を書き終えたらデイヴィッドの母親にこの本を贈ると語っている。

　『ケンジントン公園のピーター・パン』は公園の周遊からはじまり、上演で有名になった広道、円池、蛇形池が紹介される。第2段落になると、早くも奇妙な展開になる。公園の門の近くで女がすわりこんで風船を売りながら、手すりにしっかりつかまっているのだが、それは手を放すと「風船に持ち上げられて、空高く飛んでいってしまう」からだ。子守りや乳母が赤ん坊を乳母車に乗せて散歩し、年上の子供は筏遊びをする中流階級の世界で、この風船売りの女は前任者よりも要領よくこの場にとどまっているらしい。

　不思議なことに、ピーター・パンが1902年の本ではじめて登場したとき、あたかも読者はすでにピーターが何者かを知っていたかのようだった。バリーは、夜になると沈んだ星が蛇形池に現れると述べ、「もしそうなら、ピーター・パンは池をボートで渡るときに星を見るのです」と、はじめて主人公に言い及ぶ。そこで紹介される以前に、ピーター・パンは何世代にもわたって有名で、いまと同じくよく知られた少年だった。「おばあちゃんに、子供のころピーター・

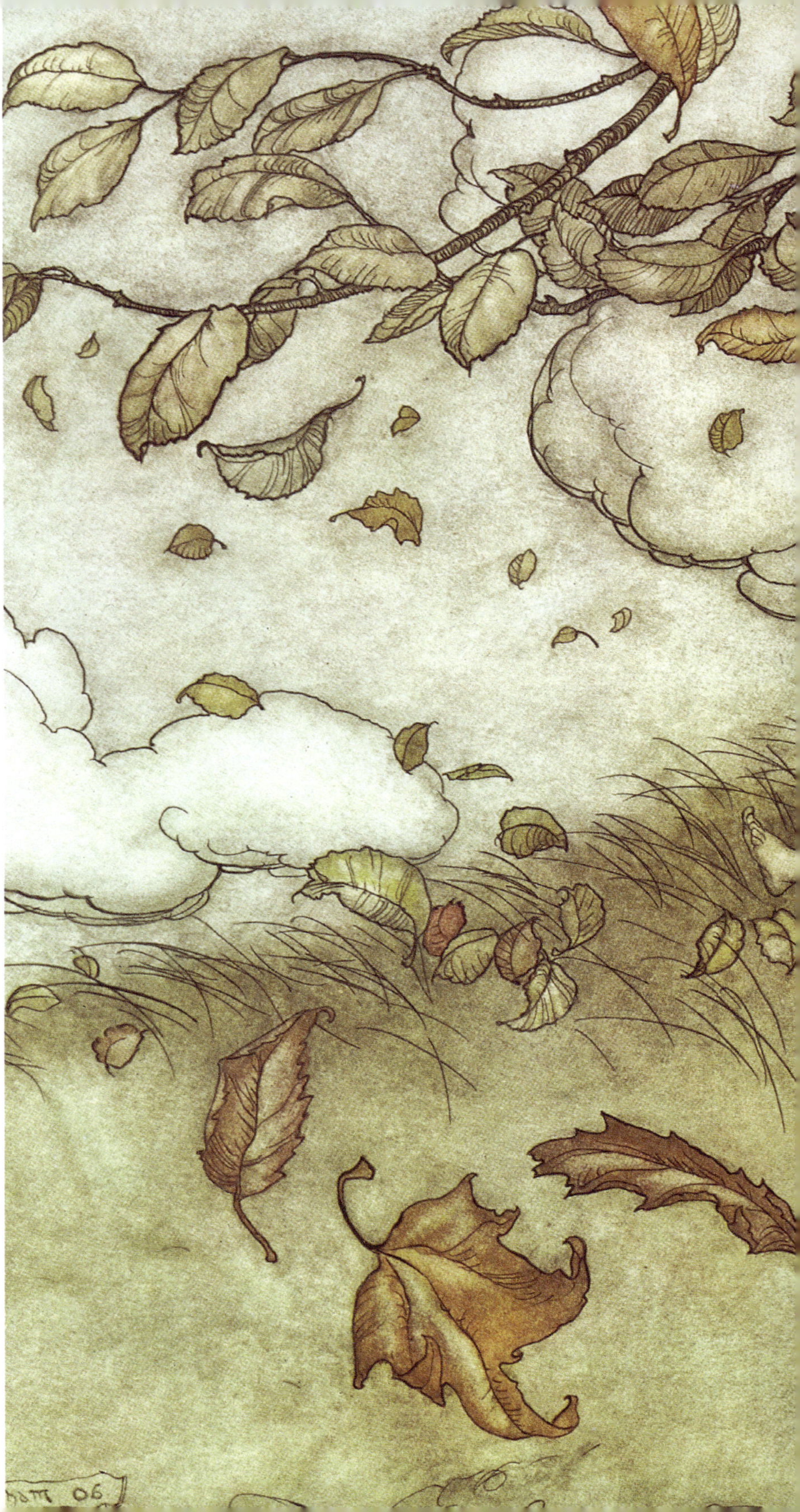

「秋の妖精」アーサー・ラッカム。
『ケンジントン公園のピーター・パン』から。

パンを知っていたかと尋ねたら、"ええ、もちろんよ"と言うでしょう」

　ピーターの世界では、子供は赤ん坊になる前は鳥である。完全な人間になる前、ピーターは生後7日目に託児所の窓から飛び出して、ケンジントン公園に舞いもどる。どれだけ長く生きようと、大人になることはない。出会う妖精はみなこわがってしまうので、ピーターは鳥に相談して蛇形池の島へと飛んでもらう。ここでキリスト教的な寓意が見られる――鳥が飛べて人間が飛べないのは、鳥が強い信念を持っているからであり、信念を持つことは翼を持つことにほかならない――それはこの物語の底流にある汎神論的精神と符合する。ピーターはギリシャ神パンを強烈に美化した像である。

　ピーターは昼間は池の島で眠り、夜になると公園内で目についた輪っか、バケツ、風船、さらには、妖精の女王の冬の宮殿近くにある乳母車など、あらゆるもので遊ぶが、いつもうまくいくわけではない。ピーターはしだいに妖精と仲よくなり、妖精が舞踏会で踊るときにパイプを吹いてやる。妖精たちはピーターの願い事をふたつかなえるが、ピーターはどちらも家へ帰るという願いに使う。1度目は母親が眠っていたので、ピーターはもう少しでそのままとどまりそうになる。2度目はとどまると固く決めていたが、窓に格子がはめられていて、母親が小さな男の子を腕に抱いて穏やかに眠っているのを見てしまう。

　けっして大人になれず、家に帰ることもできないので、ピーターは妖精との世界を作りあげる。「子供がいるところには、どこにでも妖精がいます。ずっと昔、子供たちは公園にはいってはいけないことになっていて、そのころは公園に妖精がまったくいませんでした」とわたしたちは教わる。バリーは妖精の社会を俗世界の風刺に仕立て、郵便配達人から王女まであらゆる階級を登場させている。妖精たちはたいがい無害だが、役に立つようなことは何もしない。

　『指輪物語』のエントを予示するような、歩けて知覚を具えた木から、医師が生理的反応を観察して愛情の度合いを判断する妖精の世界に至るまで、『ケンジントン公園のピーター・パン』は豊かだが抑制のきいた想像力によって空想と風刺を融合させている。ピーターが舞台にのぼると、それが一気に解放されて花開く。

　物語は闇のなかで終わるが、これは夜に門が施錠されたあとでケンジントン公園にとどまるのは危険だと警告している。子供が「寒さと闇」のせいで死ぬことがあるが、それは山羊に乗ったピーターが到着するのが遅く、助けることができないからだ。ピーターは穴を掘って小さな墓を建てる。幼さが残る立場ではどうしようもなく、手遅れになってしまうのだ。

🔖128ページ
ロンドンのハイド・パークのケンジントン公園内にある「けっして大人になることがない少年」ピーター・パンの銅像。1902年、J・M・バリーがサー・ジョージ・フランプトンに製作を依頼し、1912年にケンジントン公園に建てられた。

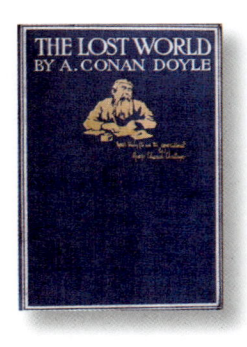

アーサー・コナン・ドイル
Arthur Conan Doyle

失われた世界
［1912 年］
The Lost World

チャレンジャー教授は先史時代の生物を求めて、
アマゾンの奥地での心躍る探検に乗り出すが、
探検隊はすぐに、恐竜や野蛮な猿人に囲まれて孤立していることに気づく。

1912 年にホッダー・アンド・ストートンから初版が刊行された。

小説に恐竜を登場させたのはドイルがはじめてではない。ジェームズ・デ・ミル、ジュール・レルミナ、フランク・マッケンジー・サヴィルは、1842 年にメガロサウルスに関する科学的研究がはじめて発表されたあとに、恐竜が登場する冒険物語を世に出している。

ドイルは、ロンドン動物学会の付随施設であるリージェンツ・パークの動物園で着想を得た。この作品でプテロダクティルスが紹介されると、学会には大きな反響が呼び起された。

　1912 年には、アーサー・コナン・ドイル（1859 年〜 1930 年）はすでに作家として大成功をおさめていたが、偉大なる探偵シャーロック・ホームズのあまりの人気に閉塞感を覚え、新しいことに挑みたいと考えていた。『失われた世界』は人気作家ドイルによるチャレンジャー教授シリーズの最も人気の高い第 1 作であり、「シャーロック・ホームズが探偵物語で果たしたことを少年向けの本でも起こす」ことをめざした。

　この空想物語の土台にあるのは、ドイル自身の恐竜への強い関心（1909 年に自宅近くの旧サセックス州クロウバラでイグアノドンの足跡が発見された）と、考古学者で探検家のパーシヴァル・ハリソン・フォーセット大佐が同時代におこなった実際の冒険である。ジュール・ヴェルヌの『地底旅行』（1864 年）で描かれた先史時代の世界からも大いに影響を受けたドイルは、『失われた世界』では絶滅した恐竜を登場させ、人間が巨大動物に出くわす冒険物語の原型を築いた。

　『失われた世界』の主人公は、「デイリー・ガゼット」紙の若くて精力的な記者エドワード・マローン（通称「エド」）である。未開の渓谷に先史時代の生物がいるのを発見したと主張する風変わりな教授がいるため、スコットランド人の編集長マカードルは話を聞き出そうとエドを送りこむ。それがまさにチャレンジャー教授であり、新聞記者に暴行を加えるという悪評があった。

　ロンドン動物学会の会議で、チャレンジャー教授は最大の論敵であるサマリー教授と、アマゾン川や最奥地の未開の渓谷への科学的探検をおこなうことで合意する。ふたりは冷静沈着な冒険家のジョン・ロクストン卿（「まさに英国地方紳士そのもので、鋭く明敏で、野外で犬や馬と過ごすことを好む」）を誘い、マローンも探検をスクープ記事にしようとこれに同行する。

　一行はアマゾン川（当時あまり探査されていなかった地域）を上流へ進み、予期せぬさまざまな出来事を経験したのち、ついに「失われた世界」を発見し、恐竜を写真に撮ったり、「猿人」と激しく戦ったりする。帰国後、動物学会

に調査結果を発表するが、信用されなかったので決定的な証拠を見せつける。

　　　［チャレンジャー教授は］箱の上蓋を引き出した……。一瞬ののち、爪で引っ掻くような音がして、中から恐ろしげで奇怪きわまりない動物が現れ、箱のふちに留まった……。その顔は、錯乱した中世の建築家の想像力が生み出したあまりにも異様な怪物彫刻（ガーゴイル）を思わせた。小さな赤いふたつの目が燃える炭のように光り、毒々しさと醜怪さをたたえている。半ば開いた獰猛そうな長いくちばしには、サメのような歯が二列に並んでいる。

　この小説には非ヨーロッパの民族に対する不快な表現が含まれているが、当時はそれがごくふつうの認識だった。『失われた世界』には今日の基準からすると明らかに人種的偏見に基づく個所もいくつか見られるが、ドイルは積極的な人権運動家でもあり、『コンゴの犯罪』(1909 年) ではコンゴ自由国の先住民が強制された残酷な労働の実態を暴露した。

無声映画「ロスト・ワールド」(1925年) の写真。監督はハリー・O・ホイトで、「キングコング」オリジナル版のアニメーターであるウィリス・オブライエンがストップモーションによる最新の特殊効果技術を駆使した。ドイルも映画化に協力し、1922 年にはこの作品のサンプル映像を用いて観客に恐竜が本物であると思わせようとした。

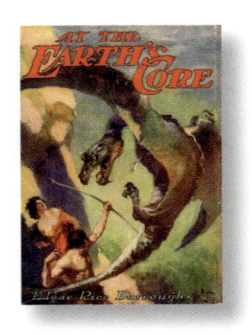

エドガー・ライス・バローズ
Edgar Rice Burroughs

地底世界ペルシダー
［1914 年］
At the Earth's Core

先史時代の人間と野獣が、
地球の内部に埋まる地底世界「ペルシダー」で発見される。
ターザンやジョン・カーターを生み出した作者による大衆向け古典小説。

『地底世界ペルシダー』はバローズによる6作のペルシダー小説の最初の物語で、1914年4月、雑誌「オール・ストーリー・ウィークリー」に4部作としてまず掲載された。単行本（上図）としては、1922年にA・C・マクラーグ社から初版が刊行された。

エドガー・ライス・バローズは、作家活動をはじめたころには、経歴に傷がつかないように「ノーマン・ビーン」というペンネームを使っていた。

バローズが66歳のとき第2次世界大戦の真珠湾攻撃が起こり、その後バローズは従軍記者として戦地へ赴いた。

『地底世界ペルシダー』は、エドガー・ライス・バローズ（1875 年〜 1950 年）が地底の世界「ペルシダー」を舞台に書いた大衆向けの SF シリーズの第 1 作である。1875 年にシカゴに生まれたバローズは、健康上の理由で兵役を解除されたあと、1900 年代初頭の 10 年間は家族を養うためにいくつもの低賃金の仕事に就いた。そのころに大衆小説雑誌を数多く読んだバローズは、みずから執筆してみようと決心する。独特の SF 冒険物語が「オール・ストーリー」誌で成功を見たので、執筆に専念できるようになり、1912 年には類猿人ターザンというキャラクターを創造して、財を成した。しかし、文学的想像世界を押しひろげたのは、ペルシダーのシリーズだった。

『地底世界ペルシダー』は、シリーズの主人公である鉱山主のデヴィッド・イネスが、地下深くまで進むための試掘機の発明者であるアブナー・ペリーとともに、サハラ砂漠へ向かう。試掘機によって、ふたりは地球が実は空洞で、地殻の下およそ 500 マイルのところにもうひとつの小さな球、あるいはペルシダーと呼ばれる世界があることを発見する。ペルシダーには独自の小さな太陽、宇宙、地形があり、それぞれシリーズの各巻で詳述されている。冒険家ふたりがペルシダーに到着する場面の描写には、いかにもバローズらしい派手さがある。

　二人は連れ立って、森閑と静まり返った景観の中に降り立った。それは無気味であると同時に美しい光景だった。目の前には、低く平坦な浜辺が波一つない海に向かってつづいている。見渡すかぎりの水面には、小さな島が無数に点在していた——中には草一本生えていない花崗岩がそそり立つ島もあるが、その他の島は、目のさめるような鮮やかな花を無数にちりばめた絢爛たる熱帯植物に衣装をまとっていた。（佐藤高子訳『地底世界ペルシダー』より）

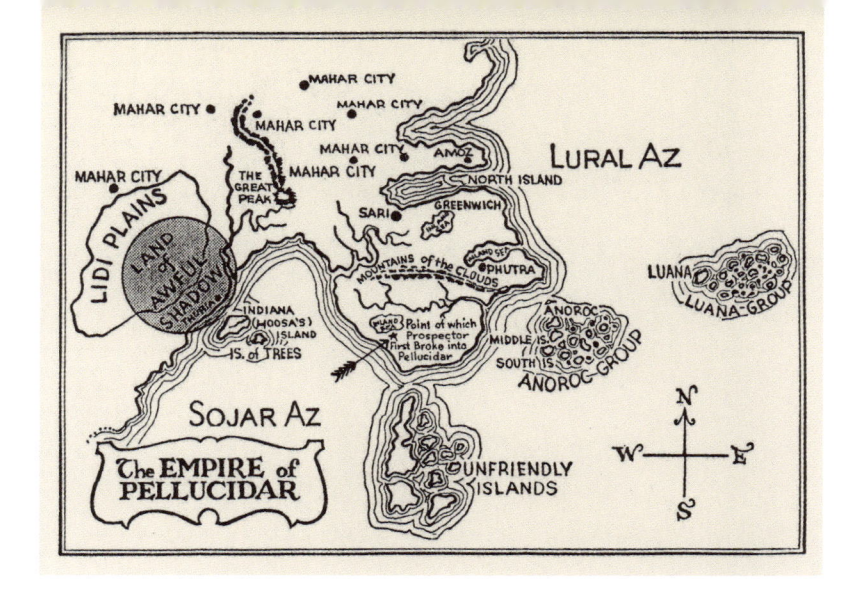

バローズが描いたペルシダー帝国の地図。シリーズの第2巻『危機のペルシダー』(1915年) に添えられたもので、マハール族(雌の翼竜)の都市の多くや、衛星による恒久的な皆既食で暗闇となった「恐ろしい影の国」が記されている。

現地の住民が雌の翼竜マハール族に食べられたり捕らえられたりして虐げられるさまや、イネスと美女ダイアン(醜男ジュバルの憎き支配から逃れようとしている)のロマンスなどがこの第1作で描かれるが、決着はつかない。だが第2作の『危機のペルシダー』(1915年) で、イネスは試掘機の裏から長い電信線を引いて、その後の冒険を地上へと中継し、数多いバローズの読者に伝えていく。

いまでは奇異に映る「地球空洞」説は、19世紀はじめの地質学者らが真剣に検討していた説であり、バローズが執筆している当時も俗説として信じられていた。地球空洞説の支持者の代表格であるジョン・クリーブス・シムズ・ジュニア(1779年～1829年) は、「北極の穴」から地球の中心まで行って地核に星条旗を立てる探検旅行を支援するよう、アメリカ合衆国政府に要請した。現代の地質学では、地核がきわめて高温だとわかっているので、そんなことをしたければアスベストで星条旗を作る必要がある。

それまで長いあいだ、さまざまな小説家が地下の世界について空想してきた(ルズヴィ・ホルベアの『ニルス・クリムの地下世界への旅』、1741年、78ページ)。ジュール・ヴェルヌ『地底旅行』(1864年) も、E・B・リットンやバローズよりも前に似た発想で書かれている。『地底旅行』は先史時代の地底世界を想像したが、それらの寓話はすべて、石炭によって活気づいた世紀である19世紀に、(おもに鉱業発展のために)地質学が進歩したことに刺激を受けている。

このような小説が数多く執筆され、人気を博したことは、地下に存在しうるものへの関心が尽きない証である。そこには、いつの日か星々で発見されるものに劣らぬ魅力がある。

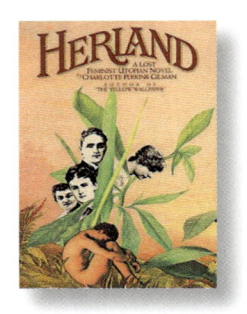

シャーロット・パーキンズ・ギルマン
Charlotte Perkins Gilman

フェミニジア　女だけのユートピア
［1915 年］
Herland

ギルマンのユートピア小説は、
女性だけが住む理想的な世界（ハーランド）を描く。
そこでは戦争が起こらず、社会は巨大な家族として組織される。

『フェミニジア』は，単行本としては
1979 年にパンテオン・ブックスから刊
行されたのが最初だった（上図）。

『フェミニジア』の続編『アワーランド
で彼女とともに』では，ヴァンの妻エ
ラドーが「アワーランド」（Ourland,
われらの国）で恐怖を感じ，ヴァンと
ともにハーランドへもどる話が描か
れる。

ギルマンの写真（下）。アメリカの先
駆的な女性報道写真家フランシス・
ベンジャミン・ジョンソンが撮影した

ハーランド（Herland，彼女の国）は、この 3 年前に出版されたアーサー・コナン・ドイルの『失われた世界』（1912 年、130 ページ）と同じく、密林に囲まれて隔絶された台地に位置する。アメリカの作家、編集者で、フェミニスト運動家でもあったシャーロット・パーキンズ・ギルマン（1860 年〜 1935 年）によるこの作品は、穏やかで寛容で豊饒なユートピアを描いているが、最も際立った特徴はその住人たちである。この想像上の国の住人はすべて女性で、単為生殖をおこない、けっして男性と接触することがなかったが、そこに 3 人の男性探検家がたどり着いた。3 人の男性が住んでいた世界の様子とハーランドでの暮らしを対比することで、ギルマンは、女性の知性や力量についての男性の思いこみが誤りであることを明らかにし、この作品が書かれた 1915 年に女性参政権運動がピークを迎えていたこともあって、政治的能力についても誤解があることを示していく。合衆国憲法修正第 19 条によってアメリカの女性に選挙権が与えられたのは、それから 5 年経ってからで、イギリスでは 1918 年に 30 歳以上の女性に選挙権が与えられている。

探検家たちがハーランドに着いて捕らえられたあと、出会う女性たちはみな「穏やかで、厳粛で、思慮があり、まるで動じず、自信にあふれ、決然として」いて、3 人が思ういわゆる「女性的な」特徴はだれも具えていない。髪は短く、きれいな服や飾りには興味がなく、暴力を恐ろしいと感じながらも、侵入者をこわがらず、多数決を重んじて意志を貫こうとする（必要なときは、クロロフォルムを巧みに使って切り抜ける）。

冒険家たちが出くわした集団はひとつの巨大な家族として組織されていて、財産は共同所有されている。政治権力は、経験と学識と周囲からの敬意に基づいて行使される。女性たちは菜食主義者で、冒険家たちが自国の廃棄物や不道徳について説明するのを聞いて愕然とする。

『フェミニジア』は当初、女性の平等、特に既婚女性の平等を唱えた指導的活動家のギルマンが編集・執筆した「フォアランナー」誌の連載という形で発

表された。1898年にギルマンは著書『女性と経済』のなかで、女性は選挙権
を与えられ、しかも経済的に完全に自立すべきだと主張した。1903年の論考
『家庭──その機能と影響』では、女性は家庭に閉じこめられて抑圧に苦し
んでいると指摘した。

『フェミニジア』では、これらの不平等はまったく存在せず、冒険家のひとり
で語り手のヴァンは、ハーランドのフェミニスト哲学にすっかり傾倒する。仲間
のジェフもその社会がすぐれていることを認めるが、理想主義的な騎士道精神
にとらわれているせいで、出会う女性たちの活力や強さや辛抱強さとうまく向
き合えない。3人目のテリーは、女性が男性と変わらず主体性を具えているこ
とを受け入れられない。

性に対する姿勢は、ハーランドの人々と3人の冒険家とで大きく異なる。女
性たちは、性交の価値は子供を作ってすぐれた個性を伝え、コミュニティを強
固なものにしていることに尽きると主張するが、男性たちは、愛を楽しんで表
現することも大切だと考える。コミュニティに男性が参加すればかならず社会
がよくなると促され、3人の男性は全員がハーランドの女性と結婚する。だが、
自分の思いどおりにしないと気がすまないテリーは、いやがる妻への性交を強
引に試みて危機を引き起こす。

ギルマンは重度の鬱病に悩まされ、末期の乳癌と診断されたあと、1935年
に自殺した。『フェミニジア』が単行本となるにはギルマンの死から44年を要し
たが（1979年に刊行）、初期の代表的なフェミニストが静かながら強烈な風刺
を交えて平和で寛容な世界を描いたものとして、いまでは高く評価されている。

セシリア・メイ・ギブス
Cecilia May Gibbs

スナグルポットとカドルパイ
［1918 年］
Tales of Snugglepot and Cuddlepie: Their Adventures Wonderful

**オーストラリア土着の植物を擬人化した
「ユーカリの実の子供」が住む小さな世界を舞台にした児童ファンタジー。**

1918 年にアンガス・アンド・ロバートソンから初版が刊行された。

『スナグルポットとカドルパイ』は、オーストラリアの文化に根差したすぐれた挿絵入り児童書として最初期のものであり、イギリスの作品と競い合うようにして出版された。

1918 年以降ずっと版を重ね、これを原作としたバレエやミュージカルも作られている。

メイ・ギブスが生み出した木立の生き物たちは、オーストラリア民間伝承の中心を占めるようになった。

オーストラリアの木の茂みは不思議の国なのだろうか。それとも、想像もできないような恐怖がひそんでいるのだろうか。白人が入植した当初は、まちがいなく恐怖という見方が強かった。木立のなかで迷子になる恐ろしさは、ヨーロッパの民間伝承とアボリジニの伝説にひそむ不気味さが荒々しくからみ合ったものであり、進化しつつあった文学にも現実の生活にも影を落としていた。オーストラリアの鮮烈な景観は命にかかわるほどの誘惑をもたらし、囚人や開拓者らがつぎつぎと行方不明になって命を落とした。人を虜にするオーストラリアの風景については、1861 年のバークとウィルスの探検隊の不幸な末路とともに世界じゅうに知られた。

木立を舞台にした 19 世紀の冒険物語は、ヘンリー・キングズリー、マーカス・クラーク、ヘンリー・ローソンなどの作品でよく見られた。1911 年には、『オーストラリア奥地の暮らし』と題された本がロンドンで評判となり、そこでこう警告される——「母親は……奥地で行方不明になった若者に待ち受ける恐怖を知っている。そこで母親は、あそこの木立には"幽霊"がいるのだと教える」。しかしわずか 5 年後、この恐ろしい不思議の国は、魅惑と幻想に満ちた場所へとすっかり様変わりする。

メイ・ギブス（1877 年〜 1969 年）はイギリス生まれだが、1881 年に家族とともに移住して 4 歳からオーストラリアで暮らしたことが、ユーカリの実の世界を生み出す土台となった。ギブスの児童書の文章も挿絵も、オーストラリア土着の動植物の新たなイメージを築きあげた。視覚的に豊かなことばがここからいくつも生まれ、ギブスの名はオーストラリア全土で広く知られるようになる。

1900 年から 1909 年のあいだに 3 度ロンドンへ渡って絵画の勉強をしたあと、ギブスは第 1 次世界大戦直前の 1913 年にオーストラリアに帰った。戦時に愛国的・国家主義的な絵を描くよう求められたことがきっかけとなり、ギブスは木立のひろがりのなかに人間社会を反映した小さな世界を創造した。雑誌の表紙や新聞の連載漫画をはじめ、さまざまな印刷物に登場したユーカリの実の子供は、またたく間に全国を席捲した。

「ユーカリの花のバレエ」に登場する、ユーカリの実の子供たち。ギブスの描いたカラー口絵である。

　ギブスはその後、どことなくビアトリクス・ポターを思い出させる連作の小冊子5冊に着手する。オーストラリアでは自然教育、野外レクリエーション、自然保護に対する理解が進みつつあったため、ギブスの作品は空前の需要を呼び、初の長編児童書『スナグルポットとカドルパイ』が新たに文学の殿堂に加わることとなった。

　当時のイギリスの書評は総じて賛辞を送り、出版社は「大英帝国内の子供たちをひとつに結びつける」本であることを誇りとした。オーストラリアが「すべての文と挿絵」に表現され、ギブスによる「熊、カンガルー、フクロギツネ、ワライカワセミには、人間のあらゆる長所と短所が描かれている」と主張した。マーヴィン・ピーク（170ページ）など、20世紀の不思議の国の作り手たちと同じく、ギブスは文章のイメージを挿絵によって肉づけし、読者の心にしっかりと定着させた。

　ギブスの死後、その作品群から着想を得て、バレエやミュージカルや切手シリーズなどが生まれた。シドニー湾を見おろす自宅兼アトリエの小さな家はいまも保存され、ビアトリクス・ポターのヒルトップ農場と同じく、読者にとっての聖地となっている。

エヴゲーニイ・ザミャーチン
Yevgeny Zamyatin

われら
［1924 年］
We

未来の独裁主義的ディストピアを描いた『われら』は、
技術師の D-503 が主人公である。
そこは個人の人格がほぼ根絶された「単一国」というガラスの大都市圏で、
人々はスパイや秘密警察に絶えず監視されている。

1924 年にニューヨークで E・P・ダットンから英語版の初版が刊行された。

ロシア語のタイトル『Мы』は「われら」を意味するが、「わたしの」という意味にもなりうることばであり、個人の集団への反逆を描いたこの作品にふさわしい題である。

『われら』は 1921 年に、ソ連の検閲局である国家出版委員会によって刊行を禁じられた最初の作品である。ソ連でスターリンが権力を掌握したため、ザミャーチンは、自身が 1920 年に予測した世界が現実となるのを目のあたりにし、1930 年代にパリへ亡命した。

　エヴゲーニイ・ザミャーチン（1884 年〜 1937 年）のディストピア小説『われら』は 1920 年に執筆されたが、きわめて扇動的であるとされ、ソ連では 1988 年のグラスノスチ（情報公開）の年まで刊行が禁じられていた。一方、非公式の英語翻訳版が 1924 年にニューヨークで出版された。『われら』は、「単一国」と呼ばれる未来の世界で、生活のあらゆる側面が守護局という秘密警察により管理されるという設定の話である。人々は名前ではなく番号を与えられ、壁の透明な部屋で暮らしてつねに外から監視される。話の中心となるのは数学者で技師の D-503 であり、単一国の体制をほかの惑星へと輸出するための「積分」号という宇宙船の開発に携わっている。D-503 は日記のなかで、自分が住むユートピア世界なるものに対して湧きあがる疑念を書き連ねる。

　『われら』の作中世界になじみがあるとしたら、それはザミャーチンが古典的なディストピア・フィクションのさまざまな原型を確立したからだ。実際、この小説はオーウェルの『一九八四年』（1949 年、174 ページ）、オルダス・ハクスリーの『すばらしい新世界』（1932 年、148 ページ）、アーシュラ・K・ル＝グウィンの『所有せざる人々』（1974 年）に直接インスピレーションを与えている。単一国では、独裁者「慈愛の人」が統治して、人々はつねに監視され、「予定表」に則って生活が小刻みに決められている。全員が水色のつなぎを着て、同じ合成食品を食べ、同じ時間に運動する。単一国は広大な「緑の壁」に囲まれていて、それは野生生物の侵入を防ぐためのものだとされているが、読み進めていくと、かつての世界戦争でほとんどの人が死に、わずか 0.2 パーセントしか生き残れなかったため、壁の外は荒廃した世界がひろがっているのだとわかる。単一国では、友情も人間関係も生殖も厳格に管理され、国が認めるパートナーとしか性的接触ができない。

　『われら』は、短い節や「記録」の集まりの形で書かれている。冷たく規制された世界と、最初は幸福で楽観的だがしだいに絶望していく D-503 の思考や

感情の生々しい動きとを対照的にうまく引き立たせる文体だ。この対比は作中世界の光景にも共鳴している。緑の壁の内側では、すべてが明瞭かつ正確に秩序立てられている。人間の熱情のようなあいまいなものは禁じられ、そこには、D-503 が妖精のような女性 I-330（喫煙、飲酒、色恋などを奔放に追い求める）との許されぬ恋で経験するものも含まれる。

　読者は、この作品の世界があまりに図式的かつ単純で信じがたいと感じるかもしれない。けれどもザミャーチンは、自身が描く社会の論理そのものを図式化によってみごとに際立たせている。そのおかげで、ザミャーチンの文章は生々しく色鮮やかで刺激に富み、人間としての D-503 の葛藤が実に魅力的に表現されている。このようにして、『われら』はこれまで書かれたどのディストピア小説にも劣らず、すぐれた予見性と力強さを具えた作品となっている。

最近のペンギン・クラシックス版の装画に使用された、アントン・ブレジンスキー作の「未来のビルと都市」（細部）。ブレジンスキー（1946 年〜）は「ポーランドのピカソ」として知られ、すぐれた SF 作品の表紙を多く手がけている。

フランツ・カフカ
Franz Kafka

城
［1926 年］
The Castle

**カフカによるこの未完の多義的な物語は、
迷宮のような不条理の世界を理解しようともがく男を描く。
そこには存在の本質をめぐる複雑な真理が反映されている。**

カフカはこの小説を完成する前に死去したので、結核から回復したら完成させる意図があったかどうかはわからないままだ。

カフカの死後の 1926 年に、友人のマックス・ブロードが編集し、カート・ウルフによって出版された。

カフカの手書き草稿では、最初の数章は一人称で書かれ、後半は三人称の語り手に変わる。

『城』はカフカの三大小説のひとつで、『変身』（1915 年）、『審判』（1925 年）につづく最後の作品である。

☞ 141 ページ
城の前に立つ K。サム・コールドウェル作。

　『城』は、いかなる伝統的な物語の文脈で考えても、どこにも帰着しない。同じように、伝統的な意味合いからすると、筋書きがない。フランツ・カフカ（1883 年〜 1924 年）はこの作品を書き終えることはなかった。物語は文の途中で切れているが、ロマン主義者たちが舞台に据えるのを好んだ廃墟が崩れたままだったのと同じく、『城』は未完であることこそがその存在理由だと考えることもできる。表現を拒否することで表現が生まれていくということだ。

　測量士の K は中央ヨーロッパの村にたどり着く。K の任務はある伯爵を訪問することで、伯爵の住む城は霧のなかでその村を不吉に見おろしている。夕暮れどきに村に着いた若者は、自分が歓迎されていないと感じる。農民たちは K をにらみ、何も語らない。訪問者にはどんな不可解な出来事が待ち受けているのだろうか。そして、そこはどんな世界なのだろうか。

　カフカは 1922 年に『城』を書いた。それは死去の 2 年前であり、第 1 次世界大戦が終結してオーストリア＝ハンガリー帝国が崩壊した 3 年後だった。作中の時代はまぎれもなく「現代」で、村には電話や電気がある。だが、1914 年から 18 年の大変動はどうなったのか。すでに起こったのか、それともこれからなのか。あるいは、そんなものとは無縁の世界なのか。『城』では殺戮の声が響き渡ることはなく、カフカは 20 世紀最大の出来事を排除した世界を作りあげた。

　すべてが謎めいていて、戦慄を誘う。K は呼称であるが、名前ではない。薄明かりに包まれ、昼なのか夜なのかもわからない。K は橋の上で、外界と村とのあいだの空間に漂っている。霧と闇と雪が城を覆う。K の前には空虚しかないのか。背後はどうなっているのか。K はどこから来たのか。読者は第 1 章で、K が長い時間をかけてはるか遠くから旅をしてきたことを知る。いまいる国はどこなのか。村の住民はほとんどがドイツ人の名前だが、カフカが執筆しているころにオーストリア＝ハンガリー帝国の大崩壊が起こったこともあって、地理ははっきりしない。

Ｋは宿命的に橋を渡る。「橋屋」では、宿の主人がしぶしぶＫに藁布団を渡して酒場の床に敷くことを許す。そこはビールと小作人の汗のにおいがし、足の上をネズミが走る。Ｋは城からの使者によって、途切れ途切れの眠りから半ば唐突に起こされ、「ヴェストヴェスト伯爵」の領地で何をしているのか、必要な許可を得ているのかと乱暴に尋ねられる。うろたえたＫは「伯爵に呼ばれた測量士」だと名乗る。

　最初、城の使者はそれが出まかせではないかとＫを責める。しかし、電話を受けてからはがらりと態度を変え、Ｋの主張を認める。大胆になったＫは、助手と機材はあす車で着くと述べる。実際、つぎの日に助手ふたりが現れるが、徒歩であり、しかも城からやってくる。助手たちは測量について（というより、何についても）まったく知らず、道具すら持っていない。奇妙なことにＫはふたりを知っていて、「昔からの助手」だと認める。だが名前はわからず、筋の通らない強引さでふたりとも「アルトゥール」と呼ぶことにする。さらに混乱することに、バルナバスという滑稽なほど的はずれの使者が、Ｋを城へ案内する役をまかされる。だがバルナバスはそれを果たせない。

　Ｋと城とのあいだのおもな障害は、どうやら伯爵が村に送りこんでいるクラムという男らしい。クラムは仕事の用件で人と話すことはなく、その手の話題が持ちあがると部屋から急いで出ていく。クラムは官吏を戯画化した人物で、太った体にスーツを着て、鼻眼鏡をかけ、ヴァージニア葉巻を吸っている。専門家たちは、クラムの風貌がカフカの父ハーマンの写真と酷似していると指摘してきた。クラムとの面会をことわられたＫは、こんどはクラムの愛人である女給フリーダを口説く。

　カフカはジグムント・フロイトの研究に精通していたので、この小説で起こるさまざまな出来事をフロイト流に解釈したくなるのも当然だ。しかし、ロマンチックな物語としてこれを見た場合、ただのひと目惚れと呼ぶこともできる。フリーダはＫをひと目見ただけで身をまかせ、酒場のカウンターの下でビールまみれになりながら情熱的に関係を結ぶ。その後、フリーダはＫの婚約者と名乗り、Ｋは結婚するつもりだと酒場の女店主に告げる。だが第１章で、Ｋにはすでに妻子があることがほぼわかっている。

　城の「村長」は測量士による仕事は必要ないと判断し、どういうわけか、Ｋを臨時校務員に再任する。金額は確定していないが、将来のいつの日か報酬が用意されるかもしれないと知らされる。Ｋはこれを勝利ととらえるが、フリーダと夜に暖をとるために学校の薪小屋で盗みを働いたせいで、すぐに職を失う。

　『城』の前半はドン・キホーテまがいの突飛な探求の旅である。後半は会話小説へと変調する。そして、空言と無力なふるまいが渦巻いたまま、空疎な結末へと向かう。最後は文を終える気力さえ残っていない。

　読者は、カフカが『城』で描く奇妙な——ときには恐ろしい——想像上の世界をどのように理解すべきだろうか。忘れてはならないのは、実のところ、カ

フカは本作品を発表するつもりがなかったことだ。カフカは死の床で親友のマックス・ブロードに対し、自分の死後にいっさいの原稿（カフカの作品として現存するものとほぼ一致する）を未読のまま燃やすよう指示していた。

　ここでは「死」ということばが鍵となる。『城』はカフカの最後の作品で、不治の結核で死に瀕して書いたものだ。偉大な作家は、現世と来世の境界に立つときに何を想像するのだろうか。

　プラハにもどったあとの 1922 年 9 月、カフカはブロードに対して、「城の物語」を完成させることはないと打ち明けた。しかし、考えている結末もいっしょに明かした。もしカフカがこの作品を完成させていたら、結末で K が死に、村に住んでもよいが違法であるという判断が城から同時にくだされたはずだ。K は永遠に部外者ということだ。

　とはいえ、うわべの死だけを通してこの小説を読むのは、解釈の手立てのほんのひとつにすぎない。1930 年代に翻訳が出るまで、カフカは英語圏ではほとんど知られていなかった。また、数十年のあいだ、きわめて実験的な作家と考えられ、前衛派の人々しか興味を示さなかった。それが変わったのは、1940 年代後半から 50 年代にかけてフランスの実存主義への関心が高まり、「不条理」、そしてつまるところ無意味こそが世界の真実だという考えが受け入れられるようになったからだ。実存主義哲学の中心人物だったアルベール・カミュは、それをシーシュポスの苦しみ——大きな岩を山頂まで転がして運ぶものの、また下へと転がす繰り返しとなること——にたとえた。「認識の最初の兆候は死への願望である」とカフカは述べている。そして、あなたがカフカだとしたら、人生で苦労して生み出したすべてを燃やすしかない。

　文学で描かれる「空想世界」は、あたたかくて居心地がよく、日常生活の冷たい現実から逃避できる場所であることが多い。『城』はわたしたちの多くが暮らす現実世界よりもいっそう冷たい世界を描いているが、サルトルが不気味に指摘するとおり、むしろこちらのほうがはるかに現実に近いのだ。

H・P・ラヴクラフト
H. P. Lovecraft

クトゥルー神話
［1928 年〜 37 年］
The Cthulhu Mythos

**ラヴクラフトによる「旧支配者」の伝承と伝説は、
ファンタジー小説の新たな境地を開いた。
クトゥルーという恐ろしい存在は、
何世代にもわたってホラー作家たちに影響を与えている。**

クトゥルー神話の恐ろしい物語を書いたアメリカのハワード・フィリップス・ラヴクラフト（1890 年〜 1937 年）は、人間を無意味で非力な存在としてみごとに表現した数少ない作家のひとりである。ラヴクラフトはこの物語を全部で 13 話生み出し、これらは特に影響力のあった「ウィアード・テールズ」誌などの雑誌に、1928 年から 1941 年にかけて連載された。連作の最後の物語『チャールズ・ウォードの奇怪な事件』は、死後に出版された。

最も名高い『クトゥルーの呼び声』は 1928 年に発表され、はるか昔から存在してきた「旧支配者」——四大元素に属する邪神——が支配する広大で邪悪な世界が築かれた。ラヴクラフトによると、旧支配者は「ビギンティリオン（0 が 63 個並ぶ数）年前」から存在したという。

奇怪で謎めいたこれらの神々は、どうやら長らく休眠していたらしいが、ある日「星辰の正しい位置」が来て覚醒し、地球を破壊していくなかで、軽率な人類にときおり遭遇する。旧支配者の祭司であるクトゥルーは、海底に沈んだ都市ルルイエに封じこめられていたが、海図にない南太平洋の遠く離れた島で、探検家たちが岩だらけの洞窟につながる彫刻入りの大きな扉を開いたとき、姿を現す。

地球はラヴクラフトが描く宇宙のごく小さな一部だが、旧支配者が登場するそれぞれの場面の描写は謎めいた恐ろしい雰囲気を伝えている。南太平洋の遠く離れた島であれ、アメリカ東部の比較的なじみのある風景であれ、南極の荒涼たるひろがりであれ、どこも不穏な空気が満ちている。

あるいは正午に北に見える低い太陽が、あるいは水平線に接しそうなほどさらに低い深夜の南の太陽が、白い雪、青みがかった氷と水路、そして花崗岩が剝き出しになった黒い斜面に、ほんやりした赤い光を投げかけるなか、神秘的な不毛の巨大な山峰が、常に西の空を背景にそびえたってい

るのだった。荒涼とした山頂を、南極の猛烈な恐るべき突風がときおり吹き抜けるが、その断続的な吹きかたのリズムには、ときとして、広範囲に広がる調べをもって、何か潜在意識の記憶に基づくような理由から、わたしには不安でかすかに恐ろしいとさえ思える、なかば知覚力のある荒あらしい魔笛を漠然とほのめかすものがあった。(大瀧啓裕訳『ラヴクラフト全集 4』所収「狂気の山脈にて」より)

『ダニッチの怪』(1929 年)では、旅行者が種類の異なる不吉な予感を体験する。

　植えつけのされた田畑はことのほか少なく、しかも貧弱なもので、まばらに点在する家屋は、歳月、薄汚さ、荒廃の度合いが驚くほど均一な様相を呈しているようだ。

　朽ちかけた戸口の踏段や岩の散らばる草原の斜面に、ときおりやつれた者の姿がぽつりと見かけられるが、道をたずねるのがなんとはなしにはばかられてしまう。無口で人目をしのんでいるようなところがあり、何かかかわりをもたないほうがいいような、禁断のものにでもでくわしたような気分にさせられるのだ。(大瀧啓裕訳『ラヴクラフト全集 5』より)

「理由不明」ということばは、ラヴクラフトの作品が醸し出す名状しがたい漠たる恐怖を端的に言い表している。そこで作り出された架空の環境——単に世界というよりは宇宙——は壮大な規模を持ち、神々が振るう力は悪夢のように恐ろしく、とらえどころがない。これは以後のファンタジーや恐怖小説の書き手に大きな影響を与えてきた。

　ラヴクラフトの作中世界で究極的な力を持つ神々は、容赦のない邪悪さを感じさせるが、風貌がくわしく説明されることはほとんどない。『クトゥルーの呼び声』の冒頭で醜い彫刻が示され、「タコに似た頭部、触腕が無数に生えた顔、鱗に覆われたゴム状の身体、後肢と前肢には巨大な鉤爪、そして背には細長い翼が生えた」怪物と書かれているが、生き物自体は「説明することができないもの」としか明かされず、目撃者はその詳細については曖昧で、緑色のうねるような粘液ぐらいしか覚えていない。

　ラヴクラフトは 1890 年にロードアイランド州プロヴィデンスに生まれた。8 歳のとき父が死去し、その後は母親、母方の祖父、ふたりのおばに育てられた。幼少期から恐ろしい悪夢に悩まされたらしく、それが後年のいくつかの作品の着想の源となったのかもしれない。子供のころには、祖父が語り聞かせてくれ

ラヴクラフト自身によるクトゥルーのスケッチ。作家仲間であり友人でもあった R・H・バーロウへの手紙に描かれていた (1934 年)。

☞ 147 ページ
神話上の都市の廃墟への遠征を描いた訓話『狂気の山脈にて』(1936 年)に関するラヴクラフトのメモの 1 ページ。

たゴシック・ホラーの物語にも夢中になった。

　長じたころ、ヨーロッパやアメリカの作家や読者のあいだでは、当時の科学の進歩がとんでもない悪影響をもたらす可能性があるという意識が高まっていた。H・G・ウェルズの『宇宙戦争』はラヴクラフトが 8 歳のとき、そしてアイルランド系イギリス人作家ダンセイニ卿による『ペガーナの神々』は十代半ばのころに出版された。ダンセイニ卿が描くペガーナの幻想世界も、ラヴクラフトの『狂気の山脈にて』(1936 年) の南極も、探検が思いがけない恐怖を呼び起こす。ラヴクラフトは『クトゥルーの呼び声』でつぎのように書いている。

　　人類は無限に広がる暗黒の海に浮かぶ《無知》の孤島に生きている。いうなれば、無明の海を乗り切って、彼岸にたどりつく道を閉ざされているのだ。諸科学はそれぞれの目的に向かって努力し、その成果が人類を傷つけるケースは、少なくともこれまでのところは多くなかった。だが、いつの日か、方面を異にしたこれらの知識が総合されて、真実の怖ろしい様相が明瞭になるときがくる。そのときこそ、われわれ人類は自己のおかれた戦慄すべき位置を知り、狂気に陥るのでなければ、死を秘めた光の世界から新しく始まる闇の時代へ逃避し、かりそめの平安を希うことにならざるをえないはずだ。(宇野利泰訳『ラヴクラフト全集 2』所収「クトゥルフの呼び声」より)

　禁じられた危険な知識という考えは、物語全体に通じる不変のテーマである。ラヴクラフトは、同時代の他の恐怖小説の作家と手紙をやりとりする親しい関係を維持し、そのなかにはクラーク・アシュトン・スミス、『サイコ』のロバート・ブロック、そして〈英雄コナン〉シリーズ (1932 年〜 36 年、154 ページ) の作者ロバート・E・ハワードなどがいた。このグループは「ラヴクラフト・サークル」として知られるようになり、メンバーの作家らは、同意を得た上で、ラヴクラフト作品の登場人物や設定などの要素を自身の作品にときどき登場させた。「クトゥルー神話」ということばを考えて物語を広めたのは版元のオーガスト・ダーレスであり、ラヴクラフトの死から 2 年後の 1939 年に全集を出版した。

　この神話の人気はいまでも衰えず、さまざまな本、雑誌、ビデオゲーム、さらにはポピュラー音楽にまで用いられている。だが、現代の読者はラヴクラフトの多くの作品でしばしば人種差別が見受けられると指摘することがあり、議論を巻き起こしている。

オルダス・ハクスリー
Aldous Huxley

すばらしい新世界
［1932 年］
Brave New World

ハクスリーが未来世界を描いた不朽の名作は、
遺伝子工学の可能性と現代社会における個の喪失に
暗い光を投げかけつづけている。

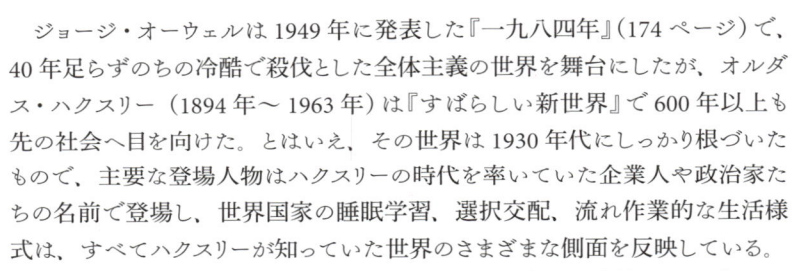

チャトー・アンド・ウィンダス社から
1932 年に初版が刊行された。

小説の舞台は、フォード・モデル T
が販売されてから 632 年後の 2540
年。企業家ヘンリー・フォードに敬意
を表し、世界国家のなかに神にいち
ばん近い存在──〈わがフォード様〉
を登場させた。

☞ 149 ページ
5 つの身分のうち低い階級であるガン
マ、デルタ、イプシロンの労働者
たちをアルファ階級が率いている。
フィン・ディーンによる挿絵。

ジョージ・オーウェルは 1949 年に発表した『一九八四年』（174 ページ）で、40 年足らずのちの冷酷で殺伐とした全体主義の世界を舞台にしたが、オルダス・ハクスリー（1894 年〜 1963 年）は『すばらしい新世界』で 600 年以上も先の社会へ目を向けた。とはいえ、その世界は 1930 年代にしっかり根づいたもので、主要な登場人物はハクスリーの時代を率いていた企業人や政治家たちの名前で登場し、世界国家の睡眠学習、選択交配、流れ作業的な生活様式は、すべてハクスリーが知っていた世界のさまざまな側面を反映している。

オーウェルはナチズムやソ連の恐怖を経験した直後に執筆し、よく知られているように、未来を「人の顔を踏みつけるブーツ」と見なしていたが、ハクスリーは『すばらしい新世界』において、それをもっと静かだがより陰湿な悪夢として示している。国家からの強い圧力があるのはまちがいないが、問題が起こったときは警察機動隊が出動するものの、気分がよくなる薬や麻酔ガスを使ったり、やさしいことばをかけたりするだけで、残酷なことはしない。思想の自由はないが、そもそもその自由を望んでいる者がいるようには見えない。世界統制官に立ち向かう活動家はなく、ほとんどだれもが現状を受け入れている。

『すばらしい新世界』が出版された 1932 年は、すでに 20 年ほど前からヘンリー・フォードが流れ作業によって安価な自動車を供給していた時代であり、この作品の印象に残る最初の場面、中央ロンドン孵化・条件づけセンターは、ハクスリーがこの大量生産技術を人間の繁殖作業にあてはめたものだ。登場人物たちは母親も父親も家族も持っていない。生産ラインに沿って静かに動く無数の受精卵と同じく、全員がクローン化されて瓶のなかで成長し、支配階級アルファや追従するベータ、ガンマ、デルタ、イプシロンという定められた役割を果たすことになる。

自分のために何か考えることも、情熱や個性を持つことも、世界国家では掟破りの罪悪だが、そもそもそれを試みる者がいない。だれもが社会でのそ

☞ 151 ページ
米国ミシガン州デトロイトのフォード
社の工場を出る、顔のないシフト勤
務の労働者たち。1935 年ごろ。

れぞれの役割に合うように創られているうえに、アルファ゠プラスからイプシロ
ン゠マイナス・セミ゠モロンという階級まであって、つねに従順であるための
教化と心理操作を受けている。住民生活のすべてが中央権力——この国では、
謎に満ちた 10 人の統制官——によって決められる。

　一方、その社会では住民たちに、フリーセックスと睡眠学習、そして娯楽
や逃避の手段として気持ちを高める薬を定期的に与えてくれる。絶対的な全
体主義、抑制のない快楽主義の世界であり、それはハクスリーの時代の伝統
的な道徳の裏返しである。一夫一婦制は疎んじられ、家族は抑制のための
古びた形式とされ、母性という考えは猥褻と見なされる。病気、痛み、さらに
は老化さえもなくなっているが、性差別は 600 年もつづいているらしく、女性
は世界国家の統治においてはなんの役割もなく、上司に平気で尻をさわられ、
日焼けした健康そうな肉体が「むちむち」しているかどうかだけで評価される。
1930 年代の前半には、ハクスリーのように教養のある男性にとって、ある種の
変化はありえないことだったらしい。

　ハクスリーは 1894 年に中流階級の学校長の家庭に生まれたが、知性にお
いては第一級の貴族階級に属していた。祖父は「ダーウィンの番犬」とあだ名
をつけられた T・H・ハクスリーで、進化論を果敢に擁護した。

　だが、ハクスリーはイートン校からオックスフォード大学へ難なく進む過程で、
異なる考えを育んだ。彼は大衆文化を嫌悪し、教育はそれを役立てることが
できる者、つまり自分のような者たちの特権であるべきだと考えていた。「普遍
的な教育は、わたしに言わせれば"新しい愚者たち"を大量に生み出す」と
冷淡に断じている。その考えは、ヒンズー教のカースト制度を奇妙に改変した
ような世界を作り出したことからもはっきりと見てとれる。ハクスリーの祖父は、
ユートピアは人によって作られることはなく、昆虫によってのみ作られると主張
したことがあるが、『すばらしい新世界』の住民たちがしばしばバッタ、アブラ
ムシ、アリ、蛆虫にたとえられるのには注目すべきだ。

　ハクスリーの世界国家の考えは、アメリカでの経験——カリフォルニアの映
画産業の自意識過剰なまでのきらびやかさに辟易したこと——と、大恐慌時
代がはじまったころのイギリスの街路や工場で見聞きしたものに大きく影響さ
れた。当時はアメリカの禁酒法の試みが惨憺たる結果で終わったばかりで、
それは人々を満ち足りた思考停止状態へ導く「ソーマ」という薬を禁止しよう
としてうまくいかないという形で反映されている。一方、話す絵である映画は
「フィーリー」として登場し、観客は光景や音だけでなく登場人物のにおいや
感情までも共有できる。

　ハクスリーのこの作品の題名は、シェイクスピアの『テンペスト』(1611 年、
64 ページ)でのミランダの純粋な賛辞から採ったものだ。ミランダはプロスペ
ローの島をさまよう廷臣たちに会ったときに「ああ、すばらしい新世界、こうい
う人たちが住んでいるの!」と言う。もちろん、ハクスリーは大いなる皮肉をこ
めてこの台詞を世界国家にあてはめたのだが、もし作中で描かれた社会が何

から何まで欠陥だらけだとしたら、ロマン主義文学が伝える「高貴なる野蛮人」についてもなんの希望も見いだせなかっただろう。『すばらしい新世界』で、ニュー・メキシコ保存区に住む「野蛮人」族は世界国家の住民たちのような束縛からは自由だが、その自由は蛮行や浅ましさをともなう。多少とも理想的な人生の息吹が聞こえるのは、いくつかの離島だけだ。そこには独自の考えを持つすべての人々が追放されて住んでいる。

　ハクスリーは『すばらしい新世界』の1946年版の前書きで、この作品で未来について前向きな見方がまったくないのは誤りだったとみずから評し、「いまのわたしは、正気が不可能であることを示したいとは思っていない」と書いている。だが、この作品の魅力がいつまでも衰えないのは、飼い慣らされた野蛮さ、遺伝子操作、心理の洗脳、薬とセックスに耽溺する文化などを特徴とする世界がわたしたちの経験からさほど離れていないこと、そしてそこからは逃れられないことを伝えているからだ。前書きには「当時は六百年後の未来の話だと考えたが、いまはあと一世紀以内にその恐怖が訪れる可能性がじゅうぶんある気がする」とある。それから60年以上経ったいま、そのことばが不気味に響く。

152 ページ

バーナード・マルクスは「野蛮人」ジョンを世界国家の外にある保存区から連れてくる。ジョンは文明社会で人気者になるが、工場や学校を見学しているうちに、その光景にだんだん当惑していく。フィン・ディーンによる挿絵。

ロバート・E・ハワード
Robert E. Howard

英雄コナン
［1932 年～ 36 年］
Conan the Barbarian

剣と魔術を武器とする永遠のヒーローは、
大衆小説の世界から飛び出して、
多くの映画、テレビドラマ、ビデオゲーム、漫画に登場するようになった。

コナンは最初に、「ウィアード・テールズ」誌の 1932 年 12 月号（上図）に掲載された「不死鳥の剣」に登場した。そこではやや歳をとったコナンがアキロニア王国を支配しようとし、「謀反の 4 人衆」による暗殺計画に立ち向かう。

ハワードはホラー小説の巨匠 H・P・ラブクラフト（144 ページ）の友人だった。ふたりは頻繁に手紙を交わし、互いの作品のなかで言及し合っている。

1982 年に「コナン・ザ・グレート」として映画化され、ボディ・ビルダーで、その後カリフォルニア州知事になったアーノルド・シュワルツェネッガーの代表作となった。

　北の果てからやってきたコナン──放浪の凶賊にして貪欲なる無法者──の物語を伝えるために、アメリカのテキサス州出身の作家ロバート・E・ハワード（1906 年～ 36 年）は何千年もの歳月をさかのぼり、だれもが知る古代文明社会よりも前の時代まで旅をした。

　ハワードはそれまでにも、かなり古い時代の物語──出版された最初の作品は大衆雑誌の「ウィアード・テールズ」に発表した「槍と牙」で、石器時代の穴居人であるクロマニヨン人とネアンデルタール人同士の戦いを描いたもの──を書いていたが、新しい主人公はまったく架空の歴史に登場させた。物語の舞台はハイボリア時代の「大海がアトランティスと輝く都市を呑みこんだ時代と、アーリアの子たちが登場してきた時代のはざま」──つまり、神話上でアトランティス大陸が崩壊したころとインド＝ヨーロッパ族が台頭してきたころのあいだである。

　コナンが冒険する空想の世界は、魔法あり剣あり、美女あり毒蛇あり、邪悪で奇妙な神々あり奇跡の展開あり、というふうに、ヨーロッパと北アメリカのファンタジーを大胆に組み合わせたものがもとになっている。たとえば、コナンが属するキンメリア人はケルトの人々と多くの類似点を持つ。遠い東にあるキタイ王国は中国に相当し、実在したとされるピクト人が文明国の端の野蛮な民として現れる。そしてセムは、わたしたちがメソポタミア、アラビア、シリア、パレスチナとして知っている地域だと考えられる。

　実のところ、21 作あるコナンの物語には、「忍びよる影」のような中東の『千夜一夜物語』風の話から、艶のある美しい鉄兜に色鮮やかな羽根飾りが揺れる甲冑姿のアーサー王の騎士の話まで、さまざまなものがある。主題のひとつは文明社会の腐敗と衰退だが、もろもろの王、貴族、高僧、魔女の力以外の社会構造を真剣に描こうとはしていない。コナンの世界は政治的というより、神秘的で心理学的である。

　荒唐無稽な考え方がしばしば紹介されて、現代の読者を悩ませるところも

この地へやってきたのが
キンメリア人コナン、
漆黒の髪と
憂愁の色をたたえた眸を持ち、
長剣を手にした盗賊、掠奪者、
殺人者であった。
かの男は大いなる憂鬱と
大いなる歓喜をもって、
宝石を鏤めた
地上の玉座の数々を
サンダルを履いた足で
踏みにじって行ったのである。
（中村融訳『不死鳥の剣』より）

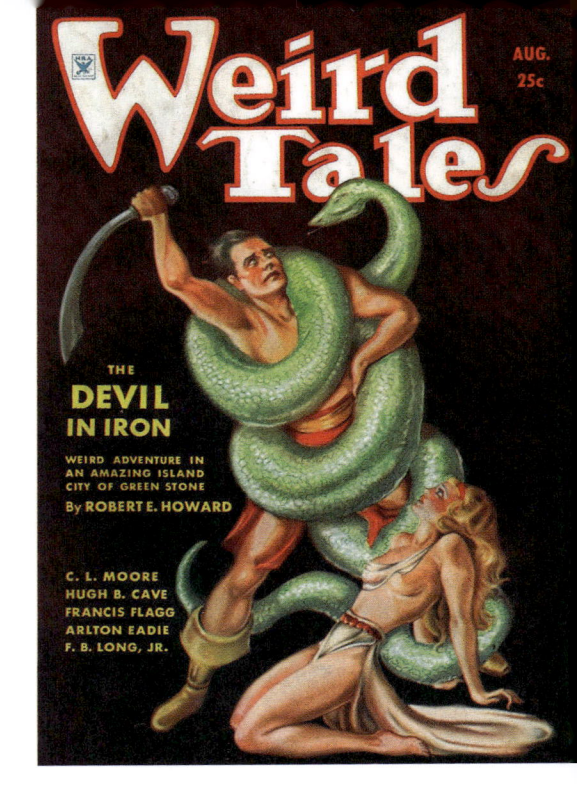

ある。優生学の理論や民族浄化など、書かれた当時はよく知られていたものが空想世界全体を染めている。

　女性は多くの話のなかで脇役を演じるが、身につけているのは「つややかな脚と象牙色の胸」をわずかに隠すだけの服で、ときどき鞭で打たれて悲鳴をあげたり苦痛で身をよじったりする。コナンのほうは寡黙で凶暴にふるまう男だが、ときどき老人のように、自分たちはいつまで美しくいられるかなどとぼやいたりする。

　ハワード自身の人生は短く平凡なものだった。テキサス州のクロス・プレインズの一帯で過ごした少年時代には、病弱な母を崇拝しつつ、自分は漫画と大衆小説に没頭した。いつも内気でふさぎこむ傾向があったものの、思春期を多くの物語と詩の創作に費やし、18歳のときに最初の小説が評価された。生涯両親と暮らしたが、25歳になったときには短編小説がかなりの好評を博し、コナンがめざましい成功を与えてくれた。

　1936年に母親が結核によって昏睡状態に陥り、看護師から回復の見こみがないと告げられた。ハワードは自分の車まで歩いていって、そこで頭を銃で撃って自殺し、その翌日に母親もこの世を去った。けれども、コナンはハワードの物語のなかだけでなく、漫画、テレビ番組、ビデオゲーム、映画の世界に生きている。その多くがハワードの原作と似ていないものの、文明の崩壊に「高貴なる野蛮人」がひとりで立ち向かうという構想は、いまも力強い魅力を発散している。

コナンは1934年8月号の「ウィアード・テールズ」誌の表紙を飾り、復活したばかりの悪魔が放った大蛇と戦っている。「鋼鉄の悪魔」は初期のコナン・シリーズのなかであまり評価が高くないが、この表紙はコナンが半裸の美女を救うために怪物と戦う典型的な戦士として描かれ、「驚くべき緑の岩の島での風変わりな冒険」という紹介文が付されている。

ウラジーミル・バートル
Vladimir Bartol

アラムート
［1938 年］
Alamut

カルト宗教の指導者が牛耳る 11 世紀の謎めいた世界を舞台とした物語で、
20 世紀のムッソリーニによるファシスト国家の寓喩となっている。

この作品は 1938 年にスロヴェニア語で出版され、英語版はマイケル・ビギンズの翻訳によって 2004 年にスカラ・ハウス・プレスから出版された（上図が最新版）。

2001 年 9 月 11 日の同時多発テロのあと、スロヴェニア語の新装版が 2 万冊以上売れ、それが 19 か国語に翻訳された。

「絶対的な現実などない。すべてが許される」という一節が作中で繰り返される。

　ウラジーミル・バートル（1903 年〜 67 年）はスロヴェニアの知識人作家で、ほとんどの著作が絶版になったままリュブリャナで死去した。そのまま専門分野に名前を残すこともなく、人々の記憶から消え去ってもおかしくなかった——まして、当時まだ生まれていなかった媒体については言うまでもない。ところが、バートルの小説『アラムート』は、これまでにスロヴェニアで生まれた文学作品としておそらく世界的に最も有名なものとなり、ビデオゲームの〈アサシン・クリード〉シリーズを生み出した。

　一見すると、『アラムート』の主題は 21 世紀に派生した産物に劣らず、バートルらしくないものに感じられる。初刊行は 1938 年で（2004 年まで英訳されなかった）、11 世紀のペルシアの森が舞台となり、そこではある宗教の指導者「サバーの息子ハッサン」、別名サイデュマが巧妙で不穏な戦略を考えつき、自分のゲリラ部隊に報奨を与えて死ぬまで戦わせようとしている。地上の楽園を再現するためだ。

　このように困難でなじみのない主題に取り組むため、バートルは広範囲にわたる準備をしなくてはならなかった。この物語の着想は『東方見聞録』（1300 年ごろ）から得たもので、そこには、地位の高いペルシアの指導者が女たちの集まる秘密の庭と麻薬を使って若者たちをだまし、楽園へと行き来できると思いこませる話がある。バートルは調査と構想に 10 年かけたあと、カムニクという山間の町で 9 か月かけてゆっくりと執筆した。そこはナチスによるオーストリア併合の現場から 30 マイルしか離れておらず、ムッソリーニのファシスト党はバートルの生地トリエステに住むスロヴェニア人たちを迫害していた。

　その結果、『アラムート』は恐ろしい世界を描いた内容の濃い傑作となっている。遠いアラムート山の砦はサイデュマによって苦しい試練の場になり、そこではサイデュマ自身の宗教であるイスマーイール（イスラムに起源を持つ宗教のひとつ）の教え「絶対的な現実などない。すべてが許される」という教義に基づいて「人間の本質を変える実験」がおこなわれる。数々の敵がその砦を包囲攻撃したときも、危険なまでのカリスマ性を持ったこの指導者は、配下に

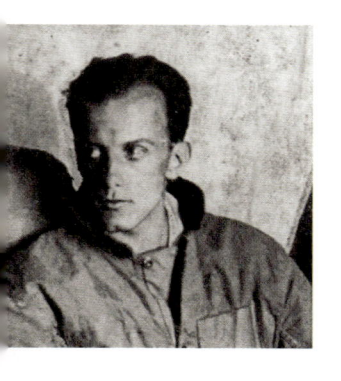

サバーの息子ハッサン，すなわちサイデュマは11世紀レバーント地方のカルト宗教の指導者だ。ここでは，権力を示そうと部下に自殺を命じている。

ある若者たちの心理や欲望を深く見通して，避けられない敗北に直面しても恐怖の表情を浮かべさせない。

　バートルの最大の功績は，アラムートを邪悪であるのに劣らず魅惑的な存在にしたことである。ふたりの新参者，若いハーレムの新人ハリマと有望な兵士タヒールの息子の目を通すと，砦は神秘と喜びの場であるが，そこでは不安が恐怖と幻滅に変わる。ふたりとともにアラムートの小径や秘密の場所をさまよい，サイデュマの恐ろしい考えの皮膜を一枚一枚剝いでいくたびに，わたしたちは驚愕しつつ陶酔もする。すばらしいアクションの詰まったコンピューター・ゲームのように，この作品は恐怖で息を呑みながらも読み進めずにはいられない。

　当然ながら，『アラムート』の世界はしばしば，ファシズムの悪の寓意として読まれる。21世紀の読者の多くは，この作品に若い聖戦士たちの急進性が反映されていることも読みとるだろう。

　しかし，この物語のさまざまな反響を考え合わせると，バートルが批判しているのが特定のイデオロギーではなく，強腰の指導者をなんの疑問も持たずに信じて追従する人間の愚かさであることがわかる。サイデュマ自身が説明しているように，彼が力を具えているのは，「人々がおとぎ話や作り事を求め，暗闇を手探りで進むことを好む」と知っているからだ。だからこそサイデュマは，バートルがこの恐ろしくも魅力に満ちた世界を書き記してから何十年も経た仮想ゲーム世界のアバターと同じように，臣民を巧みに支配して操ることができる。

ホルヘ・ルイス・ボルヘス
Jorge Luis Borges

トレーン、ウクバール、オルビス・テルティウス
[1941 年]
Tlön, Uqbar, Orbis Tertius

ボルヘスの哲学的な関心事の多くが凝縮された短編であり、
もうひとつの世界を創造しつつ、
それがわたしたちの世界を浸食するさまを描いている。

1940 年、アルゼンチンの雑誌「スル」に掲載され、1941 年に短編集『八岐の園』(のちに『伝奇集』) におさめられて、エディトリアル・スルによって出版された。

ボルヘスはブエノスアイレスで裕福なアルゼンチン人一家に生まれ、文学への造詣は幼いころに父親の書庫にはいったのを機に育まれていった。

第 2 次世界大戦後、フアン・ペロンの独裁のもとで、ボルヘスは政権に抵抗したためにブエノスアイレス市立図書館での職を追われた。

「大作の執筆は、労のみ多くて功少ない狂気の沙汰である。もっとよい仕事のやり方は、それらの物語がすでに存在しているように見せかけて、要約や批評を述べることだ」と、ホルヘ・ルイス・ボルヘス (1899 年〜 1986 年) は「トレーン、ウクバール、オルビス・テルティウス」ではじまる『伝奇集』の前書きに書いている。いかにもボルヘスらしく、謙遜することで少なからぬ野心を隠している。そのような解説が付されているが、エッセイにも学術書にも見えるこの物語が読者をとまどわせる一方で、ボルヘスは極端に凝縮された不思議な世界を築きあげている。この作品はわずか 20 ページで世界を作り変えた。

ボルヘスは 40 歳の誕生日を迎える前にようやく小説を書きはじめたが、それは頭部の重いけがから目覚め、精神状態に問題がないかをたしかめるためだった。「トレーン、ウクバール、オルビス・テルティウス」は事故のあとの 2 作目で、ボルヘスは祖先に数多く存在する軍人の英雄を範とした「大きな運命」への憧れと、幼いころからの特徴だった本好きで貧弱な部分とをうまく混ぜ合わせた。1970 年の「ニューヨーカー」誌に掲載された長い自叙伝のなかで、「もし人生で最大の出来事は何かと聞かれたら、父の書庫にはいったことだと答えるだろう」と言っている。この作品を理解する手立ては、書庫をひとつの事件にしようとして奇妙にも成功する試みのようなものだ。

物語は最初から、文学と文字どおりの事実、そして比喩と現実の事物の境をぼかしている。ボルヘスは同時代の人名を多くちりばめつつ、知力を礎に軽やかな確信をもって難解な哲学の大作群を参照してみせつつ、その両者から架空の引用を自在におこなっている。そこでは、しばしば共同で仕事をしたアドルフォ・ビオイ＝カサーレスと食事をするさまが描かれる。カサーレスが「鏡と交合は人間の数を増殖するがゆえにいまわしい」というウクバールの異教の教祖のことばを思い出し、興味をいだいたボルヘスがその出所を尋ねると、カサーレスは『アングロ・アメリカ百科事典』を示し、それは 1902 年版『ブリタニカ百科事典』の「忠実だが時期を失した」焼きなおしだという。ボルヘス

Golden Age of Fantasy

の持っている版にはウクバールに関する記述はまったくないのに、カサーレスの持つ版には、46巻の最後でウクバールについて4ページ割かれている。ウクバールがどこにあるのかについてははっきりせず、ずいぶん退屈な説明だったが、ウクバールの文学はすべて写実主義を避けて幻想を重んじ、ムレイナスとトレーンという架空の地域だけが舞台となるという点にボルヘスは興味を引かれる。

この作品の残りの大部分は空想を扱い、ボルヘスが2年後に『トレーンについての最初の百科事典』の全巻を発見したことが手がかりとなって進められる。「架空の国についての簡単な著述ではなく、未知の天体の全歴史の秩序立った断片だ」とボルヘスは書いている。哲学的な論考だけではなく、トレーンのほかのすべてもバークリー哲学の唯心論に基づいていて、わたしたちの心のなかの映像以外に物理的な宇宙は存在しないという。

ボルヘスは百科事典的な学識をひけらかすかのように見せながら、膨大な数の示唆をつづけることで、みずからの姿勢を明らかにする。その姿勢とは、因果や時間についての考えに疑念を呈し、科学的な修練よりも心理の探求を重んじ、論議を呼ぶ「唯物論の教義」を解析し、そのうえきわめて効果的に、いくつかの概念が統合されたことから生まれる文学の形を探るというものだ。すべての書物は「無時間的かつ無名」のひとりの作家による作品で、それぞれの創作はひとつの筋書きのあらゆる並び替えを含み、詩は多数の形容詞や動詞の塊を好んで主格を避けるものとされる。「ひとつの膨大な単語で作られた有名な詩もいくつか存在する。単語そのものが作者によって創造された詩的対象となっている」とボルヘスは書いている。そして、トレーンでは「何世紀にもわたる観念論の支配が、現実に影響せずにはいられなかった」と明かし、現実の物体も願望や期待が生み出しているのかもしれないとする。これまでにも、失われた物体が複数の人間によって同時に発見されているという。考古学者は過去を「未来に劣らず可塑的で御しやすいもの」にし、古の遺物を秩序立てて生産する。

この意外に具体的な展開が物語の最後の要につながり、過去から未来、幻想から現実、詩から散文へ、そしてまたその逆となる。やがてボルヘスは、バークリー自身が17世紀はじめにある秘密結社にはいって、想像の国を作り出そうとしていたことを知る。その営みは何世代にもわたるもので、2世紀後には議論好きで無神論をいだくアメリカ人億万長者から経済的な支援を得ることになるが、その人物はアメリカ人らしく大胆にも、国ではなくひとつの天体の創造を条件に財産を団体に寄付する。会員たちは1941年に、『トレーン第一百科事典』の40巻全巻を配布される。そしてボルヘスは「1942年、事態は緊迫した」と書く。想像の国についての作品を舞台として、想像の国自体の文学の驚異が現実に侵入しはじめる。

ボルヘスはこの作品の大半を1940年の日付で語り、実際に書いた当時を反映させているが、1947年の追記という形で、トレーンが現実の世界を征服

◥160ページ
ボルヘスと，友人であり共作者でも
あったアドルフォ・ビオイ゠カサー
レス。

していることを物語の最後に注意深く織りこんでいる。そして、この不思議の
国特有の輪郭がさらに明らかになる。その国は虹の向こうやウサギの穴の下
にひっそりとあるわけではないことと、そこでは「文学」は偶発的な要素ではな
く絶対不可欠なものであることだ。そこは poiesis——poetry（詩）の語源で
あり、ギリシャ語では「作る」という意味——に基づいた不思議の国だ。トレー
ンの詩人たちが膨大な語彙群から「詩的対象」を作りあげるとともに、トレーン
はついにわたしたちの世界の散文世界に死を侵入させる。ボルヘスはブエノ
スアイレスで、フランスのスタンプが押された荷物からトレーンの文字が記さ
れた方位磁石が取り出される現場にいて、数か月後にはウルグアイの田舎で、
死んだ男が小さいがとてつもなく重い「この世に存在しない金属」でできた円
錐——「トレーンのある種の宗教における神性の象徴」——を持っていた事
件にも遭遇する。

　そしてわたしたちの世界は、まず明確に文学の領域でトレーンに属する
——「あの"人類最大の偉業"の入門書、アンソロジー、要約、逐語訳、公
認の再版、海賊版が地上にあふれた、いや、いまもあふれつつある」。ボル
ヘスはこの「秩序ある天体の極小かつ極大な証拠」の圧倒的な受容を、1930
年代の「弁証的唯物論、反ユダヤ主義、ナチズムといった、なんであれ、秩
序をよそおい調和的であるとして人々を魅了したもの」にたとえる。物語の最
後で登場人物としてのボルヘスが示す静かな諦念は、作者としてのボルヘス
がより攻撃的な立場をとって、書くことで現実の全体主義国家による征服に抗
議していたことと好対照を成している。その一方で、ボルヘスが父親の膝の
上で唯心論の哲学を教えこまれて、その後もつねにそのことに魅了されていた
ことや、トレーンの風変わりな文学的な試みの多くが、それまでの数十年にわ
たるボルヘスの執筆活動の原動力だった奇想を反映していることも忘れては
ならない。

　物語のなかで、さらには物語を超えて、ボルヘスは詩的感性と信念を現実
の世界を変える原動力にしている。その文章は、博覧強記の者たちによる啓
蒙の試みから、人類の知識全体を抽出して記録することへ少しずつ移り、さ
らには世界を新しく書き換えるという過激な営為へと変化していく。

オースティン・タッパン・ライト
Austin Tappan Wright

アイランディア
［1942 年］
Islandia

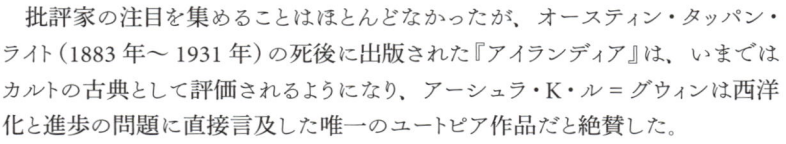

ハーヴァード大学を卒業し、アイランディアというユートピアの保護領で
初のアメリカ領事職に就くジョン・ラングの冒険の物語。
ライトが詳細な描写とすばらしい想像力で生み出した
カライン大陸に匹敵するのは、トールキンの中つ国ぐらいであろう。

ファラー・アンド・ラインハルト社により 1942 年に初版が刊行された。

ライトが 1931 年に交通事故で若すぎる死を迎えたあと、妻と娘が原稿を短くまとめたが、それでもなお 900 ページを超えている。

　批評家の注目を集めることはほとんどなかったが、オースティン・タッパン・ライト（1883 年〜 1931 年）の死後に出版された『アイランディア』は、いまではカルトの古典として評価されるようになり、アーシュラ・K・ル＝グウィンは西洋化と進歩の問題に直接言及した唯一のユートピア作品だと絶賛した。

　小説の舞台は 20 世紀最初の年、帝国主義の最盛期である。本文には地図——ライトの弟で地理学者のジョン・カートランド・ライトによって描かれたもの——がついていて、アイランディアはドイツの保護国やフランスとイギリスの植民地と国境を共有している。地理的な描写は驚くほどくわしい。ジョン・ラングが最初にその地について知ったのはハーヴァード大学時代で、アイランディア出身の学友を通してだった。その後、現地のことばを学んだあと、叔父（成功した実業家で、アイランディアをアメリカ製品の将来の市場と見ている）の力で領事の職を得る。ラングの現地への到着は、この作品の主題に密接にかかわっていく。アイランディアは海外貿易に門戸を開くべきなのか、大帝国に接しつつ孤高を守るべきなのか。本文にもあるとおり、この国の苦境は 1850 年代の日本と似ていて、独立独歩を長くは保てないと考えられる。

　ラングの目から見ると、アイランディアはかなり古い様式の国で、産業はあまり発展していない。ラングはたいがい馬か船で国じゅうを旅してまわるが、アメリカ人の生活速度と比べると、ずいぶんゆるやかだ。前半でラングは少しずつアイランディアの社会について学び、まずは見聞きしたものをしっかり理解することが肝心だと考える。ラングはある農場に近づいてこう書く——「せまい道には轍のあとが多く見られ、ところどころに草が生えている。わが国のように自動車が行き来した整った跡ではないが、草のおかげで馬の脚にやさしい。驚いたことに、そこへいきなり 3 頭の灰色の鹿があらわれた。短い角と丸々とした胴に仔馬のような長い脚がついている」。読者はアメリカとの小さなちがいにも気づかされ、描写の裏に隠された良質の暮らしに絶えず興味を向けること

THE COUNTRY OF ISLANDIA

CONTINENT OF KARAIN

アイランディアの地図はジョン・カートランド・ライト（作者の弟）が描き、エドワード・レルフが彩色して再現した。

になる。

　アイランディアの社会にはいまだに封建的な要素があるが、ラングが慣れ親しんだ社会より男女間の格差がずっと少ない。最初に感銘を受けるのは、国の平和な様子と田舎の人々の簡素な衣服だ。そのいでたちのおかげで形式的な儀礼が大きく減り、ラングは新しい社会に溶けこみやすくなる。いちばん衝撃を受けた出来事は、外国との貿易をおこなうべきか否かについて議会が論議をはじめたことだ。ふたつの政党ができていて、よりユートピア的な考えを持つ党が海外の価値観の侵入に抵抗したのに対し、他方の党は時間とともに変化すればいいと主張する。投票の結果、変化を拒むほうに決まるが、だからと言って変化が完全に止まるわけではなく、ラング自身の物語を外国からの影響の例として読むこともできる。

　この物語は3つの部分に分かれ、それぞれがひとつの恋愛話を中核としているが、それらの筋書きが文化についての議論と比較をおこなう材料となる。結局ラングはアメリカに帰るが、自国を外国人の視点からしか見ることができなくなり、やがてあるアメリカ人女性を説き伏せていっしょにアイランディアへ旅をし、そこで結婚して家庭を持つ。アイランディアの文化の魅力について激論を戦わせたあと、物語の最後に、ラングは妻に「わたしたちはアイランディア人だ」と宣する。

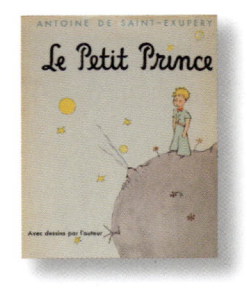

アントワーヌ・ド・サン゠テグジュペリ
Antoine de Saint-Exupéry

星の王子さま
［1943 年］
The Little Prince

**友への哀悼の詩。友は地球に落ちてきて砂漠でいっしょに過ごし、
人間の真実についての寓話を純真に語った。
そして、自分の星の家に帰るために死んだ。**

1943 年、レイナル & ヒッチコック社から初版が刊行された。

『星の王子さま』は、翻訳された言語の多さでは歴代 2 位で（1883 年の『ピノキオ』につぐ）、1 作のフィクション作品の販売部数では歴代 3 位である（1859 年の『二都物語』、1937 年の『ホビットの冒険』につぐ）。

B612 財団は地球が惑星と衝突するのを避けるための研究をおこなう非営利団体で、これは王子の故郷である小惑星の名をとった。実在の小惑星にも、『星の王子さま』にちなんで名づけられた B612 というものや、サン゠テグジュペリ（小惑星 2578）と名づけられたものがある。

『星の王子さま』は何世代もの人々を魅了してきた楽しくもほろ苦い作品で、人生のきびしい現実を穏やかに伝えるための含意がいくつも重ねられている。大人たちは悲しみとともに希望を見いだし、星から来た少年にもう一度会って笑い声を聞きたいと願うようになる。フランスの作家・詩人、そしてパイロットでもあったアントワーヌ・ド・サン゠テグジュペリ（1900 年〜 44 年）の最も名高い作品で、翻訳された言語の数では歴史上有数であり、人生では最も単純なことがいちばん重要だと教えてくれる、現代の古典である。

『星の王子さま』を書くにあたって、サン゠テグジュペリは北アフリカでの従軍も含めた自身のパイロットとしての経験を生かした。そして第 2 次世界大戦中の 1944 年、フランス全土の偵察飛行へ向かい、帰らぬ人となった。2004 年に飛行機の残骸が見つかったが、事故の正確な原因はわからないままだ。

物語はサン゠テグジュペリによる 1 枚の水彩画ではじまる。この本の語り手が 6 歳のときに読んだ、「ほんとう」のジャングルについての本にあった絵だという。1 匹の大蛇が野獣をぐるぐる巻きにしていて、その野獣の目はいまにも飛び出さんばかりで、蛇の口が自分を飲みこもうとするのを見つめている。さらに語り手は、自分がそのとき描いた絵は大人たちには帽子としか見てもらえなかったが、6 歳の自分には蛇が象を消化しているところがはっきり見えていたとつづける。サン゠テグジュペリは死についてのこの単純な描写で、さまざまな意味がぶつかり合う可能性と、子供は物事をまっすぐに見るが、大人は凡庸な解釈のせいでその可能性が見えなくなっていることを示している。『星の王子さま』は大人たちを戒めると同時に心豊かにしてくれる。

成長した語り手はパイロットになって、不毛の砂漠に墜落する。飛行機を必死に修理していると、スカーフを巻いた金髪の少年がどこからともなく現れる。その後の 8 日間、その「小さな王子」は語り手に対して、遠い小惑星にある自分の家のこと、ほかの星へ出かけた冒険のこと、どんないきさつで地球に落ちて来たかということを生き生きと話す。それらの話は多くの隠喩に満ちている。

Je crois qu'il profita, pour son évasion, d'une migration
d'oiseaux sauvages.

ANTOINE DE SAINT-EXUPÉRY

Le Petit Prince

Avec dessins par l'auteur

REYNAL & HITCHCOCK · NEW YORK

サン゠テグジュペリによって描かれた
初版のタイトルページ。

たとえば、王子はある小さな星に住む男の話をする。その男は自分の森の世話をするのを忘れてしまう。3つの種から芽が出たとき、それらは「悪」であるから引き抜くべきだったのに、やがて生長して男が切ることができないほど力強いバオバブになり、その星の生命を吸いつくして破壊させたという。語り手はこの話をくわしく述べ、忠告する。「子供たち、バオバブには気をつけるんだよ!」

　地球に落ちて来たこの王子は、イエスの化身ではない。だが、その考えや語りや印象は西洋文化に根づいたキリスト教の教えと相呼応する。「心を入れ替えて子供のようにならないかぎり、けっして天の国にはいることはできない」（マタイによる福音書第 18 章 3 節）。さらには、イエスが疑り深い弟子のトマスに対して「わたしを見たから信じたのか。見ないのに信じる人は幸いである」（ヨハネによる福音書第 20 章 29 節）と言ったように、王子は語り手に「大切なことは目には見えないんだよ」と言う。しかし、王子は友のために命を捨てるようなことはしない。死ぬのはバラのもとへ帰るためで、そのバラは自分が育てたから愛している。王子の星は B-612 という名前だが、この 612 は 4 に 153 をかけた数であり、4 は創世記で大きな意味を持ち、153 は奇跡の魚、すなわち魂の数——復活したイエスの命に従ってペテロが獲ったとき、網にかかった魚の数（ヨハネによる福音書第 21 章 11 節）だ。

　この物語の最後の絵は、たったひとつの星と砂漠の風景である。語り手はわたしたちに対し、この風景が見えたら、そして星の下にひとりの子供が見えたら、教えてもらいたいと告げる。「悲しみに沈んだぼくを、ほうっておかないでくれ。すぐに手紙で知らせてもらいたい、王子が帰ってきたと」

大人はこの絵を帽子と見て勘ちがいするが、6 歳の子供は象を消化している蛇だとはっきり理解している。

トーベ・ヤンソン
Tove Jansson

小さなトロールと大きな洪水
［1945 年］
The Moomins and the Great Flood

人気の高いヤンソンのムーミントロールの物語は、
何世代もの子供たちに対して、どんなに大変な冒険のただなかでも、
親切な気持ちと慎ましさが大切だと教えてくれた。

1945 年にシルズ社によって初版が刊行された。

9 つのムーミンの小説のほかに、ヤンソンはムーミンたちについての漫画を描いている。これはのちに弟のラルスに引き継がれた。

また、ヤンソンは大人向けの小説と短編も書いた。そのいくつかには、子供のための本や絵を描く主人公が登場する。『誠実な詐欺師』に出てくる主人公は裕福ではあるが、ムーミンのような生き物と付き合いつつ、過酷な市場競争や商業原理と向き合って悪戦苦闘する孤独な作家である。

ムーミントロールたちの生みの親トーベ・ヤンソン（1914 年〜 2001 年）は、北欧ではだれもが知っている著名人で、作中に現れる不思議で、やさしくて、いつも穏やかな生き物たちは世界じゅうの無数の人々を楽しませてきた。ヤンソンがムーミンやそれに似た生き物のことを思いついたのは子供のころで、長い年月をかけてしっかりとした形にしていった。ムーミンたちがはじめて登場したのは、絵画やイラストの仕事をはじめたヤンソンが風刺雑誌「ガルム」に描いた大人向けの政治漫画だった。

書物として出版された最初のムーミン作品は『小さなトロールと大きな洪水』（60 ページほどのきわめて短い話）で「正式」なムーミンのシリーズにははいっていない。しかし、その後長くつづくシリーズ（のちに一連の壮大な世界を作りあげる）の原型だと考えることができる。この作品に描かれている世界は、まだ確固たるものではない。ムーミンたちは、森から沼地、崖の洞穴、海辺へと旅をしたあと、やがて題名にもある洪水に流されてしまう（チョコレートの川やキャンディの実がある砂糖の草地で一夜を過ごすさまは、ロアルド・ダールの『チョコレート工場の秘密』にヒントを与えたと考えられる）。この作品は、家族がふたたび集まり、ムーミンパパが家を建てるのにぴったりの谷を見つけたと告げるところで終わり、そこがのちの〈ムーミン〉シリーズの舞台となる。

とはいえ、この作品の世界（1945 年に出版された）はわたしたちが想像するよりもはるかに文明化されている。ムーミンたちが友人たちと別れるとき、ムーミンママは「手紙を書いて、起こったことを報告しますよ」と約束する。荒野にいながらも、郵便制度が信頼できる社会らしい。そして洪水のあと、行き場を失ったさまざまな動物たちが焚き火のまわりに集まり、残った道具を分け合って、互いのためにあたたかい飲み物を作ったりするが、まさしくそれはよき隣人たちの姿だ。礼儀作法や親切なふるまいがこの作品や作中世界の核心にあり、それはトーベ・ヤンソンが育ったフィンランドの自然環境やスウェーデンの文化に根ざしたすばらしい特徴だ。ムーミンたちは素朴で、楽しさや快

あのチューリップが、
また光りはじめたのです。
すべての花びらがひらき、
そのまんなかに、
少女がたっています。
かがやく青い髪の毛は、
足もとまであります。
（冨原眞弓訳『小さなトロールと大きな洪水』より）

トーベ・ヤンソンのムーミン谷の地図
には、ムーミンたちの家のふたつの
階の様子もくわしく描かれている。

適さをいつも願い、すべての物事が正しく位置づけ
られているよう求める。だから、ムーミンたちの家は
心地よく、充実した暮らしに必要なあれこれがそろっ
ている。家族で外出するとき、ムーミンママはじゅう
ぶんな食べ物と食器とバター皿、それに家族が満足して過ごすための一式を
入れた袋をかならず持っている。

　物語の枠組みや色合いは季節の変化によって決まる。のちの作品『たのし
いムーミン一家』（1948 年）は長い夏が舞台で、ボートで島々をめぐったり、星
空のもとで夜を過ごしたりといった典型的なスカンジナヴィアの夏の出来事を
描いている。『ムーミン谷の冬』（1957 年）では、ムーミントロールが冬眠のさな
かに突然目が覚めると、世界が恐ろしいほど様変わりしていた。ムーミントロー
ルは一家の海辺の家（ここも少し様子が変わっている）に住む「おしゃまさん」
を発見するが、おしゃまさんは説明する。「夏や秋や春には住む場所のないも
のがいろいろいるの。とても恥ずかしがり屋で変わったものばかり。ほかのみ
んなとうまくやっていけなかったり、誰も存在を信じていない、ある種の夜の
動物たちや人間たち。みんな一年中見つからないようにしている。そしてす
べてが静かで雪に埋もれて、夜が長くなってみんなが寝ているとき、そんなと
きにだけ出てくるの」（山室静訳『ムーミン谷の冬』より）。ムーミンたちの世界は幻
想的であるとともに親しみやすく、心地よいとともに恐ろしく、永遠であるとと
もに変化しつづける。その緊張感こそ、この物語のシリーズが自分たちの世界
を発見しはじめたばかりの子供たちに、何世代にもわたって強い共感をもたら
してきた理由である。

ドイツの都市ドレスデンは、1945 年 2 月 13 日から 15 日にかけて、
連合軍の爆撃によって徹底的に破壊された。
空襲とそれに対する世間の無知をきっかけとして、
ヴォネガットの名作『スローターハウス 5』は生まれた。 212 ページ。

4

1946年から1980年まで

新しい世界の秩序

第2次世界大戦の負の遺産とその後の冷戦の緊張は同時代の作家たちを精神的に疲弊させたが、作家たちは筆舌に尽くしがたい体験や思いを表現する手法を模索した。フェミニズムやポストモダニズムを扱う作品でも、使い古されてきた表現手法を排除し、新しいものを生み出そうとする動きがあった。

マーヴィン・ピーク
Mervyn Peake

ゴーメンガースト
[1946 年〜 59 年]
Gormenghast

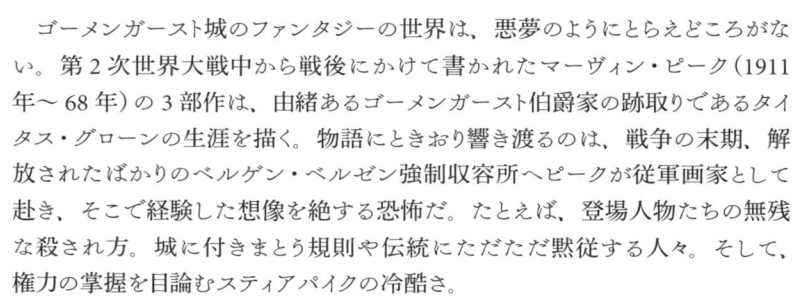

崩壊しつつある広大なゴーメンガースト城とその奇妙な住人たちを描いた、
ピークによるこの中世風物語の名作は、
古びた儀礼、裏切り、人心操作、殺人がはびこる暗黒の世界を探っていく。

『タイタス・グローン』(1946 年)、『ゴーメンガースト』(1950 年)、『タイタス・アローン』(1959 年) は、ピークの〈ゴーメンガースト〉シリーズの中核をなす3作 (すべてエア・アンド・スポティスウッド社から刊行) である。ピークは 4 作目として『タイタス・アウェイクス』を構想していたが、1960年前後に病状の悪化によって執筆を断念した。

ピークはロンドンのロイヤル・アカデミーで学び、戦前には絵画や挿絵の仕事で評判を確立した。自分の作品だけでなく、『不思議の国のアリス』、『老水夫の歌』、『ジキル博士とハイド氏』、グリム童話などにも挿絵を提供した。

　ゴーメンガースト城のファンタジーの世界は、悪夢のようにとらえどころがない。第 2 次世界大戦中から戦後にかけて書かれたマーヴィン・ピーク (1911年〜 68 年) の 3 部作は、由緒あるゴーメンガースト伯爵家の跡取りであるタイタス・グローンの生涯を描く。物語にときおり響き渡るのは、戦争の末期、解放されたばかりのベルゲン・ベルゼン強制収容所へピークが従軍画家として赴き、そこで経験した想像を絶する恐怖だ。たとえば、登場人物たちの無残な殺され方。城に付きまとう規則や伝統にただただ黙従する人々。そして、権力の掌握を目論むスティアパイクの冷酷さ。

　しかし、細かく比較することは不可能であり、ましてやゴーメンガースト城と巨大な火打ちの塔を、20 世紀のヨーロッパとナチスになぞらえることに意味はない。タイタス・グローンが生まれた、ゴシック様式の塔がいくつもある巨大な城では——ひとつの館というよりむしろひとつの都市であり、曲がりくねった暗い小路が何キロも走り、人が足を踏み入れることのない荒れ果てた区域が奥にいくつもある——中世の時代にもどったかのように、古い書物を参照して大昔から変わらぬ儀式を執りおこない、正餐となると金の皿や深紅の酒杯が並ぶ。登場人物のなかには、イルマ・プルーンスクワラーのように、眼鏡をかけ、まるくまとめた後ろ髪に花模様入りのベールをつけた神経症気味の者もいるが、これは 1920 年代を風刺的に描いたものだろう。第 3 巻の『タイタス・アローン』(1959 年) では、タイタスは城を離れ、車や摩天楼やテレビのある世界を旅する。

　ゴーメンガースト城は、時間と空間の両方から隔てられた独自の世界に存在している。超自然現象だと言いきれることは何も起こらないが、魔術的な雰囲気が物語を包みこむ。城壁から真横に生えた奇妙な木の幹はきわめて太く、タイタスのおばのコーラとクラリスのふたりがお茶を飲むためのテーブルをそこに置ける。グローン家の伯爵妃による「城のなかには悪がひそむ」という不気味な警告は、迫りくる災いの謎めいた前兆のようで、ついに城を出ていこうと

『ゴーメンガースト』の直筆原稿に描かれた、ピークによるスティアパイクとフューシャ・グローンのイラスト。

するタイタスに対して、超自然的なまでの認識からこう警告する。「ほかに場所などありません。円を描いて歩くだけのこと……すべてはゴーメンガーストに通ずるのです」

　こうした両面性は、いたるところで見られる。たとえば登場人物を見ると、教授陣はディケンズ風の滑稽な面々だが、一方でスティアパイクは異常者と言ってよいほど共感や良心が欠如した恐ろしい人物として、冷徹なまでの心理的リアリズムで描かれている。

　『すばらしい新世界』(1932年、148ページ)、『一九八四年』(1949年、174ページ)、『フェミニジア』(1915年、134ページ)といった小説とは異なり、〈ゴーメンガースト〉3部作には政治的な警告や理想は見られない。むしろ、文学的にピークの想像力に影響を与えたのは、ディケンズの喜劇的な物の見方、『不思議の国のアリス』(1865年、82ページ)の奇妙でナンセンスな世界、ロバート・ルイス・スティーヴンスンの『宝島』(1883年、100ページ)での冒険心あふれる挑戦である。〈ゴーメンガースト〉はほかに類を見ない物語であり、その世界は魔術的でも現実的でもなく、完全な喜劇でも悲劇でもなく、完全なユートピアでもディストピアでもない。このような焦点の揺らぎと悪夢のなかにいるような印象が、出版後長きにわたって高い人気を誇っている理由だろう。

　ゴーメンガースト城でまず印象に残るのは、その途方もない大きさだ。蔦で覆われた巨大な城壁が連なる下には、「外の民」の住む泥の家がぎっしりと寄り集まる。火打ちの塔は「節くれだった石細工の拳骨から伸びた先を詰めた指

が、冒瀆的に天を指さすかのように」すべてを支配し、灰色の崖と見まがう険しい大外壁が、無数の尖塔や翼塔、通路や開けた土地など数平方キロの敷地を取り囲む。城全体があまりにも広大なために、城内で暮らす人々の大半が城の外に出ることなく一生を終える。

城は岩だらけのゴーメンガースト山のふもとに建ち、周囲には突っ切ることがほぼ不可能な「ねじれの森」がひろがり、ゴーメンガースト川が流れる。ほかの三方には、湿地帯、流砂、沼地がはるか先まで延びている。大洪水のときは、浸水で住むには適さない環境となり、水面は城の最上階にまで達して建物が崩れそうになるほどだ。

城壁の内側の世界からは、かなり時代に取り残された様子がうかがえる。城の骨組みの多くはもはや用をなさず、表面を覆う蔦だけがそれをつなぎ留める。それ以上に重要なのは、朽ちていく雰囲気が住民にまで及んでいることだ。グローン伯爵家の祖先は大昔からゴーメンガーストを支配してきたが、いまでは一族の役割と言えば、古い書物に記録された愚かしい細かな儀式や伝統を、伯爵家の儀典長による解釈に則って延々と果たすだけとなっている。タイタスは過去に取りつかれたその世界から逃げ出したいと思い、邪悪なスティアパイクはそれを支配しようと目論んでいる。

作家のアントニー・バージェスは、『タイタス・グローン』、『ゴーメンガースト』、『タイタス・アローン』の3部作を、現代に生まれたきわめて重要な想像の産物と評した。そこには独自の奇妙な規則や前提をともなう首尾一貫したファンタジーの世界が描かれているが、奥底にはピーク自身の人生の側面がいくつか見え隠れする。父親がキリスト教の宣教師だったピークは、中国の江西省にある牯嶺（グーリン）で生まれ、少年時代のほとんどを天津で過ごした。ゴーメンガースト城とグローン家の儀式や慣習のなかに中国王朝の影響を見いだす者もいる。ピークが生まれたのは険しい山の斜面にしがみつくかのような中国の町で、その断崖絶壁の景観はゴーメンガースト城の背景描写に反映されている。

さらに、第2次世界大戦前後の数年間をチャンネル諸島のサーク島で過ごしたピークは、ゴーメンガーストに登場するクーペ（「往なし刃（いなしば）」）、シルバーマインズ（「銀の坑道」）、ゴーリー（「血走り」）、リトル・サーク（「小シャツ」）といった地名をそこから拝借した。けれども、ピークの人生で最も意義深い時期は、おそらく1945年にナチスのベルゲン・ベルゼン強制収容所で絵を描いて過ごしたときで、そこでは力強く悲痛な詩をいくつか編んだ。収容所のおぞましさを目撃し、体験したことは、ピークの創造性にぬぐい去れない暗い影を刻みこんだ。

初期のファンタジー小説であるケネス・グレアムの『たのしい川べ』と同じく、〈ゴーメンガースト〉には20世紀前半に高まってきた社会的平等への要求に対する作者の不安が見られる。グローン家の掟は、尊大かつ偏屈で、自己中心的であり、伝統自体に対する愚かな義務感のせいで行きづまっているが、

タイタスの肩越しに見える貴重なゴーメンガースト城の姿。ピークによるスケッチ。

スティアパイクに代表される新しい野心的な実力主義もまた、身の毛のよだつ代案でしかない。ある印象的な場面で、スティアパイクはクワガタの脚をゆっくりと引き抜きながら、ひとりごとを言う。「平等はすばらしい——平等はすべてだ」

　ゴーメンガースト家を物語る 3 作は、本来の意味での 3 部作ではない。当初はタイタスの生涯を追いかける、より長いシリーズの一部として計画されたものだった。しかし、2 作目が完成して 3 作目の執筆に取りかかっていた 1950 年代半ばごろ、ピークにパーキンソン病の初期症状が出はじめた。それ以後、数年にわたって肉体的にも精神的にも徐々に衰退し、介護施設でしばらく過ごしたあと、ピークは 1968 年に 57 歳で死去した。

　つまるところ、ゴーメンガースト城の物語を既存のジャンルに分類することはできない。魅惑的で、心を奪い、楽しませてくれるが、ときにぞっとさせることもある稀有の作品である。そこに描かれているのは、経験に基づいて描かれた夢と幻想と悪夢が混在する場所だ。

ジョージ・オーウェル（エリック・アーサー・ブレア）
George Orwell (Eric Arthur Blair)

一九八四年
［1949 年］
Nineteen Eighty-Four

**20 世紀の壮大なディストピアのひとつを描いたこの作品で、
オーウェルが予見した全体主義の暗澹たる近未来は、多くの模倣者を生み、
その理解しやすい概念や独自の用語は人々の意識へと浸透した。**

1949 年にイギリスのセッカー・アンド・ウォーバーグ社から初版が刊行された。

『一九八四年』は 20 世紀の最も偉大な作品のひとつとして人気投票でよく選出され、その知名度はとても高い。2013 年に発売された版は表紙の著者名と題名が黒塗りされていたが、それでもすぐに認識された。

☞ 175 ページ
絶えず監視する「ビッグ・ブラザー」の下で子供たちが遊んでいる。マイケル・アンダーソン監督の映画「1984」（コロンビア映画製作、1956 年）のセットで。

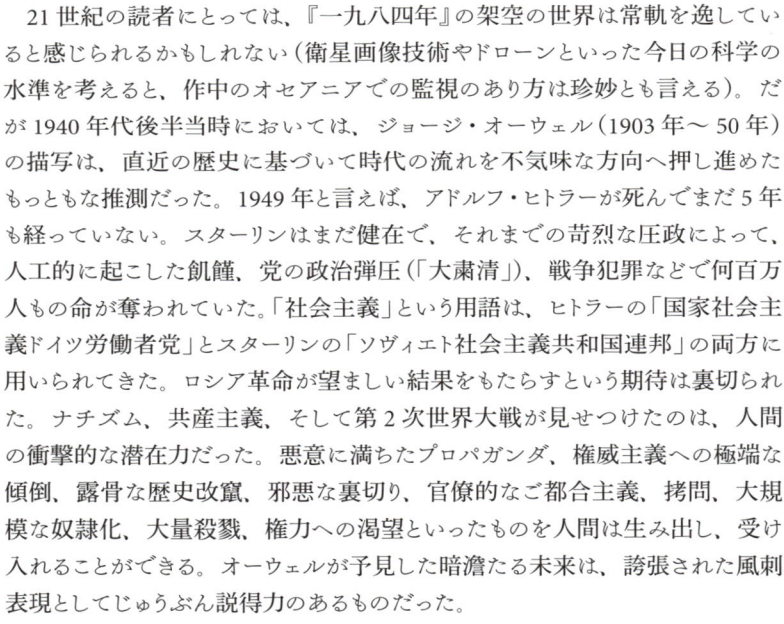

21 世紀の読者にとっては、『一九八四年』の架空の世界は常軌を逸していると感じられるかもしれない（衛星画像技術やドローンといった今日の科学の水準を考えると、作中のオセアニアでの監視のあり方は珍妙とも言える）。だが 1940 年代後半当時においては、ジョージ・オーウェル（1903 年〜 50 年）の描写は、直近の歴史に基づいて時代の流れを不気味な方向へ押し進めたもっともな推測だった。1949 年と言えば、アドルフ・ヒトラーが死んでまだ 5 年も経っていない。スターリンはまだ健在で、それまでの苛烈な圧政によって、人工的に起こした飢饉、党の政治弾圧（「大粛清」）、戦争犯罪などで何百万人もの命が奪われていた。「社会主義」という用語は、ヒトラーの「国家社会主義ドイツ労働者党」とスターリンの「ソヴィエト社会主義共和国連邦」の両方に用いられてきた。ロシア革命が望ましい結果をもたらすという期待は裏切られた。ナチズム、共産主義、そして第 2 次世界大戦が見せつけたのは、人間の衝撃的な潜在力だった。悪意に満ちたプロパガンダ、権威主義への極端な傾倒、露骨な歴史改竄、邪悪な裏切り、官僚的なご都合主義、拷問、大規模な奴隷化、大量殺戮、権力への渇望といったものを人間は生み出し、受け入れることができる。オーウェルが予見した暗澹たる未来は、誇張された風刺表現としてじゅうぶん説得力のあるものだった。

『一九八四年』は、主人公ウィンストン・スミス、その恋人ジュリア、支配層のエリート役人で年長のオブライエンという 3 人の関係を軸に展開する。舞台は近未来のディストピアで——現在のわたしたちにとってはすでに過去だが——主要な登場人物たちによって展開する物語の世界とそこにこめられた風刺の数々に、わたしたちの目は奪われる。小説としての『一九八四年』にとっては不当な言いようかもしれないが、この作品が大きな影響力を持ちつづけ、Orwellian（オーウェル風の）という政治用語が生まれるに至ったのは、作者の想像した 1984 年の世界のおかげだろう。

舞台の中心は「第 1 エアストリップの首都ロンドン」で、超大国オセアニア（北

アメリカ、南アメリカ、イギリス、南アフリカ、オーストラリアで構成されている）の1区域である。かつてイギリスだった場所は、オセアニアにとっては同盟国になったり敵国になったりを繰り返すふたつの超大国、ユーラシアとイースタシアに最も近いエアストリップ、つまり滑走路にすぎなくなっている。ユーラシアは残りのヨーロッパとロシアを領土とする一方、イースタシアは境界線がはっきりと示されていないが、現代の中国、日本、台湾、韓国を含んでいる。この地域区分はオーウェルの想像だが、第2次世界大戦後の地政学的な関係を現実と予想の両面から反映させたものだ。

『一九八四年』には、1950年代に地球規模の激しい核戦争と紛争があったという歴史的背景が設定されている。ロンドンはどうにか再建されたが、ロケット弾の攻撃をたびたび受けている。支配階級以外の人たちはほとんどが不潔で貧しく、栄養不良に陥っている。オセアニアの社会は3層構造のピラミッドに分かれ、さらにその上に党指導者のビッグ・ブラザーがいる（ビッグ・ブラザーが死んでいるのか、そもそも存在するのかは不明だ）。およそ600万人いる党内局員（「国家の頭脳」として知られ、人口の2パーセント未満しかいない）がビッグ・ブラザーのすぐ下にいて、その党内局の下に党外局（スミスのような末端の職員で構成される）がある。さらにその下にいるのが「プロール」（声なき大衆）で、人口のおよそ85パーセントを占める。

『一九八四年』は、おもにせまい空間で展開する。スミスのみすぼらしいアパートメント、勤務先の省のオフィス、「プロール」の店の上にあるスミスとジュリアが逢瀬を重ねた小さな部屋。こうした閉ざされた空間は、のちに愛情省の監房や尋問部屋、101号室（囚人が最もひどい悪夢や恐怖、病的に嫌悪するものにさらされる究極の拷問部屋）での山場と呼応している。物語全体に染み渡る閉塞感は、ふたりがはじめて愛し合う田舎の場面でのみひととき消え、スミスは夢のなかで過去の「黄金郷」を垣間見る。

店の上にあるスミスとジュリアの部屋は一見安全な囲まれた場所で、愛し合うためのベッドもあり、プロールのあいだでかろうじて語り継がれている過去の世界を思い起こさせる。個々の忠誠心、感情のこもった性愛、偽りのない礼儀正しさがある世界。部屋にある古めかしい文鎮——党が見過ごした「歴史の小さな塊」で、「百年前からのメッセージ」——は、各省の巨大なピラミッドと対比すると、きわめて象徴的でささやかなものだが、その意味するところをみごとに伝えている。部屋のベッドでジュリアといっしょに横たわりながら、スミスはそれを観察する。「文鎮は自分のいる部屋、珊瑚はジュリアと自分の命であり、クリスタルの中心でいわば永遠の存在となっていた」

壊れそうな文鎮は、スミスとジュリアの愛、一見安全に思える場所、そして過去の世界を連想させる。ピラミッドは、大規模な官僚制度のヒエラルキーと全体主義の破壊的な力を連想させる。つまるところ、文鎮に比されるのは、人々が「それぞれの忠誠義務にしたがって」いた過去、「個人どうしの人間関係」の重要性、「どうしようもない仕草、抱擁……それ自体が価値を持ってい

30 歳以上の大人が自分の子供に怯えるのは
ごくあたりまえのことだった。
それもそのはずで、
「タイムズ」紙が一週間とおかず、
盗み聞きをする小さな密告者の記事を
載せていたからだ。
彼らは「小英雄」と呼ばれ、
疑いを招く発言を耳にしては
自分の親のことを思考警察へ通告した。

た」世界である。

　『一九八四年』では、オセアニア、ユーラシア、イースタシアはみな全体主義国家であり、互いに邪悪な思いをかかえながら同盟を結ぶか、憎み合った末の戦争状態に陥るか、という関係にある（スミスよりも洞察力のあるジュリアは、戦争自体がまやかしでオセアニアは自国を爆撃しているのではないかと推測している）。この小説に見られる唯一の希望は、プロールが人間らしさを保ちつづけていることや、スミスとジュリアの愛のひとときと互いへの献身といった、ささやかなものであり、「どうしようもない仕草」なども大切な希望のひとつかもしれない。

　『一九八四年』でのオーウェルの狙いは、20世紀前半を襲った全体主義の恐ろしさを際立たせ、同じようなことが繰り返されないための一助となることだった。まちがいなくその目的は果たされている。作中の多くの考えやことば——「ビッグ・ブラザーがあなたを見ている」、「ニュースピーク」、「二重思考」、「思考犯罪」、「現実管理」——が一般的に使われるようになり、警告としてそのまま残っていることが、その何よりの証拠だ。

C・S・ルイス
C. S. Lewis

ナルニア国物語
［1950 年〜 56 年］
The Chronicles of Narnia

「ずっと冬で、クリスマスはけっしてやってこないんです。考えてみてください！」
洋服だんすの向こうにひろがる C・S・ルイスの魔法にかけられた王国と、
その魔法の住民たちは、
あらゆる世代の読者を何十年にもわたって魅了しつづけている。

〈ナルニア国物語〉を執筆していた 2 年のあいだに、ルイスは死期の近い（そして気むずかしい）年配女性を介護し、飲んだくれの兄の問題にも対処した。オックスフォード大学で、中世とルネッサンス期の文学を専門とする特別研究員としての仕事もつづけた。〈ナルニア国物語〉は当初ジョフリー・ブレス社から刊行されていたが、シリーズの最後の 2 冊はボドリー・ヘッド社より刊行された。

ルイスが少年時代に出会った北欧神話は、名状しがたい過酷さ、陰気さ、美しさを心に刻みこんだ。この「北らしさ」と呼ぶものへの心酔が、J・R・R・トールキンとの共通の場を提供し、知己となるきっかけとなった。1920 年代、ふたりはともにオックスフォード大学の特別研究員だった。

ベルファストでイギリス人とアイルランド人の血を引く中流家庭に生まれたクライヴ・ステープルス・ルイス（家族や友人からはジャックと呼ばれた）はみずからをこう表現する——「わたしを生み出したのは、長い廊下、がらんとした日あたりのよい部屋、上階の静寂、ひとりで探検した屋根裏部屋、貯水槽と配管が遠くで立てるゴボゴボという音、瓦の下を吹き抜ける風の音、そしておびただしい数の本だ」。母親は彼が 9 歳のときに亡くなった。兄のウォレンとは生涯ずっと仲がよかったが、父親とは複雑な関係だった。ウォレンとは、ボクセンと呼ぶ架空の王国をいっしょに作り、服を着せた動物を住まわせて、王国の政治や交通や産業について語り合った。のちにルイスは「あきれるほど陳腐だった」と断じている。

少年のルイスに最も大きな影響を与えたのは、ビアトリクス・ポターや E・ネズビットの作品だった。〈ナルニア国物語〉での話の運び方や兄弟の関係を見れば、子供向けの物語のあるべき姿について、ネズビットがどれほど明確にルイスの考えを形作ったかがわかる。皮肉な表現や、やや高度な人間模様の滑稽な表現は、ネズビットとルイスがともに用いたもので（たとえば、『朝びらき丸 東の海へ』［1952 年］のユースチス・スクラブのひどい日記）、ルイスの好んだ 19 世紀のイギリス小説——ジェイン・オースティンやアントニー・トロロープ——に由来する。

文学批評家のウィリアム・エンプソンはルイスについて「同世代で最もよく本を読んだ人で、あらゆるものを読み、読んだものをすべて覚えていた」と評した。おそらく、楽しんで読書をつづけていたからだ。狭量で不寛容なところもあったが、ルイスの文学批評（人気の高い神学系の著作の陰で、不当に低く評価されている）を読めば、寛大な読者であることがわかる。つねに著者に歩み寄り、ほかにはまったく知られていない、ましてや読む者もいないラテン語の寓話作家たちを擁護しつづけた（ただし、保守的なルイスはモダニズム

の動きについては無条件に嫌悪して距離を置いていた）。旧友から、手紙に本のことしか書いていないとなじられると、ルイスはこう答えた。「いわゆる実生活にまつわる退屈でさもしい心配事はほかの連中にすべてまかせて、きみとは日々の暮らしが楽しくなりそうな喜びや経験を語りたい……だが、まじめな話、本や音楽しかと言うけど、きみは何を考えているんだ。それ以上に大切なものがどこにあるというんだ！」

　ルイスが好み、作品の支えにもなっている中世の文学は、本質的に重層構造を持ち、異教徒的な要素、民間伝承的な要素、キリスト教的な要素が混合している。それはすべてを巧みに継ぎ合わせた芸術であり、一体化や均質化をめざすのではなく、寄せ集めたうえで調和させている。その根底にあるのは、この世界のあらゆるものは神による計り知れないほど多様な善意の証であるという考えだ。同様に、もの言う動物、北欧のドワーフ、神話に登場するフォーン、アーサー王伝説を思わせるナルニアの騎士たちは、ライオンの姿のアスランを神と戴いてうまく共存している。そこには、プラトン主義的──というより新プラトン主義的な思想がうかがえる。一見して相容れないこうした要素は、真実と矛盾する偽りなどではなく、人間の作り出した多くの影であり、

ペベンシー家の4人の子供たち（スーザン、ピーター、ルーシー、エドマンド）が雪に覆われたナルニアを見つける。アンドリュー・アダムソン監督による映画「ナルニア国物語／第1章：ライオンと魔女」（2005年、ウォールデン・メディアとウォルト・ディズニー・ピクチャーズの共同製作）の一場面。

フォーンのタムナスはルーシー・ペベンシーがナルニアで最初に出会う生き物である。『ライオンと魔女』(1950年) の冒頭で、彼が傘を差して包みを運んでいるところに出くわす。タムナスは『馬と少年』(1954年)、『さいごの戦い』(1956年) にも登場する。

それは現実の人生ではけっして直接出くわすことのない大いなる真実を浮かびあがらせる。

　ナルニア国の最も近い手本は16世紀の詩人エドマンド・スペンサー（54ページ）の妖精の国で、『妖精の女王』はルイスの学術的な研究対象だった。妖精の国や、ケルト神話に登場する巨人神族トゥアハ・デ・ダナーンの地下王国（ルイスは子供のころにアイルランド人の乳母からそれを教わった）と同じく、ナルニアは現世とはまったく別の世界だが、特定の時間と場所でわたしたちの世界と交わり、ふたつの国を行き来することもできる。『ライオンと魔女』では、ペベンシー家の4人の子供が魔法にかけられた衣装だんすを通ってナルニアにはいると、その地は白い魔女の過酷な支配に苦しめられて、「ずっと冬でクリスマスはけっしてやってこない」呪いをかけられていることを知る。子供たちは魔女を倒すためにアスランのもとに参じ、アスランはエドマンド・ペベンシーの裏切りの代償としてまず自分の命を犠牲にしなければならないが、のちに悠々とよみがえる。

　『馬と少年』を除く〈ナルニア国物語〉の6つの作品では、わたしたちの世界の子供たちがナルニアの国や人々を救うために呼び寄せられる。注目すべき

なのは、ナルニアでは変化がめったに起こらないが、何かが起こるとかならず国全体が危機に陥ることだ。白い魔女によって国全体が凍りついたり、『カスピアン王子のつのぶえ』では、魔法の力がテルマール人によって抑えられたりする。最終巻の『さいごの戦い』では、しだいに崩壊へと向かっている。典型的なナルニアは、『ライオンと魔女』でのタムナスの暖炉端での話がそれをうまくとらえているが、時間的にも空間的にもつねに遠目にながめることしかできない場所であるか、あるいは子供たちが現実の世界にもどるまでのわずかのあいだに楽しむための場所だ。理想の国ナルニアでは、終わることのないのどかなお祭り騒ぎが繰り返されている。

　タムナスさんは話してくれた。真夜中のダンスに、泉に住む妖精や森に住むドリアードがやってきて、フォーンといっしょに踊り明かすこと。捕まえると願いが叶うという真っ白な雄ジカを追って、長い隊列を組んで狩りをすること。森の地面の下のはるか深いところにある鉱床や洞窟で、荒々しい赤いドワーフ族といっしょに宴会や宝探しを楽しむこと。森じゅうが緑になる夏ごろには、老いた森の精シレノスが太ったロバに乗ってやってきて、ときには酒の神バッカス本人が顔を見せ、そのときには小川の水がワインに変わり、森をあげてのお祭り騒ぎが何週間もつづくこと。

　作品のなかでは牧歌的な雰囲気があまりに強く、大半の読者——このシリーズの最も有名な挿絵画家であるポーリン・ベインズも含めて——は、ナルニアの景観はところどころに絵になる木立があるなだらかに起伏した丘と牧草地だと考えている。だが、ルイスはナルニアの大部分は森だと書いている。住民はもの言う動物たちで、ただの「もの言わぬ」動物より体が大きく、明らかに頭がよい。すべてのよきナルニア人から、意志のある自由な存在として扱われている。ナルニアにはほかに、フォーン、サテュロス、ドワーフ（「赤」と「黒」の2種類）、ドリアードとナイアード（木の精と水の精）、ケンタウロス、ミノタウロス、人狼など、種々雑多な神話上の生き物がいる。この魔法の国の住民たちは、ナルニアは人間の国ではないが、世界の夜明けにアスランによってなされた神意に従って、選ばれた少数の人間が統治すべきだという意見で一致する（『魔術師のおい』〔1955年〕）。
　ナルニア国の西と北は岩だらけでほとんど人のいない山々で、沼地のひろがる北の国境付近には、人間を食べる巨人たちがときおり攻め入ってくる。南には友好的なアーケン国があり、封建的な人間社会が営まれている。アーケン国とチュルク語系らしいカロールメン帝国を、過酷な砂漠が分けている。ターバンをつけたカロールメンの浅黒い支配者たちは、「北方の蛮族」への帝国主義的な野心をしきりにいだく。
　ナルニアの東には「東の海」がひろがり、寓話めいた島々が点在している。そこは『朝びらき丸 東の海へ』——〈ナルニア国物語〉のなかで最も中世風

A MAP OF NARNIA AND THE SURROUNDING COUNTRIES

で多くの読者が好きな作品——の舞台となる。ナルニアの世界は球状ではなく、東の海の最果てでは、流れる水の壁が境となっている。その向こうはアスランの国で、高潔な死者の魂の故郷である。ナルニアの大地のはるか下にはビスムの地がひろがる。そこに住む地霊は火の川の岸辺で楽しく暮らし、果物でも採るようにダイヤモンドを採り、それを搾ってジュースにする。

ナルニアの周辺部については、かなり大ざっぱな描写しかない。まるで昔の映画のセットにある、目下の物語の進行に必要な部分だけを整えた書き割りのようだ。ナルニア自体の描写にも陰影に乏しい部分がある。ナルニアには大きな都市がなく、あるのはふたつの城と、少しだけ登場する市場の町チッピングフォードぐらいだ。これといった産業がないのに、住民たちはなぜかミシンやオレンジマーマレードや茶葉を手に入れ、ソーセージとベーコンに至っては限度なく供給されているように見える。

このちぐはぐさは重要だろうか。大半の幼い読者にとって、そんなことはきっと問題にならない。非常に目立つと大人の多くが感じる宗教的な象徴にすら、子供はふつう気づかない。憧れの対象に欠点があっても、わたしたちはほとんど気づかないもので、ナルニアは——手が届きそうで届かず、美しく揺らめく蜃気楼は——まさにそうだ。そのとらえどころのない世界には、ルイスが読んだ何千冊もの本のなかに登場して胸を躍らせたあらゆる不思議な出来事、心から待ち焦がれたいくつもの冒険、勇敢な王子や勇ましいアナグマ、魔法の泉や霧深い山、人魚や葉っぱでできた髪を持つドリアード、尖塔のついた城や緑の丘といったものがひとつ残らず集められている。そうした願望を強く持った作者がまとめていなければ、ただの雑多な寄せ集めとなっただろう。驚くほどたくさん本を読む中年の男性が、心のなかになぜかずっととどめていた子供時代の切なる思いだからこそ、幼い読者にはすぐさま伝わる。

だからと言って、ただの子供向けの物語というわけではない。人生の喜びのすべてを祝福とともに味わいたいという願望は、ルイスの信念を受け入れられない人にとっても納得できるものだ。〈ナルニア国物語〉の場合、多くの矛盾があっても世界を本物らしく見せる呪文をかけているのは、設定の緻密さなどではなく、その世界に住む者たちの果てしなくつづく嬉々とした演舞と、生み出した男のそれに劣らぬ喜びなのである。

📑 182 ページ

ポーリン・ベインズによるナルニアの地図。1972 年にパフィン・ブックスより出版された。

アイザック・アシモフ
Isaac Asimov

われはロボット
[1950 年]
I, Robot

9 つの短編から成るアシモフの『われはロボット』は、
ロボット工学の発展によって否応なくある結末へと向かう未来の世界を、
驚異的な先見性をもって、1998 年から 2052 年までの年代記として描いている。

1950 年にアメリカのノーム・プレス社から出版された。上図はイギリス版初版 (1952 年)。

地球外での使用に限定されたロボットから人間と見分けがつかないロボットまで、『われはロボット』は映画「ブレードランナー」より数十年先を見据えている。議論の余地はあるが、『われはロボット』は「ブレードランナー」の原作とされるフィリップ・K・ディックの『アンドロイドは電気羊の夢を見るか?』に劣らず、あの画期的な映画版にも大きな影響を与えている。

オックスフォード英語辞典は、アシモフが robotics (ロボット工学)、positronic (陽電子の) という単語を最初に使ったとしている (ただし、「ロボット」という単語を最初に使ったのは、カレル・チャペックの 1920 年の戯曲「ロボット (R.U.R.)」である)。

1940 年から 1950 年にかけて、SF 雑誌「アスタウンディグ」誌と「スーパー・サイエンス・ストーリーズ」誌に掲載された 9 つの物語によって、SF 界の巨匠であるロシア生まれのアメリカ人作家、アイザック・アシモフ (1920 年〜 92 年) は、未来 (わたしたちにとっては現在) の姿を描きあげた。現代の感覚からすると的はずれな部分もあるが、驚くほどの先見性も同時にうかがえる。こうした予測を可能にしたのは、並はずれた想像力に加えて、現実の科学に対する真の造詣があったからだ。実のところ、アシモフは 1948 年に生化学の博士号を取得し、のちにボストン大学医学部での職に就いた。

1950 年、物語は『われはロボット』としてまとめられ、出版される。そこでまとめて語られる驚くべき未来世界では、人類の活動範囲が太陽系全体にひろがり、空飛ぶ車、水星での鉱山採掘、惑星向けの太陽エネルギー中継ステーション網、さらには、新しいワープ・エンジンによって宇宙船を星間へ飛ばすハイパー基地まである。このような驚異の技術をすべて集約した存在がロボットであり、単一巨大企業〈US ロボット & 機械人間社〉が設計している。

1982 年にローレンス・ロバートソンがこの企業を設立し、同じ年に、のちにそこでロボット心理学の責任者となるスーザン・カルヴィンが生まれた。科学者であるカルヴィン博士は全話には登場しないが、アシモフはひとつの小説となるよう個々の話に手を加えて、引退時期を迎えた 75 歳のカルヴィンが若いジャーナリストのインタビューを受けるという外枠を作り、彼女の人生とそこに深く結びついたロボット工学の歴史を振り返る構成にした。

物語を通じて、繰り返し登場する人物はひと握りだけ——特に目立つのは、トラブルに対処するロボット技師のグレゴリー・パウエルとマイク・ドノヴァンのふたり——だが、人物よりも一貫して描かれるのは、急速な技術の進歩によって間断なく起こる変化の過程だ。最初の話は 1998 年が舞台で、話すことのできない金属製人型ロボットのロビイが、幼い女の子グロリアの子守りをする。その 17 年後に設定された「堂々めぐり」の話のころには、会話をするロボットが

ロボットは
人間に危害を加えてはならない。
また、何も行動を起こさないことによって
人間に危害が及ぶのを
見過ごしてはならない。
ロボットは
人間の命令に従わなくてはならない。
ただし、第1原則に抵触する命令は除く。
ロボットは
みずからの存在を守らなければならない。
ただし、第1原則および第2原則に
抵触しない場合にかぎる。

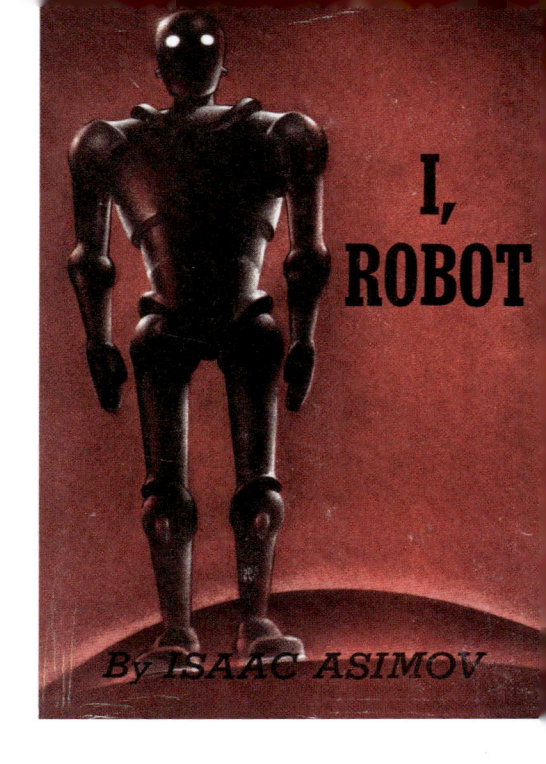

1950 年にノーム・プレス社から出版
されたアメリカ版『われはロボット』
の初版表紙。

火星での複雑な採鉱作業をおこなっている。

　アシモフが大衆文化に果たした貢献のなかで、最も創意に富んで後世に影響を与えたのは、「ロボット工学3原則」を作ったことだ。これは、人間の安全が最優先であることを保証しつつ、着々と高度化していくロボットの行動を制御するための基本規定である。3原則が適用されながらも、それぞれの物語は論理的な謎かけのような展開を見せ、パウエルやドノヴァン、のちにはカルヴィンもその解決を迫られて、しばしば危険な事態に陥る。

　ロボットは「陽電子の頭脳」を持つ。意識はあるが、人工頭脳の「自由意志」とコンピューター・プログラムのあいだには葛藤がある。スーザン・カルヴィンの名前が、個々人の運命はあらかじめ神によって定められていると説く神学者ジャン・カルヴァン（Calvin）と同じなのは、偶然ではないだろう。最終話の「避けられた紛争」がまさにその証拠だ。

　第2次世界大戦から冷戦時代の初期にかけて書かれた作品にしては、『われはロボット』が提示する未来像は驚くほど明るい。平和的で、ポスト資本主義、ポスト国家型世界経済への過渡期として描かれている。だが、当然ながら、『われはロボット』の未来はそれが書かれた時代の影響を受けざるをえない。ほぼ男社会のままで、どうやらカルヴィンは唯一の成功した女性のようだ。少しだけ登場するヨーロッパ地区の副統括官マダム・セジェコフスカも、例外的に世界で4番目に力を持つ人物だが、世界の実質的な力はすべてロボットに握られている。

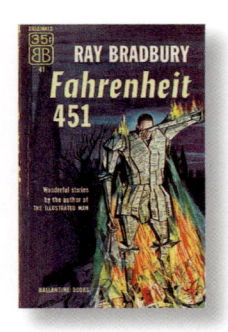

レイ・ブラッドベリ
Ray Bradbury

華氏 451 度
［1953 年］
Fahrenheit 451

この 20 世紀文学の傑作は荒涼としたディストピア的な未来が舞台で、そこでは文学が絶滅の危機に瀕している。

1953 年にバランタイン・ブックスから初版が刊行された。

華氏 451 度（摂氏約 233 度）は、本に使われる紙が燃えはじめる温度だとされている。

2015 年 12 月、インターネットにおける HTTP の新たなエラーコードとして、451 が承認された。これは検閲や法的な理由でウェブページの内容が表示されないことを示す。

　1949 年、カリフォルニア大学ロサンゼルス校（UCLA）の図書館の地下で、レイ・ブラッドベリ（1920 年〜 2012 年）は時間貸しのタイプライターを使って、『華氏 451 度』（当初の題名は「ファイアマン」）の草稿を 9 日で書きあげた。本に囲まれたなかで執筆し、手あたりしだいに本をつかんで着想を得ていたブラッドベリは、図書館が自分のために物語を書いてくれた、という表現を好んで用いた。現在『華氏 451 度』として知られる小説は、1953 年に出版された。

　ブラッドベリは映画好きだったが、新しいメディアであるテレビについては、読書や会話への脅威と見なした。当時の人々にとっては、他者とかかわったり考えを深めたりするよりも、居間でテレビ画面を見て過ごす時間が多くなっていたからだ。ブラッドベリが予想した 50 年後の社会はこうだった——室内の複数の壁に巨大なテレビスクリーンがあり、社会生活よりもメロドラマの家族が求められ、耳に詰めた小さな「巻貝」から絶えず音楽や話し声が流れる。そして、個性ある批判的な思考がしだいに排除され、人々は自分と異なる者を恐れていく。

　こうした悪夢のような味気ない単調さのなかに、ブラッドベリは自分が毛ぎらいするもの——スピード、団体スポーツ、現代美術——を詰めこんだ。本人は車の運転を習いもしなかったが、このディストピアの住民たちは時速 55 マイル以下で走ることを許されないため、たびたび衝突事故を起こしたり、平気で歩行者を轢き殺したりする。学校では授業のカリキュラムの主役が教科書からスポーツに変わり、勝手な行動をする者には（たやすく手にはいる精神安定剤や興奮剤とともに）スポーツが処方される。飾られる絵は抽象画ばかりだ。

　社会の規範が大きく逆転し、ファイアマンは火を消すのではなく、火をつける職業となる。本が違法に隠された場所を探し出して、焼却するのが任務だ。憲法にある「幸福」と「自由で平等な社会」は、幸福のためにはすべてを平等にしなければならないと曲解され、ファイアマンは社会の番人となっている。

　ファイアマンのガイ・モンターグは、破壊の作業を楽しんでいたが、あるとき近所に住む十代の少女クラリスと出会う。クラリスは自分のことを「頭がイカれてる」と評し、モンターグに「あなた幸福?」と尋ねる。モンターグは答えら

ブラッドベリと仕事をともにすることが多かった挿絵画家ジョゼフ・ムニャーニによる印象的な表紙イラスト。初版刊行から 50 周年を記念して 2003 年に再刊されたときのもの。

れず、自分の生き方に疑問を持ちはじめる。

モンターグの上司のベイティー隊長は、本はひとつとして同じものがないから人間の幸福にとって非常に危険だと説く。ある種の集団を攻撃するものや、不快な感情を味わわせるものや、自分の境遇を不満に思わせるもの、さらには疑問を持たずにはいられなくなるものもあり、これでは弾をこめた銃を邪悪な者に持たせるようなものだ、と。しかし、ある女が本と引き離されることを拒んで、ともに燃やされることを選ぶのを目のあたりにしたモンターグは、本こそが自分の生活に欠けているものにちがいないと確信する。

『華氏 451 度』に街の名は出てこないが、舞台はおそらくカリフォルニアのどこかだろう。核戦争の影が街を覆いつくしているが、それで死ぬのは他人だけだと住民は信じこまされている。だが、どれほど深刻な状況にあっても、ひと筋の希望の光はある。郊外のある場所では、かつて学者や読書家だった者たちが質素に暮らしながら、抵抗運動をおこない、禁じられた本を持つことなく、中身を記憶している。覚えた内容を子供たちに口伝えし、さらにまたその子供たちへと伝えていって、復活の日が来るのを待ちつづける。

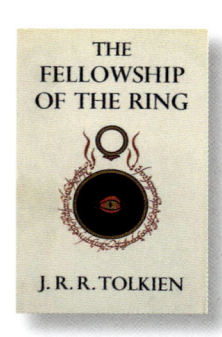

J・R・R・トールキン
J. R. R. Tolkien

指輪物語
［1954 年〜 55 年］
The Lord of the Rings

古典的で驚くほど緻密なファンタジーの世界「中つ国」は、
温厚な言語学の教授が趣味で創作したもので、
これまで作られたあらゆる架空世界のなかで最も大きな影響力を持っている。

3 分冊の形で，まずジョージ・アレン・アンド・アンウィン社から刊行された。『旅の仲間』(1954 年 7 月)，『二つの塔』(1954 年 11 月)，『王の帰還』(1955 年 10 月) の 3 冊である。

『指輪物語』は 1937 年に児童書として出版された『ホビットの冒険』の続編である。しかし，17 年後に完成したものはもはや児童書ではなく，より長大で意欲的なものとなった。両作品の背景となる歴史は，『シルマリルの物語』(1977 年) に掲載されている。

　J・R・R・トールキン (1892 年〜 1973 年) の『ホビットの冒険』と『指輪物語』の舞台である中つ国は，20 世紀に作られた多くの想像上の世界のなかで最もよく知られ，広く影響を与えたものだろう。多くの言語に翻訳された両作はこれまでに何億部も売れたが，物語のすばらしさはその部数以上のものだ。それ以前にも勇士が活躍するファンタジーはあったが，言うまでもなくトールキンの成功によって大衆に受け入れられるジャンルとなった。以降のファンタジー作家は懸命にその呪縛から逃れようとしたものの，脱しきれた者はきわめて少なく，多くがこの作品のおかげで自分は作家になれたと告白している。

　トールキンが商業的にも人気の面でも成功したことは，当人にほぼそんな意図がなかったことからすれば皮肉なことだ。これほどプロの作家らしくない者はいないだろう。すでに 1917 年には，自分のためだけに神話を書きはじめたことがいまでは知られているが，書きなおしつづけたにもかかわらず，世に出そうという努力は 20 年間ほとんどしなかったため，出版に結びつくことはなかった。トールキンの教え子のひとりが，出版社ジョージ・アレン・アンド・アンウィンの社員に『ホビットの冒険』のことを話さなかったら，刊行されることはけっしてなかっただろう。『ホビットの冒険』がまずまずの成功をおさめると，会長のスタンリー・アンウィンは続編の執筆を依頼した。1937 年のクリスマス，すぐにトールキンはその続編に取りかかったが，刊行開始までには多くの年月を要し，3 部作の『指輪物語』として 1954 年から 55 年にかけて発売されたときには，児童向けの作品ではなくなっていた。アンウィンは損失が出ると予想したが，賭けてみる覚悟をした──この作家の素人っぽさは，裏を返せば独創的であると感じたからだ。

　『指輪物語』は何かを探し求める話ではなく，その逆だ。主人公であるホビットのフロド・バギンズは，何がしかの力を持つ失われた物体，たとえば聖杯を取りもどそうとしているのではなく，すでに手もとにあるものを──『ホビットの冒険』の道中で年上のいとこビルボ・バギンズが偶然見つけた指輪を──永

アイゼンガルドに立つ難攻不落の塔オルサンクを描いたトールキンのスケッチ。『指輪物語』の初期手稿より。

遠に破壊しようとする。冥王サウロンが指輪を取りもどせば、強大な力を持ってしまう。指輪を破壊すればサウロンは消滅するが、破壊できる唯一の場所はそれが鍛造された地、サウロンの本拠モルドール国にある「滅びの罅裂」だ。フロドは仲間のサムとともに、なんとしてもそこへ行かなくてはならない。ほかの仲間たちがかかわる戦争や諍いは、ひそやかに進んでいくフロドの旅路よりもはるかに劇的だが、物語の本筋ではない。

　トールキンが創作したホビットは、小さな種族あるいはその亜種で、身長が120センチを超えることはめったにないが、ほかの大半の点——ふるまいや考え方——は、トールキンがまだ幼かったころ、ヴィクトリア女王時代の田舎のイギリス人にそっくりだ。陽気で現実的なところがあり、高い知性や冒険心はない。トールキンの故郷ウスターシャーにとてもよく似たホビット庄に住み、広大な中つ国にはまったく関心がない。『ホビットの冒険』では、魔法使いのガンダルフが、竜のスマウグから先祖代々の財宝を奪い返すために旅に出ようとするドワーフの一行に対し、ビルボを忍びの達人として旅の仲間に加えるよう強く

勧める。

　『指輪物語』は、『ホビットの冒険』よりはるかに広大な空間と時間を背景にして幕をあけ、ガンダルフがフロドに対して、指輪は実際にはどのようなものか、確実に破壊するにはどうすべきかを説明する場面からはじまる。だが最初の作品のなかには、もうひとつ画期的な創造がある——中つ国の存在だ。『指輪物語』の主人公はフロドでもアラゴルンでもサム・ギャムジーでもなく、中つ国そのものだと言われてきたが、それも当然だろう。数えきれないほどの読者が中つ国に夢中になっている。まず最初に気づくこの謎めいた地の特徴は、豊かな自然環境に取り囲まれていることだ。霧ふり山脈、リダーマーク平原、大河アンドゥイン、そして死者の沼地。しかし、何よりもすばらしいのは森だ。闇の森、古き森、ファンゴルンの森、ロスロリアンと、すべてが異なり、すべてがていねいに描かれている。

　この自然環境に合わせて、さまざまな種族が登場する。中つ国がみずからの創造ではなく再現であることを最初に認めたのはトールキン自身であり、その力となったのは、古い北方の寓話や神話の失われた世界について、トールキンが蓄えていた独自の専門知識だ。そうした説話から登場人物として選んだのがエルフ、ドワーフ、トロール、竜、さらにはオークやエントだった——最後のふたつは古英語にのみ存在したことばで、ホビットと同じく、トールキンがよみがえらせるまではなんの意味も持っていなかった。

　トールキンは長く大学で教授職にあった。最初にリーズ大学の英語学教授、つぎにオックスフォード大学のアングロ・サクソン語教授、最後は同じくオックスフォードのマートン・カレッジでの英語英文学教授である。その小説に精彩を与えたのは、古い北方文学への関心——おもに（ほかにもあるが）古ノルド文学、アングロ・サクソン文学——と、その文献に書かれた内容（それまでは矛盾や不備が多いと言われてきた）を深く解釈する試みだった。

　こうした知識がもうひとつの中つ国の特徴となり、古く複雑な歴史を具えた雰囲気を漂わせることになった。トールキンの作品以降、ファンタジー作家はみずからが想像した世界の地図を作品につけることが義務同然となった。それだけにはとどまらず、トールキンは地図のほかに、『指輪物語』の巻末に100ページに及ぶ歴史や年代記や家系図を載せ、言語解説や書き方、綴り方に関するよく考えられた補足資料までつけた。そんなことを真似できる者はほかにいなかった。3部作の執筆をはじめた時点でトールキンの頭のなかの中つ国は生まれてから少なくとも20年の年月が経っていて、膨大な知識だけでなくこうした歳月によってエルフの言語や登場人物や伝承を伝える詩句が形作られていた。『指輪物語』には、現代ではほとんどなじみのないさまざまな形式の詩が数多くある。だがひとたびフロドやサム、そのほかのホビット族が故郷を出た瞬間から、現代の読者はともに旅をし、自分がはまりこんだ世界には歴史の深い息づかいがあること、そして往々にして古くからの遺恨があることに気づく。ビルボの仲間のドワーフは竜のスマウグへの復讐を願い、モリ

ア鉱山はオークとドワーフの地下戦争の記憶をとどめ、エルフとドワーフはいまも昔も反目し合っている。その風景を覆っているのは（イギリスの風景のように）古い塚山や城跡など、忘れられた人々の記念碑で、それらはもっと知りたいと思わせるものばかりだが、その願望は満たされない。トールキンが創造したさまざまな場所にまつわる歴史をより強く、より深く理解したいという渇望は、のちの作家や詩人や画家、ときには作曲家に至るまでの大きな刺激となっている。

　この作品には、きわめて深く感情を揺り動かされる場面もある。『指輪物語』に勝利はあるが、勝利では終わらない。フロドの傷は中つ国では癒やされず、不死の地へ向かうことになる。そこへは、だれもがともに行くことができるわけではない。エルフはもともと不死の存在だが、とどまれば死ぬか消えてしまい、離れれば中つ国や大好きな森を永遠に失ってしまう。木の牧人エントもまた絶滅の危機にある種族だ。ドワーフとホビットは生き残るにしても、姿を隠して辺境の地で暮らすことになる。トールキンは児童書の『ホビットの冒険』ですら、死の場面をみごとに描くが、死の感覚よりもさらに強いのが喪失感であり、死は喪失感の一部でしかない。人を失うのと同じように思い出を失うことがある。醜悪なゴクリ（ゴラム）を失うことですら悲しい。彼は死の直前に助かる道があったにもかかわらず、機会を逸してしまった。

　だが、喪失と対をなすのは決意だ。トールキンの作品には、通常とはかなり異なるタイプの英雄が登場する。アラゴルンや弓の達人バルド、あるいは『シルマリルの物語』のトゥーリンのような戦士や竜殺し、『ホビットの冒険』の熊の獣人ビヨルン、『指輪物語』で死と栄光に向かって突撃する王セオデン。そして、ずっと出ずっぱりのホビットは攻撃は得意ではないが、戦地で重荷を背負った兵士のように、勇気と快活さを忘れずに果敢に動く。ホビットと兵士、どちらも英雄と呼べるだろう。トールキンの作品では、古代および現代の概念がともに響き渡り、変化のなかにも変わらぬものがあるという作者の強い信念が示される。トールキンはみずからの広大な世界にある神話や伝説から受け継いだものをよみがえらせ、それを現代で開花させている。

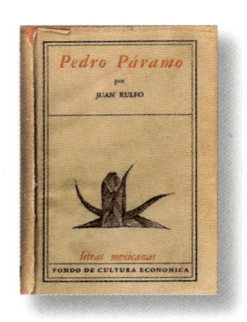

フアン・ルルフォ
Juan Rulfo

ペドロ・パラモ
[1955 年]
Pedro Páramo

多くの人々に影響を及ぼしたこの小説で、
フアン・プレシアドはメキシコを旅して、霊が出る町コマラへとやってくる。
そこでは、夢と現実、過去と現在、生者と死者の境界が溶け合って重なる。

1955 年にメキシコのフォンド・デ・クルトゥーラ・エコノミカから初版が刊行された。

ルルフォのフルネームはフアン・ネポムセーノ・カルロス・ペレス＝ルルフォ・ビスカイーノで、脚本家、写真家の顔も持っている。

ルルフォは『ペドロ・パラモ』と短編集『燃える平原』（1953 年）の作者として知られる。

フアン・ルルフォ（1917 年～ 86 年）が生涯で著した作品は、薄いフィクション作品がたった 2 冊――短い小説 1 冊と短編集 1 冊――だけと言ってよいが、同時代のラテンアメリカとメキシコの作家にとっては、そびえ立つ文学の巨人である。ガブリエル・ガルシア＝マルケスやホルヘ・ルイス・ボルヘスなどの作家が、ルルフォを世界の偉大な作家のひとりとして評価しているが、スペイン語圏の外ではあまり知られていない。ルルフォが『ペドロ・パラモ』で生み出した空想の世界は、文学界に大きな衝撃を与えた。はじめのころ、批評家は作品にあまりよい反応を示さなかったが、それまでとは異なるタイプの文学作品を書きたい作家にとって、ルルフォは指針となった。

『ペドロ・パラモ』では、多くの語り手による重層構造が採用され、回想や予見を繰り返して時を飛び越えていく。旅はフアン・プレシアドの一人称視点ではじまるが、なんのことわりもなく語り手がつぎつぎと替わり、一人称と三人称、さらには生者と死者のあいだをも入れ替わる。読者は絶えずとまどい、夢を見ているような状態になる。ルルフォは読者をコマラという架空の荒廃した土地へ連れていく――地獄（「コマラ」は鉄板、焼き網、火鉢を意味する）へ落ちていく旅だと読者は感じるかもしれない。フアンは父親のペドロ・パラモを探してほしいという母親の遺志を果たそうとする。『ペドロ・パラモ』（このことばは荒れ地や不毛の原野を意味する）の読者は、だれが何を語っているのかを見きわめなければならない。最初の語り手の声と、地下の墓地にいる死者のささやき声。ペドロ・パラモが何度も回想する子供時代や、スサナ・サン＝フアンへの愛のことば。生前なのか死後なのかわからないが、スサナによる意味不明のつぶやき。フアンの死にゆく母親が何度も口にする故郷コマラの青々とした美しさと、いまフアンが語る荒れ果てた町の印象などなどを。

スペイン語で書かれた最も記憶に残る作品のひとつと評されたこの物語では、ルルフォ特有の時間の扱い方によって、過去も未来もつねに変わることのないメキシコ人らしい生き方が包みこまれ、革命前後の生活が独特の形で描

き出される。読者は絶えず時期と場所の特定、さらには再特定を強いられ、やがてはこのどこにいるのかわからない感覚がルルフォの語りの土台であることをそのまま受け入れるようになる。ルルフォが複数の人物による不協和音のような会話で描き出すのは、地下に埋葬された死者たちの世界であり、そこでは死者たち（特に貧しい者）がほぼ重なり合うように埋葬され、生者の（あるいは死ぬ前の）問題にばかりかまけている。彼らは、別の墓で死の眠りに就いているスサナ・サン＝フアンが口走ることばを聞きとろうとしている——裕福な人物で遠くに埋葬されているため、地下の隣人たちはその声を聞くには耳を澄まさなくてはならない。

　因果関係がわからないままだと、読者が小説に信頼感を持つことができず、しだいに落ち着かない気分になることをルルフォはよく知っていた。それでも、多数の異なる語り手による文章は、その世界や社会の幻影を作るには効果的である。それが奇怪な叙述とならないはずがないが、強烈な出来事が意識に残るのと同じように、コマラの幽霊はわたしたちの心に残る。コマラのことをすっかり忘れてしまう読者はいないはずだ。

映画化作品の一場面。この小説をゆるやかな土台とし、1967 年にカルロス・ベロ監督によって作られた。

スタニスワフ・レム
Stanisław Lem

ソラリス
［1961 年］
Solaris

きわめて知的で影響力のあるこの SF 作品は、根本的な問いを投げかける。
自分たちのことすら理解できないまま、
宇宙の謎を理解することはできるのだろうか。

1961 年にポーランドの国防省出版局から初版が刊行された。

「ソラリス」という単語は、ラテン語で「太陽の」という意味の形容詞である。

かつては、意識が働くためには、脳のなかに特定の神経細胞やコンピューターの集積回路のような「ハードウェア」、つまり固定化された装置の存在が不可欠だと考えられていた。最近の思想家のなかには、スチュワート・ハメロフのように、もっと流動的なもの、すなわち量子を起点とした意識のあり方を学説としてまとめている者もいる。これはレムがこの小説ですでに述べていたアイディアにかなり近い。

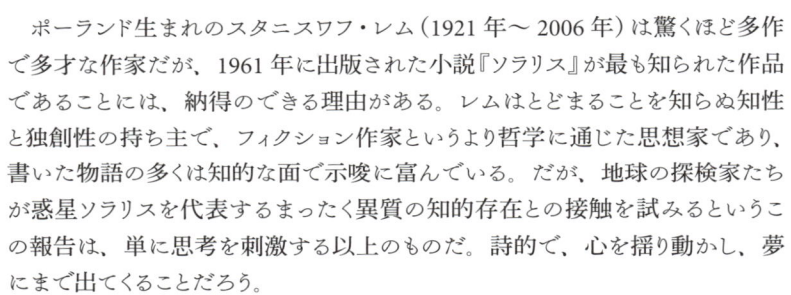

　ポーランド生まれのスタニスワフ・レム（1921 年〜 2006 年）は驚くほど多作で多才な作家だが、1961 年に出版された小説『ソラリス』が最も知られた作品であることには、納得のできる理由がある。レムはとどまることを知らぬ知性と独創性の持ち主で、フィクション作家というより哲学に通じた思想家であり、書いた物語の多くは知的な面で示唆に富んでいる。だが、地球の探検家たちが惑星ソラリスを代表するまったく異質の知的存在との接触を試みるというこの報告は、単に思考を刺激する以上のものだ。詩的で、心を揺り動かし、夢にまで出てくることだろう。

　この小説では、人間の宇宙探検家たちはすでに何十年ものあいだ、ソラリスの不可解な世界を研究している。惑星全体がまるごと海に覆われ、それ自体に意識や知性があるように見える。しかし、接触の試みはことごとく失敗する。その海は人類には無関心らしく、観察に従事していた科学者たちの仕事は、この惑星の海水面で見られる複雑な現象を記録して分類することだけになった。宇宙ステーションの乗組員が精神面の健康を害したため、クリス・ケルヴィンという心理学者が地球から派遣されてくる。ソラリスの軌道上にある宇宙ステーションに着いたあと、ケルヴィンは最近自殺したはずの妻にそこでふたたび出会う。何人もの乗組員が同じように不思議な現象——亡くした人たちが実体をともなって現れる——を報告する。ソラリスは X 線照射への反作用として、各人の記憶からある種の幻を作り出したようだった。この偽物の人間たちは、テレパシーで人間の記憶から思考や感情を読みとる力を持っている。

　『ソラリス』の主題は、決定的に異質でまったくちがう存在との邂逅である。多くの SF 作品では、異星人は人間にかなり似ているか、外観は似ていないにしても意思の疎通や交流はできる。SF には、人間と異星人のあいだの交易、戦争、結婚といった話が山ほどあるが、『ソラリス』はそういったものとははっきりと異なる。

　小説には、ソラリスの初期の観察者たちがこう考えていたと書かれている

1972年にアンドレイ・タルコフスキー監督によって映画化された「惑星ソラリス」のポスター。

――「ソラリスの海は巨大な脳で、人類の文明よりも数百万年も発展した段階」にあり、「とうの昔にあらゆる活動のむなしさを悟り、それゆえ人間に対して完全な沈黙を保っている」。しかし話が進むにつれ、わたしたちは「生きている海は活動して」いることに気づく。(沼野充義訳『ソラリス』より)

とはいえ、人間の基準では活動していない――その海は街や橋を建設しないし、空を飛ぶ機械を製造するわけでもないし、宇宙の征服にも関心はない。終わることのない変形のプロセス、つまり存在論的自己変容を実行しつづけるだけだ。

この最後のことばは、フィクションとしてこの小説が成功する鍵だ。ソラリスは想定されたとおりに変化をつづけ、自身を再定義しつづける。その結果、観察する人間も再定義されつづける。だからこそレムは、こうした存在を海という形で創造した。科学という固定的な尺度や、慣習や思想といった人間の心のあり方では、その意識をとらえることも評価することもできない。ソラリスの意識は間断なく流れる過程のなかにあるからだ。このような世界は、ほかのどんなSF作品にも見られない。

アントニー・バージェス
Anthony Burgess

時計じかけのオレンジ
［1962 年］
A Clockwork Orange

若者と暴力と自由意志をテーマとした『時計じかけのオレンジ』は、
子供と大人が互いを理解できない世界を築くために
新しい言語を作り出している。

1962 年にイギリスのハイネマン社から初版が刊行された。

長いあいだ、イギリス版とアメリカ版の『時計じかけのオレンジ』は結末が異なっていた。イギリス版にはアメリカ版にはないエピローグの章があり、そこではアレックスは内面の成長を見せて、改心することを選ぶ。

この小説では、若者のことばとして「ナッドサット」が使われるが、この語そのものは、ロシア語の 11 から 19 までの数詞で使われる接尾辞に由来する。

『時計じかけのオレンジ』は、「よう、これからどうする?」という問いかけではじまる。これは小説じゅうで繰り返され、その響きは毎回異なる。だが、読者を本の世界へと引きずりこむのはこの一節だ——「おれはアレックス。それにおれのドルーグ（「仲間」）三人だ……オレたち〈コロヴァ・ミルクバー〉で腰かけて、今晩何やらかそうかラズードックス（「精神統一」）中ってところ……」。もっとなじみのないことばも使われる。メスト（「場所」）、スコリー（「早く」）、ベスチ（「もの」）、モロコ（「ミルク」）、ピート（「飲む」）。さらに言いまわしも独特だ。「その晩は、ぴしっと冷たい暗い冬のやな感じだったけど、からっとしてた」「それできみたちは、おお、わが兄弟よ、忘れちゃったんだろうな」「ボッグ（「神」）さまと、勢ぞろいした天使と聖人に見とれちゃって」

これはアントニー・バージェス（1917 〜 93 年）が考案した隠語「ナッドサット」である。ほとんどは、もととなるロシア語を英語風にしたものだ。これを使って話す若者同士は話が通じるが、標準英語しか話さない大人は理解できない。バージェスはナッドサットを使って、ジェネレーションギャップを際立たせている。

アントニー・バージェスはすでに成功した小説家だったが、1962 年に『時計じかけのオレンジ』が出版されると、国際的に一躍有名になった。1971 年にスタンリー・キューブリック監督の映画版が公開されて以降はさらに知名度が増した。

『時計じかけのオレンジ』は、刊行時の 1962 年から見た未来を舞台にしているが、正確な年代ははっきりせず、1960 年代のイギリスと極端にちがうわけでもない。当時の現実からはやや飛躍した「世界放送」のテレビ番組などは登場するが、SF 作品としての印象の大部分はナッドサットの表現から生まれる。

そして「超暴力」もある。このことばはアレックス自身のもので、ドルーグ（「仲間」）とともにしでかす行為を表す。彼らは破壊し、襲撃し、レイプする。スタンリー・キューブリックの映画版では、サディズムがアレックスたちにもたらす喜びの大きさに驚かされるが、小説ではその印象はやや異なり、この世界のことがより多く伝わる。アレックスは女の子たちを連れて帰り、ベートーヴェンの

「交響曲第9番」を聴かせ、ドラッグを与え、レイプする。映画にも似たシーンはあるが、小説では重要な点が異なる。女の子たちは「やっと10歳ぐらい」なのだ。そして、アレックスは刑務所送りとなる殺人を犯したあと、読者の知らない情報を明かす。彼もまだ15歳だという。

　政治家や科学者は若者の暴力衝動を治療しようとし、その結果、アレックスはこの物語のタイトルでもある「時計じかけのオレンジ」に変えられて、何か攻撃的なことをしようと考えると、かならず痛みや吐き気に襲われて身動きできなくなる。だが、若者の暴力はそんなことではおさまらない。アレックスに反暴力の再教育を受けさせるべきか、自由意志に委ねるべきかどうかは、この小説が投げかける問いのひとつだ。

　アレックスは、政府の暴力統制計画に反対するグループの政治的象徴となる。政府もまた、彼を利用しようとする。どちらの側も、アレックスをひとりの人間として考えていない。政治目的に利用するためだけの報道用のシンボル、つまり、別の品種の「時計じかけのオレンジ」にすぎないのだ。

　『時計じかけのオレンジ』は、ディストピアを描いていると言われがちだが、厳密に言うとそれは正しくない。登場人物たちの視点では、ディストピアへと向かう世界である。政府や多くの市民にとっては、制御不能な少年たちが国を混沌へ導いている。過激派にとっては、政府が自由意志と個人を破壊しようとしている。読者にわかるのは、この話の出来事のあと、世界が異なるものになるということだけだ。小説の冒頭でアレックスは、こう嘆く。「このごろじゃ、物事はすごくスコリー（「早く」）変わるし、みんなが忘れるのもすごくスコリー（「早い」）」。アレックスは以前の世界を忘れていなかったし、忘れられるはずもない。だからこそ、わたしたちが経験したことのない世界を思い描く手助けをしてくれる。

〈コロヴァ・ミルクバー〉では、ミルク・プラス（ミルクに何かを加えたもの）を売っていた。ミルクにベロセット、もしくはシンセメスクやドレンクロムとか。それをオレたちは飲んでいた。これで気分をシャープにさせれば、いつもの超暴力の準備は完了さ

アレックス（演じるのはマルコム・マクダウェル）がその晩の予定を立てている。

スタンリー・キューブリック監督の映画「時計じかけのオレンジ」、1971年。

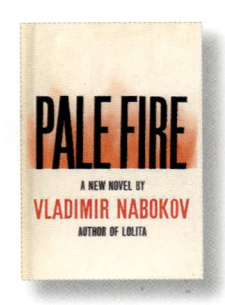

ウラジーミル・ナボコフ

Vladimir Nabokov

青白い炎

［1962 年］

Pale Fire

ナボコフの最も完成度が高い小説とも呼ぶべき
ポストモダン文学の傑作『青白い炎』は、999 行の詩形式の文体に、
膨大かつきわめて主観的な注釈を付した斬新な構造の物語であり、
学界における政治的駆け引きや狭量な嫉妬を暴露する。

1962 年に G・P・パットナムズ・サンズ社から初版が刊行された。

20 世紀のベスト小説にたびたび選ばれる『青白い炎』には賛否両論の評価があり、ある批評家は「読む価値なし」と切り捨てた。

多面的な作品である『青白い炎』には、さまざまな文学作品についての言及が多く含まれている。ナボコフのそれまでの作品、たとえば『ロリータ』、そして『プニン』の表題と同名の主人公についてもふれられていて、プニンはここでは端役で登場する。

ジョン・シェイド作とされるこの詩集の題名は、シェイクスピアの『アテネのタイモン』の一節「月も大泥棒だ、青白い火を太陽からかすめとっている」から引用したものである。

『青白い炎』のことをはじめて知り、さまざまなレベルまで掘りさげる時間がない人に対して、どのように説明すべきだろうか。まず言えるのは、非常に突飛で滑稽な寓話であるということだ。これは架空の詩人が書いた詩と架空の注釈者による注釈の両方で形作られていく物語であり、注釈者は詩句に注釈を加えるはずが、空想と自伝を組み合わせて自身の妄想を反映させたものにしようとしている。

『青白い炎』には、さまざまな仕掛け、鏡面反射や二重底のような技法がふんだんに盛りこまれているだけでなく、読者がふつうの架空世界で出くわさない人々が登場する。たとえば、サミュエル・ジョンソン。彼は片田舎のイギリス文学の教授の恰好をして、18 世紀のロンドンではなく田舎の大学町で横柄にふるまう。そして、亡命中の国王を暗殺するためにソ連設立以前のロシアから送りこまれた熟練の殺し屋が登場する。暗殺者と王が対決するそのときまで、『青白い炎』の奇妙な光に包まれて人々のふるまいが変えられ、別人に仕立てあげられていくが、読者がその変化に気づくことはない。

遠くから来た暗殺者の話にもどろう。暗殺者は地元の精神科病院から脱走したばかりのありふれた患者となっている。一方、ゼンブラと呼ばれる王国（アイスランドとエデンの園のあいだのどこかに位置する）から亡命した国王をもう一度よく見てみると、学者ぶった人物で、奇妙なほどに自分勝手で反省のない、永久に「客員」教授止まりの菜食主義者であり、また同性愛の亡命者でもあり、これらが受け入れられる以前の前世紀半ばに暮らしていることがわかる。

どこをどう見ても、『青白い炎』の作中世界は滑稽でしかない。想像上の詩人が書いた詩「青白い炎」は、かなりよい詩ではあるが、当の架空の詩人（名前は「影」）はだれよりも先に、ミルトンの『失楽園』をすばらしいというのと同じ意味ですばらしいと言われる作品ではないと語る。詩「青白い炎」は（さらに言えば小説『青白い炎』も）、謎を深く解明するような作品ではない。永遠に

ついても語らず、ましてや永遠の命も約束しない（だからこそ、注釈者——名はキンボート——はこの詩をまったく異なるもの、つまりもどりたいと願ってやまない架空の地ゼンブラの叙事詩に作り変えようとしているのだ。ゼンブラは冬の宮殿と海辺の別荘が建ち並ぶ、四六時中華やかで壮観な場所であり、古めかしい運動着姿の選手たちの集団がいる。そこはキンボートの祖国であり、それゆえキンボートは心のなかだけにあるその国を愛している）。

ゼンブラからもどんな「海辺の王国」からもこれ以上ないほど遠く隔たれたこの詩自体は、幸福を約束することができない。「青白い炎」という詩は、教え説いたり、力づけたり、そういった苦しみを終わらせることを約束したりするものでもない。詩人は想像力豊かである。詩人が巧みな描写をすれば、ごく平凡な音や光景を美しいものや楽しめるものに魔法のごとく変えられるが、ただしそれは永遠にはつづかない。この「永遠でないこと」こそが問題であり、どれほど別人のふりをしても空想の世界から逃れられないことに苦しみがある。

> それから突然祝祭日のような強烈な光が
> 五本のヒマラヤ杉越しに投げつけられて、雪の細道をあらわにした。
> 一台のパトカーがわが家の前のでこぼこ道をやって来て
> 車輪を軋ませながら停まった……。
> （富士川義之訳『青白い炎』より）

パトカーのライトを祝祭日の光とするのは鮮やかな転換だが、どれほど詩的にことばの遊戯に興じたとしても、パトカーが任務を帯びてやってくるのを止めることはできない。警察は、詩人とその妻に、娘が自殺したことを告げにきたのだった。『青白い炎』の核心にある苦しみ——生きる気力を失うこと、愛する人を失うこと——はけっして消えない。ナボコフのすばらしさは、それを消せるというふりをしないことである。

メモの文字までも細かく書きこんだこの謎めいた絵は、1943年にメレディス・フランプトンが描いた作品の一部で、最新のペンギン・モダン・クラシックス版の『青白い炎』の表紙で効果的に使われた。

ピエール・ブール
Pierre Boulle

猿の惑星
［1963 年］
Planet of the Apes

霊長類に支配されたある惑星の物語は、
現代文明と人間の傲慢さに対する痛烈な批判であると同時に
不穏な分析でもあり、20 世紀でも屈指の知名度を誇るようになった。

1963 年にルネ・ジュリアール社から
フランス語で初版が刊行された。英
語版の初版は、同じ 1963 年にザン・
フィールディングの翻訳でアメリカの
ヴァンガード・プレス社から出された。
ブールは『戦場にかける橋』（1952
年）の作者としても知られる。そちら
も映画化され、オスカー像を 7 つ獲
得した。

☞ 201 ページ
フランクリン・J・シャフナー監督、アー
サー・P・ジェイコブス製作の 1968 年
の伝説的映画の主演、チャールトン・
ヘストン。

　ピエール・ブール（1912 年〜 94 年）が描いた 1963 年の風刺小説『猿の惑星』の主人公のジャーナリスト、ユリス・メルーの名は、ホメロスの『オデュッセイア』（紀元前 725 年ごろ〜 675 年ごろ、18 ページ）の主人公オデュッセウスのラテン名（ウリッセース）をもとにしている。オデュッセウスと同じく、ユリスは旅人であり、2500 年にベテルギウス星をめざして深宇宙を進んでいる。そしてまたオデュッセウスと同じく、奇妙な生き物に突然捕虜にされてしまう。ユリスはまず、オデュッセウスと同じく抜け目なく立ちまわって、信用を得てから、逃走を企む。だが、そこで『オデュッセイア』との類似は終わる。ホメロスは英雄がやがて母国に帰り着くまでの旅を中心に描いたが、ブールの主題はユリスと仲間が迷いこんだ世界そのものだ。

　ブールは、ユリスらのベテルギウス星への旅の距離を実際の半分以下の 300 光年としているが、宇宙船がほぼ光速の域に達していることと相対性原理の効果を踏まえると、この旅はわずか 2 年ですむことになる。一行は故郷の地球と著しく似た惑星に到着し、数々の類似点があることに強い感銘を受けて、この惑星をラテン語で姉妹を意味するソロールと呼ぶことにする。しかし、この新世界の人類は野生動物の状態に退化し、猿が優占種の地位を占めていることがわかる。

　一行が到着する前から、宇宙船の計器によって、ソロールの大気には地球と同じく酸素と窒素が含まれていることが確認できた。ブールが描くベテルギウスは太陽の 300 倍から 400 倍の大きさであるが、ベテルギウスからこの惑星の軌道までの距離も大きいので、放射線のレベルも地球に降り注ぐのと同程度だ。宇宙船がソロールに接近するにつれて、眼下にひろがる田園地帯が第一印象と変わらないことがわかってくる。まず、青い海に囲まれたいくつかの大陸を確認する。もっと近づくと、車の走る並木や家が居並ぶいくつもの町、さらには地球の赤道直下の密林を連想させる赤褐色の木深い森が見える。

　だが、密林から現れ出て一行を捕らえた者たちは男も女も裸で、話す能力

も文明もないことがしだいに明らかになる。森のなかで恐ろしい狩りがおこなわれて、仲間たちとともに追い立てられ、多くの人間が殺されるのを目のあたりにしたユリスは、人間と猿の立場が逆転したと悟って戦慄する。

その後、はじめはペットのように鎖でつながれ、猿の捕獲者によって町へ連れていかれるが、そこも地球での生活といくつかのちがいがある（通行者が往来の上を手でぶらさがって進む空中歩道など）だけで、故郷の星とソロールが全体によく似ていることがいっそう明らかになる。

ユリスを捕らえているゴリラとオランウータンとチンパンジーは、人類が野蛮な状態から進化していないと考えている。人間は手が2つしかなく、4つあると言える猿と比べて身体的に不利だからだ。実のところ、猿が支配を成しとげたのは、怠惰で無力ながら卓越した科学力を持つ人類の業績を模倣したからだが、研究の結果としてそれが明らかにされて物議を醸したのは、あとになってのことだった。

ソロールには戦争も軍隊も国家もなく、ゴリラ、オランウータン、チンパンジーから各1頭ずつ、計3頭の執政官が率いる内閣によって統治されている。3つの異なる種を代表する三院制議会も存在する。

はるか昔、ゴリラが腕力だけで支配していたが、現在では、少なくとも理屈のうえではそれぞれの種が平等の権利を与えられている。実際には、ゴリラは総じて無学であるにもかかわらず、狡猾な手立てで他を操っているため、いまも最も大きな力を振るう集団に属し、看守や法執行官をつとめたり、腕力が物を言う仕事に就いたりしている。ユリスが捕らえられ、ユリスの仲間ひとりを含めた多数の人間が殺害されたような狩りに対しては、情熱が衰えることがない。

オランウータンはゴリラやチンパンジーより数が少なく、科学者や学者の集団を形成しているが、ユリスは、オランウータンらの科学は独創性に欠け、革新に反対する「御用学者」にすぎず、高い記憶力を使って書籍から大量の情報を習得するだけで満足していると断じる。

真の知識階層はチンパンジーで、旺盛な研究精神を持ち合わせていて、ソロールにおける重要な発見のほとんどがチンパンジーによるものだ。猿には電気、工業、自動車、航空機が具わっているが、ユリスが見たところ、自分があとに残してきた文明にはまだ及ばない。

しかし、猿の惑星には、古典派、印象派、抽象主義の画家が存在し、サッカーやボクシングなどのスポーツをすることもあり、人間を含めたさまざまな種の動物が檻にいる動物園もある。猿は人間を捕獲、殺害、監禁するほか、陰惨な医学実験にも使用し、概して軽蔑しつつ残酷に扱う。ユリスはソロールの科学会議でみずからの起源をこう説明する。

　　私は地球という遠い惑星からやってきたのです。しかもその地球では、なお解明できない自然の気まぐれによって、人間こそが知恵と理性をそなえ

ているのであります。……地球という惑星を整備し、その面を変え、そして洗練された文明を築き上げたのも人間なのであります。それはじつに多くの点で、猿のみなさん、あなたがたの文明に似ているのです。（高橋啓訳『猿の惑星』より）

　この時点ですでに、「知恵」、「理性」、「洗練された」といったことばはまちがいなく強烈な皮肉である。ブールはソロールと地球のどちらにおいても動物が残虐に扱われていることを強調し、環境を明確に類似させることで暗黙の非難をつづけている。

　ブールは1963年に『猿の惑星』を執筆する前に、自身のもうひとつのベストセラー作品『戦場にかける橋』（1952年）で世界的な成功をおさめていた。両作品ともに映画の出来もよかった。『戦場にかける橋』は日本の戦争捕虜収容所における体験をもとにしていて、批評家たちは、これらの経験がソロールでの猿による人間に対する残虐な支配に投影されていると見ている。

　1968年に公開された最初の映画版「猿の惑星」はおおむね小説に基づいていて、フランクリン・J・シャフナーが監督をつとめた。その後も映画の続編数本、テレビシリーズ、漫画本などが出され、さまざまな形で収益を生み出している。2001年のリメイク版も成功し、以降は「猿の惑星：創世記」（2011年）、「猿の惑星：新世紀」（2014年）とつづき、2017年には「猿の惑星：聖戦記」が公開された。

　1994年に死去したブールは最初の映画版を批判した。映画には小説の緻密さと皮肉の辛辣さがないだけでなく、映画の最後には、地球とソロールの共通点が小説で暗示されていることよりもはるかに露骨に描かれ、驚くべき結末を迎える。フランクリン・J・シャフナーはアクション映画として仕上げているが、ブールによる小説はヴォルテールの伝統を汲む風刺小説の名作と評されてしかるべきだろう。

ガブリエル・ガルシア＝マルケス
Gabriel García Márquez

百年の孤独
［1967 年］
One Hundred Years of Solitude

南アメリカの僻地で「鏡の町」として知られる、魔術的・幻想的な土地マコンド。
そこでの 7 世代にわたるブエンディア一族の歴史をたどっていく。

1967 年にエディトリアル・スダアメリカーナから初版が刊行された。

この作品には「ガブリエル・ガルシア＝マルケス」が目立たない形で登場する。作者とはちがって、作中のマルケスはパリに移住し、古い新聞や空き瓶を売って生計を立てている。

マルケスは 1982 年にノーベル文学賞を受賞した。

　ガブリエル・ガルシア＝マルケス（1927 年〜 2014 年）はコロンビアの田舎で育った。幻想的で不可思議な要素を作中でいくつも創出していると批評家が指摘するたびに、マルケスは「自分の作品において、現実を根拠としていない文など一行もない」と主張した。マルケスは最初は記者として仕事をはじめたが、勤務先の新聞社がコロンビア当局によって閉鎖に追いこまれて、小説の執筆を開始した。その後、『百年の孤独』によって、世界でも有数の重要な作家となった。

　この上なく深遠で複雑なマルケスの小説は、ある意味できわめて単純とも言える。「族長」のホセ・アルカディオ・ブエンディアは、よりよい暮らしを求めて妻とともにコロンビアのリオアチャを去る。ある夜、川辺で野宿していると、鏡でできた町についての予言めいた夢を見る。ホセ・アルカディオはこの町を探すと決め、マコンドと呼ぶことにした。この小説で語られるのは、それ以降の何世代にもわたるブエンディア一族の物語である。

　とはいえ、物語の筋書きについて言えば、ここで語られるのは、町で起こる数々の奇妙な出来事と、やがて滅びゆくブエンディア一族の盛衰のことばかりだ。7 世代にはそれぞれに多様な人々が含まれ、人物表にひしめき合っている。作中の多くの出来事について家系図をたどって読み進めることもできるとはいえ、それがこの作品の読み方として最善とは言えまい。マルケスの功績は、独特の雰囲気を作り出したことと、濃密な語りによって示唆に富んだ詩的とさえ言える瞬間の数々を生み出したことである。この雰囲気はある種の煩雑さやこみ入った文体と無縁ではなく、人生というものが奥深く、わかりにくく、複雑で、驚きの連続であることを伝えている。

　始祖の次男アウレリャノ・ブエンディア大佐がその好例である。この作品の有名な書き出しでは、このように紹介される──「長い歳月が流れて銃殺隊の前に立つ羽目になったとき、おそらくアウレリャノ・ブエンディア大佐は、父親のお供をしてはじめて氷というものを見た、あの遠い日の午後を思いだしたにちがいない」。アウレリャノは兵士であると同時に詩人であり、美しく精巧な

金細工の魚の作り手でもある。17人の女性とのあいだに非嫡出の息子17人を作り、全員アウレリャノと名づける。17人の息子が同じ日に訪ねてきて、そのうち4人は町に住むことにするが、町にとどまろうとそこから去ろうと、35歳になる前に全員が謎めいた暗殺者に殺される。

　そのようなことは起こりそうもないが、不可能でもない。この作品のもうひとつの特徴は、夢の理屈に支配されることである。小町娘のレメディオスに出会った男たちは、そのあまりの美貌に思い焦がれて死んでいく。頭が空っぽのレメディオスのほうは最後に昇天する。メルキアデスという登場人物がシンガポールへ旅して命を落とすが、のちにマコンドに帰り、死の孤独に耐えられずにもどったと告白する。それから再度死んで、埋葬される。マルケスはこれらすべての出来事をごくあたりまえのこととして扱う。

　この最後の点は重要である。というのも、この作品を読む体験は気まぐれでもでたらめでも珍妙でもないからだ。それどころか、マルケスが創造した世界には、しっかりと地に足のついた現実的な感触が際立っている。天候や風景、赤アリの屋内への侵入、性的欲求の激しさなど、日常生活の手ざわりが細部まで呼び起こされる。

　最後にはハリケーンがマコンドを破壊するが、暑さと激しさが共存して、洪水や豪雨が発生しやすい南アメリカにふさわしい結末である。個人の欲望と絶望、愛と性欲、自尊心と意志力、そして家族の絆という力によって奇妙な形に変わっていく場所として、マルケスは母国にあらためて思いを馳せている。これらの力は人間生活の中核を成すので、わたしたちは鏡の町の魔法の論理を本能的に理解できるのである。『百年の孤独』はマジックリアリズムと呼ばれる文学的な形式の礎となる作品であり、いまもその型の小説として最も影響力の大きい小説である。

アーシュラ・K・ル゠グウィン
Ursula K. Le Guin

影との戦い
［1968 年］
A Wizard of Earthsea

この古典的な英雄的冒険物語では、
少年がこの世に招いてしまった恐ろしい影に立ち向かう。
その影をみずからの一部として受け入れ、
強い魔法使いとして成長していく姿を描いている。

『影との戦い』は 6 巻に及ぶ壮大な
ファンタジーのシリーズ〈ゲド戦記〉
の 1 作目である。

ル゠グウィンは、それより前に執筆し
た 2 つの短編「名前の掟」（1964 年）と
「解放の呪文」（1964 年）を土台にし
てこの作品を仕上げ、1968 年にパル
ナッソス・プレス社が初版を刊行した。

『影との戦い』には魔法使いの学校と
いう設定が用いられていて、ダイア
ナ・ウィン・ジョーンズや J・K・ローリ
ングなどの作家に影響を与えている。

『影との戦い』は、英雄的な冒険物語にとって重要な要素がすべてそろった作品であり、作中世界では魔法が日常生活の一部となっている。そこは「魔法使いの多く集まるところ」である。魔法は尊重され、魔法を使う者は社会の重要な一員、たとえば病人を治す人やボートや船が安全に航海できるよう守る人となるよう訓練される。舞台となるアースシーには、独自の創生神話や政治制度や経済活動がある。「生まれついての魔法使い」がみずからを他よりも上位と認識する社会の序列も存在し、病気や海賊行為や戦争挑発行為に生命を脅かされてもいる。海運業が栄え、銅や鉄を扱う鍛冶屋がいて、農耕や牧畜もおこなわれる。恐ろしい竜も古くから存在し、この巨大な怪物は話すと声が雪崩のようにとどろく。そして、「竜独自の知恵があり、それに竜はなんといっても、人間より早くからこの地に住んでいる」。アースシーは、ル゠グウィン（1929 年〜2018 年）が世界を構築する能力に長けていた証左であり、その手腕は揺るぎないが強引ではない。

主人公ゲドの旅は、現在では勇者の壮大な旅を主題とするファンタジー作品の定番である形ではじまる。まだ幼く孤独な山羊飼いゲドは、わびしい村に住んでいて母親もなく、何もできない少年だったが、自分が思う以上に魔法を操る能力が高い。ゲドは女まじない師であるおばから少し訓練を受けるが、おばの技術はゲドよりはるかに低く、技術を表面的にしか理解できていない。ゲドは結局魔法使いの学院にはいり、同じような能力を持つ若者たちの仲間入りをする。自分の力を見せつけようとしたゲドは邪悪な生き物を解き放ってしまい、危うく殺されそうになる。それからはアースシーの島々で、その邪悪な影を探し出して対決しなくてはならない。

アースシーの社会は、大規模な産業が存在する以前のもので、すでに歴史や文化の一部となった独特の魔法の体系を持つ。そこでは、「太古のことば」での真の名を知ると、その物や人を支配できるようになる。真実のことばで嘘

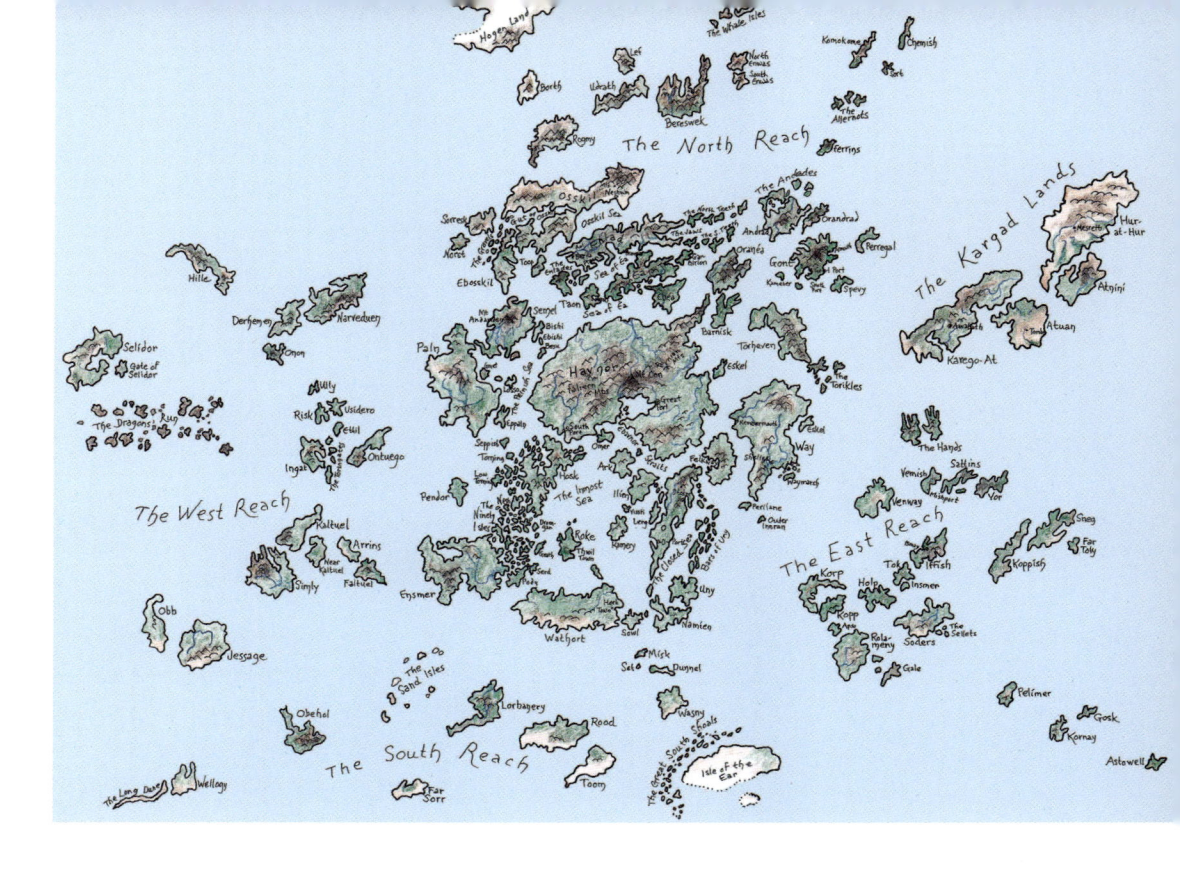

作者のアーシュラ・K・ル＝グウィンが描き、本に掲載されたアースシーの地図。

をつくことはできず、真実を語ることはそれを実現させることにほかならないが、当然ながら強大な力を具えた者だけが大きな変化を起こせるのであり、そのたびに反動がともなう。アースシーの魔法は抑制と均衡で成り立っている。

　アースシーでは言語が重要で、ことばを力と見なすことや「真の名」という発想は、現実世界の数多くの部族社会や、ル＝グウィンが関心を持っていた人類学に由来するものだ。アースシーの住民が営むのは真に多民族で多文化の社会であり、白い肌を持つ少数が優位性を持つというようにはまったく読みとれない。ル＝グウィンは、西洋のファンタジー小説の多くが当然のごとくヨーロッパを中心とした中世を舞台としていることを公然と批判した。アースシーは、ある意味において「中つ国」の対極にある。アースシーは群島で、さまざまな有色人種の故郷であり、そのなかでル＝グウィンは大規模な戦争よりもアースシーに住む個々人の成長に焦点を定めている。ゲドは大軍と絶えず戦うわけではなく、内にある影と戦う。そして、いくつかのつとめを果たしていくが、最後の旅路の前では任務が色褪せて見える。

　アースシーの文化には、魔法だけでなく精神性も組みこまれている。ル＝グウィンはみずからが作った世界の精神構造の基礎として、一神論的な宗教様式ではなく心理学と人類学を置いた。『影との戦い』でゲドが内なる影と戦うことは、まさにユングの理論であるが、ユングは道教の陰陽思想に傾倒していた。ゲドが教わったとおり、明かりをともすことは影を投げることでもある。

フィリップ・K・ディック
Philip K. Dick

アンドロイドは電気羊の夢を見るか?
[1968 年]
Do Androids Dream of Electric Sheep?

最終世界大戦後の地球で、
人間になりすまして脱走したアンドロイドの一団をバウンティ・ハンターの男が
「廃棄処理」しようと奮闘しつつ、みずからの人間性を自問していく。

1968 年にダブルデイ・アンド・カンパニー社から初版が刊行された。

ディックによると、アンドロイドについては、『高い城の男』(1960 年) を執筆する際に下調べで見たゲシュタポ幹部らの日記から着想を得たという。

この作品の前に、当時未刊行だった小説『あなたをつくります』(1972 年) で、ディックはローゼン家のひとりがアンドロイドを開発する話を書いた。主人公は歴史上の偉人の複製として人間型ロボットを造る。

この作品はリドリー・スコット監督の映画「ブレードランナー」の原作となった。しかし、映画では小説の要素の多くが省略された。

　だれも原因を思い出すことができない戦争によって破壊され、荒廃した地球は、放射能に汚染されて、いまではかろうじて住むことができるだけだ。人口の大半は、人類の遺伝子の健全性を守るために地球外の植民地へと移住しており、その奨励策としてアンドロイドが召使いとして支給されている。そのため、地球に残されたわずかな人々は死の灰に覆われた地で生き延びなくてはならず、破損した遺伝子と知能低下を受け入れて生きていくしかない。崩壊したものさびしい街のアパートメントは空き室ばかりだ。これが『アンドロイドは電気羊の夢を見るか?』で描かれる荒廃した不安な世界である。

　バウンティ・ハンター (賞金稼ぎ) のリック・デッカードは、6 体のネクサス 6 型アンドロイドを探し出して「廃棄処理」しなくてはならない。これら 6 体のアンドロイドは、火星から強引に脱走し、地球に残された人間のなかにまぎれこもうとしている。地球にいる人々は、かつて活気に満ちた街だった場所の集合居住地でなんとか生きていくしかない。デッカードは、アンドロイドを廃棄処理する前に、まちがいなく人間型ロボットであることを確認する必要がある。アンドロイドと人間を区別する唯一の方法は「フォークト＝カンプフ感情移入度」検査法だけだ。この検査法は、おもに動物に関する質問をして、直感的・感情的な反応を測定する。生物が絶滅寸前のこの世界では、動物に対する思いやりの心は神聖きわまりなく、人間なのか、人間が創り出したただの有機生命体なのかは、動物に共感できるかどうかだけで区別できる。

　『アンドロイドは電気羊の夢を見るか?』は、人間とは何かを問いかける物語であり、その問いかけは暗い未来が待ち受ける終末期の地球ではいっそう重要となる。デッカードが追跡するアンドロイドは、許容されている以上のことを望み、どこかほかの場所で人間に従属するよりも、荒廃した星でなんらかの形で独立することを選んだ。一方、地球に残された人間は感情そのものを失いつつあり、滞りなく日常生活を営むために、人工的に特定の感情を高める装置に頻繁に頼っている。不条理を追求するフィリップ・K・ディック (1928 年

リドリー・スコット監督による映画「ブレードランナー」（1982年、ワーナー・ブラザーズ配給）で、ハリソン・フォードが演じるリック・デッカード。

〜82年）の姿勢は、この物語の世界観を作りあげる自由自在の効果的な文体のなかにも認められ、社会と人が着実に崩壊していくさまを描写しながらも、けっしてユーモアを忘れていない。

　『アンドロイドは電気羊の夢を見るか?』はそう遠くない未来の物語として説得力があるが、それでも空を飛ぶ車やほかの惑星への植民地政策が登場する。その未来図はさほど時代遅れには感じられない。ディックの未来予想に登場する「映話」や情動制御装置といったものも、多くの点で現在の様子ときわめて近い。住民をゆっくりと死に至らしめる灰に覆われた街、本物の動物を飼うためにはどんなことでもする街の住民たち、そして動物のほとんどが最終世界大戦後に病を発症して絶滅寸前である。

　ディックは1978年の講演原稿「二日たっても崩壊していない世界を創るために」で、崩壊し、混乱し、ばらばらになる世界を創造するのがいかに楽しいか、無秩序をいかに愛しているかを記している。「社会でも宇宙でも、秩序や安定がつねによいことであると決めてかかってはいけない。目的、通念、習慣、生き方といったものは、真の人間が生き延びるために消滅させるべきだ」

　デッカードは捜索のさなか、ムンクの「叫び」に対面するが、ディックによるこの絵の描写は、読者が知っている世界だけでなく、きびしく張りつめた作中世界をも完璧に表している。「梨をさかさまにしたような頭で、一本も髪の毛のない、うちひしがれた生き物が描かれている。その手はおそろしげに耳を押さえ、その口は大きくひらいて、声のない絶叫をもらしている。その生き物のひきゆがんだ苦悩の波紋、絶叫のこだま、そんなものがあたりの空気にまであふれだしているようだった。男か女か、それさえもよくわからない生き物は、おのれの絶叫の中に封じこめられている。おのれの声に耳をふさいでいる……生き物は孤独の中でさけんでいる。おのれの絶叫によって――あるいは、絶叫にもかかわらず――隔絶されて」（浅倉久志訳『アンドロイドは電気羊の夢を見るか?』より）

ピーター・S・ビーグル
Peter S. Beagle

最後のユニコーン
［1968 年］
The Last Unicorn

「ファンタジー小説のオールタイムベスト」のひとつに選ばれた
このビーグルの作品は、最後のユニコーンがほかのユニコーンを探し出すために、
ひとつづきのおとぎ話の世界を旅する姿を描く。

1968 年にヴァイキング・プレス社（アメリカ）とボドリー・ヘッド社（イギリス）から初版が刊行された。これまでに 600 万部以上が売れ、25 以上の言語に翻訳されている。

『最後のユニコーン』は、1982 年にアニメ映画化され、ミア・ファロー、クリストファー・リー、アンジェラ・ランズベリー、ジェフ・ブリッジズ、アラン・アーキンらが声優をつとめた。音楽はアメリカ人シンガーソングライターのジミー・ウェッブが担当した。

ビーグルは『最後のユニコーン』の続編として中編『ふたつの心臓』を書き、2005 年に「ファンタジー・アンド・サイエンス・フィクション」誌で発表された。ヒューゴー賞、ネビュラ賞を受賞した。

　ピーター・S・ビーグル（1939 年〜）の『最後のユニコーン』は、題名の主人公が旅のなかで体験するいくつかの冒険を描いている。雌のユニコーンが旅を進めていくと、やがて舞台は荒涼としながらもよくあるおとぎ話の世界になるが、同時にそこが「現実の」世界である（あるいはそうなりつつある）という気配や暗示がいくつかあることに気づく。ユニコーンが出会う人には明らかに中世の趣があるが、ほかの時代や場所の気配もにじみ出ている。ときどき見えるミズガルズの蛇、アングロ・サクソンの民間伝承へのふとした言及、そして「A 列車で行こう」の歌詞を引用してしゃべる蝶々などだ。

　ユニコーンは、自分たちをはじめとする魔法の存在がもはやあたりまえではなくなった世界を発見する。駆けても駆けても、道は終わることなくつづいていく。長い道のりを進むうちに、ユニコーンにとっては聞いたことも見たこともない場所にたどり着く。逆に、ユニコーンが通りがかる町や村の人々にとっては、それはただの白い雌馬にしか見えない。

　ユニコーンの旅は、マミー・フォルトゥーナが率いるみすぼらしい旅サーカス団、ミッドナイト・カーニバルに捕らわれたせいで中断する。このサーカス団は「夜の生き物がいまここに」を宣伝文句としている。見世物の大部分は幻覚だが、明らかな例外が 2 体だけいて、それがユニコーンと怪鳥ハルピュイアだ。世界と非現実とのあいまいな関係がカーニバルで露見する。刺激を求めてやってくる見物客はだれもが「魔法」を見たがっているが、ショーが作り物だと知っているから安心もしていられる。同時に、マミー・フォルトゥーナは、捕らえてはならない生き物を捕らえてしまったことと、日々折り合いをつけざるをえなくなる。ハルピュイアがいずれ逃げだすであろうこと、そして逃げられると同時に自分が破滅することは明らかだ。

　このカーニバルは、ユニコーンが出くわす一連の民間伝承めいた設定の最初である。無法者がはびこる森で、ユニコーンは陽気な男たちの一団に遭遇する。首領はみずからの武勇伝を広めようと、自作のバラッドをいくつもひねり

われわれ三人は、
同じお話の住人なんだ。
望むと望まないとにかかわらず、
このままお話のなかで
生きていかなきゃならない。
仲間をみつけたいのなら、
ユニコーンの姿にもどりたいのなら、
おとぎ話のストーリーらしく
ハガード王の城に行かなきゃならない。
ほかのどんなところでも、
ストーリーの進むままに
行動しなくちゃならない。
(金原瑞人訳『最後のユニコーン』より)

「最後のユニコーン」レベッカ・ナオミ・コックス、2005年。ビーグルはコックスの絵にコメントを寄せている。「ユニコーンはけっして角のある馬などではなく、魔法めいた美しさはあるが、角度や状況によっては滑稽にも見える。これを表現できた画家はレベッカだけだ」

出している。つぎにユニコーンが出会うのは呪われた町の人々で、彼らはハーメルンの住民のように、子供と引き換えに豊かな生活を得ている。ユニコーンの行くところにはかならず、自分の思いどおりになるよう世界を動かそうとして、物語の流れに抗う者がいる。マミー・フォルトゥーナは力を手に入れようとして「幻獣」を檻に入れている。無法者の首領キャプテン・カリーは、みずからの神話を作りあげることで不朽の名声を得ようとする。市民らは、呪いが解けると貧しくなることを知っているので、懸命にそれを阻もうとする。

　だがユニコーンは、ハガード王の崩れかけた城に来てはじめて、このおとぎ話の世界と自分の物語がどのように結びつくのか、その真実に気づく。仲間たちが消失した原因はハガード王と彼の「赤い雄牛」である。ユニコーンがほかの仲間を探すうち、やがてハガード王の不気味な王国のど真ん中にたどり着く。城は崖の淵ぎりぎりに殺伐たるさまで建ち、使用人や宮廷人からも見捨てられている。

　このとき、ユニコーンの姿は人間の娘に変わる。かぎりある命しか持たぬ身となっても、ユニコーンは周囲へ変化を引き起こしていく。城の雰囲気は重苦しいままだが、この謎めいた来訪者は王の息子に愛されるようになり、周囲の不穏さが消えたわけではないものの、残っていた番人たちとユニコーンの仲間たちによって、城は居心地のよい場所になる。ユニコーンはどこへ行ってもみずから変化を引き起こし、王の城もその例に漏れることはない。

カート・ヴォネガット
Kurt Vonnegut

スローターハウス5
［1969 年］
Slaughterhouse-Five

ヴォネガットの最も人気の高い作品とされ、
ドレスデン爆撃の実体験をもとにしたこの作品は、
「時間のなかに解き放たれた」兵士ビリー・ピルグリムの時間旅行を描く。

1969 年にデラコート社から初版が刊行された。

この作品は内容が下劣で猥褻であると見なされたため、アメリカでたびたび検閲の対象となった。映画は 1972 年に公開された。

ヴォネガットのほかの代表作としては、『猫のゆりかご』(1963 年) や『チャンピオンたちの朝食』(1973 年) がある。

　第 2 次世界大戦が終結する 3 か月前の 1945 年 2 月 13 日の夜、カート・ヴォネガット (1922 年〜 2007 年) は、ドレスデンが破壊的な爆撃を受けているとき、戦争捕虜として地下の生肉貯蔵庫に避難していた。「スローターハウス 5」(第 5 食肉処理場) は皮肉にも、虐殺から逃れるための場所となった。その後、ヴォネガットと捕虜の兵士たちは、黒焦げの死体を掘り出してまとめて火葬する作業に取りかかる。

　この作品の臆病な主人公ビリー・ピルグリムは戦争捕虜で、そのドレスデンを壊滅させた爆撃の際にヴォネガットと同じ場所に避難している。ビリーも生き延びるが、精神に異常をきたす。出来事を、起こった順番のとおりに理解できないのである。

　ヴォネガットは、この「ドレスデンの物語」を執筆するときにはこの上なく苦労した。まったく新しい手法を考え出す必要があったヴォネガットは、リアリズムと、SF 的奇想 (たとえば、トラルファマドール星に住む、トイレ掃除用の吸引カップに似た単眼の宇宙人) と、社会性のあるスラップスティック・コメディを混ぜ合わせて、驚くほど斬新な形を作りあげた。

　『スローターハウス 5』は 1969 年に出版され、非常に高い評価を得た。「ニューヨーク・タイムズ」紙のベストセラー・リストで 1 位となり、それ以降はアメリカを代表するフィクションの不朽の名作として確固たる位置を占めている。

　この作品のテーマはつまるところ、人間はあまりにもむごい現実には耐えられないということである。人生は悲惨きわまりないので、それはフィクションという形でしか表現できず、経験が悲惨であればあるほど作品はより独創的になる。『スローターハウス 5』の根底にある考えのひとつは、ドレスデン以後、フィクション、少なくとも写実的なフィクションを書くのは不可能であるということだ。

　この袋小路から抜け出す道が SF だった。時間と星間を股にかける旅人であるピルグリムが長い捕虜輸送の旅を終えたとき、自分を拘束していたのはナチス・ドイツではなく、トラルファマドール星から来た宇宙人たちだった。

爆撃後のドレスデンの街。チャーチルは、ドレスデンは戦略目標のひとつであると宣言していた。実際にはそうではなかったが、結局は破壊された。

　ビリーが監禁されるのは格子で囲まれた透明のドームで、シアーズ・ローバックで買った調度品を使ったまずまずの空間だ。若手女優のモンタナ・ワイルドハックが、ビリーの「連れ合い」になるために同じように宇宙を移動させられる。ふたりはトラルファマドール星の動物園で地球人種として展示される。

　トラルファマドール星人はイギリス空軍に劣らず、危険な爆撃者である。ビリーはさまざまな知恵を持つこの緑色の異星人に、地球人は地球を破壊するのが得意なのでつぎは宇宙を破壊するのかと尋ねる。避けることのできない運命を前にしたトラルファマドール星人の哲学とは、どんなものだろうか。答は「楽しい瞬間をながめながら、われわれは永遠をついやす——ちょうど今日のこの動物園のように」だ。地球人も同じようにすべきである。ドレスデンは忘れよう。

　歴史上の出来事の恐ろしさを表現するにあたって、スラップスティックやブラックコメディや SF の手法を用いたことについて問われると、ヴォネガットはこう答えた——「ほかの惑星への旅だの、人を食ったような SF の表現だのは、物事を気楽に受け止めてもらうために道化師を頻繁に登場させるのと同じだ」。とはいえ、この作品にはどう見てももっと真摯な意図がある。執筆するにあたって、ジョーゼフ・ヘラーの『キャッチ＝22』(1961 年) の影響を受けたことはヴォネガット自身も認めている。『キャッチ＝22』は戦争を狂気がはびこる場として描いている。主人公のヨッサリアンが戦争の狂気から逃れる唯一の道は、精神異常の診断を受けることだ。しかし、自分が異常だと医療機関に申し出ることは、正常だと証明することにほかならない。この板ばさみの状態こそが軍務規則「キャッチ＝22」であり、軍隊というものはそうやって機能していく。いわば不条理の制度化であり、的確に表現できるのはコメディの手法だけだ。

　ヴォネガットは認めていないが、作品に大きな影響を与えたと言われるもうひとつの作品は、核兵器による生物の絶滅を描いたスタンリー・キューブリックのコメディ映画「博士の異常な愛情」(1963 年) である。これは恐ろしく深刻な内容なので、ただただ笑うしかない。

ラリー・ニーヴン
Larry Niven

リングワールド

［1970 年］
Ringworld

**銀河系の 3 種族から成る隊員たちが、
太古の昔に人工的に作られたある恒星を取り囲む平板な環状の「世界」を探検し、
それが脅威なのか、希望なのか、あるいはその両方なのかを探っていく。**

1 作目の『リングワールド』は 1970 年にバランタイン・ブックスから初版が刊行され、同年にネビュラ賞、1971 年にヒューゴー賞とローカス賞を受賞した。

その後、4 作の続編と 4 作の前編によってリングワールドはひろがり、ニーヴンが作りあげたより広大なノウンスペース（既知宇宙）の一部となっている。その詳細はさまざまな長短編小説で語られている。

ニーヴンの世界観はイアン・M・バンクスなどの作家たちに影響を与え、作品の工学的、物理的な側面は本格的なファンのあいだで白熱した議論の対象となっている。

『リングワールド』は、ラリー・ニーヴンの〈ノウンスペース〉シリーズ前半における最高の山場と位置づけられている。物語は 2 つのレベルで展開し、それが互いにかかわり合う。リングワールドに到達する前に、読者が登場人物の複雑な関係を理解できるよう、この作品以前の物語のいきさつが語られる。登場人物は、同じ場所に落ち着くことのない 200 歳のルイス・ウーと、いざというときに幸運の遺伝子を持つように仕組まれた 20 歳のティーラ・ブラウンの人間ふたりと、異種族と打ち解けた交流を持つせいで、みずからの種族からは臆病者と見なされている戦闘民族のクジン人、そしてパペッティア人である。パペッティア人は三本脚とふたつの頭を持っていて、危険な宇宙人との接触にも逃げだすことなくやりとりできるため、異常なまでに勇敢だとされている。こうした特徴づけが細かすぎると感じられるとしたら、ある意味でそれはニーヴンの狙いどおりである。

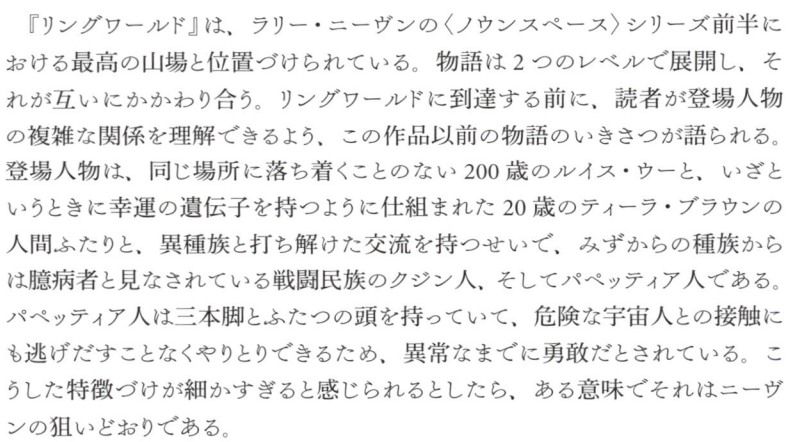

リングワールド自体は、シリーズ全体のなかでこの 3 種族のかかわりのなかで探検が進められて、理解が深まっていくが、物語を動かす出来事が起こるたびに、全長約 6 億マイル、幅 100 万マイルで、内側の表面に居住できる巨大な環状構造物についても読者はくわしく知ることになる。生命体の存在しない外面は不浸透性の材質でほぼできていて、構造体を維持しつつ、小天体や惑星といった物体との衝突を回避するよう設計されている。リングの外側からは、内側の地表の起伏を裏返しにしたものを確認することができる。つまり、海にあたる部分は凸状で、山間部は大きなくぼみとなって暗闇を見つめ返している。大気を封じこめるため、へりにある外壁の高さは 1,000 マイルに達している。リングワールドとその小さな太陽とのあいだには、長方形の巨大な遮光板があり、リングワールドの地表ではその影が回転方向に移ろいながら夜の闇を作り出していく。リングワールドの居住可能な表面は、地球 300 万個ぶんに相当する。

　あまりに巨大な物体をひとつの小説内で事細かに描くことはきわめて困難

リングの壁にある宇宙船基地で宇宙船を調査するルイスとクジン人のハミィー。ポール・マークスによる挿絵。

だろうが、ニーヴンは試みることさえしていない。一行が旅するパペッティア人の宇宙船はまもなく正常に動かなくなって、地表に衝突するので、4人はひとり乗りの屋外探査機で進んでいかざるをえなくなる。ティーラを除く全員が、認識できようとできまいとこの環境が途方もない規模であることにとまどい、恐怖を覚える。地表が湾曲して見える場所はなく、地平線もない。どちらを向いても、景色はめまいがするほど遠くの消失点で途切れるだけだ。上空にはリングのアーチがかかっている。100万年の時間があれば、そこまで歩いていけるだろう。はじめのうちは動物は見あたらないが、近くにある植物については、多少のちがいはあるものの、すぐにそれとわかるほど地球の植物と似た形状をしている。

　一行はヒューマノイド型の生き物を発見し、その文明が壊滅的に崩壊していることを知るが、それはほぼまちがいなく動力システム全体の故障が原因だった（リングを構成する物質以外には天然の資源はない。リングワールドの居住者は回復困難なほどの資源不足に直面している）。物語は、原始的な専制政治の社会をひとつふたつ発見するところで終わる。リングワールドを当初造りあげた建設者はどこにも見あたらず、彼らの築いた技術は途絶えようとしている。リングワールドができた理由は定かではなく、わかるのはかぎりなく多くの人々が暮らす場を消失させてはならないということだけだ。

イタロ・カルヴィーノ
Italo Calvino

見えない都市
［1972 年］
Invisible Cities

商人マルコ・ポーロが、過去に自分が訪れた、
あるいはそう公言する 55 のすばらしい都市の印象を
モンゴル族の皇帝フビライ・ハンに報告していく。

1972 年にエイナウディ社から初版が刊行された。

レオーニアという町は夜ごと新たに造りなおされるため、住民は様変わりした世界で目覚める。これが SF 映画「ダークシティ」（1998 年）にヒントを与えているのは明らかだ。

ある場面でフビライ・ハンは「階段仕立ての都市」を思い描く。これは、ロバート・ジャクソン・ベネットの都市型ファンタジー小説〈神授の街〉シリーズ（2014 年）の第 1 作の題名となった都市名を先どりしている。

『見えない都市』（1972 年）の主人公が、歴史上に実在した旅行家マルコ・ポーロをイタロ・カルヴィーノ（1923 年〜 85 年）がポストモダニズムの立場から解釈しなおした人物だとしたら、題名が示唆するとおり、このヴェネツィアの商人が訪れる街が物語の中核である。第 2 次世界大戦時にイタリアのレジスタンスの闘士だったカルヴィーノは、カトリック信仰を否定し、イタリア共産党の党員となったが、その後は政治への積極的関与を控えるようになった。生粋の都会人であったカルヴィーノは、トリノ、フィレンツェ、ミラノ、パリ、ローマと移り住んだが、「わたしはつねにニューヨーカーだと感じている。ニューヨークはわが街だ」と書いている。

この作品は、『東方見聞録』（1300 年、ジェノヴァ共和国の獄中で、マルコ・ポーロが同じく囚人だったルスティケッロ・ダ・ピサに口述した旅の見聞の記録）をもとにしているが、カルヴィーノの作品は旅行談でも伝記でもない。むしろこれは架空の案内書であり、想像上のマルコ・ポーロが皇宮に滞在中、フビライ・ハンに語った遠くの都市についてのきわめて信憑性の低い話を、そのまま後世の人々のために記録したものである。

マルコの話は 9 つの章に分かれ、都市は 11 の基準に沿ってあいまいに、あるいは皮肉混じりに分類されている。精緻な都市、隠れた都市、連続都市、都市と交易、都市と空、都市と記憶、都市と眼差、都市と記号、都市と欲望、都市と死者という項目がある。

各章は簡潔かつ流麗な文章で綴られているが、少なくとも現代の世界にはこれらの場所は存在しないし、たいがいは存在できないことがすぐ明らかになる。この小説に登場するのが現実ではなく幻想の世界であるか、あるいはカルヴィーノの描くマルコが壮大な話を作りあげる名うての大ぼら吹きであるかのどちらかだ。マルコの作り話だとしたら、皇帝をだます、おだてる、楽しませる、裏切るなどして自分を利するのが目的だろう。

各章のあいだに、マルコ・ポーロとフビライ・ハンの面会のさまを詳述する

場面が挿入されていることは、この作品に別の次元の複雑さを与えている。こうした個所は第三者の視点で書かれているが、それはのちの皇帝の視点であるらしく、その皇帝は「宵に捉えられていく虚脱感」を理解する人物であり、「この世の最大の不思議とまでも思われていたわが帝国が底知れぬ崩壊過程にすぎぬ」というフビライ・ハンの気づきに思いをはせている。

ある面から見れば『見えない都市』は、紀行文、さらに拡大すれば、あらゆる文章に元来具わっている信頼性のなさに対する批判と解釈することもできる。この作品の文字どおり中間地点において、みずから赴くことのめったにないフビライ・ハン自身が、ヴェネツィアに似た運河の都市、杭州を訪れる。マルコは「このような都が存在し得るなどと、一度たりとも想像いたしましたこともございません」と述べる。しばらくして、「どの都市のお話を申し上げるときにも、私は何かしらヴェネツィアのことを申し上げておるのでございます」とも語った。

これは『見えない都市』の核心であり、豊かな想像力によるイメージのほうが、飾らない実情よりも本質的な姿をとらえることもある。カルヴィーノが描いた都市は、ホルヘ・ルイス・ボルヘスの迷宮や図書館と似ている。13世紀の商人がオートバイや高層ビルやレーダーについて伝える。飛行機でトルーデという都市に降り立つ。この都市は世界を覆っている。空港の名前だけが変わる。

『見えない都市』は異性愛を規範とし、男性視点に偏った作品である。女性はほぼ全員が美しく、手に入れにくい欲望の対象として描かれる。ちらりとその姿を現すだけでこの旅人の心のなかに住みつき、駆り立てはするが、結局は出会うことがないか、失意のうちに終わる。都市は、チェチリア、クラリス、エスメラルダ、フィリスなど、女性の名前で呼ばれ、完全に理解したり所有したりできないことを象徴するかのようだ。マルコ・ポーロは着いては出発し、つぎの見えない都市へ向けて果てしなく旅していく。

数千数万の井戸をそなえる都市イザウラは、暗い地底の湖の上に建つ。コリーン・コラーディ・ブラニガンによる挿絵。

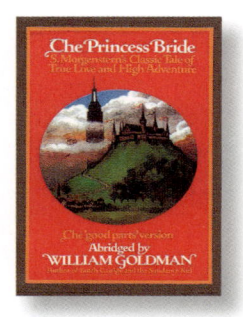

ウィリアム・ゴールドマン
William Goldman

プリンセス・ブライド
[1973 年]
The Princess Bride

ゴールドマンによるこのメタフィクション形式のコメディは、
ある世界のなかの世界を描いていて、そこは剣術、超大型齧歯類（ROUS）、
そして何よりロマンスに満ちている。

1973 年にハーコート・ブレース・ヨヴァノヴィッチ社から初版が刊行された。

ゴールドマンは、1983 年の『静かなるゴンドラの船頭』で S・モーゲンスターンのペンネームにもどった。

ゴールドマンの妻「ヘレン」と息子「ジェイソン」は導入部の重要な登場人物だが、実在しない。25 周年記念版でも登場させている。

『プリンセス・ブライド』の冒険は、ヨーロッパの架空の国フローリンとギルダーをおもな舞台とする。両国は、やがてスウェーデンとドイツになる場所のあいだに位置する。表題のプリンセスのキンポウゲは、ずる賢いフンパーディンク親王と婚約している。キンポウゲの子供のころからの思い人であるウェスリーは、腕の立つならず者たちに助けられて国外からもどり、フンパーディンクの魔の手からキンポウゲを救い出そうとする。そこから物語は二転三転する。

『プリンセス・ブライド』の舞台は歴史上のある時期ということになっているが、そんな時期は存在しないばかりか、あえて存在しえない設定が選ばれている。「ヨーロッパ以前でパリ以降の時代」というのは、ウィリアム・ゴールドマン（1931 年〜 2018 年）による矛盾だらけの説明のひとつにすぎない。作中では、スペイン、トルコ、スコットランドなど、さまざまな場所が気ままに言及されるが、これらの国やそこでの出来事が実際にあったかどうか、かならず細かな点まで説明していて、それが無秩序としか言いようのない歴史観を生み出している。

この作品のなかの世界は、時代錯誤や自己矛盾だらけで、あえて混乱させるように作られている。ゴールドマンは、すべてが歴史的に正確であると述べておきながら、フローリンの歴史を否定するような証拠を探すよう読者を駆り立てる。また『プリンセス・ブライド』には、火の沼、ミラクル・マン（奇跡師）、オオコウモリ、人喰いワシ、吸血イカ、そして不死の ROUS が登場する。城や森や小川のあるフローリン、そして周囲のヨーロッパの国々は、さまざまな奇跡がちりばめられた西洋のおとぎの国の原型だと言える。

内容の無秩序さだけでなく作品全体で見られる仕掛けの奇抜さも際立っている。本編である物語にはゴールドマンによる長い導入部があり、その後もゴールドマンは何度も本編に割りこんでくる。そしてゴールドマンは「S・モーゲンスターン」名義の原作を抜粋し、自分なりの『プリンセス・ブライド』を作りはじめる。このメタフィクション的な設定は、ゴールドマンが物語用にまったく

架空の家族や自身の幼少期を再創造することで成り立っている。これによって
ゴールドマンは、作者自身であるにもかかわらず、この物語の主題について
自分で解説することができるようになり、たとえば子供のころの回想や大人に
なってからの簡単な感想を頻繁にさしはさんでいる。

　ゴールドマンは、ある解説のなかで「世の中は不公平なところだ」と率直に
述べている。このテーマは、作中作で描かれる人々や場所を通して掘りさげ
られる。公平に評すれば、キンポウゲが最も美しく、巨人のフェジックがいち
ばん強い。報いを受けるべき人々は悲惨な目に遭うが、最も顕著なのはウェス
リーが物語の中盤で死ぬことだ。ウェスリーはつぎつぎと異常な困難に直面す
る。必要なのは、巨人に口論で勝ち、魔剣士を打ち負かし、巧妙な策略で
天才を出し抜き、腕のよい猟師から身を隠し、超人的な尋問者に秘密を漏ら
さないことだ。フローリンとギルダーの地形も、同時に主人公たちにとって不
利に働いている。火の沼地のなかを重い足どりで歩いたり、雪砂のなかに落
ちたり、「狂気の断崖」をのぼったりと試練は多岐にわたる。

　『プリンセス・ブライド』の国は実在しないが、ゴールドマンはあってもおかし
くないと考えている。だからこそ空想的で退屈な歴史をあえて創造し、それ
を刺激的な冒険に凝縮することができた。同様に、『プリンセス・ブライド』の
国も意図的に理不尽なものとして作られている。わたしたちが求めるロマンス
や冒険を生み出すには、非現実性に打ち勝つことが必要だ。このこみ入った
奇抜な仕組みこそが魅力的な物語を生み出している。

映画「プリンセス・ブライド・ストー
リー」(1987年)で、ウォーレス・ショー
ンとロビン・ライトが悪党ビジニとプ
リンセス・キンポウゲの役を演じたこ
とは、いまも忘れがたい。

サミュエル・R・ディレイニー
Samuel R. Delany

ダールグレン
［1975 年］
Dhalgren

驚きのベストセラーとなった『ダールグレン』は、
時の外側にある終末の都市ベローナを描く。
ベローナとは何か？　それは読者ひとりひとりが決めなくてはならない。

1975 年にアメリカのバンタム・ブックスから初版が刊行された。

初版刊行後の 1 年間で『ダールグレン』は 7 刷まで増刷され、50 万部近くが売れた。

『ダールグレン』を出版した理由を尋ねられ、編集者のフレデリック・ポールは「『O 嬢の物語』以来はじめて、セックスについてわたしの知らないことが書かれていたからだ」と答えた。

ベローナはローマ神話に登場する戦争の女神の名前で、軍神マルスの妻もしくは姉妹と言われることもある。

サミュエル・R・ディレイニー（1942 年〜）の『ダールグレン』は、ひとつの文章の末尾のみぶつ切りにした形ではじまる——「，秋の都市を傷つけるためだ (to wound the autumnal city)」。謎のノートに残された 1 行として、この表現は繰り返し現れては読者を悩ませ、また楽しませてくれる。この文の前にあたる部分が、この小説の最後の 1 文「ここで待ちながら、恐ろしい武器から離れ、霧と光の回廊から、ホランド湖を越えて丘にはいり、ぼくがやってきたのは、(I have come to)」だ。最後の章の途中では、途切れのないこの一文の微妙な形に行きあたる。「ぼくがやってきたのは、，秋の都市を傷つけるためだ (I have come to to wound the autumnal city)——疑問の裏側は、もしぼくが聞いたとしたら、複雑なメタファーだ」。重複する to は、つなげて読むべきなのか、飛ばして読むべきなのか。ふたつの to は同じものなのか。つなげるのか、つなげないのか。さあ、あなたならどうする？

すでに数々の SF の賞を受賞していたディレイニーは、1969 年 1 月から 1973 年 9 月にかけて、さまざまな都市に滞在しながら『ダールグレン』を執筆した。『ダールグレン』は長大かつ奇妙で、しかも性的に露骨だった。1975 年の出版当時、「ロサンゼルス・タイムズ」紙の批評家ハーラン・エリスンが「無意味にだらだらと書かれたものをまとめただけのひどい代物」と酷評する一方で、SF 作家のシオドア・スタージョンは「ギャラクシー」誌で「SF の分野から現れた最高の作品」と宣言して、ディレイニーをホメロスやシェイクスピアやナボコフになぞらえた。その結果、『ダールグレン』はディレイニーの最も売れた作品となり、ベローナの街に魅せられた冒険心のある読者に愛されてきた。

ベローナはことばによって作られた都市であるが、そのことばがかならずしも何かを指しているわけではない。ベローナは場所であると同時に、ひとつの思想でもある。主人公のキッド（ほんとうの名前ではない）は自分の目的を訊かれて、「ベローナへ行ってみたい、それに——」と答える。その文は完結しない。小説やベローナのなかにあるほかの多くのものと同じように、それは断

220

片にすぎない。キッドはふたたび目的の説明をはじめる。「ぼくの目的はほかのみんなと同じさ。とにかく実生活ではね。正常な意識を保ったまま、つぎの瞬間をうまく切り抜けたいんだ」

ベローナで正常な意識のままでいられる者はいるだろうか？　いると裏づけるものはほとんどない。ベローナは荒れた舗装道路、破壊された建物、灰の山のある場所だ。住民は街と同じように傷だらけで移り気だ。どんな歴史的感覚をもってしても、時代のわからない場所であり、ニュースの見出しになる場所ではない。「この街が実在することを疑う者はほとんどいない。メディアだけでなく、遠近法の原則までもが、情報と知覚を再構築してやり過ごそうとしている」。プリズム、鏡、レンズについてはいたるところで話題にのぼる。ベローナ自体が、時としてまさしくそういったものになる。

ベローナにある灰は、建物の灰だけでなく文章の灰でもある。『ダールグレン』は、書くことやこれまで書かれてきたもの、そして炎のような記述があとに残す痕跡に果てしない興味を向けた小説である。無数の物語や詩や書物の断片が、一時的な滞在者や旅行者、ときには地元民のようなふりをして、ページのなかを通り過ぎていく。

作中では多くのことが起こるが、従来の意味での筋書きはなく、話の盛りあがりや収束や解決もない。ベローナでの生活はただつぎつぎと流れていき、人々はそこで徘徊し、会話し、パーティーを催し、セックスをし、喧嘩をする（おそらく幻覚や白日夢や悪夢を見ているのだろう——しかし現実が確たるよりどころにならないなら、自分が正常でないことをどうやって確認するというのか）。文章も住民もさまよっていく。

ベローナはなぜこのような状態に陥ったのか。これまでの小説なら、中性子爆弾か宇宙からの侵略がその理由だと判明するだろう。だが、これは従来型の小説ではない。ベローナはSFの産物だが、SFらしい原因があるわけではない。もしなんらかの原因、少なくともベローナ全体の破滅的な状況（時代感覚が乱れ、火災と灰の景色がひろがり、住民だけがその存在を確認できる）に原因があるとすれば、それはSFと銘打った小説のなかの都市だからということになる。ベローナは場所というよりむしろ経験だ。登場人物の経験であり、読者の経験でもある。ベローナが与えてくれるものは、そこに何を見いだそうとするかにかかっている。

ベローナは何よりも小説のなかの都市であり、そのことばを知ったすべての人の心に宿る都市である。

ディレイニーからカークパトリック・セールへの礼状。セールとトマス・ピンチョンが自作を「熱烈に支持」してくれたことを感謝している。つづけて「いま取り組んでいる小説をぜひ読んでもらいたい」とセールに頼んでいる。追伸に書かれた「ほとんどの住民が避難した燃える都市で、若い男がさまざまな性的、神話的、超常的な体験をする」という簡潔な説明は、『ダールグレン』のことを指していると考えられる。

ジョルジュ・ペレック
Georges Perec

W あるいは子供の頃の思い出
ドゥブルヴェ
[1975 年]
W or The Memory of Childhood

ペレックの半自伝的小説では、
はっきりしない個人の記憶と、表面上はユートピアだが
スポーツ競技によって統治される空想の島国 W の物語が交錯する。

1975 年にフランスのデノエール出版から初版が刊行された。

ペレックは、ひらめきを生むために作品に制約を課すことを模索した作家グループ「ウリポ」のメンバーだった。著名なメンバーとして、ほかにレーモン・クノー、ハリー・マシューズ、イタロ・カルヴィーノがいる。

ペレックはあらゆる種類のパズルを愛し、クロスワードパズルを多く考案した。代表作『人生　使用法』(1978 年) は、ジグソーパズルの制作に没頭する男に焦点をあてたもので、読者のための隠された遊びが満載だ。

ジョルジュ・ペレック (1936 年〜 82 年) は、同世代の非常にすぐれた作家として、また 20 世紀で屈指の革新的な作家として称賛されている。ペレックの作品では、物語の形式がそのテーマに強く反映する。『W あるいは子供の頃の思い出』では、子供時代についての自伝の章と、スポーツにすべてを捧げる虚構のファシスト社会 W の章を組み合わせ、ふたつの話をゆっくりと融合させるように描いていく。

自伝の部分は、第 2 次世界大戦中にフランスで過ごした著者の子供時代に焦点を合わせる。ペレックの両親はともに戦争中に死去した。母親はアウシュビッツに送られている。だが、ペレックがそのテーマに近づくのは、並行して描かれる虚構の地 W の部分においてだけだ。しかも、その部分でさえガスパール・ヴァンクレールに語らせ、距離を保っている。ヴァンクレールはペレックと同様に孤児だが、これはふたりの語り手のあいだにある多くの共通点のひとつであり、ほかにも同じことばや名前や言いまわしが両方の物語に登場する。ペレックにとってはこの重なり自体が肝要であり、それは題名でも明確に示されている。ドゥブルヴェ (英語でダブル・ヴィ) は「ふたつの V」を意味し、ふたつが部分的に重なり合ってできている。ペレックはフィクションと現実を重ね合わせて、あえて両方の語りにあいまいさを加え、逆にみずからのホロコースト体験と向き合いやすくした。

W は、南アメリカ最南端のティエラ・デル・フエゴに近い「下顎が少しはずれた羊の顔に似た」形をした小さな島にある。W の社会は、オリンピックをモデルとして定期的に開催される一連のスポーツ大会を中心に形作られている。男性選手は村で生活し、村落単位で対戦する。競技の関係者は巨大なスタジアムで生活し、それ以外の者たちは W 政府の行政府でもある「砦」で寝泊まりしている。

W にはスポーツと生活の区別がない——社会全体が「肉体のこの上ない栄光」を褒めたたえる。だが読者はすぐに、こうした立派な理想は組織的な残虐行為の上辺だけを取りつくろったものだと気づく。W の運動選手はつねに

ぼくには子供の頃の
思い出がない……
もう一つの歴史、
大いなる歴史、
大きな斧つきの大文字の
「H」ではじまる歴史が
すでにぼくに代わって
答えてくれていた。
戦争と強制収容所が。

（酒詰治男訳『W あるいは子供の頃の
思い出』より）

栄養失調状態にあり、勝者だけにまともな食事が与えられる。敗者は裸にされて、棒と乗馬笞で攻撃されることになっていて、ときにはたったひとりの観客に親指を下に向けられたことで死刑に処されることもある。

　そうした組織的な辱めや残酷行為のほかにも、Wとナチスの強制収容所には多くの具体的な類似点がある。Wで選手が大会に選ばれるのは、強制収容所の被収容者が働かされるか殺されるかを選別されるのに似ている。収容所のユダヤ人は黄色い星形を身につけることが義務づけられていたが、Wでは初心者たちは三角形のついた上着を着なければならない。本の最後で、砦には「金歯、結婚指輪、眼鏡の山」、「質の悪い石鹸のストック」があったことも明かされる。

　ペレックが想像したWの地には悪夢のような仕打ちが多々あるが、この小説で想像力が最も鮮やかに表れているのは自伝の物語のなかだ。Wが虚構であることは明らかだが、ペレックの子供時代の思い出も大部分はそうである。彼は思い出の多くの点を正確に覚えていないことを隠さず、自分の語る記憶の多くは不正確で、事実がゆがめられていることも率直に認めている。こうした告白や省略は、意図的に歪曲された多くの事実とともに、明言することなく何かを伝えるというこの小説のテーマをそれとなく引き立たせている——たとえば、ペレックは1945年5月は日本が降伏した月と書いているが、これはベルリン陥落の月である。

　『Wあるいは子供の頃の思い出』のなかで最もすばらしい空想は、虚構の島ではなく、はるかに平凡なものだ。ペレックは夕食の片づけをする母親を手伝い、そのあと学校の鞄を取りにいってきちんと宿題をするような子でいたかった。そんなふつうのことが思い出であってほしかったのだ。

子供たちの描いたアドルフ・ヒトラーと鉤十字の絵。ヴェルナー・ビショフによって、1945年にローヌ＝アルプ地方のヴェルコールで撮影された。この地域はナチスに対するレジスタンス活動で有名である。この写真は2013年にモダニスタ社から出版されたスウェーデン語版の『Wあるいは子供の頃の思い出』に使用された。

ゲルド・ミューエン・ブランテンベルグ
Gerd Mjøen Brantenberg

エガリアの娘たち
[1977 年]

Egalia's Daughters: A Satire of the Sexes

**現代のフェミニストによるこの風刺文学の傑作では、
女が権力を持ち、男が虐げられる架空の母権社会が描かれる。**

『エガリアの娘たち』は 1977 年にノルウェーの出版社パックスから初版が刊行された。

ブランテンベルグは 1981 年から 1983 年にかけてノルウェー作家組合の理事をつとめ、1984 年から 1992 年にかけて 4 回の国際フェミニスト・ブックフェアを共同主催した。

ブランテンベルグは性的少数者の権利を求める運動にも精力的で、ノルウェー国際 LGBT（レズビアン、ゲイ、バイセクシャル、トランスジェンダー）協会の草創期の組織「1948 連盟」でも理事をつとめた。

　19 世紀末にフェミニズムがはじめて台頭して以降、非常に多くの作家が女の支配する世界に思いをはせてきた。古くはシャーロット・パーキンズ・ギルマンの『フェミニジア　女だけのユートピア』（1915 年、134 ページ）があり、近年のドリス・レッシングの『割れ目』（2007 年）では、男がはじめて生まれることによって混乱する初期社会が描かれた。こうした物語の舞台は女性だけの社会であり、そこでは家父長制社会に付き物の女性に対する暴力や抑圧のない日常が営まれている。

　ノルウェーの作家ゲルド・ミューエン・ブランテンベルグ（1941 年〜）が描くエガリアは、かなり様相が異なる。『エガリアの娘たち』で描かれる社会は、家母長制であり、性別による偏見があらゆるところにはびこり、自分たちを表すことばにまで徹底されている。男と女があべこべにゆがめられた鏡のようなこの世界では、女が主人であり、男が家事をする。主夫を集めた朝のパーティーがあり、女は権力者の集まる淑女倶楽部で昨今の話題について論じ合う。配偶者として家にこもる主夫たちは、その小さな愛らしい頭を悩ますことなく、顎ひげをねじって形を整えている。

　古くからある性の不平等を叩きのめしたブランテンベルグの手法は、独創的でしばしば滑稽きわまりない。たとえば、ゲイクラブで演奏するマンフレッド・マンならぬウーマンフレッド・ウーマンというグループの曲についての説明や、高名な心理学者シグマ・フロイドの著作についての言及は笑えること請け合いで、「この売女め！」ならぬ「この売男め！」という叫びも然りである。はじめて「ペホ」——礼儀として男性器を所定の位置に保つための道具——を購入するまでの面倒きわまりない描写は、腰紐の長さと筒の太さのバランスのことまで議論されていて、これもまた痛快だ。

　そうした笑える部分があるものの、読者はブランテンベルグの意図の真剣さに疑いを持つことはけっしてない。この作品では、あべこべの世界を通じて、これまでの社会通念に新たな光があてられ、そのことがいかに必要かが繰り返し暗示されている。たとえば、性別間の力の不均衡を正当化する手段とし

少年たちは
かっこ悪くて気持ち悪いと言った……。
しかも小便をするときにかなり不便だった。
まず、ペホを所定の位置で固定している
腰バンドをゆるめなくてはいけない。
そのバンドは
スカートの下に締めているので、
立ったまま長時間
手さぐりをする必要がある……。
また、ペホを外側へ
自由に垂れさげることができるよう、
スカートには
切れこみをひとつ入れる必要もあった。

て、自然の摂理を持ち出す議論には欠陥があるものだが、エガリアでは女が自然の摂理を引き合いに出し、男は義務としてひとりで避妊や子育てや家事を引き受けなければならないと主張する。というのも、子供ができる原因は男にあるし、男は絶えず自分の性にとらわれていて、女より肉体的にたくましく、家事の負担により適しているからだという。それに加えて、身体的イメージに対する残酷な先入観のせいで少年たちが自分のスタイルや外見に執着するようになっていたことや、若い主人公ペトロニウスが虐待を当然と教えこまれていたことからも、人間がどれほどの恐れや弱さを内に秘めているかがわかる。さらに、当たり障りがなさそうに見える習慣や日常的に使うことばでさえも、人間が自由に考えることを阻む障壁になりうるということが繰り返し描かれている。

1970 年代にノルウェーで発売されたペーパーバック版では、毛糸の「ペホ」を表紙に載せている。キャッチコピーには「エガリアという国のおもしろい風刺話。そこでは女が支配し、男は抑圧されている。つまらない仕事に就いた男はペニスホルダーを装着し、女を喜ばせるために頤ひげを伸ばす」とある。

　ブランテンベルグは家父長制を容赦なく批判する一方で、この小説が男という性別に攻撃的になることは避けようとしている。ペトロニウスと「男性主義」の仲間たちは、エガリアにおける不公平さに抗って男を組織化しようとする際、そうした単純な線引きには意味がないことに気づく。「一方の性に牛耳られて支配されている社会で生きていくかぎり、"男の特質"や"女の特質"といった概念を振りかざすことはばかげている。一方の性が別の性に対して権力を持つかぎり、両者は性別間にどのようなちがいがあるのかを——少なくとも精神的なちがいは——けっして見いだすことができないだろう」

　エガリアのほんとうの悪は、女が男に対して権力を持っていることではない（その逆もまた然りである）。権力そのものが悪なのだ。

アンジェラ・カーター
Angela Carter

血染めの部屋 大人のための幻想童話
[1979 年]

The Bloody Chamber and Other Stories

力、主体性、欲望、内なる悪魔を描く先駆けとなったこの短編集は、伝統的なおとぎ話を換骨奪胎したものとして世に現れた。

1979 年にイギリスのゴランツ社から初版が刊行された。

カーターはたびたび、この短編集をおとぎ話の「再構築」と呼んだ。語りなおすのではなく、話に隠された本質を描き出す試みであると説明している。

1984 年に製作されたニール・ジョーダン監督による映画「狼の血族」は、『血染めの部屋』のなかの狼人間の物語数編をもとにしている。カーター自身も脚本の執筆に加わった。

☞ 227 ページ

「虎の花嫁」より。若い女が仮面をつけた謎の男と住むことを強いられ、のちにその男は虎であることが明らかになる。イゴール・カラッシュによる挿絵。

アンジェラ・カーター（1940 年〜 92 年）は、アンジェラ・オリーヴ・ストーカーとしてイギリスの海沿いの町イーストボーンで生まれた。ブリストル大学を卒業してジャーナリストとして働いたあと、1960 年代にフィクションの執筆をはじめた。

ガブリエル・ガルシア＝マルケス、ホルヘ・ルイス・ボルヘス、サルマン・ラシュディらの作品と同じく、カーターの作品は「マジックリアリズム」と形容されることが多い。これはポストモダニズム文学のひとつの表現技法であり、きわめて現実的かつ緻密な設定を奇想天外な架空の出来事と融合させたものだ。

バロック風でありゴシック風でもある『血染めの部屋』の世界が成り立っているのは、作中の女性たちの欲望や力によるところが大きい。女性たちが持つ変化の力によって、カーターが巧みに作りあげた雰囲気がいっそう濃密になるのは、その力の端々に内なる悪魔がひそんでいるからだろう。内なる野獣という設定は強烈で、姿を現すときに静かであろうと、荒々しい咆哮をあげようと、いつも獣たちはすぐさま自分の存在を知らしめようとする。恐ろしいことや信じられないことがいまにも起こりそうな雰囲気のなか、それを待ち受けたり実情を知ったりすることで、戦慄混じりの興奮が掻き立てられる。女性ははじめ性的な対象と見なされているが、たいがいはより強いものへと変わっていき、主体性や力を取りもどしてみずからの欲望を募らせる。

カーターの物語の設定は多岐にわたり、パリの小さな共同住宅、断崖絶壁に建つ大きな城、荒れ果てた田舎の家、森でよく見られる小屋などがあるが、そうした世界のすべてがあらゆるおとぎ話と同様に現実の世界に根ざしている。あらゆるものが少しだけ奥深く、暗く、性的で、あらゆる部屋が薄暗く、官能的で、飾り立てた空間に秘密が隠されている一方で、屋外ではあらゆる自然の要素が極端なまでに描かれる。どの話でもカーターの筆致は一貫してきわめて劇的で印象深いが、けっして強引ではなく、やさしさと愛情のこもった視線が感じられることが多い。

だが、実際に物語の世界を描き出しているのは、カーターの驚くほど豊か

な言語だ。その表現は恐れを知らず大胆で、臆面もなく淫らでなまめかしい。どのページからも、官能的な色や、うなるような音や、舌や尻尾や歯や肌がオーケストラのように立ちあがる。どの感覚も幻かと思わせるほど増幅されていて、どの場面も美しく、目覚めたくない悪夢だ。それぞれの物語自体は、驚きに満ち、重厚さが醸し出され、大胆不敵で勇猛果敢としか言いようがない。

カーターは、女性が異性を愛すること、そして女性がだれよりも先に性の主導権を握ることの重要性を説いている。そうした物語は官能的ではあるが、官能小説（エロチカ）ではない。性的に興奮させることではなく、自分の欲望とは何か、そしてその欲望によって自分がどのように形作られているのかを問いかけることがおもな目的だ。どんなものに欲望をいだくかを理解してはじめて、女性は自分自身を理解できるとカーターは示唆している。あたりまえのことだが、欲望というのはセックスだけではない。

もちろんセックスには暴力と支配の含意があり、『血染めの部屋』の世界にもつねにある。そこでは、危険な欲望によって謎めいた破滅が差し迫るような感覚がつねに引き起こされる。だが、勇猛な心と鋭い知性を持つカーターの女主人公たちが、内なる野獣——欲望によって作り出される狼、虎、ライオン——を受け入れるとき、それはまさに女性という性の勝利である。読者は彼女たちが妻や娘として結婚生活を切り拓く姿や、母親との関係を築くさまを目にする。また、性の目覚めから力を得て、より力強さを具えた存在へと変化し、不可思議な変化や腐敗と荒廃のなかで生き抜き、性差という力学に抗して、抑圧者たちや恋人からの残酷な仕打ちにうまく対処する姿も目にする。

ここに登場する女性たちは、夜を自分のものにし、闇を受け入れて取りこんでいく。それを乗り越えて、世界が自分たちのものだと高らかに宣するために。

228ページ

ギュスターヴ・ドレの「青ひげとその妻」（1862年）。シャルル・ペローのおとぎ話『青ひげ』（1697年）の挿絵として描かれた。表題作の短編「血染めの部屋」のもととなった物語である。

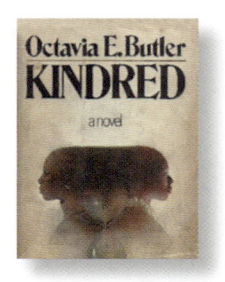

オクテイヴィア・E・バトラー
Octavia E. Butler

キンドレッド　きずなの招喚
［1979 年］

Kindred

20 世紀のロサンゼルスから、
突然 19 世紀のメリーランドへと送りこまれた若き黒人女性作家が、
奴隷制と自分の一族についての過酷な真実を知る。

1979 年にアメリカのダブルデイ社から初版が刊行された。

バトラーは 1995 年に「天才賞」として知られるマッカーサー基金を、SF 作家としてはじめて贈られた。ほかにもペン・センター・ウェスト（国際ペンクラブのアメリカ西海岸支部）の生涯功労賞、ニューヨーク市立大学シティ・カレッジのラングストン・ヒューズ賞を受け、ヒューゴー賞とネビュラ賞をそれぞれ 2 回受賞している。

デイナは逃げようとして捕らえられるが、実在した奴隷のなかにはもっと幸運だった者もいた。ハリエット・タブマン（1820 年ごろ〜1913 年）は 1849 年にフィラデルフィアへ逃亡したが、家族を救うためにふたたびもどった。およそ 300 名の奴隷が「地下鉄道」（奴隷の逃亡を手助けした市民組織、もしくはその逃亡路）を使って、自由のある北へ向かうのを助けた。

オクテイヴィア・E・バトラー（1947 年〜 2006 年）の SF 作家としてのキャリアは 1970 年代にはじまった。当時、そのジャンルは白人男性作家の独擅場で、黒人のアメリカ人女性は彼女だけだった。最初の 3 冊はのちに〈パターニスト〉シリーズとなるもので、テレパシーによる洗脳や、宇宙人や、集団と個人間の権力闘争がおもに描かれている。『キンドレッド』はバトラーの出世作であり、いまでも最も知られた作品である。人種間の関係を力強く描き、SF 小説と奴隷制の歴史的な物語の両方の側面を持っている。

『キンドレッド』には、バトラーのほかの作品と共通するテーマもあるが、超能力や宇宙人は出てこない。登場するのは、社会、歴史、感情といった力に動かされる人間だけだ。タイムトラベルの要素があることから SF に分類されてきたが、それらしい科学的説明すらしていないため、バトラーはこれを SF 小説と呼ぶことには反対で、代わりに「容赦のないファンタジー」と呼んだ。

語り手である主人公のデイナは、26 歳の誕生日に否応なしに最初のタイムトラベルを経験する。購入した家に夫と引っ越してきた初日だった。ついさっきまで 1976 年夏のカリフォルニア州アルタディーナで本の梱包を解いていたのに、つぎの瞬間には川岸の緑あふれる森のなかにいて、男の子が川で溺れているのを見つける。デイナは川に飛びこんでその子を助け、しばらく混乱と危機に直面したあと、もとの時代にもどる。

その晩にもタイムトラベルを体験し、こんどは家のなかにいることに気づく。そこには 4 歳ほど成長した同じ子供がいて、カーテンに火をつける。デイナはまたその子の命を助け、そこが 1815 年のメリーランド州であることを教わる。少年の名前はルーファス・ウェイリン——その名は一族の歴史が書きこまれた家庭用聖書で見たことがあった。ルーファスはデイナの高祖母ヘイガーの父親だった。ルーファスが白人だということをなぜだれも口にしたことがないのだろうか。1880 年のヘイガーの死とともに、その情報も消えたのだろうとデイナは考える。自分とルーファスのあいだに奇妙なつながりがあることは否めな

メリーランド州フレデリック郡にある
ラミタージュ農園の奴隷居住区。

い。ルーファスは自分の命が危険なときにはいつでもデイナを招喚できる力を持ち、それは彼女の存在を保つためでもある。少なくともヘイガーが生まれるまでは、ルーファスを生かすためならデイナはあらゆる手を尽くさなくてはならないと知る。しかし、奴隷の所有が認められた州では、黒人女性の命と自由はつねに脅かされている。どうにかもとの時代に帰っても、乱暴で気まぐれな先祖にいつまた過去に引きもどされてしまうのか、まったく予測できない。

　デイナが思いがけない体験をする世界は架空の土地ではなく、実際の場所と時代を綿密に調査したうえで写実的に再構成したものだ。『キンドレッド』の過去の場面は、1811年から32年にかけてのメリーランド州東海岸部のタルボット郡で展開する。バトラーが深南部ではなくメリーランドを選んだのは、ペンシルヴェニア州との州境を越えれば自由になる可能性があり、現実的に逃げきる見こみのある唯一の州だからだ。登場人物と同じくカリフォルニア出身のバトラーは、調査をおこなって実在する場所としての感触をつかむためにメリーランドを旅した。元奴隷の書いた著作や奴隷の歴史に関する本もたくさん読んだ。

　バトラーの目的は奴隷制という事実を単に遠い過去のこととして傍観するのではなく、読者にとっても登場人物にとっても異質な世界を体験する現代の主人公の目を通して、読者により自分のこととして実感させることだった。現代のわたしたちにとっては奇妙だが、そんな世界が逃れようのない厳然たる場所としてかつて実在していたのである。

ダグラス・アダムス
Douglas Adams

銀河ヒッチハイク・ガイド
［1979 年］
The Hitchhiker's Guide to the Galaxy

アダムスの名作シリーズは、
銀河系の高速道路を建設するために地球を破壊するところからはじまる。
ごくふつうの男にすぎないアーサー・デントは、
自由奔放な異星人フォード・プリーフェクトに助けられ、
時空を超えた愉快で破天荒な旅へと出発する。

1979 年にイギリスのパン・ブックスから初版が刊行された。

アダムスは BBC で「ドクター・フー」の脚本主幹を担当しているとき、『銀河ヒッチハイク・ガイド』の最初の脚本を書いた。

「フォード・プリーフェクト」という名前の滑稽さは、今日ではややわかりづらい。この名前は 1940 年から 60 年代に製造された車の型に由来する。かつてはイギリスの道路をふつうに走っていたが、いまではほとんど見られない。異星人のフォードはその名なら社会になじむと思って選んだ。とてもたくさんあるから、その車が地球の支配的な生命体にちがいないと思ったのだろう。

ケンブリッジ大学の学生時代、ダグラス・アダムス（1952 年〜 2001 年）は大学の有名な演劇クラブ「フットライツ」に参加するようになった。卒業後は、すぐにイギリスのテレビ番組「空飛ぶモンティ・パイソン」と「ドクター・フー」の脚本を書きはじめる。シュールなコメディ「空飛ぶモンティ・パイソン」と SF「ドクター・フー」を合体させるというアイディアは、1970 年代にヨーロッパじゅうをヒッチハイクで安あがりの旅行をしているときに思いついた。

その結果できたのが、とびきり楽しいスペースオペラ『銀河ヒッチハイク・ガイド』だ。まず 1978 年に、BBC（英国放送協会）ラジオ 4 で、各話 30 分のラジオドラマとして深夜に全 6 話が放送された。地味なスタートだったにもかかわらず、番組はすぐに熱心な支持者を獲得した。つづいて 1978 年と 1980 年に、第 2 弾の全 6 話のラジオドラマが作られた。そしてアダムスは小説版の『銀河ヒッチハイク・ガイド』（1979 年）と『宇宙の果てのレストラン』（1980 年）の 2 冊を書いた。1981 年にはテレビドラマ版、1984 年にはコンピューター・ゲーム版、2005 年には映画版が登場した。さらにラジオドラマを 3 シリーズ、小説版のさらなる続編、ほかに舞台版、コミック版も作られ、ファンのあいだに広く浸透することになった。

映画化や舞台化といった展開のしやすさは成功の鍵であっただけでなく、物語そのものにとっても重要な要素である。『銀河ヒッチハイク・ガイド』が広まるにつれ、物語の筋は変化したが、アーサー・デントというごくふつうの人間が場ちがいな経験をするという核心の部分は変わっていない。地球は、銀河系の超空間高速道路を建設するために、ヴォゴン人と呼ばれるおぞましい異星人に破壊されることになる。デント——その時点でもパジャマと部屋用のガウンを着たままだ——がこの大惨事を生き延びる唯一の人間となるのは、親友のフォード・プリーフェクトに助けられるからだ。フォードはベテルギウス星系

の惑星の出身で、この物語の題名そのままのガイドブックで見出し語となっている地球について調べるために滞在していたのだった。

　この華麗なはじまりから――大胆にもこの物語は、まさにこの世の終わりがなければはじまらないのだが――デントとフォードは星間を旅してまわるという一連の冒険へと出発し、さまざまな者に出会うことになる。自己顕示欲が強い双頭のゼイフォード・ビーブルブロックスは一時的に銀河帝国の大統領になったが、現在は飲んだくれのアウトローである。ほかに、非常に知的だが慢性的な鬱病であるロボットのマーヴィン（「被害妄想のアンドロイド、マーヴィン」）や、地球が消滅する半年前に期せずして脱出した人間の女トリリアンなどなどだ。この冒険を通じて、時空を超えていたるところを旅することになるが、徐々に複雑な問題も起こりはじめる。彼らは生物が充満する惑星や不気味な廃墟にしか見えない惑星を訪れる。やがてガイドブックの出版社を訪れることができたが、結局、一行をさらいにきたロボットによって地面から引き剝がされた本社ビルごと宇宙空間を飛んでいくことになる。時間そのものが終わりを迎える未来へ旅したり、穴居人がいる時代へさかのぼったりもする。そして、宇宙の気まぐれな残酷さが、最大規模のもの（全地球と全住民を突然消滅させる）から、最小のもの（デントはイギリス人がいちばん大切にする飲み物、おいしい1杯の紅茶をなかなか見つけられない）まで、実例とともに示される。だが、大惨事はつねに皮肉混じりにおもしろおかしく扱われる。ドタバタとした笑いはほとんどなく、下品でも猥褻でもなく、むしろジョークはきわめて深遠で形而上学的な帰結を見せることが多い。こう聞くと、人を寄せつけないような理屈っぽいユーモア作家によるものと思うかもしれないが、そんなこと

オリジナルであるラジオドラマ版のキャスト（左から、デヴィッド・テイト、アラン・フォード、ジェフリー・マッギヴァーン、［後方にダグラス・アダムス］、マーク・ウィング・デイヴィー、サイモン・ジョーンズ）。

はまったくない。『銀河ヒッチハイク・ガイド』でいちばんおもしろい場面は、登場人物と状況の妙によるものである。

　冒険が進むにつれ、デントとフォードは、実は地球がふつうの惑星ではなく、ある大きな宇宙の謎を解くために設計され、何百万年ものあいだずっとプログラムを実行中の巨大コンピューターであることを知る。この謎とは、「生きる意味」といったものではなく——その答は、はるか以前に「42」であることが判明している——生きる意味を問う、その意味だ。地球は究極の答「42」を導き出す究極の問いを明らかにするよう設計されているのだが、アダムスが思いついた「42」は、よくできた不条理ギャグとしても、形而上学的な意味へ深く踏みこんだものとしても、うまく機能している。

　『銀河ヒッチハイク・ガイド』の笑いはとても愛されているが、作品の魅力は喜劇的な要素だけではない。アダムスの思い描いた世界は、魅惑的で変化に富み、とりわけファンが思い入れをいだく点をないがしろにしない。その世界には、無能な人物や冗談好きの人物はたくさんいるが、真の悪人や冷酷な人物はほとんど出てこない。ひどく不快なヴォゴン人でさえ、詩を作る（その詩はひどい出来で、朗読は一種の拷問だ）。アダムスの想像した宇宙には、どこへ行っても独創的なおもしろい場面がある。型破りなレストランでは、世界の終焉に立ち会うことのできる「時間泡」を作り出している。この「宇宙の果てのレストラン」で食事をする人たちは、この世の究極の終わりを見ながら豪華な食事を楽しめる。ある惑星の住民は、靴がとても高価になったので、できるだけ地面を歩くのを避けようとして鳥類へ進化した。人間が、白ネズミ、イルカについで地球上で3番目に重要な生命体であることが明らかにされる。超空間を利用した最初の旅の前に、フォードは、乗り心地が「酔っぱらったみたいに気分が悪くなるぞ」とデントに警告する。「気分が悪いってどんな感じ？」とデントが訊くと、フォードは「水をくれって感じさ」と答える。

　『銀河ヒッチハイク・ガイド』が最もうまく機能しているのは、ラジオドラマか小説であるのはたしかだ。このふたつの媒体では、アダムスが作りあげた巧みに示唆を含んだ背景と、愛嬌はあるが辛辣な登場人物が少しも常識にとらわれない形で生かされている。それは作品の喜劇的な面に大いに寄与しているが、具体的に解説することはむずかしい。というのも——ご存じのとおり——ジョークは説明した時点で台なしだからだ。それどころか、半分のおもしろさもなくなるだろう。『銀河ヒッチハイク・ガイド』からユーモアの例を抜粋しても、アダムスの世界にあるユーモアの価値がまったく伝わらないのは、そのジョークが書かれている壮大で独創的な文脈にこそ、おもしろさの原因の大部分があるからだ。そのような力は魔法並みの才能で、文学の世界ではあまり見かけない性質であり、SFではさらに稀で、それっぽく装うこともできない。だが、ダグラス・アダムスはその特性を多く併せ持ち、彼の作りあげた世界には存分に注ぎこまれている。

234 ページ

迫りくる2発のミサイルから逃れるため、主人公たちは最後の手段として「無限不可能性ドライブ」を発動させ、ミサイルを——無限に不可能な方法で——ペチュニアの植木鉢とマッコウクジラに変えてしまう。ジョナサン・バートンによる挿絵。

アン・レッキー〈叛逆航路〉3部作の表紙の下絵として、
画家ジョン・ハリスによって描かれたもの　304 ページ

5

1981年から現在

コンピューター時代

冷戦の恐怖がおさまり、科学技術によって宇宙との距離が縮まるにつれて、創作の世界はいっそう精緻をきわめ、1970年代のポストモダン的な遊び心が、サルマン・ラシュディやテリー・プラチェットなどによる幻想的でパロディー性に満ちた作品を生み出した。

スティーヴン・キング
Stephen King

〈ダークタワー〉シリーズ
［1982 年〜 2012 年］
The Dark Tower series

キングの〈ダークタワー〉シリーズでは、
史上有数の規模の空想世界が作り出され、
ファンタジーや SF からホラーや西部劇に至るまで
多岐にわたるジャンルが採り入れられている。

1982 年から 2012 年にかけてドナルド・M・グラント社から出版された。

キングのこのベストセラー・シリーズは、ロバート・ブラウニングの詩「童子ローランド，暗黒の塔に至る」から構想を得た。

シリーズ終結を迎えたかに見えるが，キングは 2014 年 10 月の「ローリング・ストーン」誌で「〈ダークタワー〉に終わりはない」と語っている。

　〈ダークタワー〉シリーズは、スティーヴン・キング（1947 年〜）――だれもが認めるホラー、サスペンス、SF、ファンタジーの巨匠――によって執筆され、1982 年から 2012 年にかけてそれぞれ刊行された 7 つの小説の総称である。伝統的なファンタジーの主題と西部劇の作風が巧みに組み合わされているのが特徴だ。シリーズ 1 作目にして最も有名な作品が『ダークタワーⅠ　ガンスリンガー』（1982 年）である。「中間世界（ミッド・ワールド）」と呼ばれる謎めいた世界が舞台で、妖魔がはびこる砂漠があるなど、奇妙な雰囲気をまとっているが、大部分は古典的な西部劇の形をとった空想物語だ。ガンスリンガー（拳銃使い）であるローランド・デスチェインが主人公で、「黒衣の男」と呼ばれる人物を殺そうとしている。のちに「黒衣の男」はランドル・フラッグであることが明かされる。

　フラッグは、〈ダークタワー〉シリーズだけでなく、実のところ、キングの多くの作品にわたって物語世界の鍵を握る人物だ。『ダークタワーⅠ　ガンスリンガー』自体は単純明快な作品だが、完結するまでの 30 年のうちに物語は徐々に長く複雑になっていき、登場人物の数も増え、作品世界が大きくひろがり、さまざまな生き物や概念が登場し、物語を正しく理解するために覚えておくべき用語を集めた本さえも出版されている。

　「中間世界」は、うわべはわたしたちの世界と似ている。ある町は『ザ・スタンド』の世界を破壊したのと同じウイルス、キャプテン・トリップスによって壊滅し、ある登場人物は『呪われた町』の舞台セイラムズ・ロットから「中間世界」へとたどり着き、シリーズのなかでも重要な場面のひとつは『オズの魔法使い』（1900 年、116 ページ）のエメラルドの都で展開する。奇妙かつ支離滅裂な「中間世界」だが、ほかの文学作品から多くを採り入れていると思われる。マーベル・コミックのドクター・ドゥームをもとにしているとはっきりわかる敵も登場し（カーラの「狼」）、〈ハリー・ポッター〉シリーズ（1997 年〜、272 ページ）のスニッチ――作中ではスニーチ――を投げつけることで撃退される。黒

衣の男は歌手のジョニー・キャッシュであり、シリーズの最大の敵は「深紅の王」（クリムゾン・キング）、すなわち、キングの好きなバンドのひとつであるキング・クリムゾンの代表曲に基づく存在だ。言うまでもなく、シリーズのタイトル自体もトールキンの作品に登場するバラド＝ドゥーアに由来しており、個々の作品のタイトルはT・S・エリオットやルイス・キャロルの影響を受けている。

シリーズの終盤には、登場人物たちが「中間世界」を飛び出して、わたしたちの世界へとやってくる――遊び心満点の巧緻なメタフィクションの形で、キング自身と出会う――ことで、〈ダークタワー〉の世界にはキングに影響を与えたものすべてが詰まっていることが明らかになる。小説、映画、音楽、芸術が数かぎりなく作品に採り入れられ、物語の一端を担っているということだ。〈ダークタワー〉はキングの創造性の脳内地図であるため、従来の作品とかなり似かよっている部分もあれば、似ても似つかない部分もある。

キングのほかの著作にも、同じ影響が見られる。ランドル・フラッグはキングの小説の多くに登場し、しばしば異なった名前で呼ばれているが、同じ人物だ。作家として活動をはじめたころから、キングはこのシリーズの多くの登場人物たちを別の作品で登場させている。キングの小説を読み、それが彼の思い描く全体的な構想とどのように結びついているのか考えることは、一種の楽しみでもある。

マイケル・ウィーランによって描かれた、〈ダークタワー〉シリーズ第7作にして最終作の表紙絵。ついに「暗黒の塔」にたどり着き、ガンスリンガーであるローランドの冒険物語は終わる。

テリー・プラチェット
Terry Pratchett

〈ディスクワールド〉シリーズ
[1983 年〜 2015 年]
The Discworld series

プラチェットの大人気作品〈ディスクワールド〉シリーズの世界は、
見た目も聞こえてくる音も漂うにおいも、わたしたちの世界ときわめて似ている。
異なるのは、世界が巨大な亀の背中に乗せられて宇宙空間を移動していること、
そして、ぱっとしない主人公たち、「死神」、地位を認められた魔女、
自分の脚で歩く「荷物」など、多種多彩なキャラクターが目白押しだということだ。

このシリーズは複数の異なる出版社から刊行されているが、最初の作品『ディスクワールド騒動記 1』はコリン・スマイス社から 1983 年に出版された。

プラチェットは一時期、イギリスで最も万引きの被害を受けている作家だと言われていた。

2015 年 3 月 12 日、テリー・プラチェットが死去したその日に、彼のツイッター・アカウントから「テリーは〈死神〉の腕をとり、彼に連れられてドアを通り抜け、終わりなき夜にひろがる黒い砂漠へと旅立っていきました」、そして「おしまい」というツイートが連続して投稿された。

　1983 年に発表されたテリー・プラチェット（1948 年〜 2015 年）の〈ディスクワールド〉シリーズ第 1 作『ディスクワールド騒動記 1』は、プラチェットの過去の SF 小説『地層』（1981 年）からその設定を引き継いだ。平らで円盤（ディスク）の形をした世界は、当初はラリー・ニーヴンの『リングワールド』（1970 年、214 ページ）のパロディーとして意図されていたが、この構想がプラチェットの心にしっかりとどまり、ヒロイック・ファンタジーをパロディー化するための設定として再度用いられることとなった。やがてその効果と人気の高さが証明され、のちのほとんどすべての作品において舞台が同じ世界に据えられることになった。わたしたちの見慣れた世界をねじ曲げて滑稽に映し出し、深刻な問題に直面しながらも人々を笑わせることを可能にするための舞台装置として、ディスクワールドは重要な意味を持つようになった。プラチェットはナイトの称号を得たのち、2015 年に死去したが、〈ディスクワールド〉と登場人物たちが読者の頭のなかに居座りつづけたおかげで、すでに世界でも有数の人気作家となっていた。

　第 1 作の冒頭で、ディスクワールドは巨大な亀ア＝テューンの上に乗った 4 頭の象の背中に支えられて宇宙空間を移動していることが伝えられる。ここで亀と象が暗示しているのは、この世界は現実と無縁の場所であり、どんなことでも起こりうるということだ。ただし、ディスクワールドでは重要な力とされている魔法については、わたしたちの世界における自然の原理と同じように機能し、同じように理論化されている。

　40 作品以上にわたって、多数のキャラクターが繰り返し登場する。『ディスクワールド騒動記 1』（1983 年）で登場する落ちこぼれの魔術師リンスウインド、『魔道士エスカリナ』（1987 年）のグラニー・ウェザワックスと魔女たち、『死神の館』（1987 年）の「死神」、『警戒！　警戒！』（1989 年）のヴァイムスと市街警察、そしてヤング・アダルト向けに誕生した〈ディスクワールド〉シリーズの外

伝的作品『魔女になりたいティファニーと奇妙な仲間たち』（2003 年）の若い魔女ティファニー・エイキングなどだ。これらの作品はおおむね時系列順になっているため、登場人物たちが成長し、新しい技術が確立されていくさまを、読者はそれぞれの物語を追うごとに目のあたりにする。

　いくつかの場所もシリーズ中に繰り返し登場する。「見えざる大学」、大都会アンク・モルポーク、そして「太鼓」亭、「破れ太鼓」亭、「修理済み太鼓」亭といったさまざまな名で知られる酒場。こうした場所のすべてが、確固として存在するひとつの世界であることを示している。『アンク＝モルポークの街並み』（1993 年）には街の「地図」が掲載されているほどだ。しかし、作品の順序や設定の一貫性から、ディスクワールドはいつも同じ世界を指していると判断するのは早計かもしれない。

　〈ディスクワールド〉シリーズの要はつねに「お決まりの展開を楽しむ」ことにあるとプラチェット自身が言っていて、どの作品も大衆文化のある種の側面をパロディー化することを目指して書かれている。具体的には、映画（『動く絵』、1990 年）やロック・ミュージック（『ソウル・ミュージック』、1994 年）、ジャーナリズム（『真実』、2000 年）、異郷の地に対する姿勢（『最後の大陸』〔1998 年〕でのオーストラリア）、現代生活の特徴（『郵便局騒動記』〔2004 年〕の郵便事業）などだ。物語のなかでは、身近な物事がつねにわかりやすい形で登場することも重要である。たとえば『ジンゴ』（1997 年）の国際政治、『金作り』（2007 年）の経済学、『怪物連隊』（2003 年）の保守主義などだ。そのため、プラチェットはそのときに語りたい物語、パロディー化したい話題に合わせて、舞台の設定に根本的な変更を加えることも辞さなかった。『ジンゴ』では新たな島が登場し、『ピラミッド』（1989 年）では新たな文化が現れる。ディスクワールドの舞台設定はつねに意図を持って流動している。

ジョシュ・カービィ作「ディスクワールド 3」。多くのプラチェット・ファンにとってカーヴィの作品は揺るぎないものであり、そのみごとなイラストはシリーズの各作品で使用された。カービィは 2001 年に死去し、寛大なことに彼の作品は複製が認められている。

☞ 242 ページ〜 243 ページ

ジョシュ・カービィ作「ダンス」（1986 年）。頼りになる仲間で知性を持つ旅行鞄「荷物」と、その上に乗る魔術師リンスウインド、さらに「死神」の養女イザベルと、ディスクワールドの旅行者ツーフラワーが描かれている。

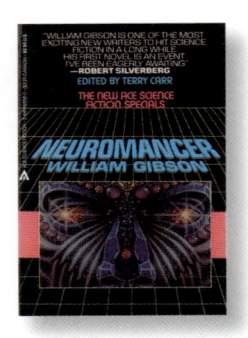

ウィリアム・ギブスン
William Gibson

ニューロマンサー
［1984 年］

Neuromancer

ギブスンの著した先見的なサイバーパンク小説は、
科学技術が蔓延して倫理がまったく失われた世界を予示している。

エース社（アメリカ）とヴィクター・ゴランツ社（イギリス）から 1984 年に初版が刊行された。

『ニューロマンサー』は著者の最初の長編作品だが、ヒューゴー賞、ネビュラ賞、フィリップ・K・ディック賞の3つを受賞した史上初の作品である。

2005 年、「タイム」誌の「最もすぐれた英語小説 100 選」に選出された。

「電脳空間」ということばを世に広めた小説でもあるが、ギブスンはその2年前に発表した短編集『クローム襲撃』のなかで、すでにその造語を使っていた。

1984 年に刊行された『ニューロマンサー』は、味わい深くも荒涼たる記述ではじまる——「港の空の色は、空きチャンネルに合わせた TV の色だった」。心が揺さぶられ、なぜか脳裏に焼きついて離れない、そんな出だしの一文が、この世界の空気——崩壊寸前の都市設備やあふれるほどの科学技術に満たされた、美しくも不穏な雰囲気——を一気に表現する。ギブスンのネオ・ノワールのような張りつめた文体に何もかもが凝縮されている。

ウィリアム・ギブスン（1948 年〜）によるこの独創的なサイバーパンク作品は、構造上はまさに共謀犯罪小説といった趣で物語が展開していく。ヒーローとは名ばかりのケイスは薬漬けの「カウボーイ」、つまりかつてハッカーだった男で、当時の依頼主を相手に盗みを働こうとしたせいで、電脳空間（サイバースペース）へのアクセス能力を奪われた。ケイスは、身体改造が施された「街の侍（サムライ）」のモリイと、どこか不安定なところのある元特殊部隊軍人のアーミテジから、一連の略奪行為に協力してもらいたいと声をかけられる。はじめのうちは、それぞれの窃盗行為——現実世界と仮想空間の垣根を越えておこなわれる——に関連はないように見えるが、物語が進むにつれ、ケイスとモリイはこれらの作戦の最終的な目的に加えて、依頼主の正体を——そして動機も——暴き出していく。

『ニューロマンサー』はケイスが絶望のどん底にいるところからはじまる。場所は千葉市（チバ・シティ）のみすぼらしいバーで、ケイスはこの街でけちな犯罪者としてどうにかやりくりして生きている。輝くネオンと危険な住人たちがひしめき、裏路地と安っぽいバーばかりがある千葉市は、「社会ダーウィン主義の狂った実験に似ている。退屈しきった研究者が計画し、片手の親指で早送りボタンを押しっぱなしにしているようなものだ」。ケイスは生きていくのに懸命で、麻薬や銃、情報や臓器の売買にまでかかわって、そこかしこをせわしなく駆けずりまわる。

「夜の街（ナイト・シティ）」の逃れようのない不気味さは意図的なもので、そこは「故意に無監視にしたテクノロジーそのものの遊び場」として存在してい

る。ケイスは損傷を受けた脳神経を治療してハッカーにもどろうとし、この街へと流れ着く。だが金も信用も失い、もはや犯罪者の生態系では取り替えのきく単なる駒のひとつでしかなくなって、自滅への道をひた走っている。

イラストレーター、ジョシュ・ゴダンの想像する、千葉市のディストピア的な暗黒街。

　ケイスはそんな運命からモリイとアーミテジの手によって救い出され、傷ついた神経系を治してもらって、ハッカーとして復活をとげる。だが、『ニューロマンサー』の世界で代償をともなわないものはなく、いまのケイスは謎の依頼主に借りを作った状態だ。必要なメンバーが集まり、チームとなった一同は、ボストン＝アトランタ・メトロポリタン軸帯（通称スプロール）へと向かう。連結してドームに覆われた北アメリカの大都市群は夜の街よりは健全だが、それでも楽園にはほど遠い。千葉市が社会ダーウィン主義なら、スプロールは乱痴気資本主義だ。すべてを食らいつくす超巨大企業のビル群が街を見おろして高くそびえ立ち、権力を握っているのはだれなのかを、つねに人々に思い起こさせる。千葉市と同じくスプロールもだまし合いばかりだが、ここでは利益はすべて自分のものだ。粋にスーツを着こなすビジネスマンも、超現実主義のストリート・ギャングも、スプロールに住む一般の人々を標的とする。市民のだれもがすぐれた科学技術を利用することができ、その多くはスピード感のある「擬験（シムスティム）」――有名人が体験している感覚をそのまま共有することができる仮想現実――の魅力に取りつかれている。

　スプロールという刺激あふれる超現代の極致をあとにして、ケイスとモリイはイスタンブールへと出発する。千葉市が荒削りな未来の世界で、スプロールが現代の過剰表現だとしたら、イスタンブールは不安定ながらも過去と現在が

共存する場所だ。

　瀟洒な現代——空港からホテルの内装に至るまで——と、崩落寸前にもかかわらず捨てきれない過去——「継ぎはぎ木造住宅の滅茶苦茶な壁」——とが共存するさまはイスタンブールの街じゅうで見られる。ケイスとモリイは、地元秘密警察の汚職にまみれた男と合流し、政局が景色に劣らず安定していないことを実感する。

　一行は加虐趣味を持つ視覚芸術家のピーター・リヴィエラを仲間に加えて、イスタンブールを出発し、『ニューロマンサー』の最も魅惑的な目的地、宇宙ステーション自由界（フリーサイド）へと向かう。自由界は「ラス・ヴェガスでありバビロンの空中庭園」でもあり、きわめて豊かな最上位の特権階級の遊び場だ。テスィエ＝アシュプール一族によって建設、完全所有される自由界は、売春宿、銀行業結合体（ネクサス）、行楽地、自由港、辺境街、そして保養地として機能している。人工の夜空にはトランプ、ダイス、トップ・ハットといった偽物の星座がつねにきらめく。小型遠隔機（ドローン）やその他の目に見えない奉仕者たちがごみを掃除してくれるので、裕福な観光客は心地よく滞在することができる。

　宇宙ステーションは独特な紡錘体（スピンドル）の形をしていて、それによって複雑な（そして完全なる一貫性があるわけでもない）重力効果が発生する。自由界の大半はホテル、カジノ、ナイトクラブ、高級ショッピング施設で占められている。湖や競輪場などの「屋外」の施設も存在する。それらをすべて支えるように、自由界の一方の「終端部」に鎮座しているのが、部外者がいっさい立ち入ることのできない鉄壁の場所、「ヴィラ迷光（ストレイライト）」で、テスィエ＝アシュプール一族の住まいとなっている。ヴィラ迷光には一族の哲学が反映され、精巧なメカニズムによって財政や科学技術や資産が厳格に管理されている。だが、そこには一族の精神異常や衰退も封じこめられているため、自身の創造した世界への誇りもほこりにまみれた過去の遺物となりつつあった。

　『ニューロマンサー』の世界では、非の打ちどころのないホテルから薄汚れた裏通りへと、地下の物理的かつ比喩的な深淵から企業による支配の高みへとケイスが飛びまわる。それぞれの場所で、人間が科学技術や事物のはかなさとどのようにかかわっているのかが浮き彫りにされる。千葉市では、詐欺師たちがその日を生き抜くために、データの切れっ端を掻き集め、盗んだハードディスクを懸命に売りさばいている。スプロールでは、奇妙なほどに似かよった企業群が、流行や製品や有名人までもを使って、急激に加速する狂騒を引き起こす。イスタンブールでは、過去と現在がつねにせめぎ合う。そしてヴィラ迷光は閉ざされた世界であり、そこでテスィエ＝アシュプール一族は生きながらえるためにふたたび科学技術を用いている——若さを保つための極低温保存設備と、経済力を維持するための人工知能（AI）だ。どれも同じく、抗しがたい時間の流れに対するむなしい戦いだ。

The Computer Age

しかし、マトリックスにおいては時間というものは存在しない——ケイスが電脳空間に復帰したがった理由のひとつだ。この作品での「マトリックス」の定義はあいまいで、視覚的な特徴よりも、しばしばその規模に重点を置いて描写がなされる。ギブスンは自身の構想する電脳空間を「日々何十億という人間が経験している共同幻想……人間のコンピューター・システムの全バンクから引き出したデータの視覚的再現」であると表現している。一度ケイスが没入（ジャック・イン）——電脳空間への意識の転送——をすると、物質世界はそのまま置き去りにされる。痛み、つらさ、そして時間の経過や罪悪感や心の欲求といった抽象的な感覚は、ケイスが電脳空間に没入するときにすべて振り落とされる。作中では、VR装置を用いて多くの時間を費やす「転換（フリップフロップ）」の仕組みが紹介され、そのなかでケイスは、電脳空間の抽象的なひろがりと丈夫な肉体を持つモリイの感覚中枢とのあいだを行ったり来たりする。急に知覚が変化するたびに、読者はケイスの感覚——何もかもをゆったりと見つめていればいい世界から、肉の痛みをともなう現実への転換——の一片を体感することになる。

　テスィエ＝アシュプール家のAI、冬寂（ウィンターミュート）とのやりとりのさなかに、ケイスは現実と見分けのつかない領域へと転送される。夢のなかにいるようで、それでいて何もかもが完璧な細やかさをもって感じとれるが、すべてはAIが調節して与えている刺激でしかない。唯一欠けているのが想像力であり、冬寂は電脳空間に接続している人間の感覚中枢からイメージを取り出すことはできるが、新たなものを創造することはできない。このふたりだけの電脳空間で、ケイスは記憶のなかの場所や、モロッコにある理想の浜辺をさまよい歩く。冬寂の生み出した電脳空間の芸術的なまでに高い再現度は、科学技術の無限の可能性や、果てしなくその存在がつづいていく未来を暗示している。

　作品の終盤に、マトリックスはさらにもうふたつの面を見せる。第一に、ケイスの思い描く穏やかな幻影——冬寂が生み出した浜辺——は、知覚能力のある住人たちのいるひとつの世界として独自の道を歩きだしたかのように見える。これらは記憶の断片なのか、それとも新たな知的存在が現れて、まだ明らかにされていないだけなのか。また、同じようなAIがほかにもどこかに存在すること、そしてそのどこかはケンタウルス系であることを冬寂がほのめかしたが、それについても明らかになっていない。データ転送、そしてテレビゲームや軍事ソフトウェアの産物である電脳空間は、人類の手が届かないところにまでひろがりを見せている——それも、さまざまな形で。

マーガレット・アトウッド
Margaret Atwood

侍女の物語
［1985 年］

The Handmaid's Tale

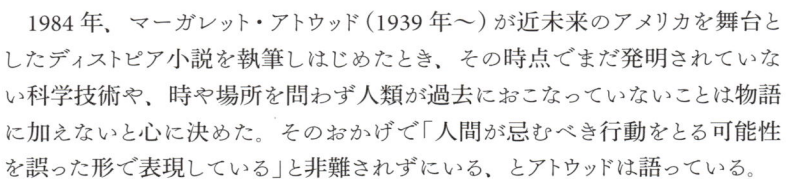

「神は国家の財産である」と語る、
このフェミニズムを土台とした強烈なディストピア小説は、
抑圧的なアメリカの宗教独裁国家を描いている。

1985 年、イギリスでマクレランド＆スチュワート社から初版が刊行された。

マーガレット・アトウッドはこの作品をメアリー・ウェブスターとペリー・ミラーに捧げている。アトウッドが自身の先祖だと信じるメアリー・ウェブスターは、ニューイングランドの清教徒の町で魔女として絞首刑に処せられたが、一命を取り留めた。

2015 年にパブリック・ポリシー・ポーリング社（PPP）が共和党を支持するアメリカの有権者を対象におこなった全国調査によると、57 パーセントの人々がキリスト教を国教とすべきであると考え、反対する人々はわずか30 パーセントであることがわかった。国教を定めることは合衆国憲法において明確に禁じられている。

　1984 年、マーガレット・アトウッド（1939 年〜）が近未来のアメリカを舞台としたディストピア小説を執筆しはじめたとき、その時点でまだ発明されていない科学技術や、時や場所を問わず人類が過去におこなっていないことは物語に加えないと心に決めた。そのおかげで「人間が忌むべき行動をとる可能性を誤った形で表現している」と非難されずにいる、とアトウッドは語っている。

　アメリカをギリアデ共和国として知られる宗教独裁国家へと転換させたのは、地球上に神の国を作るべきだという考えに取りつかれた狂信者、宗教の原理主義者たちだった。それと同じことを、17 世紀のニューイングランドで清教徒の入植者たち（アトウッドの先祖も含む）が試みていた。

　物語がはじまる前の出来事として、キリスト教原理主義の過激派が大統領を暗殺して議会を武力攻撃し、その犯人としてイスラム教のテロリストたちが濡れ衣を着せられて、軍隊が非常事態宣言を出す。それによって、憲法の施行が一時的に停止され、新聞は検閲を受け、新たな身分証が発行され、宗教的支配者層が実権を握り、新しい規則が課されるようになる。一夜にして女性たちは、仕事や銀行口座を持つ権利を奪われ、さらには夫の意思に従う以外のことをする権利を失ってしまう。そして、国民全員が「信仰の司令官」たちの支配下に置かれ、教会と政府の区別が撤廃されて、司令官はあらゆる決定に聖書の権威が及ぶと主張するようになる。

　『侍女の物語』の語り手はオブフレッド（Of Fred、「フレッドの」という意味）としか呼ばれることのない若い女性で、フレッドという名の高位の司令官のもとに、法律で定められた出産の道具として配属される。その数年前までは、彼女にも名前や仕事、夫や子供や友人、そして自由があった。しかし、彼女の家族はカナダへ逃げようと試みたが間に合わず、夫は死んだか投獄されたかのどちらかで、娘は子供のいない夫婦に引きとられる。オブフレッドが「コロニー」での強制労働を免れているのは、司令官とその妻のために子供を産む可能性があるからにすぎない。この索漠たる未来予想図をもたらした大きな要素のひと

The Computer Age

侍女は赤、妻たちは青、女中（料理や掃除を担当する）は緑と、身につける服の色ですぐに見分けがつく。アンナ・バルブッソとエレナ・バルブッソによる挿絵。

つは、数々の原因――放射線、環境汚染、未治療の性感染症など――によって出生率が急落し、出産可能な年齢で実際に産める女性が希少であることだ。

聖書の「創世記」に、ラケルとレアというふたりの姉妹と結婚したヤコブという男の物語がある。ヤコブとのあいだに子供ができなかったラケルは、仕え女のビルハを妊娠させてほしいとヤコブに言う。「彼女が子供を産み、わたしがその子を膝の上に迎えれば、彼女によってわたしも子供を持つことができるでしょう」と。こうして、あらゆる科学に恐怖と不信をいだく社会体制、古い書物を恣意的に解釈することであらゆる問題への答を導く傾向のある社会体制では、子供ができないという問題への解決策は、少なくとも上流階級においては、子供のいないすべての司令官の家庭にあてがうための「侍女」を再教育する施設、「ラケルとレアのセンター」を設立することだった。

ギリアデにおいて、社会は厳格な階級制度のもとで運営され、性別によって分割されている。最上級層が司令官で、その下に「目」（秘密警察）、「天使」（兵士）、「保護者」（下位の警察業務を遂行）、その他の男性一般市民がいて、最後に女性全員という序列だ。女性は自身の権利をいっさい持たず、妻あるいは子供を出産する者としてのみ価値があるとされる。未婚の女性のなかには、政府によって別の役割――代理母たりうるとして選ばれた者たちを再教育、監督する「小母」や、料理や掃除などをおこなう「女中（マーサ）」――を割りあてられる者もいる。世界最古の職業である売春によって生き延びている女性もわずかながら存在する――「イゼベルの店」と呼ばれる売春宿が営業を認められ、権力者はほかの者たちの利用を高圧的に禁止している。

3か所の配属先をまわっても妊娠することができなかった侍女は、「不完全女性（アンウーマン）」の烙印を押されて、「コロニー」へと送られる。コロニーは強制労働収容所を婉曲に表現した呼び名で、そこでの生活は過酷で長くは

生きられない。服従するのを拒んだ女性や、権力を持った男性に不要と判断された女性も、不完全女性とされる。

　きびしい階級制度を敷いて異性愛を強制する、この弾圧的な白人主義の独裁国家の犠牲者は女性だけではない。カトリック教会の司祭、クエーカー教徒、医者（妊娠中絶手術を過去におこなったことのある者や避妊薬を処方したことがある者、またはそうであると告発された者）、「性の反逆者」など、国家に敵対する者は定期的に拷問にかけられ、処刑される。〈黒人（ハム）の子孫たち〉と呼ばれるアフリカ系アメリカ人は、ノースダコタ州など「国立自治区」に指定された遠く離れた過疎地域へ移住させられ、ユダヤ人は改宗するか、イスラエルへ移り住むかという選択肢が与えられた。

　侍女としてのオブフレッドの生活は比較的穏やかだが、退屈でたまらない。ほとんどの時間が、待つことに費やされる。司令官が彼女を妊娠させる営みに励まなくてはいけない際は、その儀式も行為自体もできるだけ性的な要素は排除される。オブフレッドは、自身と司令官の妻のどちらがよりつらいのかと考える。オブフレッドの部屋は刑務所の監房に劣らず殺風景で、あたりまえのように思っていたほぼすべてものが贅沢品（ハンドクリーム）あるいは罪（読書）と見なされる。赤い服が侍女である印で、青が妻、緑が女中だ。毎日の散歩には別の侍女が同伴し、互いを監視する。もしふたりのどちらかが逃走したり、何か悪いことをしてしまったりという場合には、もう一方もその責任を負って罰せられる。

　この社会のあらゆる要素が聖書に書かれた神のことばを根拠としているが、聖書を読むことが許されるのは司令官だけであり、言うまでもなく彼らは聖書を都合よく用いている。カール・マルクスの有名な文言は、男と女に期待される関係を織りこんだ内容に改竄され、聖パウロのことばとして、再教育中の侍女たちに繰り返し教えこまれる——「女たちからはそれぞれの能力に応じて、男たちにはそれぞれの欲求に応じて」。

　オブフレッドが仕えている街の名前は一度も明かされないが、ハーヴァード大学の本拠地であるマサチューセッツ州ケンブリッジであることはまちがいない。マーガレット・アトウッドがかつて学んだハーヴァード大学は、圧政の拠点、拘置所、集団処刑場となっている。

　『侍女の物語』を書こうと思ったきっかけのひとつは、独裁国家が機能する仕組みに強く関心をいだいたことだ、とアドウッドは語っている（「1939 年、第2次世界大戦がはじまって3か月後に生まれた人間にとっては、別に珍しいことではなかったのです」）。さらに、以下のようにも語っている。「国家というものは、なんの礎もなくいきなり見るからに過激な支配体制を構築することなどありえません。アメリカの根底にあるのは——これはわたしの考えですが——18 世紀という比較的新しい時代に生まれた、平等や政教分離などの思想を併せ持つ啓蒙主義的な共和制の構造などではなく、17 世紀のニューイングランドで清教徒がおこなった、高圧的で女性への強い偏見に満ちた神権政治です。社会的な混乱という機会さえあれば、そうした体制が復権することになるでしょう」

250 ページ
産婦人科医のもとへに連れていかれたオブフレッドは、妊娠できないのは司令官に生殖能力がないことが原因かもしれないと医者から言われる。男が検査をされることはないので、結局責められるのはオブフレッドだ。解決策として、医者は自分との性行為を提案する。アンナ・バルブッソとエレナ・バルブッソによる挿絵。

イアン・M・バンクス
Iain M. Banks

〈カルチャー〉シリーズ
[1987 年～ 2012 年]

The Culture series

「カルチャー」とは銀河系全体にひろがった文明社会であり、
複数の異なる種（多くは人類）と
AI（「マインド」として知られる人工知能）によって構成され、
物資の不足とは無縁のユートピアである。

〈カルチャー〉シリーズの最初の 4 作品は、イアン・バンクスが『蜂工場』（1984 年）の刊行に漕ぎ着ける前に書き終えられていた。それらは結局、書かれた順ではなく、あとからさかのぼっていく形で、それぞれ異なる出版社から刊行された。

バンクスは、まだ大学にかよっていた 1970 年代初頭に、すでに〈カルチャー〉シリーズの構想を練りはじめていた。悪い男が正義の名のもとに戦う物語を書きたいと考えていて、やがてそれは『武器の使い道』のなかで実現された。

『フレバスを思えば』の舞台は 1300 年ごろ、『表面に見えるもの』は 2900 年ごろであり、シリーズ全体で 1,500 年以上もの年月が経過していることがわかる。

　1987 年から 2012 年のあいだに発表された 10 作品の総称である〈カルチャー〉シリーズは、アメリカの保守的なスペースオペラに対抗するものとしてイアン・M・バンクス（1954 年～ 2013 年）が生み出したものだ。それまでの作品の多くでは、ひとりの男が宇宙を救い、アメリカの資本主義制度に基づいた秩序を取りもどして、海軍艦艇をモデルとした宇宙船を舞台に、海軍と同じ指揮系統を持つ軍国主義的な社会で活躍する。バンクスはそうしたありきたりな展開をことごとくていねいに破壊していく。

　バンクスが描く生き生きとした登場人物たちのなかには、多くの女性も含まれている。また、バンクスは人々が簡単に性を変更することができるように設定し、ほぼ全員がそれを少なくとも一生に一度は経験する。それによって性的快楽が高まり、一方で性差別は撲滅される。「カルチャー」のなかでは、権力と呼べるもののほとんどが、性別のない「マインド」の手中におさめられている。

　ひとりのヒーローが単独で宇宙を救うこともない。個々の存在は、「マインド」でさえ、大きな出来事を支える小さな要素にすぎず、正確にどんな役割を果たしたのかや、それを壮大な計画のなかでどれだけ達成できたのか、あるいはできなかったのかも、まったく把握できない場合も多い。

　秩序は乱されることがないので、回復する必要もない。それどころか、絶えず変化する宇宙の物語なので、そもそも秩序は問題にならない。たとえば、「カルチャー」が戦争状態になったときには（『フレバスを思えば』[1987 年]、『イクセッション』[1996 年]、『風上を見る』[2000 年]）、戦争そのものが恥ずべき失態であると評価され、長年にわたって人々は罪悪感を感じつづける。「カルチャー」は人種差別のない社会であり、人類、非人類、人工知能はみな平等だ。その土台にあるのは共産主義であり、バンクスは「金は貧困の象徴だ。小切手帳は実のところ配給手帳だよ」と語っている。したがって「カルチャー」は、必要とあらばあらゆる力を自由に使え、またどんな需要も満たすことができる技

彼らには
王も法律も金も財産もなかったが……
それでも王族のように悠然と、
なんの不自由もなく暮らしていた。
そうやって人々は
平和な生活を送っていたが、
退屈だった。
楽園で暮らすというのは、
つまりそういうことだ。

術力を持った、もはや不足を感じることのない世界である。そうした理念から、階級制度や法律の存在しない、だれもが自分のしたいことを自由にできる、無政府主義体制が誕生する。『ゲーム・プレイヤー』(1988年)では、犯罪行為に対する唯一の罰則はそれが公になることへの羞恥心であるとはっきり述べられているが、物が欠乏しない社会においては、犯罪に手を染める必要はないに等しい。

　「カルチャー」はユートピアとして描かれているが、それは一面的な真実でしかない。個人の視点から見れば、生活は理想的だ。人々の寿命は延び、制約も経済的な心配もなく、性行為はつねにすばらしいもので、ドラッグ分泌腺によって即座に人工的な恍惚状態に至ることができる。だが、そのような生活も目的がなければ退屈であり、人々は過激なスポーツで命を危険にさらしたり、ほかの種族の問題に首を突っこんだりする。だから、政治的に見れば「カルチャー」には、より帝国主義的でユートピアとはほど遠い側面がある。

　「カルチャー」はバンクスが考える無神論的な人文主義が表出したものであり、ケン・マクラウドが呼ぶところの「全感覚的で功利主義的な快楽主義」を範としている。つまり、より大きな善はかならず、より大きな喜びにつながる。しかし、これもまたそう単純な話ではない。物語はしだいに、「カルチャー」による「昇華」の失敗に着目しはじめる。「昇華」とは新たな次元の存在となることであり、死あるいは昇天と同じ現象を指す。特にシリーズの後半では、「カルチャー」はいつの間にか、宗教的な象徴(神のような異星人、人工的に造られた地獄、本物とされる予言書)をめぐる争いに頻繁に巻きこまれていく。

　激しいアクションや壮大な人工物や痛快なジョークが詰まった急展開のスペースオペラとしての側面がある一方で、〈カルチャー〉シリーズはユートピアや無神論の本質について、読者に重要な問題を提起している。

ベルナルド・アチャーガ
Bernardo Atxaga

オババコアック
[1988 年]

Obabakoak

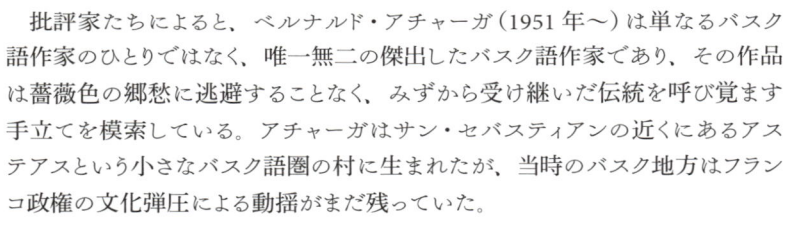

架空のバスク語圏の村を舞台に、語り手の少年時代の話を含めた、
人生についての物語や人々の口から語られる物語が相互に関連し合い、
ひとつの物語集となる。
謎解きや物語作り、文学についての対話、
「大きな」文化圏と「小さな」文化圏のあいだで起こる神話の形成といったことが、
嵐のようにつぎつぎに巻き起こる。

1988 年にエレイン社から初版が刊行された。

バスク語またはエウスカラは、起源が不明の非インド・ヨーロッパ語族の言語で、ヨーロッパでは最古の言語だと言われ、スペイン、フランス、アメリカで話されている。アチャーガはまずバスク語で執筆し、妻の助けを借りてそれらをスペイン語に翻訳している。

『オババコアック』がきっかけでアチャーガはバスク州外でも作家として名が知られるようになり、スペインの国民文学賞を受賞した。

　批評家たちによると、ベルナルド・アチャーガ（1951 年〜）は単なるバスク語作家のひとりではなく、唯一無二の傑出したバスク語作家であり、その作品は薔薇色の郷愁に逃避することなく、みずから受け継いだ伝統を呼び覚ます手立てを模索している。アチャーガはサン・セバスティアンの近くにあるアステアスという小さなバスク語圏の村に生まれたが、当時のバスク地方はフランコ政権の文化弾圧による動揺がまだ残っていた。

　『オババコアック』──「オババ」という架空の村を舞台とし、相互に関連し合う複数の物語をひとつにまとめたもの──のなかでアチャーガは、かつて固定的だったバスクのアイデンティティの枠組みを、柔軟性のある新しいものへと変容させた。そうしてできあがったバスクは、確固たるものでありながらも流動的で、たやすく気づきそうでありながらとらえがたく、暗くも明るくもあり、また作中の旅人の心をそそり、手招きをするような土地となっている。「オババコアック」には「オババの人やもの」と「オババについての物語」という両方の意味があり、第三者の体験を通して村の様子が語られる。それゆえに、若者や空想家にとってオババは「箱庭」あるいはロクス・アモエヌス（心地よき場）であり、作中の文章の書き手を含めた登場人物は社会から疎外されている。

　オババは、たいていの人にとっては小さくてつまらない土地であり、大都市からの手紙が届かないことも多い。だが、アチャーガは力と大きさを結びつけず、すべては同じ次元に存在し、同じ価値を有すると考える。また、まるで夢のなかのように──バスク語の子守歌の冒頭（「よし、よし」という意味の「オバ、オバ」）にちなんだ名を持つ村にふさわしく──オババの境界線は自由に行き来ができ、読者はアマゾンのジャングルのような未知で思いも寄らぬ場所へと絶えず運ばれていく。

さらに、アチャーガは舞台となる場所と物語のあいだに断ち切れぬつながりを持たせている。最初の物語の主人公は、オババでの少年時代を回想する地理学者だ。地理学者兼作家という設定は、物語全体の信憑性を高めるだけでなく、作中のそこかしこに見られる物語の創作過程に注目を集める効果がある。『オババコアック』には、ボルヘス、カフカ、ツェラン、カルヴィーノ、ペレック、スティーヴンスン、ダンテ、アシュラール、セルバンテスといった多数の作家の作品をもとにした物語や改作（作中人物によれば「剽窃」）がずらりと並んでいる。

そして何よりも、『オババコアック』はベルナルド・アチャーガ自身の創作の過程を描いたものだ。オババは、創造力の腐植土となる少年時代の経験や謎を探るためにアチャーガが飛びこむプールである。そのため、アステアスに伝わる豊かな伝統やバスク人の教えを描いた「少年時代」（この作品の第1部）は、著者が上記の作家の影響を受けて創作した一連の物語よりも前に置かれている。アチャーガの創造力に富んだ内面、精神生活を体現したこの作品は、記載文学と口承文学、バスクと非バスク、異なる聴き手たち、そしてそれぞれの美学──前近代、ポストモダン、そして現代──の境を飛び越えて活動する作家の姿を描き出している。

サン・セバスティアンの近くにあるバスク語圏の静かな村アステアス。オババの原型となった。

ニール・ゲイマンほか
Neil Gaiman et al.

サンドマン
［1988 年〜 2015 年］
The Sandman

伝説の英雄を描いた革新的なこのコミック・シリーズでは、
夢の化身である主人公がさまざまな困難や敵に立ち向かうことを余儀なくされ、
一方で避けようのない運命が近づいてくる。

『サンドマン　夢の王 vol.2』第1号（1989 年 DC コミックス）はニール・ゲイマンが原作を書き、サム・キースやマイク・ドリンゲンバーグによって作画された。画像提供：DC コミックス。

〈サンドマン〉では脇役だったキャラクターのスピンオフ作品が、別のシリーズやグラフィック・ノベルの形でいくつも刊行された。ゲイマン自身もデスを主人公とした作品をいくつか書いていて、その後デスはジル・トンプソン作のグラフィック・ノベルにも何度か登場した。

〈サンドマン〉に登場するルシファーは「霧の季節」（第 21 号〜 28 号、1990 年〜 91 年）のなかで地獄を支配する役目を放棄した。その後、マイク・ケアリーによってスピンオフのシリーズが制作されて、2000 年から 2006 年にかけて全 75 号が発行された。

　サンドマンはもともと、DC コミックスのなかでも知名度の低いスーパーヒーローで、ウェスリー・ドッズやヘクター・ホールが悪と戦う際に見せる第 2 の姿だった。1980 年代の終わりに、DC 社はイギリス人作家ニール・ゲイマン（1960 年〜）に対して、より成熟したテーマと物語に基づいた新しいサンドマンを描くよう依頼し、シリーズのほとんどを自社ブランドのヴァーティゴから発行した。ゲイマンは、過去にグラフィック・ノベル制作で手を組んだことのある友人の画家デイヴ・マッキーンと組むことにした。

　〈サンドマン〉シリーズは物語についての物語だが、さらに重要なのは、これは夢が現実になる世界の物語であり、つまり物語と現実とのあいだに区別はないということだ。この世界では、宇宙（地理は忘れていい）は内面に応じて形成される。不動の設定もいくつかは存在するが、早々に明らかになるのは、人々がどのような姿を持ち、どのように行動するかはそれぞれの気まぐれによるということだ。主人公のドリーム（題名となっているサンドマンのことで、モルフェウス、オネイロス、カイックルなど多くの異名を持つ）は「エンドレス」と呼ばれる 7 人兄弟姉妹の 3 番目で、一同は宇宙で万物の命を統べる不変の力を象徴している。体と人格が与えられてはいるが、それがどんなものになるかは、それぞれが象徴する力や領域によって決まる。たとえば、エンドレスの長兄デスティニーはいつも、読めばこれから何が起こるかがわかる本を手に、「岐路の庭園」を歩いている。ドリームより年少のディザイア（男性でもあり女性でもある）はナルシストで、巨大化した自身の姿をかたどった城に住んでいる。一方のドリームは、王国の支配者としての役目を適切にこなし、城、従者、玉座の間さえも所有する唯一のエンドレスだが、それはドリームが統治やふるまいの正しさに執着しつつ、重責と思われるものを果たしているからだ。とはいえ、何人かの兄弟姉妹から指摘されているとおり、ドリームが不変の法則と考えるものは本人がそう決めたにすぎない。ドリームが望めば、夢の世界も——そして世界全体も——様相を変えることができる。

そのうえ、ドリームは——ふだん、髪が黒くぼさぼさに乱れ、肌が青白く、やせ細った若い男の姿をしている——自身を具体化したひとつの姿にすぎない。〈サンドマン〉本編の前日譚として発表された『サンドマン　序章』（2015 年）で、ドリームは異星人、動物、植物、知覚能力のある機械、きわめて奇妙な生命体など、さまざまなものに姿を変える。おそらく、シリーズを通して唯一変わらないのが姉のデスであり、たいていの場合、黒のジーンズとタンクトップといった装いで、明るく親しげな若い女の姿をしている。しかし、これもまた複雑な家族のドラマを描くために必要な設定であり、デスの役どころは、ドリームの自身への過大評価や自己憐憫に風穴をあける実直な姉というところだ。デスがシリーズの最後に穏やかでやさしい一面を見せるシーンは、ゲイマンの作品のなかでも、きわめて印象的で心を揺さぶる場面であるとしばしば評されている。

多くの異名を持つサンドマンの肖像画。2013 年に一時復活した『サンドマン　序章』でゲイマンと組んだ J・H・ウィリアムズ 3 世による。

　もしこれがコミックでないほかの媒体だったとしたら、ここまで激しい変化を見せ、気むずかしい登場人物たちの気まぐれや感情の起伏にさらされる世界を、ゲイマンは描ききることができただろうか。絵の存在こそが、文字だけでは心もとない思いをするであろう読者に確固たる足がかりを与える一方で、ゲイマンは映画やテレビでは認められなかっただろう自由も得ている。〈サンドマン〉シリーズは、主要登場人物を中心に複数回にわたってひとつの物語の筋を追うという手法から、ヒーローが登場するのは 1 回きりかもしれないという単発の物語構成へと切り替えていて、そのなかでのエンドレスの役割はあくまでも脇役となった。また、このシリーズはホラーからハイ・ファンタジー、神話、写実的な物語へと、ジャンルの垣根も越えている。こうした変遷はコミックという媒体だったからこそ実現できたことであり、さらには画法の変化にも反映されている。

　〈サンドマン〉がそれぞれの登場人物によって世界が形作られる（そして自分の運命をみずから決定する）物語だとしても、その力はエンドレスや中心人物たちだけに与えられるのではない。シリーズを通して何度も登場するキャラクターのひとり、ホブ・ガドリングは 14 世紀に生きる平凡なイングランド人だったが、死ぬつもりがないとただ決めただけで 21 世紀、あるいはおそらくそれ以降まで生きつづける。ホブがデスに自分を見逃した理由を尋ねると、それを決定づけたのは結局ホブ自身だとの答が返ってくる。〈サンドマン〉の世界では、サンドマンが生きとし生けるものに見せる夢のなかにいるかのごとく、創造して意味を与えるのも、物語を語るのも、わたしたち自身である。

ニール・スティーヴンスン
Neal Stephenson

スノウ・クラッシュ
［1992 年］
Snow Crash

極限まで分割され、フランチャイズ経営される近未来のカリフォルニアを舞台に、
アフリカ・アメリカ・韓国系ハッカーのヒロ・プロタゴニストと、
スケートボードを乗りまわす 15 歳の「特急便屋（クーリエ）」Y・T が
究極のサイバー犯罪に立ち向かう。

1992 年にバンタム・ブックス社から初版が刊行された。

『スノウ・クラッシュ』は、映画〈マトリックス〉シリーズで描かれた高度に様式化された仮想現実の世界、そして映画「インセプション」に登場する「アイディアはウイルスのようなもの」という、より哲学的な概念に至るまで、あらゆる分野でいまや主流となった世界観に影響を及ぼした。

サンスクリット語のアバターということばをコンピューターあるいはインターネットの世界ではじめて用いたのは、1986 年に公開されたコンピューター・ゲーム「ハビタット」だが、アバターということばを定着させたのが『スノウ・クラッシュ』である。グーグルアースや NASA のワールドウィンドなどのバーチャルな世界地図プログラムは、『スノウ・クラッシュ』のメタヴァース内で稼働しているプログラム「アース」によく似ている。

　舞台となる 1992 年は、ウィリアム・ギブスンの『クローム襲撃』やリドリー・スコットの「ブレードランナー」がサイバーパンクの基礎を築き、ロナルド・レーガン大統領が新自由主義の絶頂への準備を整えたころから 10 年経っている。ニール・スティーヴンスン（1959 年〜）の 3 作目の長編小説『スノウ・クラッシュ』は、そのふたつの文化的潮流を問いただす作品として誕生した。スティーヴンスンは地理学の学士号と物理学の副専攻を認められてボストン大学を卒業し、1984 年に作家としてデビューした。それ以降は、地理を学んだ者ならではの全体論的な視点を持つ壮大で複雑な小説を発表しつづけている。

　作品の舞台は 2010 年代で、小さな政府へ向かう政治的な動きによってアメリカは「連邦府（フェドランド）」体制となり、そこでは忠実なる市民が官僚の役を担って、小さくなったアメリカ国内を懸命に管理している。人々が暮らす土地は厳密にはアメリカではなく、ロサンゼルスのバーブクレイヴ、つまり人が住めるよう開発された小さな都市国家であり、民間保安部隊のメタコップス無限会社（アンリミテッド）によって守られている。そのほか、空港のそばにある倉庫を転用した住居ユニットで暮らす者もいて、主人公で自他ともに認める世界最高の剣士ヒロ・プロタゴニストは、メルトダウンズのメインボーカルをつとめるヴァイタリ・チェルノブイリとそこで同居している。

　ヒロは、自身も開発に携わった 2K ピクセルの解像度を有する 3 次元の仮想現実世界メタヴァースで最もクールな場所、「ブラック・サン」の共同設立者だ。現在はフリーランスとして働き、CIA と国会図書館が合体して生まれた組織、セントラル・インテリジェンス社に情報をアップロードして、それが利用されるごとに支払いを得ている。また、「アンクル・エンゾのコーザノストラ・ピザ」でピザの配達人をしていて、それがきっかけでスケートボーダーの「特急便屋」Y・T、別名ユアーズ・トゥルーリィ（敬具）と相棒になる。Y・T は 15 歳、流行に敏感で、皮肉な物言いを好み、自身の力を世界で試したいと思っている。

スティーヴンスンの世界は崩壊したロサンゼルスとメタヴァースのあいだを行き来する。コンピューターのアバターが活動するメタヴァースは、オキュラス社の仮想現実デバイスである「リフト」やグーグルアースを思い出させ、〈マトリックス〉シリーズの物理法則を無視した戦闘シーンを予感させる描写もある。物語後半で、舞台はアメリカ海軍の航空母艦を拠点として海を漂流する巨大な難民キャンプ「ラフト」へと移される。

スティーヴンスンが描いたこの辛辣な世界の中核をなすのは、自由市場のなかで個々人が自由に思考して動く現在の世界と、思考を制御されて機械になるという人間の未来図とのあいだの葛藤である。著者は、文明や組織化された宗教の神経言語学的な起源について、複雑な理論を展開する。つまり、これまでの歴史は理性主義的宗教——それぞれの教義を聖典にまとめているユダヤ教、キリスト教、イスラム教——と、脳の深層構造を物理的に書きなおせる言語ウィルスのような概念との戦いだったと推断している。これらの理論はすべて、漫画のように暴力的なアクションシーンと知的な会話とが渾然となったなかで繰りひろげられ、核兵器を持つ人間がみな独立国家の君主となれる世界にふさわしい設定となっている。

『スノウ・クラッシュ』は、ところどころに登場する現実離れした未来的な発想、長々しい説明、そしてジェームズ・キャメロンの映画のような壮大な展開という大きくいびつな渦に押し流されつつ、最先端の科学と神学上の仮説を組み合わせることで、雪のように冷たく鋼塊がクラッシュするかのように力強くアメリカの現状を問いただしている。サイバーパンクの第一波を乗りこなしたスティーヴンスンの喜劇的名作は、皮肉にも文化の世界でウイルスのように流行したが、物語の力強さは、最近のハリウッドで見られるフランチャイズ映画のような同一化をことごとく拒否している。

グラフィック・アーティストのイーゴル・ソボレフスキーが 3D でデザインした、「コーザノストラ・ピザ」の配達車 2。主人公ヒロ・プロタゴニストはピザを配達する仕事をしている。

ロイス・ローリー
Lois Lowry

ギヴァー　記憶を注ぐ者
［1993 年］
The Giver

ローリーの著したディストピア小説は、「同一化」によってすべての人が
いつどこでどんな行動をとるかを指定されるようになった世界のなかで、
個性、感情、記憶、道徳性とは何かについて探っていく。

1993 年にホートン・ミフリン社から初版が刊行された『ギヴァー　記憶を注ぐ者』は、1990 年代に最も頻繁に発売禁止を求める声があがった本のひとつである。理由は安楽死の描写だった。

ローリーによると、不快な記憶を取り除くことによって平和を得る世界という着想は、世話をしていた年老いた父親の認知機能が衰えるのを目のあたりにするなかで生まれたという。

姉ヘレンが 28 歳の若さで死去したことが、処女作『モリーのアルバム』（1977 年）を執筆するきっかけとなった。

ホロコーストを描いた『ふたりの星』とこの作品で、ローリーはニューベリー賞（それぞれ 1990 年、1994 年）を受賞した。

　おもに若い読者を対象としたロイス・ローリー（1937 年〜）の『ギヴァー　記憶を注ぐ者』は、深刻なテーマを複雑な手法で掘りさげていく。1993 年の刊行以来、この作品をどう受け止めるかは議論の的だった。権力の本質を鋭く突いているとして賞賛を送る者がいる一方で、一部の親たちは学校図書館から撤去するよう繰り返し求めている。ローリー自身はこの作品をディストピア小説だと思ったことはなく、「複雑な世界を子供がただ理解していくさまを描いた物語だ」と記している。

　とはいえ、この小説全体からはっきり見てとれるのは、コミュニティの凝り固まった価値観や文化である。物語は、きたる「12 歳の儀式」で次代の「記憶の器（レシーヴァー）」に任命される 11 歳のジョナスの一人称語りで進み、読者はその時点でのジョナスの常識を通してその世界を見ていくことになる。秩序のしっかり保たれたコミュニティ内のすべての建物には、それらの明確な機能にちなんだ名前——出産センター、住居、学校——がつけられているが、ひとつだけ存在する例外が「老年の家」の裏にある「別館」と呼ばれる小さな建物で、まもなくジョナスはそこで暮らすことになる。多くの才能を持つジョナスは、個性を押し出してはならないこの世界でなんの疑問もいだかず謙虚に生活し、当初は自分を取り巻く風景に根づいていた秩序に強く賛同している。

　ジョナスが目を覚ますきっかけは、全部で 4 つある。まず、理由は明らかにされていないが、ジョナスは物が「変化」するのを目にするようになり、最初は一瞬だったが、やがて見える時間が長くなっていく。のちに、その視覚的な違和感は色であることがわかり、読者はそこではじめて、ジョナスの見えている世界には色が欠如していたことに気づく。第 2 に、ジョナスは自分の意思とは関係なくやや性的な夢を見、それを知った両親は微笑みながら、「高揚」を抑える治療のために、生涯にわたって 1 日 1 錠の薬を飲むという生活をつづけるようジョナスを諭す。3 つ目として、ジョナスは「レシーヴァー」でありいまや「記憶を注ぐ者（ギヴァー）」でもある老人から、その手を通して記憶を

受けとることで、色彩だけでなく、音楽、喜び、天候、痛み、恐れ、苦しみ、喪失感、さらには「丘」についての知識までも手に入れていく。その際に読者ははじめて、コミュニティは灰色で気候が制御されているだけでなく、徹底的に均一化されていることを知る。最後のきっかけは、コミュニティが不適合者に罰を与える「解放」であり、服従しないなどの意図的なものか、能力がないことによる偶発的なものかは関係ない。「ギヴァー」はジョナスに、「養育係」である彼の父がコミュニティの混乱を防ぐために、一卵性双生児の小さいほうを解放する場面の映像を見せる。解放とはつまり、注射を打つことによってもたらされる死だと、ついにジョナスは悟る。ジョナスにとって完璧だった世界の何もかもが、すべて偽りの残酷な世界であるかもしれないということだ。

　たとえ痛みをともなうものであるとしても、「レシーヴァー」が世界に関するすべての記憶を保持しているため、その他の住民たちは記憶する必要がない。コミュニティが経験したことのない事態に直面して、叡智を必要とすることがまれにあり、その場合に「レシーヴァー」は助言を求められる。そうした記憶を持ちつづけながら、「レシーヴァー」はただひとり〈別館〉で暮らしている。記憶の伝達を通して訓練をはじめると、「レシーヴァー」は「ギヴァー」へと変わる。「ギヴァー」となる方法はひとつではない。叡智を使う方法もひとつではない。

　年老いた「ギヴァー」と若い「ギヴァー」は協力して、衝撃的な計画を立てる。ジョナスを丘と気候のある「よそ」へと脱出させ、コミュニティ自身に重みを――ジョナスが消え去ることによってもどる記憶の重みを――背負わせて、索漠とした完全な世界から脱却させることだ。

「ギヴァー」（ジェフ・ブリッジス）と話をしているジョナス（ブレントン・スウェイツ）。フィリップ・ノイス監督によって 2014 年に映画化された。

フィリップ・プルマン
Philip Pullman

〈ライラの冒険〉3部作
[1995 年〜 2000 年]

His Dark Materials

多元宇宙を舞台とするプルマンの 3 部作は、
第 2 のイヴとなる宿命の少女ライラ・ベラクアを主人公とし、
世界を救済するか破滅させるかを選んでいく物語である。

1995 年から 2000 年にかけて、それぞれスカラスティック社単独、あるいはデイヴィッド・フィックリング・ブックス社との共同（『琥珀の望遠鏡』）で初版が刊行された。

プルマンは同じ世界を舞台にした作品をいくつか発表している。『ライラとオックスフォード』（2003 年）、『北の国の物語』（2008 年）、そして『ダストの記録』（2017 年）だ。

性的な内容が示唆されているため、年少の読者には不適切であるとして、『琥珀の望遠鏡』の一部がアメリカ版では削除されている。

〈ライラの冒険〉シリーズの本を図書館や学校から排除しようという試みも何度かあった。アメリカで 2 番目にきびしい苦難を経験した文学作品だと言える。

　フィリップ・プルマン（1946 年〜）による〈ライラの冒険〉3 部作（1 作目は 1995 年に『北極光』として出版され、アメリカでは『黄金の羅針盤』との題がつけられた。2 作目は 1997 年の『神秘の短剣』、3 作目は 2000 年の『琥珀の望遠鏡』である）は、世界じゅうで 1,700 万部以上を売り上げて、40 か国以上の言語に翻訳され、出版業界で大きな注目を集めた。再読に耐えうる内容に加えて、登場人物が多彩で、巧妙かつ複雑なプロットで構成されていることから、多くの人々——子供から大人まで——に愛されているシリーズだ。児童から若年層を対象としているが、さまざまなレベルの読み方ができる作品である。子供にとっては、目にしたことのないような美しい世界がひろがる感動的な冒険物語であり、年長の読者なら、自由意思についての論考や鋭い宗教批判にも気づくだろう。プルマン自身も「わたしの本は神を殺すことをテーマにしている」と語っている。

　物語はオックスフォードで幕をあける。そこは、魔法が存在するとは言いがたい現実世界のオックスフォードとは異なっている——たとえば、この別世界の住人たちは魂が動物の形をとって実体化したダイモン（守護精霊）を連れて歩く——が、あまりにも似ているため、ほぼ理解できる。この、ほぼ理解できる——だいたいはわかるが、知りつくしているとは言えない——という感覚こそが、このシリーズの世界観の特徴である。

　『黄金の羅針盤』は、ライラが禁じられている部屋に忍びこんで姿を隠す場面からはじまる。ライラは「思ったよりも大きい」衣装だんすのなかに隠れる——C・S・ルイスのナルニア国（178 ページ）へと通じる衣装だんすを髣髴させる——が、ライラのはいった衣装だんすは新しい世界への入口ではない。代わりにライラの世界をひろげるのは、彼女自身の好奇心と知りたいという気持ちだ。

　友達のロジャーが行方不明になった当初、ライラは魅惑的なコールター夫人の登場に慰められるが、やがて夫人が友の誘拐に荷担しているかもしれないことを嗅ぎつける。ライラは金でできた羅針盤、真理計の助けを借りて、ロ

ライラと彼女のダイモンであるパンタライモンが、よろいグマのイオレク・バーニソンと出会う。

ジャーを探す旅に出る。そして、北の大地へ向かう途中、自分の住む世界が唯一の世界ではないかもしれないことを知る。このシリーズにおいて、場所と知識は密接に結びついている。ライラの旅する世界で魔女たちが北方で暮らすのは、世界と世界を隔てるベールが薄いので、近くにいると知識が得られるからだ。場所はまた、視点とも結びついている。ある登場人物が「これが新しい世界ですか」と問うと、「そこで生まれたのではない者にとっては、新しい世界ですがね」という答が返ってくる。どこに視点を据えるかによって、物事は見え方が異なる。

『神秘の短剣』(1997年)は現実の世界を舞台としてはじまるが、冒頭でもうひとりの主人公ウィル・パリーが別世界の街チッタカーゼへの入口を発見する。そこでライラと出会い、短剣——それを使えば、空中に別の世界へと通じる窓を切り開くことができる——の守り手となる。けれども、世界の行き来は相応の結果をともなう。別世界への窓をあけるたびに、ダスト——重要な素粒子——が失われるのだ。そこにある教会は、ダストとそれに付随する知識を原罪の物質的証拠と見なし、消滅させたいと願っている。だが、ダストは知識と同様に、なくてはならないものだ。

『琥珀の望遠鏡』(2000年)では、さらに多くの世界を探っていく。死者の国から、象のような生き物ミュレファの住む世界に至るまで、ライラは運命の選択を迫られる。しかし、一度その決断をすれば、世界を結ぶ窓は閉じられ——そして二度と開かれることはない。

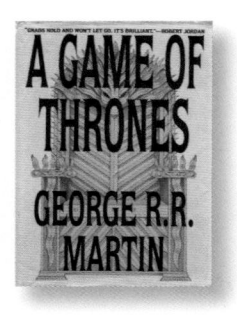

ジョージ・R・R・マーティン
George R. R. Martin

七王国の玉座
［1996 年〜 2000 年］

A Game of Thrones

七王国の世界では，多彩な登場人物たちによる玉座をめぐる争い，
いわば，ただひとつの覇権をめぐる架空の薔薇戦争が繰りひろげられる。

1996 年にバンタム・ブックスから初版が刊行された。

『七王国の玉座』は高い評価を得たものの，発売直後から大ヒットを記録したわけではない。この大作は人々に受け入れられるまでしばらくの期間を要し，サイン会に客がひとりも来ないことも何度かあった。

マーティンが最も強く影響を受けた作家のひとりはジャック・ヴァンスだ。大衆雑誌向けの SF やミステリー，とりわけスペースオペラに注力した作家である。

フェミニストを自称するマーティンは，自身が描いた力強い女性の登場人物たちについて尋ねられたとき，「わたしはいつも女性を女性ではなく，人間として見てきた」と答えている。

「アメリカのトールキン」と称されるジョージ・R・R・マーティン（1948 年〜）は，1996 年に『七王国の玉座』を発表したが，当時の幻想文学界は受難の時期にあり，都市型ファンタジーの作品が持つ軽妙な台詞まわしと大胆さを採り入れようと葛藤していた。『七王国の玉座』は，都市型ファンタジーが持つブラックユーモアや軽妙な会話を最大限に活用し，さらに中世の歴史を色濃く投影した叙事詩のようなスケールやドラマも取りこんで，ふたつの分野を結ぶ作品として誕生した。伝統と現代性との鮮やかな融合が功を奏し，この〈氷と炎の歌〉シリーズは 45 か国以上の言語に翻訳がなされて，テレビドラマシリーズも大ヒットを記録し，出版業界で大きな注目を集めた。

『七王国の玉座』では，北の辺境の地にこもったエダード・スターク公（愛称は「ネッド」）とその家族が物語の中心を担い，政治を忌み嫌う姿勢によって，読者にとって不可欠な存在となっている。作中へと誘いこむかのように，冒頭は邪悪な魔法を思わせる場面からはじまり，読者はその後 600 ページにわたってそれが何であるかと疑問を持ちつづけることになる。「異形」とはなんなのか。スターク家の人々は七王国の政情にどのようにしてかかわっていくのか。そして，多視点で展開される物語の真の中心はどこにあるのか。明確にされないことの多さが，この物語の魅力をいや増している。

第 1 部では，七王国内のそれぞれの地域で物語が紡がれていく。スターク家の本拠地である凍てついた北部とウィンターフェル城，王都キングズランディングの「鉄の玉座」，そしてエッソス大陸の草原地帯である。エッソスでは，由緒正しきターガリエン家最後の末裔のひとりであるデナーリスが，ドスラクの戦士たちに囲まれて大人になっていく。思春期の少女――強大な力を持つ「ドラゴンの母」となる運命にある――を物語の中心に据えることで，この作品は同ジャンルでありがちな若い男性を主人公とする他作品と一線を画している。マーティンは，自身と同様に叙事詩的大作を世に送り出したフェミニストのファンタジー作家，マーセデス・ラッキーやタニア・ハフがかつて独擅場としていた領域で作品を送り出している。

『七王国の玉座』を読むおもしろさは、マーティンが作りあげた土地と視点人物との結びつきにも由来している。ネッド・スタークの脳裏にはつねに氷と雪の世界があり、その息子ブランは空に心を奪われ、デナーリスはエッソスの暑さに鍛えられて成長する。トールキンが『ホビットの冒険』（1937年、188ページ）にルーン文字でヒントが書かれた地図を掲載して以来、地図はこのジャンルではきわめて重要なものである。そして、『七王国の玉座』ほどその重要性が明らかな例はない。というのも、由緒ある名家と敵対する派閥同士、そして先住民族とが、自分たちの土地だと考える領土の支配権をめぐって争う世界だからだ。紋章学とともに、勢力図を記録することも中世の文化では重要なものであり、マーティンはそれに準拠してみずからの複雑な封建社会を描き出している。『七王国の玉座』がめざすのはそのような体制の美化ではなく、その根底にある暴力と腐敗を顕在化させることだ。

この危険に満ちた世界の生き生きとした様相を、読者は文化や地理の上では隔たったいくつもの対立した視点から垣間見ることができる。その壮大な地図を完全に把握することは不可能だ。カナダのファンタジー作家、ガイ・ゲイブリエル・ケイが〈フィオナヴァール・タペストリー〉3部作で同じ手法を用いた

ドラマ「ゲーム・オブ・スローンズ」で、エダード・スターク公（ショーン・ビーン）とその家族が、ウェスタロスの七王国の王であるロバート・バラシオン（マーク・アディ）の前にひざまずいている場面。

☞ 267 ページ

「既知の世界」を表す地図。その範囲は〈氷と炎の歌〉シリーズの作品を追うごとに拡大されている。既知の世界は、3つの大陸(ウェスタロス、エッソス、ソゾリオス)、大きな陸塊(ウルゾス)、および数多くの小さな島々から成る。

が、マーティンはそれをみずからの広漠たる世界に応用している。勢力図によって命運が左右される共同体——「壁」の向こうに住む「野人」など——が、そうした領土征服の動きに抵抗を示すことが多い。マーティンは長さ約500キロ、高さ200メートル以上に及ぶ「壁」に影響を与えたものとして、ハドリアヌスの長城を引き合いに出しているが、ミハイル・ゾントスをはじめとする批評家たちのなかには、開拓時代のアメリカ西部の隠喩だと評する者もいる。物事の見方は、だれの味方となるか、そして周囲の勢力図がだれの思惑に左右されているかによって決まる。ウェスタロス大陸のさまざまな地域では、言語学者・人工言語制作者のデイヴィッド・J・ピーターソンによって緻密に制作された、生きた言語が用いられている。ドスラク語(学ぶための講座も現実に存在する)は、マーティンの思いつきによるわずか数単語から作り出された言語だ。トールキンがエルフ語という不朽の名言語を作り出したことではじまった、こうした人工言語は、さまざまな文化で用いられるようになり、いまやいくつもの言語やその方言まで登場するに至っている。

『七王国の玉座』は隔絶された中世風の世界の物語としてはじまり、そこからスターク家とともに、この世界の広大な地理にふさわしい壮大な舞台へとひろがっていく。いわば、暗い影を背負ったペベンシー兄弟姉妹として、スターク家の子供たちは敵意に満ちた世界に立ち向かっていくが、彼らの経験する危機や不平等は後期封建社会の構造がそのまま反映されたものだ。ここでは、魔法がつねに多くを語られず、神秘のベールの内にとどまっている一方で、経済や名家間の政争がすべてを動かす大きな力となっている。貧困にあえぐ吟遊詩人、人質として差し出される王女たち、ジョン・スノウのように「何も知らない」学匠(メイスター)たち。同じく中世の時代に存在していたはずの華やかで美しいもの——絵画、宝石細工、詩、至高の音楽など——は往々にしてないがしろにされるが、マーティンが悲劇に焦点を絞ったことからわかるとおり、この世界はディズニーが表現する中世ではない。マーティンが描く登場人物は多種多様である。女性の通訳者や障害を負った少年、狡猾な宦官や同性愛者の騎士。過ちを犯し、欲に溺れ、人を裏切り、後悔の念に駆られる彼らの姿が、わたしたちの脳裏に焼きついて離れない。

ドラゴンが出てくるのにすぐれたシリーズだ、と述べる批評家もいるが、読者やファンは、ドラゴンには物語そのものと同じくらい長い歴史があることをじゅうぶん承知している。ファンタジー文学を復興して新しい読者を獲得しようというのではなく、『七王国の玉座』は、アーサー王の物語から「鉄の玉座」にまつわる物語まで、ファンタジーの世界がつねに成しとげてきたことをあらためて証明しているだけだ。

デイヴィッド・フォスター・ウォレス
David Foster Wallace

尽きせぬ道化
［1996 年］

Infinite Jest

デイヴィッド・フォスター・ウォレスの描いた
壮大かつ複雑な近未来の北アメリカでは、大衆娯楽が重要な位置を占め、
依存症、広告の力、テニスを軸とする物語がそこで展開していく。

1996 年にリトル・ブラウン社から初版が刊行された。

タイトルは『ハムレット』からの引用であり、当初の仮題は『しくじったエンターテインメント』だった。

高い評価を得たエッセイ集『楽しいらしいけど、ぜったいにやらないこと』（1997 年）や短編集『おぞましい男たちとの短いインタビュー集』（1999 年）にとどまらず、ウォレスは数多くのノンフィクションやフィクションの作品を新聞や雑誌向けに執筆してきた。

生前最後の作品であり、未完に終わった『青ざめた王』は、2011 年に出版され、2012 年のピューリッツァー賞の最終候補にもなった。

『尽きせぬ道化』の冒頭で、ハロルド・ジェイムズ・インカンデンサ——10 代の優秀なテニス選手で、通称は「ハル」——は、もし日曜日のワッタバーガー南西部ジュニア選抜テニス選手権大会で決勝戦に進出すれば、ヴィーナス・ウィリアムズの前でプレーすることができるかもしれない、と想像をめぐらす。

ここまで、特に驚くべき要素はない。平凡で、ありきたりな小説の一節だ。ヴィーナス・ウィリアムズが登場したとして、何がおかしいのか。そして、主人公が彼女の前でプレーしたいと願うのも当然だろう。ただし、ここで重要なのは、デイヴィッド・フォスター・ウォレス（1962 年〜 2008 年）によるこの驚異的な作品が出版された 1996 年の時点では、ウィリアムズはわずか 15 歳だったということだ。まだ四大大会に初出場すら果たしていない。ウォレスが何気なく名前を出したことは近未来への大胆な予測の一端であり、それによってこの作品は新たな評価をくだされることになった——これは SF 小説である、と。だが、未来を舞台に設定したあらゆる小説と同じように、この作品も年月が経つにつれて徐々にもうひとつの現在として受け止められる定めにある。

よく知られているとおり、作中の出来事が起こっている年を正確に特定するのはむずかしい。念入りに集められたいくつかの情報によると、物語の大部分は 2009 年に起こっている、という説がこれまでの議論のなかでは説得力を持つが、『尽きせぬ道化』の世界ではもはや、年代は数によって定義されるものではない。作中の世界はウォレスいわく「時間のスポンサーになる」時代にあり、その年の名称は毎年権利を買いとった企業が自社の製品にちなんでつける。したがって、作中の年代で言うと、それらは「ダヴの石鹸お試しサイズの年」や「静かで快適メイタグの食洗機の年」となり、中でも印象に残るのは（文字を入力しながらほくそ笑むウォレスの顔が目に浮かぶようだが）「ディペンド大人用おむつの年」だ。

もちろん、『尽きせぬ道化』は SF 作品として広く認知されているわけではない。それよりも、常軌を逸した、始末に負えないほどの長さ——注釈も入れる

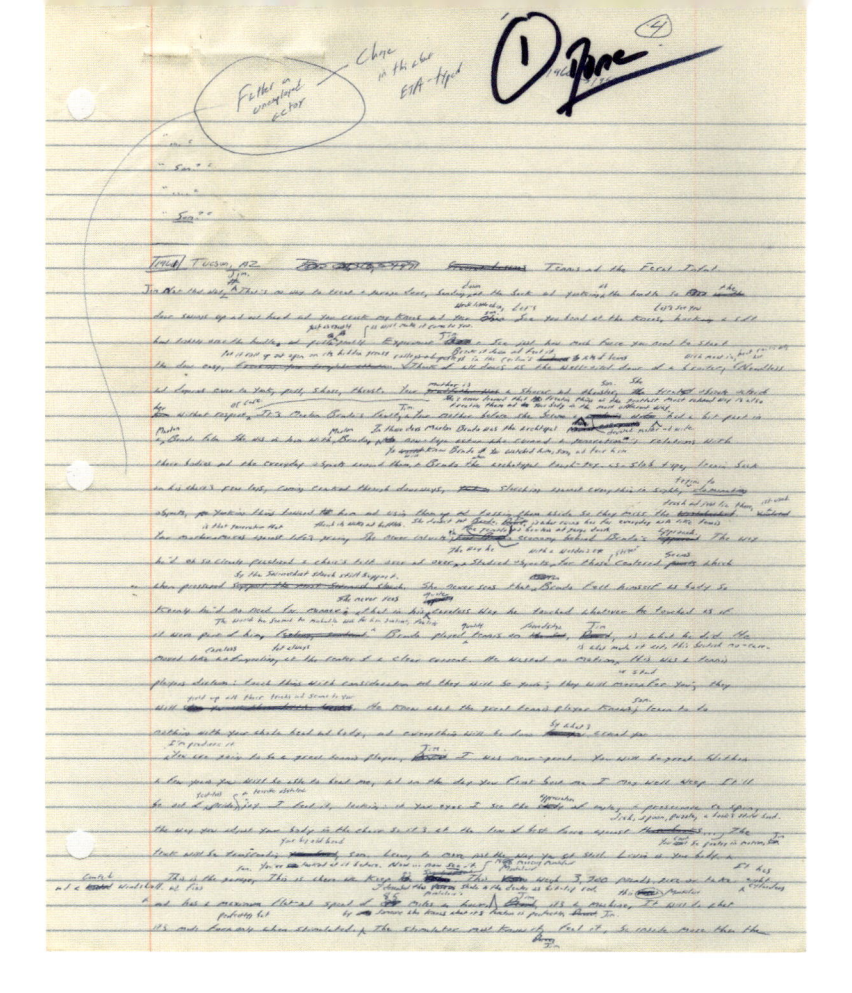

『尽きせぬ道化』の手書き原稿、1ページ目。

と、ペーパーバックで 1,088 ページにもなる――と、気が遠くなるほどの文学的な複雑さのほうが有名で、この 2 点が相まって一種のカルト的な人気を博し、黒の太縁眼鏡をかけた若い男女がカクテルパーティーで講釈を垂れるほどになった。彼らにとっては、聡明なライバルを打ち負かしてひれ伏させるための文学の棍棒というわけだ。ジェイムズ・ジョイスの『ユリシーズ』（1922 年）のごとく、解釈の研究が本格的におこなわれ、数々の学術論文、手引書、解説記事、図表、ウィキペディア記事までもが誕生した。しかし、作中の世界とわたしたちの世界は別物だ。『尽きせぬ道化』は、かつての大衆雑誌時代の痕跡がきれいに洗い流された SF 小説である。トマス・ピンチョンやドン・デリーロに代表される高尚な文学ジャンルで活動していたウォレスが、純文学の世界から垣根を越えて SF の世界に足を踏み入れたのである。

ウォレスは写実主義者ではなかったが、未来を予測することにも興味がなかった。1990 年にもそれ以降にも、オハイオ大砂漠がほんとうに出現するなどとは信じてもいなかった。J・R・R・トールキンやフランク・ハーバートのような

世界の創造主というわけでもなく、みずからの創作した別世界をもっともらしくさせる必要もなかった。それよりも、ウォレスにとってはむしろ溶剤としての機能するのは時間であり、時間こそが現実をより扱いやすいものに変換するための媒介となった。これを用いることで、現実を操作したり誇張したりできて、自分が表現したい物事を表現することができるからだ。ウォレスのSFは一種の風刺であり、未来とは自分がベールを剥がして物事の本質を明らかにできる遊び場である。

『尽きせぬ道化』には、ふたりの主人公が登場する。ひとりは前述したハルで、もうひとりはドン・ゲイトリーで、合成麻薬デメロールからの回復期にあり、強盗稼業から足を洗った現在は、テニス・アカデミーの近くにあるエネット・ハウスというリハビリ施設で働いている。

ハルの父ジェイムズはテニス・アカデミーの創立者であり、生前はJ・D・サリンジャーの『フラニーとズーイ』(1961年) のグラス家を連想させるような奇才の集まる一家の家長だった。通常は単に「あの人」と呼ばれるジェイムズは、熱心なアマチュア映像作家でもあり、作った映画は中毒性があるほど治療できないほど、観た人は無気力になり、何も手につかなくなってやがては治療できないほど重度の緊張病を発症したという――「観終えた人はみな、その映画をもう一度観ることしか考えられなくなり、何度観ても永遠に繰り返される」。あまりにもおもしろくうまく観た人はみな笑い死にする。モンティ・パイソンのスケッチ・コメディといったところだ。物語がはじまる前に、「あの人」は電子レンジに顔を突っこんで自殺をしている。

『尽きせぬ道化』の世界には独自の地政学がある。作中では「人気バラード歌手、ジョニー・ジェントル」と称されるラブスベガスのエンターテイナーだった経歴を持つ大統領の主導のもと、アメリカはメキシコおよびカナダと合併し、北米国家機構 (ONAN) という名の巨大国家を形成している (もう一度、略称を確認してみよう。オナンとは、つまり聖書の登場人物とその恥ずべき自然への罪を示唆している。ウォレスはまたにくそ笑んでいるにちがいない)。ニューイングランドの大部分が切り捨てられ、もはや「でかい穴」と呼ばれる巨大な有毒廃棄物処理場しか残っていない。そこから出る放射能がおびただしい数の野ネズミを生み出し、ネズミたちはその土地のあらゆる植物を食べへらしてしまう。この不安定な状況設定が、作中で一種の連鎖反応を引き起こすことになる。「でかい穴」はケベックとの境界線に沿って掘られており、当然ながら、野ネズミはもちろん、汚染物質や有毒物質がその境界線を越えてひろがっていく。ケベックの分離独立をめざす急進派は、「でかい穴」(急進派はこれを「でかい突起」と呼ぶことを主張している) に加え、さらには ONAN 体制にも反対する姿勢を表明し、自分たちの力を誇示するためなら、テロ行為をも辞さない。彼らが選んだ致死的におもしろい兵器は、インカンデンサによって制作されたあのジェイムズ・インカンデンサ・インカンデンサ・インカンデンサ・それはジェイムズ・インカンデンサによって制作されたおもしろい映画であり、彼らはそれを見つけ出すことに物

語のほとんどの時間を費やす。その映画のタイトルはもちろん、「尽きせぬ道化」である。

　小説『尽きせぬ道化』は、1990年代に優勢を占めていたフィクションの流行のひとつ、文学的マキシマリズムの模範となる作品だ。ほかにドン・デリーロの『アンダーワールド』（1997年）やゼイディー・スミスの『ホワイト・ティース』（2000年）などが例としてあげられる。これらの作品と同様に、ウォレスは多層的で多彩なひとつの世界の全体構造を漏れなくそのまま自分の物語のなかに取りこもうとしている印象を受ける。『アンダーワールド』や『ホワイト・ティース』と同じく、ウォレスが取りこもうとしている世界は、一匹一匹のネズミのような細部に至るまでウォレス自身が作りあげた世界でもある。小説を書くのは途方もない作業だ。ウォレスは語っている——「山ほどある別々の情報を頭の中で一度に処理しなきゃいけないなんて、そんなことできるわけがない。JMって映画、観たことあるかい？　脳に記憶させたい情報の量が多すぎて、男は耳から血を流すんだよ」。世界をありのままに描くだけならば、当然ながらある意味ではウォレスにとって簡単なことだ。もちろん、紛れもなくウォレスはその分野に精通している。彼は小説家であるだけでなく、一流のジャーナリストであり、エッセイストでもあった。しかし、『尽きせぬ道化』を執筆しはじめた当時のウォレスは、写実主義は八方ふさがりも同然で、自分がやろうとしていることの役には立たないと考えていた。読者にとって写実主義はあまりに単純で身近すぎる——感情を揺さぶる技巧としては手ぬるいのだ。ウォレスは人々を安全圏から引きずり出したいと考えていた。そうすることで人はほんとうの感触や生の感情にふれ、ありのままの世界を見ることができるからだ。逆説的だが、そのためにも彼らを現実ではない世界に連れていく必要があった。

　長年にわたって重い鬱病に苦しんでいたウォレスは、2008年にみずから命を断ち、人々がこの世界で生き抜くヒントを得られる別世界の物語を後世に残していった。ウォレスはかつて、あるインタビュアーにこう語っている——「おそらくだけど、いまが暗くてくだらない時代だってことには、ほとんど全員が同意してくれると思う。でも、それがどれほど暗くてくだらないのかってことをそのまま表現するだけのフィクションは、ほんとうに必要なんだろうか。暗黒時代のすぐれた芸術というのは、どんなにその時代が暗くても、そのなかでも消えずに輝いている人間らしさや魅力を見つけ出して、心肺蘇生を施すことのできる芸術のことだと思うんだ」

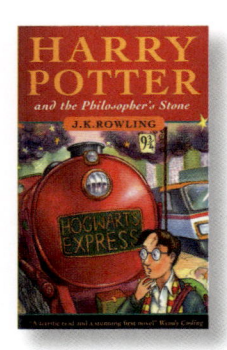

J.K. ローリング
J. K. Rowling

ハリー・ポッターと賢者の石

［1997 年］

Harry Potter and the Philosopher's Stone

厄介者扱いされていた孤児のハリー・ポッターは、
ホグワーツ魔法魔術学校で自分の持つ魔法の力に気づき、
永遠の命をもたらす賢者の石をめぐって、
闇の魔法使いヴォルデモートと対決する。

1997 年にブルームズベリー社から初版が刊行された。

〈ハリー・ポッター〉シリーズには、たくさんのスピンオフ作品がある。ホグワーツで使われている教科書、魔法族の子供たちに広く読まれているおとぎ話（『吟遊詩人ビードルの物語』）、ローリングがインターネット上に書いた短編、舞台劇（「ハリー・ポッターと呪いの子」）などだ。

『賢者の石』にアルバス・ダンブルドアの友人として登場するニコラス・フラメルは、14 世紀に実在した人物で、いまも錬金術師として名高い。住んでいた家はパリ最古の石造りの建物として現在も残されている。

ハリー・ポッターについては、ほとんど説明する必要がないだろう。このシリーズは全世界で累計 5 億部以上を売り上げ、80 以上の言語に訳されている。そして、ハリー・ポッターの世界は書物だけにはとどまらない。大ヒットとなった映画は、シリーズ物として世界歴代 3 位の興行収入を記録し、ハリー・ポッターの名前は大衆文化に広く浸透している。作品の世界観やキャラクターは、テレビゲームやボードゲーム、2 次創作やファンサイトなどで繰り返し扱われ、熱く語られている。J・K・ローリング（1965 年〜）が 1997 年に『ハリー・ポッターと賢者の石』を世に送り出したことで、史上最大級の熱心なファンが数多く誕生した。

この作中世界のいちばんの魅力は、既知のものでありながら未知のものでもあることかもしれない。そこでは、わたしたちのよく知る世界が別のパラレルワールドに作り変えられ、ときにはよく似た、ときにはまったく異なるルールに基づいて動く。ローリングはシリーズ 7 作を通して、ヨーロッパ各地の魔女や魔法使いを登場させている（2 次創作では、舞台は世界じゅうへひろがっている）。しかし、読者が現実とよく似た魔法の世界に夢中になるために、地球規模の設定が必要なわけではない。舞台はイギリスの郊外で、移動はイギリスの列車でおこなわれ、学校にはごくふつうの教室や寮がある。魔法族とマグル（魔力を持たない人間）が交わる——ときどき衝突する——につれ、こうしたなじみ深い場所が新鮮に——ときに奇妙に——感じられ、読者は胸を躍らせる。この物語の世界は「ユートピア」（理想郷）ではないが、昨今の小説などでよく見られる「ディストピア」（暗黒郷）とも異なる。「コントピア」（共生郷）という新たなことばで呼ぶのがふさわしいのではないだろうか。そこはわたしたちの世界と隣り合い、ときに内包されながらも、独自のあり方をうまく保っている。森番のハグリッドがハリーに説明したとおり、魔法使いが自分たちの世界を秘密にするのは、そうしないと「みんなすぐ魔法で物事を解決したがるようにな

る」からだ。

　ハリーは魔法使いの家庭に生まれるが、そこから連れ出されて、マグル界でおば夫婦と暮らすようになる。それはただの引っ越しや心変わりによるものではなく、ある悲惨な出来事があったからだが、ハリーはそれを夢でしか思い出せない。作者は序盤で、その夜をイギリスじゅうの魔法使いが祝ったとほのめかすだけだ。その夜、闇の魔法使いヴォルデモートが1歳のハリーを殺そうとしたが、派手に失敗して姿を消した。ハリーの両親、リリーとジェームズのポッター夫妻はヴォルデモートに殺されたので、「生き残った男の子」はマグル界でかくまわなくてはならない。ハリーはプリベット通りに住むおば、ペチュニア・ダーズリーの一家に託され、11歳になるまでそこでつらい日々を過ごす。ダーズリーの一家はがちがちのマグルで（ひとつには、ペチュニアおばさんがリリーの魔力に嫉妬していたからだ）、そのうえけちで意地が悪かった。

　〈ナルニア国物語〉シリーズと同様に、読者は新しく訪れた者の目を通して魔法使いの世界や暮らしを知っていく。ハリーにはわけがわからないが、大量の手紙がハリー本人に開封させようと執拗に追ってきて、ダーズリー家は無人の小島へ逃げこむ。これらの手紙は、魔法界に用いられる設定のなかで真っ先に登場するものだ。空を飛び、ドアの隙間から押し入り、煙突から降り

（左から）ルパート・グリント、ダニエル・ラドクリフ、エマ・ワトソン。2001年にワーナー・ブラザーズで映画化された作品で、ロン、ハリー、ハーマイオニー役を演じている。

2007年7月、シリーズ7作目にして最終巻の『ハリー・ポッターと死の秘宝』の発売日に、ローリングの移住先エディンバラで、真夜中に長蛇の列をなす人々。列はプリンシズ・ストリートからセント・アンドリュー・スクエアまでつづいた。

注ぎ、受けとり人が移動すれば自在に宛先を変える。生き物のような手紙は魔法界の便利な伝達手段のほんの一例で、ふくろう便のほうが魔法使いにとっては一般的だ。自分のふくろうに口頭で指示を与えるだけで、いつでも、どこへでも、ふくろうが手紙や小包のやりとりをしてくれる。写真や新聞イラストや絵画もまた通信手段として使え、そのなかの人物が動きまわったり、ときには額から抜け出したりして、見ている人に情報を運ぶ。

　マグルと魔法族とでは、科学技術や魔法を使うために必要な知識を習得し、それを活用する能力が根本的にちがう。わたしたちマグルは複雑な機械製品や電子機器などを体外の装置として発達させ、おそらくみずから認める以上に生活を支配されている。もし車のエンジンが異様な音を立てて止まったら、多くの人はダッシュボードでランプが点滅するのを途方に暮れて見守るしかない。コンピューターの画面が突然真っ青になって、何も映さなくなったら、真っ青な顔でパソコンショップへ駆けこむばかりだ。一方、学校で魔法の技を7年間学んだ魔女や魔法使いは、持ち前の知性と才能を用いてある種の力を操れるようになり、マグルと同じことをやってのける。光が必要なとき、マグルは懐中電灯のスイッチを入れるが、魔法使いは「ルーモス！」と唱えて魔法の杖から光を発する。さんざん食べたあと、モリー・ウィーズリーが汚れた食器に杖をひと振りすると、食器は流しでひとりでに洗われていく。魔法界の「みぞの鏡」が見せてくれるのは、かならずしも前に立った人の姿ではなく、ダンブルドア校長がハリーに語ったとおり、「心の一番奥底にある一番強い『のぞみ』」だ。

　魔法使いの潜在能力からは無限の力が得られるように見えるかもしれない

が、ローリングはそのような安易な方法には頼っていない。たとえば、魔法使いは自分たちの世界のすべてを魔法で支配しようとはしない。魔法の力と聞いて頭に浮かぶ疑問のひとつは、富の創造のことだろう。魔法で好きなだけ金を生み出せばいいではないか、というものだ。魔法使いのあいだでも、（金持ちだが傲慢なマルフォイ家と、貧しいが気のよいウィーズリー家のように）富の格差はあるが、たとえ賢者の石があったとしても、無から黄金を作ったりはしない。財産の扱い方にしても、わたしたちの予想とは異なる。ハグリッドに連れられたハリーが魔法界で最初に訪れた場所のひとつは、グリンゴッツ銀行というディケンズの作品に出てきそうな建物で、そこではハグリッドすら怖じ気づく手強い小鬼たちが行員をしている。魔法使いなら、自分の財産を見えなくしたり、魔法をかけたりして、盗まれないようにすればいいだけだと思われるかもしれない。だがハリーが足を踏み入れたのは、どことなくマグルの銀行に似た場所で、思いがけない特徴を持つ。グリンゴッツの建物があるのは、ロンドンの下を走る何百キロにも及ぶ魔法の通路の上であり、そこには小鬼が操縦するトロッコでしかはいれず、特に貴重な金庫はドラゴンが守っている。

その世界での生活は魔法に染まっているが、気楽で単純で悪とは無縁というわけでもない。『ハリー・ポッターと賢者の石』で描かれた世界は、シリーズ全体を通していくつもの疑問を投げかける。人間ではないが大きな力を具えた生き物と、わたしたちはどのように折り合っていけばよいのか。魔法使いは命を生み出せるのか。魔法使いがマグルの命を左右しようとしたらどうなるのか。ローリングはみごとな設定を多く生み出したが、それは物語の筋立てのためだけでなく、いかに自然とかかわり合い、他者に影響を及ぼし、多様でときに危険な世界のなかで協力していくかを模索するためでもあった。

5　コンピューター時代

チャイナ・ミエヴィル

China Miéville

〈バス＝ラグ〉シリーズ

［2000 年〜 04 年］

The Bas-Lag cycle

「ニュー・ウィアード」の流れを汲んだ
チャイナ・ミエヴィルによるこの型破りなシリーズは、
都市ファンタジー、スチームパンク、SF、ホラー、シュールレアリズムを
組み合わせて、驚きと怪奇に満ちた幻視力で読者の心を奪う。

2000 年から 2004 年にかけて、イギリスのマクミラン社から初版が刊行された。

ミエヴィルは若いころ、「ダンジョンズ＆ドラゴンズ」などのロールプレイングゲームの熱心なプレイヤーだった。いまでもそうしたゲームのモンスター図鑑を収集している。

長編、短編小説のほかに、ミエヴィルは DC コミックスのスーパーヒーロー・シリーズ〈ダイヤル H〉の原作も書いた。

　1972 年にイギリスのノリッジで生まれ、ロンドンで育ったチャイナ・ミエヴィルは、思弁小説の世界で大胆かつ影響力のある存在となり、想像力豊かで鮮烈な世界観、学識に裏づけられた政治的視座、喚起力に富んだ文体で有名になった。デビュー作『キング・ラット』はロンドンを舞台にした幻想的なダーク・ファンタジー――ニール・ゲイマンの『ネバーウェア』などに近い作品――だったが、2000 年に『ペルディード・ストリート・ステーション』が刊行されると、ミエヴィルは文学界にセンセーションを巻き起こした。アーサー・C・クラーク賞を受賞したこの作品と、2 つの続編『ザ・スカー』（2002 年）、『アイアン・カウンシル』（2004 年）で構成された〈バス＝ラグ〉3 部作は、「ニュー・ウィアード（新たな暗黒小説）」と呼ばれる文学的潮流に大きな影響を与えている。20 世紀初期のウィアード（不気味）なフィクション――H・P・ラヴクラフトをすぐに連想するジャンルだが、正当に評価されていないウィリアム・ホープ・ホジスン、クラーク・アシュトン・スミス、アルジャーノン・ブラックウッドといった先駆者も含む――と比べると、「ニュー・ウィアード」は『ペルディード・ストリート・ステーション』に登場する犯罪者の首領ミスター・モトリーが「ハイブリッドなゾーン」と呼ぶもののなかにある。そこは現行のジャンルの境目の空間に位置し、往々にして相容れないと見なされる両側の世界のものを自在に取り入れることができる。異世界バス＝ラグは、人工知能や量子力学、魔術や怪物といったものが渾然一体となった、とてつもない潜在性が煮え立つ世界である。

　『ペルディード・ストリート・ステーション』は、ほぼ全編が都市国家ニュー・クロブゾンで展開する。沸き立つ巨大産業都市はヴィクトリア朝のロンドンだけではなく、カイロや、ニューオーリンズのフレンチ・クォーターや、マーヴィン・ピークのゴーメンガースト城（170 ページ）を思わせる。無秩序にひろがるバロック風の都市国家には多くの地区があり、細部まで華麗な筆致で描写されている。犯罪だらけの不気味なスラム街があるボーンタウンは、はるか昔に死んだ巨獣

の肋骨で日陰となっていて、謎めいた研究室がひしめくブロック・マーシュでは、アナグマが科学者とも魔術師とも言える飼い主のために使い走りをしている。

魔法——バス＝ラグでは一般的に「魔術学」と呼ばれる——がニュー・クロブゾンの迷路のような通りを覆うが、それは理解や制御のできない謎めいた力ではなく、明確な独自の法則と論理に基づいた科学として扱われる。

ニュー・クロブゾンを統治するのは、『ペルディード・ストリート・ステーション』ではベンサム・ラドガター総督、『アイアン・カウンシル』では冷酷で計算高いイライザ・ステム＝ファルチャー総督で、そこでは陰謀が渦巻き、日常的に残虐行為があふれている。民主主義とは名ばかりで全体主義の色合いが濃く、強欲な植民地支配の野望を持った都市だ。変装した民兵団が都市を巨大な円形刑務所に変え、大衆のなかにまぎれこんだ私服の武官が上層部の意志を反映するために容赦なく行動する。この帝国主義の大都市から放射状にひろがる鉄道は、バス＝ラグの大陸ロハギの隅々にまで勢力を伸ばしている。こうした強権政治をおこなう太陽の恵み党へのレジスタンス活動は、『ペルディード・ストリート・ステーション』で徐々に盛りあがりを見せ、『アイアン・カウンシル』ではついに、謎めいた犯罪者であり義賊でもあった「お祈りジャック」が平和的な革命を達成するという結末に至り、シリーズのなかで最も政治色の濃い作品となった。

〈バス＝ラグ〉シリーズでは、ほかに２つの都市が重要な役割を果たす。何千ものつながれた船から成る海賊都市アルマダは、『ザ・スカー』のおもな舞台である。アルマダはほぼ無政府状態で、少数独裁による腐敗と全体主義の傾向があるニュー・クロブゾンとは好対照だ。アルマダでは町のさまざまな集団が権力を争い、船団の漂流する方向、航行する海洋、標的とする船を議論で決めている。強制徴集された捕虜とアルマダの住民の共存にはぎこちなさがともなうが、一方で、奴隷や囚人だった者は海上での新しい生活と自由を得ることができる。ニュー・クロブゾンと同じく、アルマダの各地区にもそれぞれに特徴がある。金まわりのよい図書館地区ブックタウン、吸血鬼の領地ドライ・フォール、知識層が住むクロックハウス・スパーなどだ。３作目の題名でもある鉄の評議会（アイアン・カウンシル）は平等主義を掲げた「永久列車」で、そこに住む過激派の鉄道労働者たちは、ロハギ大陸の原野を無鉄砲に突き進んでいく。鉄道都市の長い旅は、悪夢のような突然変異の荒れ地カコトピック・ステインなどの奇妙な地を越えて進み、そのなかで鉄の評議会の中核が形成されていく。

ほかの都市については、説明は多くない。這い進む液体の街テシュは「堀にいるガラスの猫、カトブレパス平原、商人のトロール船、さまよう外交官、嘆きの王子」の場所として知られ、ニュー・クロブゾンの経済的ライバルであり、軍事的には敵国になることもある。死の巨大都市ハイ・クロムレックでは、複雑な階級制度のもとで人間とゾンビが共存し、防腐処理をされて不滅の身となったサナティたちが国を動かしている。ジェングリスは恐ろしい妖怪グリンディローが住む半水生の国であり、四肢養殖場、胆汁工場、想像不能の武器

☞ 278 ページ〜 279 ページ

巨大都市国家ニュー・クロブゾン。犯罪の多いボーン・タウンのスラム街から研究所のあるブロック・マーシュまで、不規則にひろがるそれぞれの地区を、ミエヴィルは事細かに活写する。イラストレーターのリー・モイヤーによる地図。

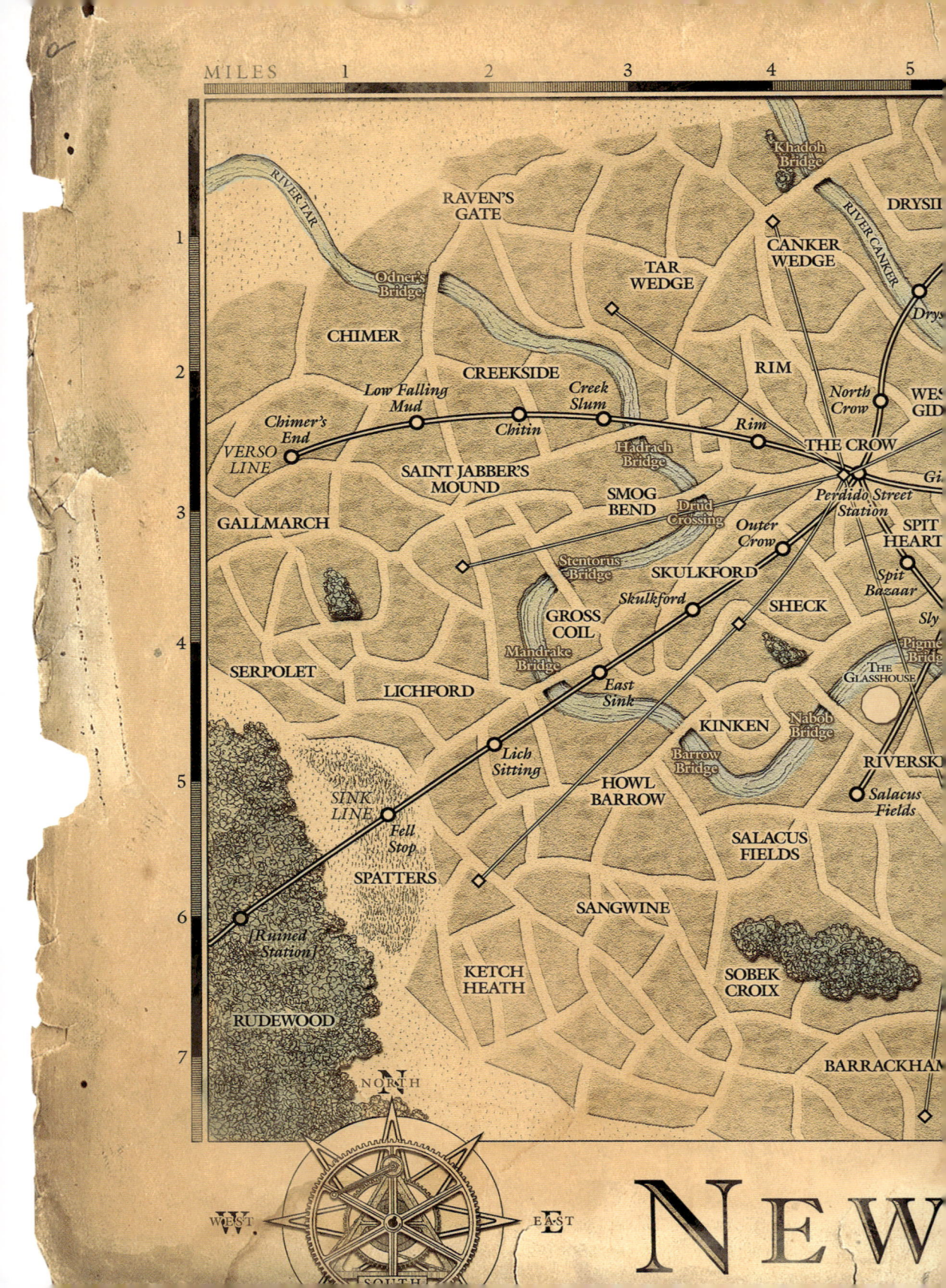

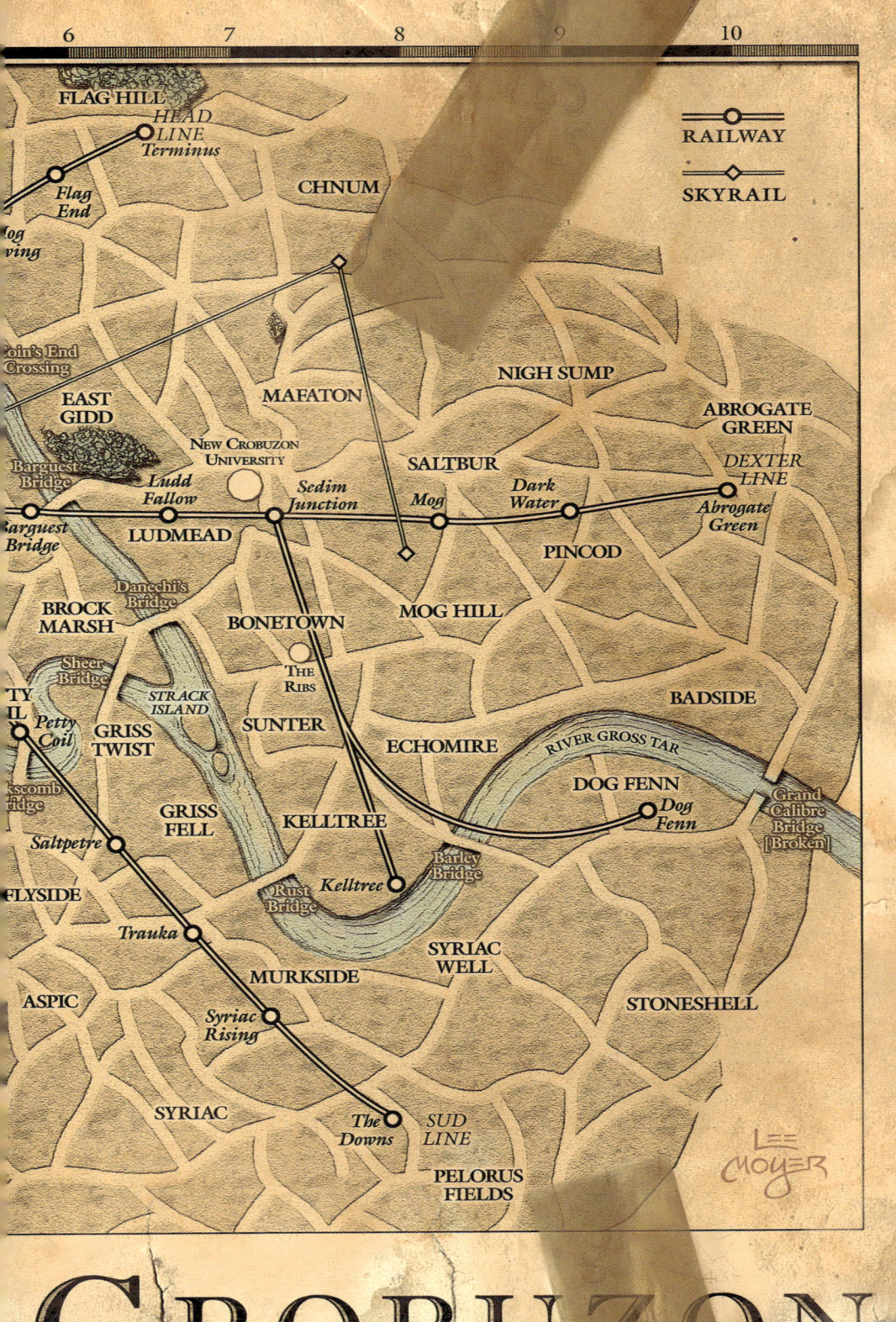

CROBUZON

で知られる。マルアームのカジノ議会には、いかさまトランプ詐欺師の議員がいる。さらには、クロコダイル二重都市のブラザーズ。シャド・ツァー・ミーリオン・ツァー・コニは、ファイアウォーター海峡で魔法政を敷く都市だ。

こうした無数のさりげない言及は、バス＝ラグにほかのファンタジー小説とは異なる世界だという感覚を与え、シリーズ全体を通してミエヴィルがほのめかしてきた幾重にも重なる歴史によって、さらに本物らしさや深みを増す。このような情報をつなぎ合わせていくことで、ゴーストヘッド帝国と「潜在性」の採掘、恐ろしい吸血性の蚊人が支配するマラリア女王国、膨張洋（スウォレン・オーシャン）を越えた先にある大陸ベレド・カイ・ネヴの略奪、トルク爆弾を落とされて惨憺たる廃墟となったスロークとジェシュルといったものを、わたしたちは知ることになる。懐古的な趣はなく、残虐さが強調されたこうした過去の光景は、テクノロジー、階級、帝国主義、革命などの力によって作られたものであり、ミエヴィルの政治的な考え方や確固たる唯物史観と強く響き合う。

左派政党レフト・ユニティの創立メンバーで、芸術と文学についての季刊誌「サルヴェージ」の創立編集者でもあったミエヴィルは、歯に衣着せぬマルクス主義者であり、自分の小説で政治が重要な意味を持つことを認めている。ミエヴィルの博士論文はマルクス主義と国際法についてのものだ。社会主義の観点はバス＝ラグでの政争や陰謀に輪郭を与えているが、その一方で、このシリーズは政治小説などの単純なジャンルに属するものではない。ミエヴィルは自分の小説は寓意として読まれるべきでないと主張し、「わたしはファンタジー小説を悪用してひどいメッセージをひそませるような左翼ではない」と皮肉混じりに語っている。

バス＝ラグは、たしかに異種族には事欠かない。ミエヴィルはトールキンの熱狂的なファンが好むようなお決まりの生き物は無視して、ほとんど知られていない異形のものを好む。神話からのものもあるが、大半はみずから創りあげたものだ。オークやエルフやドワーフの代わりにバス＝ラグに住むのは、甲虫の頭をしたケプリや、大きな足音を立てて歩くベジタリアンのサボテン人、水陸どちらにでも住めて水工芸で知られるヴォジャノーイ、猛禽類を思わせる鳥人ガルーダ、すぐに表皮を強化できるスカブメトラー、優雅で得体の知れないスティルトスピアだ。これでもほんの一部にすぎない。ミエヴィルは自分のキャラクターが大多数の陳腐なファンタジー小説によくある単一文化的な発想に終始しないよう、そして定型的なものに陥らないよう、それらを注意深く避けて、バス＝ラグ世界を複雑かつ奇抜なキャラクターがたくさんいる場所にし、しかもその多くを自分が属する共同体や慣習になじめない者たちにした。人間ではないバス＝ラグの住民は、ファシストの新鷲ペン党のような人間至上主義者のせいで、偏見と抑圧にたえず苦しんでいる。同様に、リメイド──市判事によって宣告され、懲罰刑務所での人体改造を受けること──になった者たちは、全市民からの侮蔑と嫌悪に耐えている。リメイドのそれぞれが独特の姿形をしているのは、移植された肉体の一部、あるいは機械が混在する奇

怪な肉体だからだ。体のどの部位が改造されるかは、因果応報という悪意に満ちた金言に準じて決定される。このように生物学と政治を組み合わせた恐ろしい慣習は、ファンタジーと社会慣習の両面でバス＝ラグ世界が醜怪さを追求していることの表れである。リメイドはファンタジー世界の怪物としても異彩を放つ存在であり、同時に社会経済における疎外や搾取に対する強烈な暗喩である。

　バス＝ラグのほかの種も、同様に問題をはらんだ政治的な空間に身を置く境界上の存在である。たとえば、ケプリはベレド・カイ・ネヴ大陸で起こった謎めいた大惨事を逃れてきた難民だ。同じ名のエジプトの神から発想されたケプリは、首から下は人間の女に似ているが、その上にはコガネムシの頭部がある。男のケプリはただの大きな甲虫で、知性はなく、繁殖にのみ必要とされている。ニュー・クロブゾンのキンケンやクリークサイドのゲットーで暮らすケプリは、精神文化において分裂状態にあり、「インセクト・アスペクト」という正当派の信仰を守る多数派と、より進歩的だが偏狭なことには変わりのない「崇高なる巣母（ブルードマ）」の支持者たちがいる。この宗教的な分離は、結果として両地区に住むケプリの経済に深刻な影響を与えている。『ペルディード・ストリート・ステーション』の主人公のひとり、リンは自身もケプリであり、どちらの共同体にも物足りなさを感じ、どちらの信仰をも拒んでいるが、それでもどちらに対しても、故郷としての形容しがたい愛着を持っている

　バス＝ラグの奇怪な住民のなかには、ほかの種族より理解しにくいものもいる。バス＝ラグで竜の代わりにいるのは、大蜘蛛ウィーヴァーだ。これは強大な力と異質な知性を持った美学者であり、ワールド・ウィーヴの美を完成させるためだけに生きている。ワールド・ウィーヴとは、ウィーヴァーが用いたい物体や出来事や人間などを多次元に織りあげた構造物だ。ウィーヴァーは、ミエヴィルがみずからの論文のなかでアブカニーと呼ぶものの実例である。これは異質であるという感覚に基づいた美的情動であり、ミエヴィルはフロイト心理学のアンカニー（不気味なもの）と対比する。このシリーズに登場する希少なウィーヴァー種の一体は、ニュー・クロブゾンの地下でゆったりと暮らしながら、ハサミが作る模様を楽しみ、意識の流れのままに凝ったことばを途切れることなくつぶやいている。崇高にして不可思議なこの種族は、万物を表すタペストリーをよりよくするためなら、理解しがたい手法を用いることで知られている。たとえば、軍隊をまるごと壊滅させる、言語に絶する残虐行為をおこなう、死んだふりをする、銃をガラスに変える……世界そのものである芸術作品を美しくするためなら、どんなことでもおこなうのだ。

　ウィーヴァーが世界を芸術作品と見なすのは正しい。バス＝ラグは比類ないほどの想像力の結晶だからだ。バス＝ラグを描いた3冊の小説は、人の心をつかんで離さないサスペンスに満ちた物語と、生き生きと躍動する登場人物が特徴だが、この作品に途方もない魅力をもたらしているのはその舞台である。そこは非常に奇怪ながらも、驚くほどなじみのある世界だ。

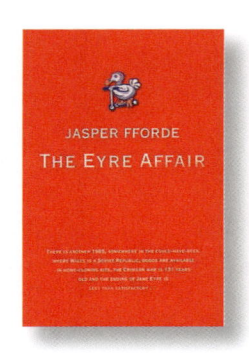

ジャスパー・フォード
Jasper Fforde

ジェイン・エアを探せ！
［2001年］

The Eyre Affair

〈文学刑事サーズデイ・ネクスト〉シリーズの決定的な特徴は変化だ。
舞台となるのは、タイムパラドックスや改変された歴史、
奇妙な未来や論理的な矛盾のあいだで揺れ動く不安定な世界だが、
何もかもが軽快に払いのけられていく。

2001年にイギリスのホダー・アンド・スタウトン社から初版が刊行された。〈文学刑事サーズデイ・ネクスト〉シリーズの3作目『だれがゴドーを殺したの？』（2003年）で、フォードはユーモア小説を対象としたウッドハウス賞を受賞した。

フォードの父親は、イングランド銀行の第24代出納長だったジョン・スタンディッシュ・フォードである（在任中はスターリング・ポンド紙幣に彼の署名があった）。

「フォード・フィエスタ」はサーズデイの故郷スウィンドンで毎年開催されるイベントだ。「その果物なあに！」ゲームや『ハムレット』の速読コンテストなどの催しがおこなわれる。

ロンドン生まれの作家ジャスパー・フォード（1961年〜）には、執筆活動に転じる前に映画業界で20年のキャリアがあった。映画界での経験は想像力を生み出す刺激となり、仕事で世界各地をまわったことで、登場人物を作る上でのヒントやおもしろいアイデアを蓄える多くの機会に恵まれた。

『ジェイン・エアを探せ！』と6つの続編の主人公サーズデイ・ネクストは、文学刑事として、出版されていない小説の話のなかに隠れて生活している。イングランドは共和国で、ウェールズは社会主義の人民共和国だ（連合王国としてのイギリスは存在しない）。ナポレオン戦争の結果は、フランスの修正主義者との決着がついていないので、絶えず流動的だ。

フォードが作りあげたこの別世界を紹介するには、ネクストを取り巻く官僚制度と統治体制を説明するのがいちばんわかりやすいだろう。特別捜査機関（スペックオプス）は、捜査対象の犯罪や脅威が異様であればあるほど、上位のエリート部局の担当となる。いくつかの部署は——特に目立つのが時間に関する犯罪を取り締まる時間警備隊（クロノガード）だ——過去、現在、そして未来をも変えることができる。さまざまな官僚制度や組織は、混乱を無理やり秩序立てようとする絶望的な試みを象徴し、ジャンル小説やディストピア世界によくある設定は正反対の意味となる。吸血鬼や狼人間の存在はこの世界の苛立たしい現実であり、吸血鬼狩りはだれもがいやがる仕事で、たいがい気が滅入るほどつまらない。マスメディアを牛耳る、笑ってしまうほどの悪徳巨大企業が存在するのも、また事実だ。

このポストモダンの世界では、事実というものはいつでも変わりうるが、文学や芸術の解釈や影響には、たとえばかげたものだとしても厳格な法則がある。特定の芸術思潮を極端に信奉した結果として、暴動が起こる。古典文学の自由な解釈は犯罪だ。フォードの描く世界では、フィクションは両刃の剣である。きわめて重要だが、危険な存在にもなりうる。アシュロン・ヘイディーズは直筆原稿を盗み、本の世界に入りこむ機械——ネクストの伯父が自分の実

現実とフィクションとの
あいだの障壁は、
われわれが思っているより
柔軟なんだ。
凍りついた湖といったところかな。
何百人もの人々が
湖の氷を歩いてわたれるが、
夕方に薄いところができて、
落ちる者がでたりする。
そしてその穴は翌朝までに
ふたたび凍ってふさがれる。
（田村源二訳『ジェイン・エアを探せ！』より）

初版用に描かれたマギー・ロバーツのこのイラストは、最終的に使用されなかった。中央の動物は、サーズデイ・ネクストのクローンペットであるドードーのピックウィックだ。

験室で開発したもの——を使って、その本自体にはいる入口を開くことで、フィクションをその作者が意図しない方法で変えることができる。物語が社会秩序の根幹である社会では、原本へのこうした驚くべき改竄は究極の犯罪である。

『ジェイン・エアを探せ！』では、作家は死んでいることもあれば、その存在すらないこともある。物語の人物たちは、自分がもともと登場する物語のなかだけでなく、その外でも動くことができ、物語の世界を行き来したり本という枠を超えたりすることも自由自在だ。エドワード・ロチェスターが日本人旅行者をソーンフィールド館に招いているさなか、読者は別のことが気になる。『マーティン・チャズルウィット』の脇役は直筆原稿から自由となるのだが、原稿から勝手に連れ出されただけでなく、フォードの「現実」の世界では殺されてしまう。

『ジェイン・エアを探せ！』とその続編では、読者が物語のなかで変化をもたらす積極的な主体者となって作品を組みなおすことで事態が動いていく。フォードは、個人がそれぞれ解釈をおこなうことを作中に採り入れ、ほかの作家の文章も自分の文章と同じように柔軟にとらえる世界を築きあげた。読者の介入が本の意味を変えるだけでなく、その本のなかで起こる出来事をも変えることができる。サーズデイ・ネクストはみずからの想像力と〈文の門〉という技術を使って個々の物語の世界を飛びまわり、その世界全体をがらりと一変させる。作家の当初の意図どおりに修復することもあるが、『ジェイン・エア』の場合は、主人公をソーンフィールド邸にもどるように仕向け、結末を劇的に改変した。

コルネーリア・フンケ
Cornelia Funke

魔法の声
［2003 年］

Inkheart

モルティマ・フォルヒャルトは，本から登場人物を呼び出すことができる。
その能力によって，ふたりの泥棒が現実の世界に放たれ，
彼らの起こした問題を解決するために，
モルティマとその娘は本のなかへはいることになる。

2003 年にドイツのツェツィーリエ・ド
レスラー出版から初版が刊行された。

フンケはこれまでに 30 以上の小説を
書き，作品は世界の 28 以上の言語
に翻訳されている。

2007 年，『魔法の声』は全米教育協
会が発表した「先生が子供にすすめ
る 100 冊」の 1 冊に選ばれた。

フンケは，作家になる前の 3 年間は
ソーシャルワーカー，その後児童書
の挿絵画家をしていた。執筆をはじ
めたきっかけのひとつは，恵まれな
い環境の子供たちとかかわったこと
である。

コルネーリア・フンケ（1958 年〜）の『魔法の声』からはじまる〈魔法〉3 部作は，本と読書に対する賛歌というだけでなく，ことばが持つ潜在的な力についての考察，そして警告でもあり，物語のなかに存在するいくつものファンタジー世界と現実世界の要素とがしだいに混ざり合っていく。読み出したら止まらない複合的な作品のおもしろさによって，シリーズは世界じゅうで読まれ，2,000 万部以上が購入された。

フンケはそれまでの作品から，すでに「ドイツの J・K・ローリング」としての地位を確立し，デビュー小説『どろぼうの神様』（2000 年）は「ニューヨーク・タイムズ」紙のベストセラーリストでもう少しで 1 位になるところだった。しかし，フンケがいちばん知られているのは，数々の賞を受賞したこの〈魔法〉3 部作である。フンケは自分の作り出した「闇の世界」を使って，「本のなかで迷う」「本のなかで生きる」という考えを，論理的にその極限まで追求している。登場人物のひとりである作家のフェノグリオが書いた『闇の心』という本のなかの世界が「インクワールド」だ。

小説の冒頭，12 歳の少女メギーは，父親のモルティマ・フォルヒャルト（あだ名はモー）が本を朗読すると，物語の登場人物を現実の世界へ呼び出せることを知る。だが，本のなかからだれかを呼ぶと，その代償に現実世界のだれかが本のなかに引きこまれる。その犠牲を知ってから，モーはけっして本を朗読しないことにしていた。しかし，モーがかつて現実世界に呼び出した『闇の心』の登場人物たちは，モーが過去を忘れ去るのをよしとはしなかった。ホコリ指が自分の物語のなかへもどりたいと考える一方で，悪党カプリコーンと手下のバスタは世にあるすべての『闇の心』の本を破壊して主導権を握ろうとする。敵と味方のどちらにとっても，本が重要な要素であることがわかる。

読者と作者という役割のあいだの緊張関係が，続編の『魔法の文字』（2005 年），『魔法の言葉』（2007 年）でさらにはっきりとする。自分の作り出した架空

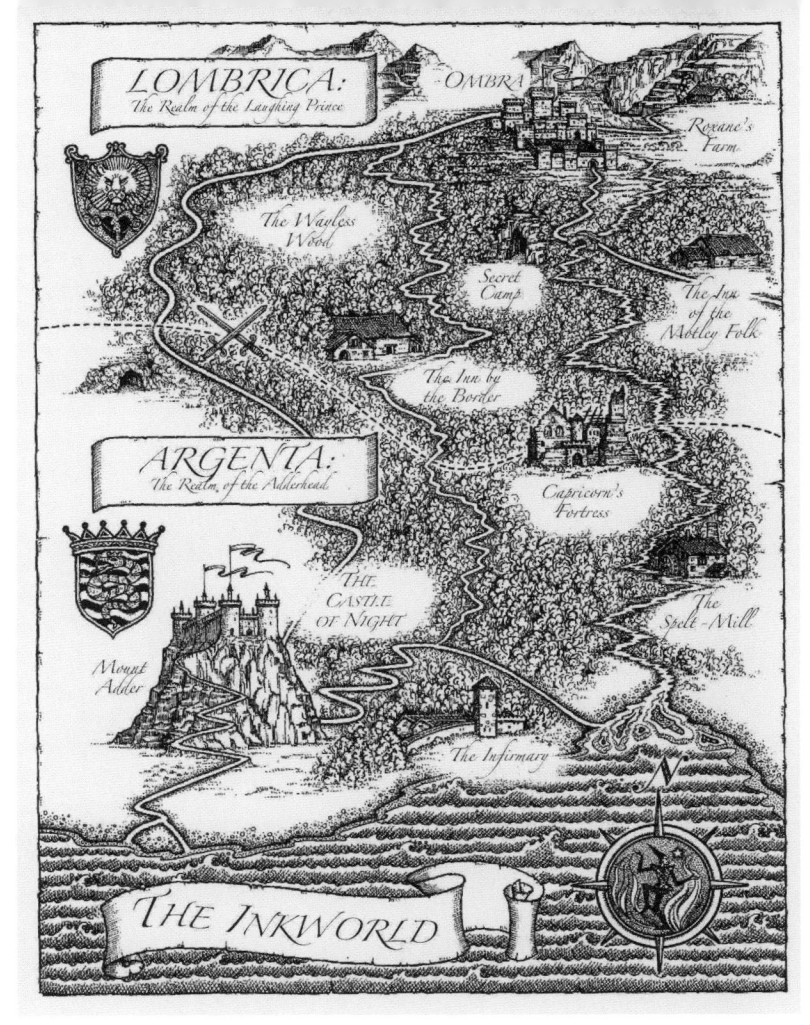

このシリーズをイギリスで出版したチキンハウス社による〈インクワールド〉の絵地図。

の世界に住む作家のフェノグリオは、そこが少しずつ自分の記憶とちがってきたことに気づく。一方、モーと同じく「魔法舌」（架空の登場人物に命を吹きこむことができる能力）を持つオルフェウスは、物語に自分のことを書きこんで、絶えずそれを修正していき、改変した文章の寄せ集めで作品を作りあげていく。こうした2次創作とでも呼ぶべきもののなかで、オルフェウスの役割はどんどん重要なものになっていく。理論家で哲学者のロラン・バルトが言ったように、いったん小説が出版されれば、作者は作家としての立場を無数の読者に乗っとられてしまう。批評家の一部は、フンケはテクストのメタフィクション的な特質について興味深い問いを提示しているが、本人がその問いに明確な答を出せないはずだと主張している。というのも、この世界は、物語の特性について本格的に議論するには、あまりにも実体がなさすぎるからだ。こうした批評にもかかわらず、このシリーズは若い読者には愛されつづけ、2009年には映画「インクハート／魔法の声」も製作された。

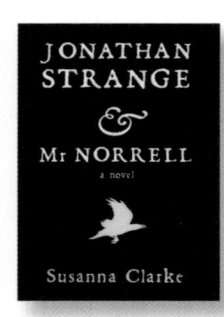

スザンナ・クラーク
Susanna Clarke

ジョナサン・ストレンジとミスター・ノレル
［2004 年］

Jonathan Strange & Mr Norrell

ナポレオン戦争の時代を舞台にしたクラークによるもうひとつの歴史では、
かつて魔術が存在し、
それが題名の魔術師たちによって復活しつつあるイギリスが描かれている。

2004 年にイギリスのブルームズベリー社から初版が刊行された。

『ジョナサン・ストレンジとミスター・ノレル』は 2004 年にブッカー賞の 1 次候補に選ばれ、2005 年にヒューゴー賞の長編小説部門を受賞した。

クラークは全編で注釈を頻繁に使う。そこで背景の概略や架空の英国魔術史を語り、架空の文献にもよく言及する。

この作品が書きはじめられたのは 1992 年で、10 年以上の執筆期間を経て出版に至った。

イギリス人作家スザンナ・クラーク（1959 年〜）のデビュー小説『ジョナサン・ストレンジとミスター・ノレル』は、19 世紀文学の文体と魔術の冒険を濃厚に混ぜ合わせた作品であり、2004 年の刊行以来、大ベストセラーとなっている。作家のニール・ゲイマンが「まぎれもなく、過去 70 年間に書かれた英国ファンタジーの最高傑作」と絶賛するなど、批評家からも一般読者からも広く支持されている。

物語の冒頭、イギリスにはかろうじて魔術が存在している（もしくはそう見える）。たしかに魔術師はいるが、理論派──魔術を使えない紳士の学者──ばかりだ。だから、イギリスは魔術の存在しない、なんの変哲もない場所のように思える。しかし、ひとたび題名になっている実践魔術師たちが現れると、ふたりはその魔術によってイギリスそのものの姿を変えていく──より危険で、より奇妙な土地へと。魔術が実践されればされるほど、イギリスは魔術的な本性を表していく。

3 部構成の第 1 部までは、英国魔術は冷淡で気むずかしいミスター・ノレルの手のうちにある。ノレルは壮大で驚くべき魔術を行使することができる──石像たちがしゃべりだす恐るべき光景は鮮烈である──が、魔術とは手なずけるべきものであり、厳格に管理してその知識を隔離すべきものであると見なし、またかつて「大鴉の王」ことジョン・アスクグラスによって魔術がもたらされたことをイギリスが忘れ去るためにも、過去の記憶も失われるべきだと考えている。こうした慎重さの唯一の例外となるのは、以降の物語で波紋を呼ぶことになる呪文──死んでしまったミス・ウィンタータウン（まもなくレディ・ポールになる予定）を生き返らせるためにノレルがおこなった、妖精の僕（アザミの綿毛のような髪の紳士）を召喚する術だ。この魔術は奇妙で恐ろしく、不幸な結果をもたらす。

ひとたびジョナサン・ストレンジが実践魔術師になると、英国魔術は大きく変わる。ストレンジは出征する戦争（ウェリントン卿に仕えてナポレオン戦争に参

ヨーク魔術師学会の会合場所「オールド・スター・イン」を描いた挿絵。ジム・ケイによる。

加する）に魔術を持ちこむ。戦場ではノレルの本に隠された多くの魔術を学び、その呪文を使って死人と話したり、スペインの地形そのものを動かしたりする。

　だが、遠く離れたストレンジが英国魔術でスペインの地形を改造しているとき、イギリスも同様に魔術によって変えられていく。魔術について語るときには、魔術の存在によってそこに変化を及ぼす様子にふれずにいることはできない。妖精界は、そこかしこから少しずつ這うように、イギリスに侵食する。アザミの綿毛のような髪の紳士はレディ・ポールを「失われし希望の館」へと毎晩連れ出し、彼女は徐々に疲弊し、精神に変調をきたしていく。紳士はさらに、サー・ウォルター・ポールの召使いのひとり、スティーヴン・ブラックを王にしようと考えて連れ出すようになる。

　そのときですら、英国の魔術はまちがいなくイギリスらしく（あるいは、そう見え）、そしてまちがいなくイギリス人のものであった。それが劇的に変化するのは、アザミの綿毛のような髪の紳士が魔術によってストレジンの妻アラベラを死んだと見せかけ、妖精界へさらっていってからだ。悲嘆に暮れたストレンジはヴェネツィアへ行き、狂気に陥ることにする――狂気は妖精界へはいりやすい状態だからだ。みずから狂気に陥ることで、ストレンジはまさしく魔術をイギリスへもどすことができる――イギリスとそれ以外の場所を隔てる扉を開き、石という石を通して魔術を伝える。すると、思いも寄らないさまざまな場所で急に人々が魔術師になりはじめ、大鴉の王の目はふたたびイギリスへと向く。

　けれども、魔術がイギリスへもどってくる一方で、ジョナサン・ストレンジとミスター・ノレルは魔術を奪われ――アザミの綿毛のような髪の紳士の呪文で永遠の闇へと投げこまれる。自分たちを解放する呪文を習得するまで離れられなくなったふたりは「過去の魔術師が訪れたような世界。空の裏側。雨の向こう側」へと姿を消してしまう。

デイヴィッド・ミッチェル
David Mitchell

クラウド・アトラス
［2004 年］

Cloud Atlas

数々の賞で高い評価を得たミッチェルの小説『クラウド・アトラス』では、
6 つの異なる人生が連動する。
地球を 19 世紀から崩壊後の未来まで駆けめぐり、
時間、ジャンル、言語の境界線を絶えず引きなおして、
力に対する人間の意志がもたらす結果を探っていく。

2004 年にイギリスのホダー・アンド・スタウトン社から初版が刊行された。

ミッチェルの 2001 年の小説『ナンバー 9 ドリーム』と『クラウド・アトラス』はどちらもブッカー賞の最終候補作に選ばれた。『クラウド・アトラス』はさらに数々の賞を受賞し、ネビュラ賞とアーサー・C・クラーク賞の最終候補作にも選ばれた。

『クラウド・アトラス』という題名は、日本人作曲家の一柳慧の曲から刺激を受けたものである。「そのCDを買ったのは、ただタイトルが美しかったからだ」とミッチェルは語っている。

デイヴィッド・ミッチェル（1969 年〜）が『クラウド・アトラス』で作り出す世界は、大半がまぎれもなくわたしたちの世界と同じだ。わたしたちのよく知る歴史上の出来事、経験、現象とともに話は進んでいく。そうした要素を現実と照らし合わせることに気をとられて、警戒不要の物語だと思いかけていると、物語の中盤付近で突如として未来へとほうり出される。そこはクローンがいて、文明崩壊後の乱れたことばで語られる世界だ。

この作品は入れ子のように組み合わさった 6 つの話に分かれている。それぞれの話を独立した物語だと見なす者もいるが、そう考えると、実のところ区切りの存在しない場所にあたかも区切りがあるかのようにとらえて、作品を台なしにすることになる。それぞれの話のあいだにあるつながりは、大半の連作短編集よりもはるかに深い——それぞれ物語の中盤でいったん区切られ、あとから後半へもどるという形式だ。1850 年を舞台とする 1 つ目の物語は、本の最初と最後の両方にある。1931 年を舞台とする 2 つ目の物語は、最初から 2 番目と最後から 2 番目にある。以下、同様だ。それぞれの話は、こうした構成のおかげで単独では成り立たず、構成のほうもまた、機能するためにそれぞれの話を必要とする。物語全体の構造と各話とのあいだには、協調関係とも言うべきものがある。

はじめから終わりまで、登場人物とテーマを密接にからみ合わせながら、ミッチェルは輪廻転生、秩序、混沌について語る。各話に登場する人物は、ある意味では別の物語のなかで読者が出会っている人物の転生した姿である。各話ごとに、だれがだれだとすべてわかるわけではないが、そういった人物がまちがいなく登場し、それは話し方、思想、イデオロギーや、彼らが引き起こす出来事や生き方などから判断できる。2012 年の映画版では、全体を通して俳優たちがひとりで複数役をこなし、輪廻転生のテーマを前面に出した

才気あふれる若き作曲家ロバート・フロビシャー（ベン・ウィショー）が，自分の作曲した「クラウド・アトラス六重奏」の楽譜に囲まれている。2012年にトム・ティクヴァ，ウォシャウスキー姉妹の共同監督で映画化された「クラウド　アトラス」の一場面より。

が，小説ではそれよりもはるかに控えめな表現となっている。

この物語全体がループするのと同じように，登場人物たちも，わたしたちに提示された世界もまたループする。各章には名前があり，それぞれ別ジャンルの物語のように文体が少しずつ変わっていて，またきわめて重要なことに，それぞれが非常に長い期間にわたる物語であるが，章の区切りを超えて，全体の筋立てにも同様の円環構造を見てとることができる。冒頭で，読者がひとりのアメリカ人といっしょに目撃するのは，武力に支配された野蛮な世界，19世紀半ばのニュージーランドでのマオリ族の奴隷制だ。そして小説が終わるまでに，別の形の奴隷制（主体性，真実，時間，国家などに対する隷属）が現れ，その後，一見すると最初に目撃したところに似た世界へもどる。だが実のところ，そこは地球破壊後の未来──人々が奴隷となる未来だ。

この作品の大部分はわたしたちの知る世界だが，読者はやがて，どういうわけかまったく異なる世界になっていることに気づく。そこでは輪廻転生の考えが当然と受け止められているので，わたしたちの知る世界でないのは明らかだ。それはミッチェルの世界であり，それ以前の小説ともつながる世界だ。ミッチェルの作品はどれもつながっていて，登場人物が作品間を行き来したり，ある作品の出来事が別の作品で語られたりもする。

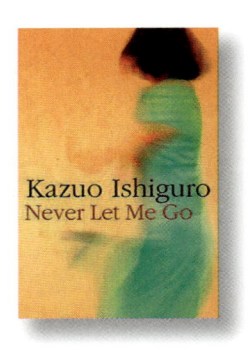

カズオ・イシグロ
Kazuo Ishiguro

わたしを離さないで
［2005 年］
Never Let Me Go

イシグロが暗く描き出す架空の現代イギリスが、
一見牧歌的な全寮制学校の生徒たちを待ち受ける運命を通して、
命のはかなさを痛切に浮き彫りにする。

『わたしを離さないで』は、2005 年にフェイバー＆フェイバー社から初版が刊行された。

同年のブッカー賞、全米批評家協会賞、翌年のアーサー・C・クラーク賞の最終候補となった。

「タイム」誌による「1923 年から 2005 年までに発表された英語小説ベスト 100」にも選ばれている。

「臓器移植ファンタジー」という一見特殊なジャンルには、いくつかの特筆すべき傑作がある。イギリス SF 界の長老であるブライアン・オールディスは、現在の SF の起源は、若きスイス人科学者が人体のさまざまな部位を寄せ集めて「怪物」を生み出す話であるメアリー・シェリーの『フランケンシュタイン』（1818 年）であると主張したが、これにはほとんどの人が同意するだろう。フレデリック・ポールが 1964 年に発表した『宇宙の珊瑚礁へ』（ジャック・ウィリアムスンと共著）でも、臓器移植が扱われている。この風刺に満ちたディストピア小説では、社会に対する「危険分子」の烙印を押された者たちが「肉体銀行」という貯蔵所に閉じこめられ、必要に応じて四肢や臓器を採取される。

1967 年に南アフリカの外科医クリスチャン・バーナードが世界ではじめて心臓移植をおこなったとき、SF の世界は医学上の現実となった。この先駆的な外科手術のあと、臓器移植という筋書きは、映画や SF 小説で頻繁に用いられている。そのなかで、ジャンル小説の枠を大きく超え、文学としての頂点に達したのが、カズオ・イシグロ（1954 年〜）の名作『わたしを離さないで』である（2010 年の映画化作品も、同様に高い評価を得た）。

物語は、イギリスの牧歌的なノーフォーク州の片隅にあると思われる、ヘールシャムというのどかな全寮制学校らしき場所ではじまる。奇妙なことに、ヘールシャムで過ごす子供たちには、親や家族がいる様子がなく、「保護官」と呼ばれる大人たちが世話をしている。教育はゆるやかで、進学試験の対策や卒業後の充実した人生へ向けての指導もなく、体を健康に保つことだけが重んじられる。そんな環境でも、子供たちは友情を育み、成長とともに恋愛も経験していく。

話が進むにつれ、真実が明らかになる。子供たちは、一般の人間に臓器を提供するために、生きた臓器バンクとして研究所で作られたクローン（複製）だった。真実を知った若者のなかには、反発する者もいれば、待ち受ける運命を先延ばしにしようとする者もいる。また、躍起になって自分の「親」を探そ

うとする者もいる。

　物語の最後の部分では、「提供者」と呼ばれる者たちの悲哀が描かれる。提供者は臓器を切除されつづけ、やがて「使命を終える」（つまり、使いつくされて、処分される）。クローンたちは、本来持つはずのない人間性を、そして死というものの本質を、ふつうの人間以上に鋭く察知し、あまりにも敏感に、施設の外でどんな変化が起こりつつあるかを理解するようになる。

　　……新しい世界が足早にやってくる。科学が発達して、効率もいい。古い病気に新しい治療法が見つかる。すばらしい。でも、無慈悲で、残酷な世界でもある。そこにこの少女がいた。目を固く閉じて、胸に古い世界をしっかり抱きかかえている。心の中では消えつつある世界だとわかっているのに、それを抱き締めて、離さないで、離さないでと懇願している。（土屋政雄訳『わたしを離さないで』より）

　どのジャンルに分類するにせよ（おそらく、ロバート・A・ハインラインが定義した SF、つまり、サイエンス・フィクションならぬスペキュレイティブ・フィクション――思弁小説――と呼ぶのが適切だろう）、これが 21 世紀を代表すると呼ぶにふさわしい文学作品であることはまちがいない。

2010 年の映画化作品では、イギリスのサリー州リッチモンドにあるハム・ハウスが牧歌的な校舎として使われた。監督はマーク・ロマネクがつとめ、脚本はアレックス・ガーランドが担当している。

グギ・ワ・ジオンゴ
Ngũgĩ wa Thiong'o

カラスの魔法使い
[2006 年英語版]

Wizard of the Crow

植民地独立後の泥棒政治を主題としたグギの不条理主義的な風刺小説は、
アブリーリアというアフリカの架空の独裁国家を舞台とし、
自称魔法使いとその恋人が独裁者に戦いを挑む。

英語版が 760 ページ以上にも及ぶこの小説は、もともとキクユ語で執筆され、『ムロギ・ワ・カゴゴ』という題で 4 巻に分冊されて出版された。モイ政権が終了した 2004 年、第 1 巻の発売に合わせてケニアに帰国した際、グギとその妻は暴漢に襲われた。

グギがキクユ語で書いた最初の小説『十字架の上の悪魔』(1980 年) は、獄中でトイレットペーパーに綴ったものだった (『カラスの魔法使い』では、男が『十字架の上の悪魔』をバーで朗読して人々に魔法をかけている場面が出てくる)。

アブリーリア自由共和国のモデルは、グギ・ワ・ジオンゴ (1938 年〜) の祖国ケニア、とりわけダニエル・アラップ・モイによる 24 年に及ぶ独裁政権 (1978 年〜 2002 年) 下のケニアである。1977 年に、グギは当時まだ副大統領だったモイによって、裁判も受けぬまま 1 年間拘禁され、著作はすべて発売禁止となった。政治犯として拘束されていたグギが 1978 年 12 月にカミーティ最重警備刑務所から出所したころには、モイは国家元首となっていた。

『カラスの魔法使い』で、「首長」は泥棒を働くことにかけては超一流の政治家であり、その高慢な目標はアフリカで最も高いビルを建てることである。身につけているのは、大きな猫の毛皮を継ぎ合わせてできた西洋風の衣服だ。その姿はケニアの独裁者だけでなく、モブツやアミン、マルコスやピノチェトなどの独裁者たちを思い出させる。グギは 1980 年代にロンドンで亡命生活を送っていたときの経験を生かし、ケニア内外の地下牢から政治犯を解放する運動に参加した。この小説には「M5」という秘密警察を過度に不安視する表現が多く含まれている。支配者にへつらってばかりの大臣たちは、敵を監視するためならどんなことでもする。ある大臣は目を「電球ほどの大きさにまで肥大化」し、一方で競争相手の大臣は耳を「ウサギの耳よりも大きく」している。これらの人物に関して作者は「ほとんど喜劇のようだが、彼らはとても危険な存在であることを忘れてはならない」と語っている。どのようにして人物像を作りあげたのかと尋ねられたグギは、逆に質問を返した。「大臣は全員オウムになってもらいたい、と話すモイのような人物を、どうやって風刺すればいいと思いますか」

そのことばは、英語で著したジェームズ・グギ名義の作品『一粒の麦——独立の陰に埋もれた無名の戦士たち』(1967 年) や『血の花弁』(1977 年) などに見られる初期の写実主義とは決別する意志を表したものだった。1970 年の後半に洗礼名を捨て、キクユ語——ケニアで最大の民族が話す言語——による農村民衆劇を上演したために拘禁されたグギは、母語のみで小説を書こうという思いをいっそう強くした。『カラスの魔法使い』は、バーやマタツ (小型乗り

なぜアフリカは、
何百万というアフリカ人を
この大陸から四方へと連れ去ることを
ヨーロッパに許したのか。
ヨーロッパはみずからの地の 10 倍はある大陸を、
なぜ我が物顔で闊歩することが
できたのだろうか……
なぜわたしたちは「最高の指導者とは、
かつて壊れた道具と引き換えに渡したものを、
ふたたび恵んでもらうために
どう請えばいいかをわきまえている者だ」
などと考えるようになったのか。
アフリカの未来はどこにあるのか。

合いバス）のなかで声に出して読まれることを目的のひとつとしている。

　アウグスト・ロア＝バストスやガブリエル・ガルシア＝マルケス、カルロス・フエンテスなどによる、ラテンアメリカの独裁政権を描いた名著を髣髴させる一方、奇怪で猥雑なこの世界観は、卑劣な王位簒奪者がそのあまりの強欲さで暴虐のかぎりを尽くすという、アルフレッド・ジャリの『ユビュ王』（1896 年）──「マクベス」のパロディーで、のちの不条理演劇の先駆け──に近いものを感じさせる。

　その特異な世界で対称に位置する存在として、この政治的な風刺小説には、グギの子供時代を想起させるようなレジスタンスの英雄が登場する。グギの父親はイギリス人入植者たちによって自身の土地から立ち退かされた。グギの兄がマウマウ団に加入したことで、母親は植民統治下の刑務所に 3 か月間投獄された。兄弟のなかには、ほかにも第 2 次世界大戦で戦没した者や、聴覚に障害があってことばが不自由で、止まれという命令に従わなかったとしてイギリス人兵士に射殺された者もいた。題名となっている魔法使いやその恋人を取り巻く噂話、情報の歪曲、神話のような無敵さといったものは、マウマウの英雄やその後継者たちを思い起こさせる。

　聖書にかかわる描写も見られる。聖書はグギが母語で読んだ最初の本だった──ただし、母語を学校で使うと罰として棒で打たれた。のちに、グギはブレヒトの詩のなかに「人間には世界を変える力があるという途方もない楽観主義」を見いだした──煎じつめれば、この小説が伝えたいのはこの楽観主義である。

1972 年、ナイロビ大学の卒業式に総長として出席するケニアの大統領、ダニエル・アラップ・モイ。

マイケル・シェイボン
Michael Chabon

ユダヤ警官同盟
［2007 年］
The Yiddish Policemen's Union

アラスカのある島に存在する、
ユダヤ人難民によって築かれた街を舞台とした推理小説。
イディッシュ語を話す人々が暮らし、
隆盛をきわめつつも複雑な事情をかかえる大都市が、崩壊の危機に瀕する。

2007 年にハーパーコリンズ社から初版が刊行された。

この作品は SF の主要 3 賞を受賞した。ヒューゴー賞、ネビュラ賞、ローカス賞で、それぞれ長編小説部門での受賞である。

イディッシュ語はヘブライ語と中世ドイツ語の混成語で、表記にはヘブライ語をもとにした文字が使用される。最も多いときで推定 1,100 万人もの使用人口を誇ったとされているが、アメリカでは 20 世紀の終わりまでにおよそ 25 万人にまで減少した。ただし、近年は一種の復興運動が展開され、イディッシュ語を教えている大学もある。

「ランツマンは九カ月前から〈ザメンホフ・ホテル〉に住んでいるが、これまで宿泊客が殺されたことなど一度もなかった。ところが今、誰かが二〇八号室の住人の脳みそに銃弾を一発撃ちこむという事件が起きた。被害者はエマヌエル・ラスカーと名乗るユダヤ人だった」

マイケル・シェイボン（1963 年〜）が書いたこの小説の冒頭部は、レイモンド・チャンドラーからの伝統に連なる探偵小説であることを物語っている。だがマイヤー・ランツマンが奔走する危険地帯は、チャンドラーの描くロサンゼルスにはない。ランツマンは「シトカ特別区警察」の刑事だからだ。

現実の世界におけるシトカは、アラスカ州のバラノフ島全部とチチャゴフ島の南半分を占め、人口はわずか 9,000 人余りだが、面積について言えばアメリカで最も大きな市郡だ。シェイボンの描いた別世界では、そこはシトカ特別区となっていて、もともとはユダヤ人の一時的な避難所として設けられた。ヨーロッパでのナチスによる支配から逃れてきた者や、建国して間もないイスラエル国が 1948 年の第 1 次中東戦争で崩壊して以降、パレスチナから流出してきたユダヤ人入植者たちのための地域だった。しかし、それから 60 年が経ち、入植者たちによって築かれた活気あふれる大都市──「北方ユダヤ文化の絶頂期だったというのが世間一般の評価」──はアラスカ州に復帰し、200 万人以上のユダヤ人、イディッシュ語を話す人々は住む場所を失うこととなる。2007 年に刊行されたこの『ユダヤ警官同盟』は、探偵小説と別世界を描く SF が融合している。シェイボンは、ハロルド・イッキーズ内務長官がドイツから亡命してくるユダヤ人難民のためにアラスカを安息の地としようと提言した 1938 年 11 月を、歴史を改変する分岐点とした（その結果、シトカは州ではなく彼らの領土とされる）。その計画は、現実の世界では支持を得られなかったが、シェイボンが創作した架空の歴史においては、投票拒否を表明していたアラスカ準州下院代議員が事故で急死したことによって、1941 年に実現する。ナ

私の土曜日の夜。
私の土曜日の夜は
電子レンジで
温めて食べる
ブリトーみたいなものよ。
そもそもが
屑みたいなものを
台なしにするのは
難しいわ。
（黒原敏行訳『ユダヤ警官同盟』より）

「シトカ特別区警察で最も表彰回数の多い刑事」のマイヤー・ランツマン。ネイト・ウィリアムズによる挿絵。

チスによる「ユダヤ人問題の最終的解決」から何百万もの命が救われ、ベルリンに原爆が投下された 1946 年にようやくヨーロッパでの大戦は終焉を迎える。
　この小説の種が蒔かれたのは、ビアトリス・ヴァインライヒとウリエル・ヴァインライヒによって編纂された旅行者向け外国語フレーズ集シリーズの 1 冊『イディッシュ語で言ってみよう』（1958 年）をシェイボンが発見したときのことだった。「この本がめざした役割や目的はどこにあるのか、それを理解できなかったが、だからと言って考えることや疑問に思うこと、夢に見ることをやめることもわたしにはできなかった……。世界の歴史のなかで、ヴァインライヒの本が意図した場面、医者やウェイターや路面電車の車掌だけでなく、空港のグランドスタッフ、旅行代理店の店員、フェリーの船長、カジノの従業員がイディッシュ語を話す場面が、はたしていつ存在したというのか」。同じエッセイ（「想像上の祖国」）のなかで、シェイボンはユダヤ系アメリカ人としてだけでなく、ジャンル小説をこよなく愛する人間として、自分は流浪の作家だという感覚があると述べている。「というのも、想像上の世界にしか存在しない土地を話題にしてさえいれば、わたしのことばを——まさにわたしの母語（ママロシェン）を——話していられるからだ」

スーザン・コリンズ
Suzanne Collins

ハンガー・ゲーム
［2008 年］
The Hunger Games

大成功をおさめたコリンズの〈ハンガー・ゲーム〉シリーズは、
力強い女主人公の存在と、生死を賭けたテレビ番組を舞台とする
不穏なディストピア的未来世界の強烈な描写で、
数ある YA 作品のなかでもひときわ異彩を放っている。

2008 年にスコラスティック・プレス社から初版が刊行された。

コリンズは 1990 年代にテレビ業界で脚本の仕事をはじめ、子供向け専門チャンネルのニコロデオンを担当した。そのため、コリンズの小説には、秀逸な脚本に見られるような劇的な展開や明快さが見られる。

3 部作を読み進めていくうちに、パネムとはラテン語の格言「パネム・エト・キルケンセス」に由来していることがわかる。これは「パンとサーカス」という意味で、古代ローマ帝国が日々の食糧と剣闘士の試合などの娯楽を民衆に与えて統治していたことを端的に揶揄したものだ。

ディストピアを描いた冒険物語の 3 部作、『ハンガー・ゲーム』（2008 年）、『ハンガー・ゲーム 2　燃え広がる炎』（2009 年）、『ハンガー・ゲーム 3　マネシカケスの少女』（2010 年）は 21 世紀を代表するベストセラーとなったが、大成功の理由は想像に難くない。物語は、残忍な人殺しゲームをテレビ番組で中継するという刺激的な設定で展開する。そこでは、国内各地から集めた少年少女たちを人工の森林地帯に閉じこめ、最後のひとりになるまで殺し合いをさせる。これに似た恐ろしい着想は、高見広春の『バトル・ロワイアル』（1999 年）ですでに見られたが、スーザン・コリンズによるこの壮大な物語は、個々の出来事の積み重ねをはるかに超えたものへと昇華している。そこには、政治的・社会的な自由とは何か、そして自由の魅力と代償とは何かという問いかけがある。

『ハンガー・ゲーム』の舞台は、世界滅亡後のアメリカにある「パネム」という国家で、12 の地区から成り立っている。最も裕福なハイテク都市キャピトルに強圧的な政府が置かれ、残りの地区はひどく貧しい。その昔、キャピトルの圧政に対して各地区が反乱を起こしたが、強大な力でねじ伏せられ、13 番目の地区は壊滅したとされる。現在は、年に 1 度開催される命懸けの「ハンガー・ゲーム」で、暴力に満ちた派手な見世物を提供し、各地区が服従の立場にあることを思い起こさせている。各地区からは少年と少女ひとりずつがくじで選ばれて「贄」となり、キャピトルへ移されて、テレビ中継されるゲームで戦うことになる。勝者を出した地区には、賞品として食糧や物資が与えられる。

主人公の少女カットニスが住む第 12 地区は、パネムのなかでもとりわけ生活がきびしい地域で、餓死も珍しくない。シリーズ第 1 作は非常に巧みなプロットで読者の心をつかみ、危険な競技場へ送りこまれたカットニスがどうやって生き延びていくかへの興味によって、圧倒的な力で物語へ引きこんでいく。つづく 2 作では物語を深く広く展開し、友情と信頼の本質、恋愛と友情のちがい、自立への欲求など、この作品の読者である若年層が日ごろ切実に感じて

いる問題を多く採りあげている。

　作中の各地区は、それぞれがひとつの産業に——ある地区では農業、ある地区では鉱業、海沿いの地区では漁業というように——対応している。それも含めて、作中世界の設定は実にうまく機能しているが、それは人々が実社会で暮らしつつ感じるふたつのことを象徴的に示しているからだ。ひとつは富める者と一般の人々とのあいだの著しい格差で、もうひとつは監視されているという漠たる感覚である。この作品を読んでから外へ出ると、高度な監視技術によって一挙手一投足を見張られているような気分に襲われる。コリンズは作品を通して、全世界のティーンエイジャーに共通する感覚、すなわち、横暴な権力者への不満、終始監視されている息苦しさ、友情の大切さ、抵抗への強い欲求などをうまく代弁し、物語に組みこんでいる。

　パネムは、一見するとユートピアのようなハイテク都市キャピトルと、数々の極貧の地区とに社会が完全に分断された恐ろしい土地だが、そのことはこの作品の魅力を損なっていない。直感には反するかもしれないが、むしろディストピアのほうがユートピアよりも人々の心を強くとらえて離さない。というのも、そこには多くの対立や葛藤があって、だからこそ多くのドラマが生まれ、変化がなく陳腐で完璧な社会よりもはるかに豊かに想像力を刺激する可能性があるからだ。

2012年にライオンズゲートの配給により公開された映画では、ジェニファー・ローレンスが力強い主人公カットニス・エバディーンを演じた。監督はゲイリー・ロスがつとめ、シリーズ第1作目をもとにした脚本にはコリンズも参加している。

村上春樹
Haruki Murakami

IQ84
[2009 年〜 10 年]

IQ84

この小説は、殺人、宗教、家族、愛というテーマで
ふたりの人間の密接にからみ合った運命を描き、
交互に語り手が替わる複雑な手法によって、
この作品の持つ力を躍動的に表現している。

2009 年から 2010 年にかけて新潮社
から初版が刊行された。

発売初日で初版が売り切れ、発行部
数は発売から 1 か月足らずで 100 万
部に達した。

2009 年に村上は、自由、社会、政治、
政府をテーマとして扱った作家に与え
られる文学賞、エルサレム賞を受賞
した。授賞式に出席したが、イスラ
エルの政策をきびしく批判するスピー
チをおこなった。

　村上春樹（1949 年〜）は何十年にもわたって、架空の場所に存在する「異界」を作り出してきた。登場人物たちは、底がないように見えるほど深い井戸に飛びこんだり、不可思議なエレベーターで降下したり、東京の地下鉄網より下にある地下洞へとくだっていったり、ただ森の奥深くへとさまよっていったりする。つぎの瞬間、彼らは「異界」にはいりこんでしまったことを悟る。村上の第 2 作『1973 年のピンボール』（1980 年）以降で特に顕著なこのパラレル・ワールドの構造では、現実世界と形而上学的な世界（もしくは意識できる世界と無意識の世界）が入れ替わったり、作中で相対する人物の様子が交互に描写されたり、あるいはその両方がある。

　作家となってまだ間もないころの村上は、みずからが属する社会にかかわりを持たない主人公を描くことで知られて（ときおり批判されて）いた。それが、1995 年 3 月 20 日に起こった事件をきっかけに著しい変化を見せる。カルト教団オウム真理教の信者たちが、朝のラッシュ時に東京の複数の地下鉄車両内で、致死性のある神経ガス、サリンを散布した「地下鉄サリン事件」である。

　村上の作品はつねに一種の精神性を帯びている。登場人物たちが「異界」へとはいっていくのは、刺激を求めてではなく、自己を発見または保持するためだ。昔もいまも、そうした人々の究極の目的は、自己の中核にあるアイデンティティ——それを村上は「物語」と呼ぶ——を守ることである。今日の脱工業化社会が提示する集団アイデンティティには、こうした個々のアイデンティティを消し去る弊害すらあるからだ。

　地下鉄サリン事件後の数年間、村上は宗教、特にオウム真理教を題材として注意深く調査に取り組み、村上自身が探し求めていたのと同じものを信者たちも探し求めていることに気づいた。それは現代の日本社会が押しつける、すでに完成されたアイデンティティの物語に取って代わるものだ。『1Q84』は、青豆と天吾というふたりの主人公の行動を通して、運命と決定論、さらには自

由意志に関する問いかけをつづけていく。ふたりは子供のころに出会い、親や周囲の子供たちへの疎外感を共有することで互いを強く引き寄せ合う（ただし、当時は気づいていなかった）。布教活動に熱心なある宗教に入信した親を持つ青豆は、その教義ゆえに、クラスメイトが見ているなかで信仰を実践しなくてはならず、恥辱を味わっていた。天吾は、自分の父親がそれに劣らず、日本の公共放送 NHK に熱烈に身を捧げていることを恥じていた。毎週日曜日、毎月の受信料の「集金」に天吾も付き合わされていたからだ。

　子供ながらに、青豆と天吾はふたりのあいだに存在するなんらかの結びつきを自覚しているようであることを、読者は回想シーンを通じて知る。ある日突然、10 歳の青豆が天吾の手を握って、じっと彼の顔を見あげる。ふたりのあいだでことばが交わされることはなかったが、このときから青豆は、天吾こそが彼女の運命の相手だと感じるようになり、運命がふたりを引き合わせてくれるのを頑なに待つ。「私が求めているのは、ある日どこかで偶然彼と出会うこと」——青豆は友人にそう話す。その後、同じ会話のなかで、すべては「最初からあらかじめ決まっていることで、ただ選んでいるふりをしているだけかもしれない。自由意志なんて、ただの思い込みかもしれない」と主張する。

　村上が創造したこの摩訶不思議な世界に知らずのうちに足を踏み入れてしまったことで、青豆の進んで運命を受け入れようとする態度は真価を問われることになる。青豆はこの世界を 1Q84 年と呼ぶことに決める。これはこの作品の舞台となっている年——1984 年——にちなんだことば遊びで、クエスチョン・マークという意味で「Q」の文字がはいっている。1Q84 年は 1984 年と非常によく似ているが、ごくわずかに不吉な雰囲気が漂う。警官は青豆の見慣れた回転式拳銃ではなく大型オートマティックを腰につけ、以前はひとつしかなかったはずの月がふたつ空に浮かび、いくつかの出来事の裏で「リトル・ピープル」が糸を引いているように思えてくる。「リトル・ピープル」は形而上学的な「異界」を統べる精霊のような存在で、人類の営みに強い関心を持つ。神というよりはいたずら好きな森の小人に近く、青豆と天吾の運命、さらに重要なことにふたりの子供の運命をも、自分たちが握っていると主張しているように見える。

　青豆はその子供のために、やっとのことで 1Q84 年の世界、そして望んでもいないリトル・ピープルの影響下から抜け出す決断をする。青豆と天吾のどちらか一方が逃れるにはもう一方が死ななければならないとの警告を受けたにもかかわらず、青豆は子供を守って育てていくために、天吾とともに生き残らなくてはならないと心を固める。このとき、彼女は運命との誓約を破り、みずからの自由意志を表明する——「私は誰かの意思に巻き込まれ、心ならずもここに運び込まれたただの受動的な存在ではない」、そして「私はここにいることを自ら選び取ってもいる」。この宣言は、両親の無慈悲なまでの狂信状態からの自立や、きびしく管理されていた過去との決別を示す。村上の小説世界という大きな枠でとらえなおすと、それは内なる「物語」を、そして自分の運命を決めるという個人の権利を再認識することである。

終末論を信じるカルト教団、オウム真理教の仮施設。1990 年 7 月 20 日、日本の熊本県波野村で撮影された。

呉明益
Wu Ming-Yi

複眼人
［2011 年］

The Man with the Compound Eyes

ある民族から着想を得て作られたこのファンタジーには、
自身の運命に抗うことを決意した少年の物語に、
政治や環境にまつわるきびしい現実が盛りこまれている。

『複眼人』は、はじめ台湾の夏日出版社によって 2011 年に台湾で出版された。上図は中国の新経典社によって出版されたものである（2016 年）。

台湾では、呉明益は『迷蝶誌』（2000年）や『蝶道』（2003 年）など、蝶に関するノンフィクション作品でも名高い。両作品とも、呉自身がデザインやイラストを手がけている。

呉明益（1971 年〜）は多才な人物で、その創造力が向けられる先は文筆、絵画、写真とさまざまである。台湾花蓮県の国立東華大学で文学や文芸創作についての講義を受け持ち、蝶に関する本を出版し、環境活動家として啓発活動に熱心に取り組むなど、多角的に活動している。そして環境保護への関心が顕著に表れているのが、このメタフィクション的な寓話『複眼人』である。これは台湾島を舞台とした環境災害小説だ。

村上春樹（298 ページ）やデイヴィッド・ミッチェル（288 ページ）と同じく、呉は厳然たる現実ときめ細やかなファンタジーの要素を組み合わせる。作家であり評論家でもある歐大旭は、呉の作品は奔放な想像力という絶壁の上を飛びまわってから、台湾の動物たちや捕鯨についてのこまごまとした話に収束していく、と評している。作中で描かれる環境災害は人為的なものであり、まさに現実そのままの様相である。「太平洋ごみの渦島」──汚泥と瓦礫が集まってきた巨大な渦の島で、地図上に正確な位置を示すことはむずかしいが、面積は控えめに見積もっても 70 万平方キロ以上に及ぶ──の周囲を渦巻く廃プラスティック類がごみの山となって海上を漂い、台湾の東海岸に押し寄せて、その周辺を何百キロにもわたって破壊してしまう。瓦礫撤去ボランティアのふたり、ダハーとハーファンは台湾島の原住民族だ。ふたりは自然のものを使い、ごみを出さないで生活する方法について学びなおし、それをドイツの地質学者デトレフや、その友人でごみの津波がもたらす生態学的な影響を研究しているノルウェー人海洋生物学者サラをはじめ、多くの人々に伝えていく。このようにして、個々の登場人物のストーリーが結びつき、おおぜいで環境保全活動をおこなうひとつの物語に収束していく。

この災害によってさらに想像と現実が結びつけられ、ポリネシアにある架空の環礁、ワユワユ島に住むアトリーをも物語に巻きこんでいく。ワユワユ島は資源が乏しいため、島民には家族の人数に関して極端な制限が設けられ、アトリーを含むすべての次男は 15 歳になると海の神への生け贄として海へと送

り出される。だがアトリーは運命に抗うことを心に決め、人減らしを逃れて生き延びた最初の少年となる。故郷の島を出発してすぐに、アトリーは鯨の群れや海で命を落としたあらゆる次男たちの魂を目撃する。その仲間入りは免れたが、やがて漂うごみの浮き島にたどり着き、そのまま波によって大量のごみとともに台湾の東海岸へと運ばれる。そこでアリスと出会い、彼女の夫でデンマーク人のトムと息子のトトがロッククライミングと昆虫採集に出かけたあげくに遭難したと思われる山へ、ふたりは向かうことにする。

　トムとトトの身に何が起こったのか。その真相を知っているのはどうやら「複眼人」だけで、その正体は複眼人自身とトムが交わした会話の描写を通して読者にのみ明かされ、トムは崖の底で死んでいることがわかる。複眼人とは、ひとつの包括的な視野のなかに存在する、ひとつひとつの視点を象徴するものだ。その目は昆虫のように複数の個眼から成り、ある種のモザイク映像を形成して、自然の超越的なイメージを創り出すことができる。複眼人とは、自分の枠の外に踏み出して、人間以外の視点から世界をながめるよう読者に促す存在である。

北京語版のために芸術家の張又然（ちょう・ゆうぜん）が描きおろした折りこみの挿絵。作品の雰囲気が豊かに表現されている。

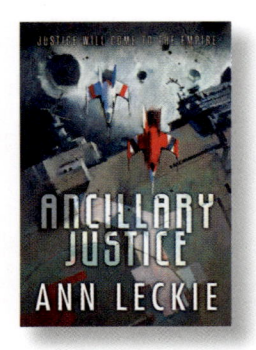

アン・レッキー
Ann Leckie

〈叛逆航路〉3部作
［2013 年〜 15 年］

The Imperial Radch trilogy

刊行された年の主要 SF 賞をすべて受賞した
秀逸なデビュー作にはじまる〈叛逆航路〉3 部作は，
性差の問題に力強く取り組んでいる。

2013 年から 2015 年にかけてオービット社から初版が刊行された。

『叛逆航路』がレッキーによる〈叛逆航路〉3 部作の第 1 作目であり，そのあとに『亡霊星域』（2014 年），『星群艦隊』（2015 年）とつづく。

『叛逆航路』は 2014 年のヒューゴー賞長編小説部門に加え，ネビュラ賞，アーサー・C・クラーク賞，英国 SF 協会賞を受賞した。

世界じゅうの読者によって，ラドチャーイや属躰（アンシラリー）を描いた多数のファン・アートが制作された。意義深いことに，作り手の多くはブレクやアナーンダ・ミアナーイなどの登場人物たちを中性的に，あるいは性別をあいまいにしたまま表現している。

アン・レッキー（1966 年〜）はミズーリ州セントルイスで子供のころから SF やファンタジーの作品を読んで育ったが，1996 年と 2000 年に子供を出産してはじめて，野心的な構想を秘めた〈叛逆航路〉3 部作を書く意欲を掻き立てられた。物語の主人公は人間の肉体に閉じこめられてしまった AI で，舞台は性差という概念が存在しない星間国家であり，そこでは内乱の兆しが見えはじめている。この 3 部作はイアン・M・バンクスの〈カルチャー〉シリーズ（252 ページ）のスペースオペラ的な要素に加え，アーシュラ・K・ル゠グウィンの代表作に見られるような，社会的動物としての人間に対する深い探求というテーマが盛りこまれている。レッキーの文体にも両者と通じるものがあるが，レッキー自身に物語の紡ぎ手としての実力があったからこそ，この作品での性差への向き合い方は単なる仕掛けをはるかに超えるものになっている。

作品全体を通し，読者は性差に注意が向くだろう——おもにその欠落によって。これは文学的な決断であり，どのページでも普遍的な中立の代名詞として she（彼女）が用いられていることで明示されている。英語では，she が中性的な代名詞となることはほぼない。一方，he（彼）はいまだに「人間。女性を含む場合もある」と同義として用いられる。she は部分的，he は普遍的であるということだ。

しかし，このシリーズの主題が性差だというわけではない。作品の主人公であり視点人物でもあるブレクにとって，性別は瑣末なことでしかない。理由はきわめて単純で，ブレクは「ペニスがある者とない者」の区別をはからずも明確にしない帝国文明によって，2,000 年前に造られた，軍艦の意識の一片だからだ。読者は第三者の多視点で大規模な実験的 SF を体験するが，ブレクはラドチ（ほかの惑星を併呑することで発展してきた帝国）を構成する，文字どおり機械の一部である。

ラドチ皇帝ミアナーイは，自身のクローンを作製して意識を複数の肉体に分けることができるが，それらが互いに敵対しはじめ，読者はまさにその派閥

闘争のただなかへほうりこまれる。このシリーズは銀河規模の帝国、植民地政策、征服行為に光をあてながらも、同時にそのすぐれた技術によって、アイデンティティの問題を深く掘りさげていく。ラドチ市民の習慣——茶器にこだわりを持ち、人前ではけっして素手を見せない——から、性別や人類という枠を超えた恋愛関係の奥深い考察に至るまで、この世界の奇妙さが、執拗に感じるほどのくわしい描写によって浮き彫りにされる。そのうえこの作品は、だれが併呑し、併呑されるのか、だれとだれが寝ていて、だれが社会規範を重んじ、だれが両親の言いつけにそむくのか、そしてそれらのことを周囲の人々はどう思っているのか、を描く物語でもある。

ブレクにとって、体がただひとつとなったこと自体がトラウマであり、劇的要素でもある。ひとつの脆弱な人体に閉じこめられてしまった違和感のせいで、自分や他人の体の性的な特徴に関心を持つ余裕はほとんどない。そういったなじみのある特徴にふれることはないが、それでもブレクや乗員たちは戦争をし、恋に落ち、互いを裏切り、救い出し、併呑や社会正義の複雑さと格闘する。それこそが〈叛逆航路〉シリーズの核を成す真のおもしろさであり、性差それ自体はすぐれた物語にとって必要ではないということを立証している。

そして何より、この3部作は読んでいて楽しい。これは完成度の高い、陽気なスペースオペラだ。ブレクはさまざまな点で、SFでおなじみの主人公となりうる。勇敢で、道義心が強く、葛藤をかかえ、蛮族（エイリアン）の大使と相まみえるときには、自身もその一部だったシステムの冷酷さに直面し、ドアを蹴破り、敵の艦船にミサイルを発射する。ブレクはこれらすべてを、そしてそれ以上のことを、性差によって制限されることも規定されることもなく、巧みにこなしていく——だからこそ、〈叛逆航路〉シリーズは現代ならではの作品だと言える。

〈叛逆航路〉3部作のそれぞれの表紙は、画家ジョン・ハリスが制作したひとつの大きな作品をもとにしている。

ンネディ・オコラフォー
Nnedi Okorafor

ラグーン
［2014 年］

Lagoon

エイリアンの侵略を受けるラゴスの過去、現在、未来を描いた
オコラフォーの作品は、現代のナイジェリアを痛烈に批評する側面を持ち、
目まぐるしい展開を見せる未来的冒険譚でもある。

2014 年にホッダー＆ストートン社から初版が刊行された。

当初は『ラゴス』というタイトルがつけられていたが、その名称によって生じる混乱を避けるためだけでなく、作品全体を埋めつくす海水のイメージをよりはっきりと表現したいという理由から、『ラグーン』に変更された。

ラゴスはもともとラグーン（日本語では「潟」）という意味であり、15 世紀にポルトガル人たちがそう名づけた。

長いあいだ、SF は西洋文学特有のジャンルであると考えられてきた。ンネディ・オコラフォー（1974 年〜）が述べているとおり、アフリカの読者は科学技術が主役となる物語よりも現実に基づいた物語を好む、という見方が理由もなく浸透している印象がある。そのせいで、作家や出版社はこの手の作品を送り出すことに消極的になり、読者の反発を呼んできた。以下は彼女がこの点について言及したもので、ネビュラ賞のウェブサイトに投稿した記事の抜粋である。

まず、西洋の人々が読み慣れているものとは一線を画す、本物のアフリカのサイエンス・フィクションが、本あるいは映画の形で創作かつ発表される必要があります……。創作する側は、社会批判や社会変革を促すツールとしての芸術と、エンターテイメントとを意図的に組み合わせていかなければならないでしょう。読者にとっては、縁遠いとともに身近な印象も与えなくてはなりません……徐々に盛りあげるのです。ささやき声から、叫び声へ。夜中に幽霊のような女がひとりたたずんでいるところに、いきなりエイリアンが現れて、イモ州の中心部に本格的な侵略攻撃をはじめる。そして、それをはばむことができるのは、プランテイン・チップス売りに失敗したチュクウディという男だった、などという話です。

この作品を理解するには、そういった背景があることを知ることが重要だ。『ラグーン』は上の記事が投稿されたあとに執筆されたもので、2009 年に公開された映画「第 9 地区」への助言という意味合いが半分、もう半分は抗議のためだった。これは南アフリカを舞台に、エイリアンと人間の共生を描いた SF アクション映画で、作中にナイジェリアとその国民を侮辱するような表現があったからだ。どうすればそれを、エイリアンの到来のような驚くべき出来事が起こってもおかしくないほど活気と刺激に満ちた土地である、という見方へと変えることができるのか。どうすればそれを読者にも受け入れてもらえるのか。

『ラグーン』の本筋は、ライブ後の散歩に出かけていたガーナのヒップホップ歌手（アンソニー）、鼻から血を流しているナイジェリアの兵士（アグ）、家庭内暴力の問題をかかえている海洋生物学者（アドラ）がバー・ビーチで偶然出会い、ときを同じくして、エイリアンがラゴスを侵略するところからはじまる。3人が波にさらわれてから解放されるまでの流れが物語の助走の役割を果たし、国じゅうの人々の生活を一変させる出来事がジェットコースターのように目まぐるしく展開して、すでに混沌としていた場所にさらに独創的な混乱が引き起こされる。

だが、なぜラゴスなのか。作者は「なぜラゴスではいけないのか」を問うべきだと主張する。ラゴスはナイジェリアで最も人口の多い街で、世界でも有数の大都市である。人とコンクリートとアスファルトが雑然とひろがる国際色豊かな都市であり、一時期はナイジェリアの首都でもあった。物語のほとんどが進行する場所、バー・ビーチはナイジェリアでも最もよく知られた大西洋に通じる海峡にあり、上流あるいは中流階級のナイジェリア人が住む高層ビル群がひときわ目を引く。そのうえ、売春婦、たれこみ屋、宗教関係の詐欺師、ごろつき、用心棒などが身を寄せる場所でもある。こうしたさまざまな社会的背景の混在が、街を訪れた変身可能のエイリアンの行動や思惑や態度と相まって、物語は最初から最後まで読者の興奮をあおりつづける。

しかし、説教じみた助言と抗議をするところか、『ラグーン』は、リアルな登場人物の描写、確固たる言語、多様な意見や視点、卓越した文章、作家の力強い想像力を特徴としつつ、展開の速い、サスペンスに満ちたみごとな物語である。オコラフォーにとってのナイジェリアは、つねに意識しつづける現実的な存在であり、故郷であるとともに、想像力を掻き立てるファンタジーの世界でもある。

ナイジェリアのラゴス・ラグーンの水際に位置するスラム街、マココの高床式住居。

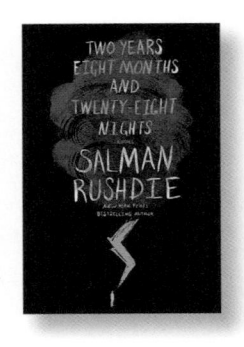

サルマン・ラシュディ
Salman Rashdie

二年八か月二十八夜
［2015 年］

Two Years Eight Months and Twenty-Eight Nights

現代世界の混沌に、半は空想的、半はジャーナリスティックな描写で
取り組んだサルマン・ラシュディのこの作品では、
邪悪なジン（精霊）が人間世界に干渉するために
ペリスタンという名の王国からやってくる。

2015 年にランダムハウス社（アメリカ）とジョナサン・ケープ社（イギリス）から初版が刊行された。

1988 年に『悪魔の詩』を発表したあと、イランのルーホッラー・ホメイニー師からファトワ（死刑宣告）を受けたことが広く知られている。度重なる殺害の脅迫や暗殺未遂事件のせいで、著者は1年間の隠遁生活を余儀なくされた。

「ドニア」はアラビア語で「世界」を意味し、ペルシア語、トルコ語、ウルドゥー語、ヒンディー語など数多くの言語に引き継がれている。厳密に言うと、そのことばが表しているのは俗世であり、霊界や来世とは区別して使われる。

現代の文芸作品で、魔法の世界を描くことは珍しい。サルマン・ラシュディ（1947 年〜）はこの新しい小説のなかで、読者をペリスタンあるいはフェアリーランドという、魔人が住む世界へと連れ出す。やや混沌としたこの物語は、現在の暗鬱たる世界情勢をも映し出し、そうなった原因はふたつの世界の垣根を越えて現れた超自然的な存在による有害な影響にあると主張する。

物語は中世のスペインで幕をあけるが、当時のスペインは、それぞれの一神教を信仰する人々がイスラム王朝の統治のもとでおおむね平和に共存していた、いわゆる「コンビベンシア（共存）」の時代にあった。合理主義を貫くイスラムの偉大なる哲学者イブン・ルシュド（英語圏ではアヴェロエスの名で知られる）は、学問の世界の先達であるガザーリーが記した哲学批判書に反駁を加えるべく取り組んでいるところだ。宗教的な狂信が優勢を占める時代であり、イブン・ルシュドが広めようとしているアリストテレス哲学は懐疑的な視線を向けられている。そんなある日、女魔人――ドニアと呼ばれているジンの王女で、ほかにも複数の名前がある――が、イブン・ルシュドの家の前に現れる。ドニアはペリスタンから男と女の世界へ、そしてそのままルシュドのベッドへと向かう。ふたりはドニアザットと呼ばれる種族――耳たぶがなく、わずかな魔力を持った人間――を生み出していく。

この作品はイスラム文化の豊かな伝統を積極的に採り入れている。ジンはコーランのなかでも言及され、イスラム教の教義や習合された民間信仰、芸術や文学のいたるところで登場する。ジンは煙や火でできているが、肉体を持つこともできる。一種のパラレル・ワールドに住み、たいていは悪さをしようと人間界にこっそり出入りしている。それぞれに特徴を持ち、作中に登場するジンも恐ろしいものから無気力なものまでさまざまだ。「彼らはその瞬間を生き、壮大な計画を立てるようなことはせず、注意力も散漫である」

イブン・ルシュドとドニアから生まれた種族の現存する子孫に読者は出くわ

すことになるが、この時代は混沌や腐敗や狂信が人々を包みこみ、暗黒の時期に突入していた。作中世界の大災害が発生し、「異変のとき」がはじまったのは、魔人が人間の世界にやってきたことが原因だとわかってくる——権力と暴力に取りつかれた邪悪なジンのしわざだ。父を殺した悪いジンたちへの復讐を願うドニアは、ふたたび人間界を訪れ、ともに戦ってくれるよう子孫たちに協力を求める。心のやさしい庭師のジェロニモ、運に恵まれないグラフィック・ノベル作家ジミー・カプール、テリーサ・サカという名の癲癇持ちの女といった3人の子孫を含む多くの登場人物たちが現れ、中にはちらりと顔を出すだけですぐさま退場する者もいる。主人公たちが戦うのは「寄生ジン」で、人々に向けて放たれた寄生ジンたちは、実際の新聞の見出しそのままの恐ろしい事件を起こしていく。たとえば「マイアミで人々の顔を食らう」、「砂漠で石を投げつけて女性を殺害する」、「飛行中の旅客機を撃墜する」寄生ジンたちが登場する。人間界はとりわけジンのもたらす混乱に弱いことが判明し、語り手はつぎのように述べる。「ジンによってわたしたちの先祖に放たれた狂気は、あらゆる人間のなかで解放を待ちかまえていたものでもある」

　作品の終わりには楽観的な雰囲気が漂う。語り手の口から、この物語は「男も女も正気にもどり、秩序や礼節があらゆるところで取りもどされ、各国の経済が復活しはじめ、作物は収穫され、工場はふたたび稼働し」はじめてから数千年後に執筆されていることが明らかにされる。「古く廃れた信仰体系」にだまされる者はもういない。最も重要なのは、さらなる災難が訪れることのないよう、ペリスタンと人間界をつないでいた隙間をドニアがふさいだことだ。だが、物語は最後に以下のことばを残している。この文明の進んだ時代にあっても、人間というものは、かつて千夜一夜を盛りあげた厄介な魔法を求めることもある、と。

執筆者紹介 CONTRIBUTOR Biographies

ローラ・ミラー──編集責任者

ニューヨークを拠点に活動するジャーナリスト、評論家。サロン・ドット・コムの共同設立者で、設立から20年にわたって編集者、記者をつとめ、いまはウェブサイト「スレート」で本や文化に関するコラムを書いている。「ザ・ニューヨーカー」、「ハーパーズ」、「ガーディアン」、そして「ニューヨーク・タイムズ」の書評欄にも彼女が書いた記事が掲載され、「ニューヨーク・タイムズ」では2年間「ラスト・ワード」のコラムを執筆していた。『魔法使いの書　懐疑論者によるナルニア国の冒険』(2008年)を執筆し、『サロン・ドット・コム　現代英語作家ガイド』(2000年)の編纂もしている。

➡ 178 ページ

リチャード・エルリック

2006年にオハイオ州マイアミ大学を退職後、同大学の英語英文学名誉教授。アーシュラ・K・ル゠グウィンの作品の研究で最もよく知られる。

➡ 28 ページ、174 ページ

マーガレット・J・オークス

サウスカロライナ州ファーマン大学の英語英文学教授で、『ハリー・ポッターを読む』(2003年)、『続ハリー・ポッターを読む』(2009年)の寄稿者。研究の対象は、近代初期イギリスの詩や児童向けの幻想文学である。

➡ 272 ページ

リディア・キースリング

サンフランシスコを拠点に、文学情報ウェブサイト「ザ・ミリオンズ」のライター兼編集者をつとめている。全米批評家協会の会員であり、「ガーディアン」、「ニューヨーク・タイムズ」、スレート、サロン・ドット・コムにも寄稿している。

➡ 308 ページ

ポール・キンケイド

トーマス・クレアソン賞に加え、英国SF協会賞をノンフィクション部門で受賞している。2冊のエッセイ集を発表しており、最近ではイリノイ大学出版局からイアン・M・バンクスに関する研究書を書き上げた。

➡ 252 ページ

ジョン・クルート

カナダ出身のSF・ファンタジー評論家で、現在はイギリスに拠点を置いている。小説『アップルシード』は2002年に「ニューヨーク・タイムズ」の「今年注目を集めた本」に選ばれた。現在は『SF大百科事典』第3版の更新に取り組んでいる。

➡ 214 ページ

レヴ・グロスマン

ジャーナリスト、小説家、「タイム」の書評家。「ニューヨーク・タイムズ」は「この国で最も賢明で最も信頼できる評論家の一人」と称している。著作に『ワープ』、『コーデックス』、『魔法使い』、『魔法使いの王』、『魔法使いの国』などがある。

➡ 268 ページ

ジョン・サザーランド
ジャーナリスト、作家、ロンドン大学ユニヴァーシティ・カレッジの近現代英語英文学教授。著作に『小説の読み方 人々のための手引書』(2006年)、『文学への好奇心 愛書家のための饗宴』(2008年)、『魔法の瞬間 本や映画や音楽などとの人生を変える出会い』(2008年)などがある。「ガーディアン」、「ニュー・ステーツマン」、「ロンドン・レビュー・オブ・ブックス」に定期的に寄稿している。
➡ 80ページ、82ページ、88ページ、94ページ、100ページ、104ページ、106ページ、108ページ、110ページ、116ページ、130ページ、132ページ、140ページ、212ページ、290ページ

デイヴィッド・シード
リヴァプール大学の英語英文学教授。専門はSF小説、冷戦期の文化、スパイ小説、小説と映画の境界領域。
➡ 162ページ

シャロン・ジーバー
アイダホ州立大学のスペイン文学教授。専門はラテンアメリカ文学と20世紀のスペイン文学。
➡ 192ページ

トム・シッピー
セントルイス大学の名誉教授で、著作に『中つ国への道』(1982年から2004年にかけて4度の増補改訂をおこなう)、『ベオウルフ 重大な遺産』(1998年)、『影を歩く者たち』(2005年)、『難解な読書 SFから学ぶ』(2016年)などがある。現在は「ウォール・ストリート・ジャーナル」でファンタジーやSF作品の書評を執筆している。
➡ 18ページ、22ページ、30ページ、34ページ、36ページ、40ページ、44ページ、48ページ、52ページ、54ページ、64ページ、68ページ、74ページ、96ページ、188ページ

マヤ・ジャギ
何度かの受賞歴のある文化ジャーナリスト、文芸評論家、フェスティバル・ディレクター。ロンドン在住。10年間「ガーディアン」でライターをつとめ、長文の芸術家紹介記事を担当した。2012年には、「国際的な文学の発展に寄与した」として、イギリスのオープン大学から名誉博士号を授与された。国際的な文学賞の審査員もしていて、オックスフォード大学とロンドン・スクール・オブ・エコノミクス(LSE)の学位を有している。
➡ 292ページ

ノエル・シュヴァリエ
サスカチュワン州のレジャイナ大学ルーサー・カレッジ英語英文学准教授。文学作品への聖書の影響や、18世紀の表象に関する講義や研究をおこなっている。
➡ 70ページ

ジャレド・シュリン
ミイラからディケンズまで、さまざまなテーマのアンソロジーをいくつも編纂している。シャーリイ・ジャクスン賞やヒューゴー賞では最終選考にまで進み、ノンフィクション部門で英国幻想文学大賞を2度受賞している。受賞歴のある大衆文化ウェブサイト「ポルノキッチ」の運営にも携わっている。
➡ 210ページ、218ページ、244ページ

アンドリュー・R・ジョージ
ロンドン大学アジア・アフリカ研究学院校でアッカド語やシュメール語、またそれらの文学についての講義を担当し、同校のバビロニア学教授でもある。『バビロニア版ギルガメシュ叙事詩 解説、校訂版および楔形文字原文』(2003年)を執筆し、『ギルガメシュ叙事詩』(2000年)の翻訳で受賞歴がある。
➡ 16ページ

ダリル・スターク
国立台湾大学の翻訳学助教で、専門は映画や小説における台湾原住民の表象について。
➡ 302ページ

マシュー・ストレッカー
上智大学国際教養学部の日本文学教授。現代日本文学の専門家で、『村上春樹の禁断の世界』(2014年)を含め、村上春樹に関する複数の著作を発表している。
➡ 298ページ

モウリーン・スペラー
SFやファンタジー作品の批評家、書評家。「ストレンジ・ホライズンズ」ではレビュー欄の編集主任、「ファウンデーション:国際SF研究誌」では副編集長をつとめている。
➡ 240ページ、284ページ

ジェームズ・スマイス
ロンドンを拠点に活動する小説家で、文芸創作の講義もおこなっている。「ガーディアン」に定期的に寄稿し、『証言』、『探索者』、『機械』、〈オーストラリア3部作〉などの著作がある。
➡ 238ページ、288ページ

リサ・タトル

受賞歴のある作家で、ジャンルはホラー、ファンタジー、SF。著書に『翼人の掟』(ジョージ・R・R・マーティンとの共著)、『夢遊病者と超能力を持つ泥棒の興味深い事件』(2016年)などがある。ノンフィクションでは『フェミニズム事典』(1986年)、『ファンタジーとSFの書き方』(2001年)などが出版されている。

➡ 186ページ、230ページ、248ページ、294ページ

ゲイリー・ダルキン

イギリスを拠点に活動する作家、編集者。アーサー・C・クラーク賞の元審査員、ニューメディア文芸作品大賞の創設者であり、「ライティング・マガジン」、「アメイジング・ストーリーズ」、「ショアライン・インフィニティ」にも寄稿している。最近では、アンドリュー・デイヴィッド・バーカーの『枯れ葉』や短編集『想定外の植物』の編集を担当している。

➡ 124ページ、184ページ、216ページ、258ページ

マシュー・チェイニー

『血 短編集』(2016年)の著者であり、サミュエル・R・ディレイニーについての学術的論考も発表している。現在はニューハンプシャー大学で博士号請求論文執筆中。

➡ 196ページ、220ページ

アンドリュー・テイラー

ロンドンに拠点を置くフリーライター、ジャーナリスト。オックスフォード大学で英語英文学を学び、著作に『神の放浪 C・M・ダウティの人生』(1999年)、『詩人や詩についてのポケット・ガイド』(2011年)、『傷を負って生きる男 詩人ヴァーノン・スキャネルの人生』(2013年)、『世界を変えた本』(2014年)などがある。

➡ 134ページ、144ページ、148ページ、154ページ、170ページ、200ページ

コラ・トゥボスン

作家、評論家、言語学の教授で、最近ではアフリカの言語に関する論文集を共同編纂した。「インターナショナル・リテラリー・クォータリー」、「アケ・レビュー」、「ガーディアン」、「メイプル・ツリー・リテラリー・サプリメント」など、さまざまな媒体に寄稿している。

➡ 306ページ

ジョナサン・ニューエル

ブリティッシュ・コロンビア大学で英語英文学の博士号請求論文執筆中であり、専門はウィアード・フィクション。「ホ
ラー研究」、「サイエンス・フィクション研究」、「ゴシック小説研究」などの学術雑誌に、チャイナ・ミエヴィルやジョージ・R・R・マーティンなどの作家に関する論文を寄稿している。

➡ 276ページ

アヴィガイル・ヌスバウム

イスラエルを拠点として活動するコラムニスト、書評家。「プログレッシブ・スキャン」のコラムを執筆し、「ストレンジ・ホライズンズ」のレビュー欄の編集者を4年間つとめた。『SF大百科事典』第3版の寄稿者でもあり、英国SF協会賞にノミネートされたこともある。

➡ 166ページ、256ページ

ジェフ・ヌノカワ

ニュージャージー州プリンストン大学の英語英文学教授。19世紀の文学に関して幅広く論文を執筆し、『資産のその後』(1994年)、『オスカー・ワイルドの情熱への対処法 扱いやすい欲望とは』(2003年)の著者でもある。最新刊は、みずからフェイスブックに投稿した記事を集めた『ノートブック』。

➡ 198ページ

ローレンス・バタースビー

スコットランドのフリーライターで、ここ20年間はパリに在住。短編小説や詩を含む、さまざまな形の作品を執筆し、最近では19世紀のスペインが舞台の歴史小説を発表している。

➡ 60ページ

ジェス・バティス

『氷と炎の歌 完全ガイド』(2015年)の共編者であり、〈オカルト特別調査員〉シリーズや〈ふたつの公園〉シリーズ(ベイリー・カニンガム名義)の著者でもある。バンクーヴァーのクワントレン・ポリテクニック大学の英語英文学科で教鞭をとっている。専門は中世と18世紀で、大衆文化やLGBTQの歴史にも関心を持っている。

➡ 264ページ

メアリー・ハミルトン

ゲームデザイナー。「ガーディアン」元編集長(読者開発担当)。作家、ライター、ニュース中毒者を自称。

➡ 282ページ

キャット・ハワード

ニューハンプシャー州在住。短編小説が世界幻想文学

大賞にノミネートされ、複数の短編集に収録されて、ナショナル・パブリック・ラジオでも放送された。2016 年に初の長編小説『薔薇と腐敗』が出版された。

➡ 262 ページ、286 ページ

ピーター・フィッティング

トロント大学のフランス文学・映画学名誉教授。SF、ファンタジー、ユートピアに関する数多くの論文を執筆している。アンソロジー『地底世界　批評的アンソロジー』（2004 年）の編者でもある。

➡ 78 ページ

アンドリュー・H・プラークス

中国文学および日本の古典文学を専門とする文芸評論家、研究者。ニュージャージー州プリンストン大学の元教授で、現在はエルサレム・ヘブライ大学で教鞭をとっている。

➡ 58 ページ

ローリー・ペニー

コラムニスト、作家、ハーヴァード大学のニーマン・フェロー（特別研究員）であり、「ニュー・ステーツマン」の編集も担当している。「ガーディアン」や「ニュー・ステーツマン」に記事を寄稿し、『言えないこと』（2014 年）、『オンライン性差別』（2013 年）、『身体市場　資本主義社会における女性の身体の取引』（2011 年）などの本を執筆している。

➡ 304 ページ

ロバート・ホールデン

オーストラリアを拠点に活動する講演家、キュレーター、歴史家であり、30 冊を超える著作がある。オーストラリア評議会文学理事会から複数の賞を受賞。ミッチェル図書館特別研究員の資格を持ち、オーストラリアだけでなく、オックスフォード大学、ケンブリッジ大学など、さまざまな場所で講演をおこなっている。

➡ 136 ページ

ニック・ホールドストック

エディンバラに拠点を置くフィクション作家、エッセイスト。中国の新疆ウイグル自治区での生活についてまとめた本『血を流す木　辺境の町ウイグル』（2011 年）やノンフィクション作品『中国の忘れられた人々』（2015 年）、『惨劇』（2015 年）の著者である。

➡ 222 ページ

マーヴェシュ・ムラド

パキスタン、カラチ出身の書評家、編集者。トーア・ドット・コムで「カラチの夜」というポッドキャストを配信し、『世界のSF傑作選　第4巻』の編纂もおこなっている。

➡ 206 ページ、208 ページ、226 ページ

アン・モーガン

ロンドン出身の作家、編集者。初著書『世界を読む　文学探検家の告白』（2015 年）は、1年で地球上のすべての国の本を1冊ずつ読むというプロジェクトから生まれた作品である。2016 年1月に最初の小説『わたしはヘレン』が刊行された。

➡ 156 ページ、224 ページ

レイエス・ラサロ

マサチューセッツ州スミス大学の准教授で、スペイン文学やポルトガル文学を研究している。マサチューセッツ大学アマースト校で、スペイン文学とポルトガル文学の博士号、および哲学の修士号を取得し、スペインのビルバオにあるデウスト大学で哲学の学士号を取得している。

➡ 62 ページ、254 ページ

エリック・ラブキン

ミシガン大学の英語英文学の名誉教授で、専門はファンタジーや SF など。

➡ 164 ページ、260 ページ

アダム・ロバーツ

イギリスのSF作家。ロンドン大学ロイヤル・ホロウェイ校の教授でもあり、19 世紀の英文学を研究している。

➡ 138 ページ、194 ページ、204 ページ、232 ページ、296 ページ

ベンジャミン・ワイディス

ニューヨーク州のハミルトン・カレッジで文学を教えている。『あいまいな招待　20 世紀アメリカ文学作家の存在』（2011 年）の著者でもあり、現在は『具体化との戯れ——現代文学におけるテキストの隠喩とテキストの存在』の執筆に取り組んでいる。

➡ 158 ページ

出典一覧

Every effort has been made to trace copyright holders and to obtain their permission for the use of copyright material. The publisher apologises for any errors or omissions in the following list and would be grateful if notified of any corrections that should be incorporated in future reprints or editions of this book.

Nineteen Eighty-Four by George Orwell (Copyright © George Orwell, 1948) Reprinted by permission of Bill Hamilton as the Literary Executor of the Estate of the Late Sonia Brownell Orwell.

The Bloody Chamber by Angela Carter. Published by Vintage, 2006. Copyright © Angela Carter. Reproduced by permission of the Estate of Angela Carter c/o Rogers, Coleridge & White Ltd., 20 Powis Mews, London W11 1JN

Ace Books, 1984, 244. Alamy Stock Photo: © 2nd Collection 64; © A. T. Willett 164, 165; © AF archive 179, 197, 219, 238, 263, 265, 289; © AF Fotografie 125; © Age Fotostock 255; © Agencja Fotograficzna Caro 298; © Alpha Historica 188; © Artokoloro Quint Lox Limited 56; © Antiques & Collectables 75; © Artepics 23; © Brother Luck 308; © CH Collection 130; © Chronicle 309; © Classic Image 4, 22, 101; © Craig Stennett 252; © DPA Picture Alliance 284; © Everett Collection Historical 174, 184, 186, 204, 216; © Frans Lemmens 307; © Frederick Wood Art 36; © Gary Doak 288; © GL Archive 64, 74; © Granger, NYC. 28, 46, 66, 81, 86, 89, 90, 91, 196; © Heritage Image Partnership Ltd 35, 38, 42, 50, 63, 97, 140; © Ian Dagnall Computing 52; © Interfoto 99,140, 212; © Jaguar 296; © Jeff Morgan 16 240; © Jeremy Sutton-Hibbert 272; © Kathy deWitt 262, 282; © Keystone Pictures USA 293; © Lebrecht Music and Arts Photo Library 76, 83, 102, 103; © Liam White / Alamy Stock Photo 226; © Liszt Collection 41; © Marco Destefanis 292; © Mary Evans Picture Library 53, 59, 60, 71, 157; © Moviestore collection Ltd 115; © Painting 27, 40; © Pako Mera 258; ©

Peter Barritt 95; © Photos 12 131; © Pictorial Press Ltd 80, 85, 87, 111, 117, 119, 144, 158, 164, 175, 209, 261; © Picture Library 31; © Prisma Archivio 168, 228; © Shaun Higson 248; © SOTK2011 231; © Steve Taylor ARPS 128; © The National Trust Photo Library 291; © Walker Art Library 122; © WENN Ltd 218, 264, 294; © World History Archive 25, 187; © ZUMA Press, Inc. 193, 232, 244, 273. Bridgeman Art Library: © Birmingham Museums and Art Gallery / Bridgeman Images 45; © Gallery Oldham, UK / Bridgeman Images 20; © Royal Library, Copenhagen, Denmark / Bridgeman Images 37; Bibliotheque des Arts Decoratifs, Paris, France; De Agostini Picture Library / Bridgeman Images 61; Musee d'Art Thomas Henry, Cherbourg, France / Bridgeman Images 33; Private Collection / Bridgeman Images 127; Private Collection / Photo © Christie's Images / Bridgeman Images. Gnome Press, 1950 185; Private Collection / Photo © Peter Nahum at The Leicester Galleries, London / Bridgeman Images 55; Private Collection / Photo © The Maas Gallery, London / Bridgeman Images 14; Pushkin Museum, Moscow, Russia / Bridgeman Images 19; Yale Center for British Art, Paul Mellon Fund, USA / Bridgeman Images 65; Private Collection / Photo © The Maas Gallery, London / Bridgeman Images 6. Ballantine Books 186, 214. Bantam Books, 220, 258, 264. Copyright © BBC Photo Library 233. Bloomsbury, 272, 286. © Mark J. Brady / www.mjb-graphics.co.uk 253. © Colleen Corradi Brannigan/ www.cittainvisibili.com 217. © Anne de Brunhoff, 1978 222. © Edgar Rice Burroughs, Inc. 132, 133. © Jonathan Burton 2011. Illustration from The Folio Society edition of *The Hitchhiker's Guide to the Galaxy* by Douglas Adams. All editions from The Folio Society are available exclusively at www.foliosociety.com 234. © Sam Caldwell, 'The Castle' (2014), watercolour and graphite 141. Cecilie Dresser Verlag, 2003, 284. Chatto & Windus, 1932, 148. Inkspell map © Carol Lawson 2005, reproduced with permission of Chicken House Ltd. All rights reserved 285. Colin Smythe Ltd., 1983, 240. Cover designed by Will Staehle and reproduced with permission of www.unusualcorporation.com 294. © Rebekah Naomi Cox 211. From: *The Sandman: Master of Dreams #1* © 1999 DC Comics. Written by Neil Gaiman and illustrated by Sam Kieth and Mike Dringenberg. Courtesy of DC Comics. 256. Delacorte, 1969, 212. Used by permission of Samuel R. Delany and his agents, Henry Morrison, Inc. Copyright © 1969, 2016 by Samuel R. Delany. Image supply: Royal

Books Inc. 221. © Carles Domènech 254. Donald M. Grant, 1982, 238. Doubleday & Company, Inc., 208, 230. E. P. Dutton, 1924, 138. Editions Denoël, 1975, 222. Editorial Erein, 1988. 254. Editorial Sudamericana, 1967, 204. Editorial Sur, 1941, 158. Einaudi, 1972, 216. Marion Ettlinger/Corbis Outline 268. Eyre and Spottiswoode, 1950, 170. Faber & Faber Ltd. 2005, 290. Farrar & Rinehart, Inc., 1942, 162. © Finn Dean 2013. Illustrations from The Folio Society edition of *Brave New World* by Aldous Huxley. All editions from The Folio Society are available exclusively at www.foliosociety.com 149, 152. Fondo de Cultura Económica, 1955, 192. G. P. Putnam's Sons, 1962, 198. Geoffrey Bles Limited, 1950, 178. George Allen & Unwin, 1954, 188. Getty Images: © Bettmann 69, 135; © Buyenlarge 120; © Carl Mydans 198; © Cristina Monaro 139; © David Cooper 290; © DEA / A. de Gregorio 49; © DEA / G. Dagli Orti 17; © DEA Picture Library 29; © Fox Photos / Stringer 151; © Jack Mitchell 220; © Kean Collection / Staff 78; © Leemage 79; © Mondadori Portfolio 201; © Movie Poster Image Art 195; © Paco Junquera 192; © Philippe HUPP 208; © Photo by Leo Matiz/Leo Matiz Foundation Mexico/Getty Images) 205; © Portland Press Herald 260; © Raymond Kleboe / Stringer 170; © SFX Magazine 276; © The Asahi Shimbun 301; © Ulf Andersen 256; © Ullstein Bild 138; © Universal Images Group 48; © William Vandivert / The LIFE Picture Collection 213; © Javier Moreno/DPA/Getty Images 160. Courtesy www.maygibbs.org © The Northcott Society and the Cerebral Palsy Alliance, 2016 136 (top & bottom), 137. Gollancz, 1979, 226. © Ben Gonzales 210. Grayson & Grayson, 1952, 184. Copyright © Marian Wood Kolisch 206. Copyright © Ursula K. Le Guin 207. Harcourt Brace Jovanovich, 1973 218. © Penguin Random House, image used courtesy of George R.R. Martin, 267. Illustrations by John Harris, commissioned by Lauren Panepinto of Little Brown (US). www.alisoneldred.com 236, 305. Harvill Secker, 2006 292. Image courtesy: John Hay Library and Special Collections Brown University. Accession number: A32500. 147. Image courtesy: John Hay Library and Special Collections Brown University. Accession number: A55361. 145. Heinemann, 1962 196. Hodder & Stoughton, 2001 282. Hodder & Stoughton, 2014 306. Houghton Mifflin Company, 1993 260. © IWM (Art.IWM ART LD 2905) 199. A. C. McClurg & Co.,1922. 132. Hodder & Stoughton, 2004 288. © Tove Jansson 166 (top & bottom), 167. Jonathan Cape, 2015 308.

© Josh Godin, sour.org 245. © Artist Igor Karash, 2012. Illustration from the Folio Society edition of The Bloody Chamber and Other Stories by Angela Carter. All editions from The Folio Society are available exclusively at www.foliosociety.com 227. Drawing by Jim Kay for Jonathan Strange and Mr Norrell. Courtesy of BBC/Cuba Pictures/Feel Films, www.alisoneldred.com 287. © Josh Kirby Estate / www.joshkirbyart.com 241, 242. Illustrations by Pauline Baynes, copyright © C.S. Lewis Pte. Ltd. 1950. Reprinted by permission. 180, 182. Library of Congress Prints and Photographs Division Washington, D.C. 20540 USA. LOT 11735 134. Little, Brown & Company, 1996 268. Macmillan UK (1987) 252. Macmillan, 200 276. © Maggy Roberts, www.thepaintednet.com 283. © Werner Bischof/Magnum Photos 223. © Paul Marquis, pmarq.com 215. © Joe Mazza – Brave Lux 306. McClelland & Stewart, 1985 248. © Lee Moyer, www.leemoyer.com 278. Orbit Books 304. Pan Books, 1979 232. Pantheon Books, 1979, 134. Parnassus Press, 1968, 206. Pax, 1977, 224, 225. Images by Mervyn Peake reprinted by permission of Peters Fraser & Dunlop (www.petersfraserdunlop.com) on behalf of the Estate of Mervyn Peake 171, 173. Image supplied by Harry Ransom Center, The University of Texas at Austin and used with permission of the David Foster Wallace Trust. 269. Used with permission of Edward Relph. 163. René Julliard, 1963 200. Scala House Press, 2004 156. Scholastic Ltd, 1995 262. Scholastic Press, 2008 296. Secker & Warburg, 1949 174. Illustrations from The Folio Society edition of The Handmaid's Tale by Margaret Atwood © Anna and Elena Balbusso 2012. All editions from The Folio Society are available exclusively at www.foliosociety.com 249, 250. Shinchosa Publishing Ltd., 2009 298. © Snap Stills/REX/Shutterstock 297. © Igor Sobolevsky 259. © Peter Stubbs, www.edinphoto.org.uk 274. © ThinKingDom Media Group Ltd.2016 302. "MS. Tolkien Drawings (fol.1) ORTHANC" © The Tolkien Estate. Image supplied by the Bodleian Library. 189. Viking Press, 1968 210. © 2009 Jarle Vines 224. © Michael Whelan www.michaelwhelan.com 239. Widawnictwo Ministerstwa Obrony Narodowej, 1961 194. © Nate Williams 295. © J. H. Williams III 257. © Zhang You-ran 303.

＊原書は制作者の意向により、一部の図版について逆版で掲載している。日本語版についても当該の図版については原書の方針に従った。

日本語版監修にあたって

巽 孝之（慶應義塾大学文学部教授・アメリカ文学専攻）

　世には数多の文学事典やガイドブックが存在する。作家と作品の最小限の情報をそつなくまとめた各国文学事典や文学ジャンル別総解説から、各作家ごとにその伝記をはじめ代表作のあらすじや登場人物リスト、作品群を読み解くキーワードに至るまでを網羅した個人作家研究必携に至るまで、よりどりみどりだ。

　にもかかわらず、一体なぜ、ここに新たに『世界物語大事典』が加わるのか。理由は簡単。先行する『世界文学大図鑑』（原題 *The Literature Book*）とは、豪華で貴重な図版がふんだんに用いられている点は同じだが、本書（原題 *Literary Wonderlands*）の方は、その表紙にアリスの「不思議の国」やピーター・パンの「ネバーランド」、K が彷徨する「城」やアスランが君臨する「ナルニア」などが刷り込まれていることからもわかるように、これはまさしく、とてつもなく魅力的な架空の異世界を構築した作家の名作群を愛する読者のための一冊なのである。

　しかし、だからと言って、いわゆるファンタジーやホラー、SF ばかりが入っているのかといえば、そうとも限らない。もちろん、古くはギルガメシュ叙事詩から現代ファンタジーの立役者たるトールキンやルイス、ホラーのスティーヴン・キング、SF のスタニスワフ・レムやウィリアム・ギブスンなどは押さえているものの、そこにたとえば騎士道ロマンスを洒落のめすセルバンテスやイギリス国民作家シェイクスピア、はたまたラテンアメリカを代表する魔術的リアリズム作家ガブリエル・ガルシア＝マルケスが入ってくるところで、編者ローラ・ミラーの手腕が冴え渡っている。

　それに加えて、執筆陣の豪華なこと。本書に寄稿しているのは、各文学サブジャンルの研究においてそれぞれ一家を成している第一人者ばかりだ。たとえば、エリック・ラブキンと言ったら、ロバート・スコールズとの共著になる『SF──その歴史とヴィジョン』をものして文学史上における SF の意義を初めて学術的に定位した学者批評家だし、ジョン・クルートと言ったらピーター・ニコルズとの共編になる『SF 大百科事典』によって SF 界最大の賞ヒューゴー賞を受賞した歩く百科事典であり、さらにトム・シッピーと言ったら、ファンタジー研究の大御所でありその論文は今でも多くの学者研究者が引用し続けている。そして十九世紀イギリス小説の王道を研究してきたジェフ・ヌノカワまでが寄稿しているとなれば、本書の品質はもはや疑うべくもない。

　こうした贅沢な執筆陣が、それぞれ長年熟知し深く溺愛してやまない作家と作品を思う存分語っているのだから、読みごたえ充分なのだ。そこには、これまで秘められていた逸話がまぎれこんでいるかもしれない。本書を読むこともまた、もう一つの異世界を旅し宝探しをする物語になるだろう。読者の皆さんのめくるめく船出を、心から祈ってやまない。

訳者あとがき

越前敏弥

　この本の原題は *Literary Wonderlands* である。日本語だと、「文学における“不思議の国”」とでも言うべきだろうか。不思議の国と言えばもちろんアリスだが、本書で紹介されているのはファンタジーや SF や児童書のジャンルに属する作品だけでなく、『神曲』から『IQ84』まで、古今東西にわたる空想世界を舞台とした豊かな作品群である。

　すぐれたフィクションは、しばしばノンフィクションよりも真実に迫る。個別の特殊な真実だけでなく、普遍的な真実を際立たせるからだ。本書ではありとあらゆる形のユートピア（理想郷）やディストピア（暗黒郷）が紹介されるが、それらを描いた作品に共通するのは、「現在」を的確に分析し、「未来」を大胆に予見する鋭い批評精神である。先の見えない 21 世紀のこの時代だからこそ、読者のみなさんがここで紹介された作品のいくつかを新たに手にとって、文学としての豊饒さをたっぷり味わいつつ、何かの形で人生の糧としてくださることを切に願っている。

　三省堂で図鑑・事典の翻訳を担当するのは『世界文学大図鑑』『世界史大図鑑』につづいて 3 回目だが、いつもながら、引用個所の調査や歴史的事実の確認など、膨大な量の作業の積み重ねがなければ仕上げることはできない。今回の訳出にあたっては、石崎彩子、川畑創、川原順子、倉科顕司、笹田元子、中田有紀、信藤玲子、廣瀬麻微の各氏に協力してもらった。この場を借りてお礼を申しあげる。